U0437068

血月

Jo Nesbø

[挪威] 尤·奈斯博 著

朱佳文 译

CNS 湖南文艺出版社 HUNAN LITERATURE AND ART PUBLISHING HOUSE 博集天卷 CS-BOOKY

·长沙·

BLODMÅNE (KILLING MOON)
Copyright © 2022 by Jo Nesbø
Published by agreement with Salomonsson Agency, through The Grayhawk Agency Ltd.

© 中南博集天卷文化传媒有限公司。本书版权受法律保护。未经权利人许可，任何人不得以任何方式使用本书包括正文、插图、封面、版式等任何部分内容，违者将受到法律制裁。

著作权合同登记号：字 18-2024-315

图书在版编目（CIP）数据

血月 /（挪）尤・奈斯博著；朱佳文译 . -- 长沙：湖南文艺出版社，2025. 4. -- ISBN 978-7-5726-2281-6

Ⅰ . I533.45

中国国家版本馆 CIP 数据核字第 20257D3X76 号

上架建议：畅销・悬疑小说

XUEYUE
血月

著　　者：［挪威］尤・奈斯博
译　　者：朱佳文
出 版 人：陈新文
责任编辑：张　璐
监　　制：吴文娟
策划编辑：董　卉
特约编辑：张雪怡
版权支持：张雪珂
营销编辑：傅　丽
封面设计：利　锐
出　　版：湖南文艺出版社
（长沙市雨花区东二环一段 508 号　邮编：410014）
网　　址：www.hnwy.net
印　　刷：北京天宇万达印刷有限公司
经　　销：新华书店
开　　本：875 mm × 1230 mm　1/32
字　　数：423 千字
印　　张：14.75
版　　次：2025 年 4 月第 1 版
印　　次：2025 年 4 月第 1 次印刷
书　　号：ISBN 978-7-5726-2281-6
定　　价：65.00 元

若有质量问题，请致电质量监督电话：010-59096394
团购电话：010-59320018

日头要变为黑暗，

月亮要变为血，

这都在耶和华大而可畏的日子未到以前。

——《约珥书2：31》

序　章

“奥斯陆。”那人说着，将那杯威士忌举到嘴边。

“那就是你最爱的地方？”露西尔问。

他目视前方，似乎仔细思考了答案，这才点头。她趁他喝酒的时候打量他的模样。他的个子很高，就算坐在旁边的吧台凳上，他还是比她高上不少。比起七十二岁的她，他至少要年轻十岁，或许是二十岁——在酒精的影响下很难判断。他的脸和身体似乎是用木头雕刻而成的，瘦削、纯粹又刚硬。

他肤色苍白，鼻子上清晰可见细密的蓝色血管，再加上双眼充血，虹膜的颜色像是褪色丹宁布，都足以显示他曾过得很苦。狠狠酗酒。狠狠坠落。或许也狠狠爱过，因为在他成为造物酒吧常客的一个月里，她瞥见过他眼里的痛苦。就像一条落败的狗，被踢出狗群，永远在吧台尾部形单影只。旁边是机械牛“野马”，那是本，也就是酒吧老板，从那部大烂片《都市牛郎》的布景里拿来的。他曾是剧组的道具管理员。它在提醒人们，洛杉矶不是建立在什么电影业的成功之上的城市，而是人为过错与金融失败构成的垃圾堆。这里超过百分之八十的电影都彻底拍砸了，也赔了本。这座城市里无家可归的人是全美最多的，其居住密度堪比孟买。交通堵塞正在缓慢掐灭这座城市的生机，但街头犯罪、毒品和暴力也许能抢先一步办到。但太阳还在照耀大地。是的，那盏该死的加利福尼亚牙医灯从来没有关上的时候，只会无情地放射光芒，让这座虚假城市的廉价珠宝像真正的钻石、真正的成功故事那样闪闪发光。要是他们知道真相该多好。她——露西尔——就知道真相，因为她曾经身临其境，曾经站在舞台上。以及后台上。

坐在她旁边的这个男人肯定没上过舞台，她一眼就能分辨出圈内人。但他也不像是那种会用钦佩、期待或者羡慕的眼光看着舞台的人。他看起来更像是完全不关心的那一类，是有自己的事要忙的人。也许是位音乐家？弗兰克·扎帕那类的人，在月桂谷[1]这边的地下室里创作自己令人费解的作品，而且从未——将来也不会——被人发掘。

他来过几次以后，露西尔和这位新客人就开始互相点头致意，又简短地相互问候，在这么一家面向重度饮酒者的酒吧，早上光顾的顾客都会这么做，但这是她第一次坐在他身边，请他喝上一杯。确切地说，她是为他已经点好的那杯付了账，当时她看到本把信用卡还给了他，那副表情在说“卡已经刷爆了”。

“可奥斯陆也一样爱你吗？”她问，“这才是问题所在。”

“算不上。”他说。她发现他的中指是金属做的义肢，因为此时他用那只手穿过了夹杂白发的金棕色短发。他算不上英俊，从嘴角延伸到耳朵的那道红褐色的钩形伤疤——就好像他是条上钩的鱼——更是毫不加分。但他的身上有某种气质，某种几乎令人着迷又略显危险的气质，就像她在这座城市里的一些同僚。克里斯托弗·沃肯。尼克·诺尔蒂。而且他的肩膀很宽。但这可能是因为他身体的其余部分都很瘦削。

“啊哈，好吧，我们最渴望的，”露西尔说，“就是那些不会回应我们爱意的人。那些让我们觉得只要再努力一点点，就会爱我们的人。”

“所以你是做什么的？”那男人问。

“喝酒，”她说着，抬起自己那杯威士忌，“还有喂猫。”

“呃。”

“我猜你真正想知道的，是我的身份。噢，我……”她喝着杯中之物，同时思考该告诉他哪个版本。社交场合的说法，还是真话。她放下杯子，

[1] 洛杉矶的住宅区之一，位于好莱坞山脉中，以其在音乐史上的地位而闻名。——若无特别说明，本书脚注均为译者注

决定选择后者。管他呢。

“是一个扮演过重要角色的演员。在电影《罗密欧与朱丽叶》里扮演朱丽叶，我那一版迄今仍然是最佳改编，但没人记得那部片子了。一次主角听起来不多，但比这座城市里的大部分演员都要多了。我结过三次婚，其中两次是和有钱的电影制作人，两次离婚我都分到了不少钱，这点也胜过大多数演员。第三次结婚是和我唯一爱过的人。一个演员，还是个美男子，但他缺少金钱、自律能力和良心。他花光了我的每一分钱，然后抛弃了我。我仍然爱他，愿他在地狱里腐烂。”

她喝完了自己那杯酒，放到吧台上，向本示意再来一杯。“而且，因为我总是迷恋得不到的东西，我甚至借钱投资了一个电影项目，那里面有个对年长女士而言很有诱惑力的重要角色。那个项目的剧本文本很棒，演员有实实在在的演技，导演也能给出发人深省的内容，简而言之，就是任何有理性的人都觉得注定会失败的那种项目。这就是我，空想家，失败者，典型的洛杉矶人。”

有着钩形伤疤的男人笑了。

“好吧，我的自嘲有点过头了。”她说，“你叫什么？”

“哈利。”

“你的话不怎么多，哈利。”

“呃。”

“瑞典人？”

“挪威人。”

“你在逃避什么吗？”

“我给人这种感觉？”

“是的。我看到你戴着婚戒。你在逃避你老婆？”

“她死了。”

“噢，你在逃避悲伤。”露西尔举起杯子祝酒，“你想知道我最爱的地方吗？就是这儿，月桂谷。不是现在的它，是二十世纪六十年代末的它。你真该那时候来的，哈利。除非你那时候还没出生。”

“是啊，我也听说过。”

她指向本的身后，那面墙上有几张装裱在相框里的照片。“挂在那儿的所有音乐家。克罗斯比、斯蒂尔森、纳什，还有……最后那家伙叫什么来着？”

哈利又笑了笑。

“妈妈爸爸乐队、”她继续列举，“卡萝尔·金、詹姆斯·泰勒、琼尼·米切尔，”她皱了皱鼻子，又说，“琼尼的长相和嗓音都像个主日学校的女学生，但她睡过刚刚提到的好几个人。她甚至染指过莱昂纳德——他们俩同居了差不多一个月。我还借过他一晚上。”

“莱昂纳德·科恩？”

“绝无仅有的那位，迷人又体贴的男人。他教了我一点押韵诗的创作技巧。大多数人都会犯这样的错：用唯一出彩的那句开头，下一句就成了勉强过得去的生硬押韵。诀窍在于把生硬押韵的那句作为第一句，这样谁都注意不到。看看《嘿，这不是道别该有的方式》那平淡无奇的第一句，再对比美妙的第二句。那两句歌词有种自然而然的优雅。我们听到的是这样，也觉得作者写下句子的顺序和他思考的顺序完全一样。这也难怪，毕竟人们倾向于相信‘正在发生的事’是‘已经发生的事’导致的，而不是反过来。”

“呃，所以‘现在发生的事’是‘将要发生的事’导致的？”

“正是如此，哈利！你明白了，是吗？”

“我说不好。能给我举个例子吗？”

“当然。”她喝完了那杯酒。他肯定从她的口气里听出了什么，因为她看到他扬起一边眉毛，迅速扫视吧台。

“现在发生的事，就是我在告诉你，我是怎么因为一部拍摄中的电影欠了钱的，”她说着，透过半开的百叶窗和脏兮兮的窗台，看向外面落满灰尘的停车场，“这不是什么巧合，而是将要发生之事的后果。外面有辆科迈罗停在我的车边上。”

“车里还有两个男人，”他说，“在那儿停了二十分钟了。”

她点点头。哈利刚才的话足以证明，她没有猜错他的职业。

“我今天早上就注意到那辆车在我家门外。”她说，“没什么好惊讶的，他们早就警告过我，说会派收债的过来，而且不是有证件的那种。这笔借款不是从银行弄来的，你应该明白我的意思。好了，等我走到车边的时候，那两位先生多半会想找我聊聊。我猜他们只会用警告和威胁将就应付一下。”

“呃，可你干吗跟我说这些？”

“因为你是个警察。”

他再次扬起一边眉毛。“我是吗？”

“我父亲就是警察，显然你们这些人在全世界都很好认。重点在于，我希望你从这儿帮我看着点。如果他们开始大声威胁，我希望你跑到门廊上，然后……你懂的，摆出条子的样子，把他们吓退。听着，我相当确定事情不会发展到那种地步，但如果你能帮忙留意，我会感觉更安全。”

哈利端详了她片刻。“好。”他简短地回答。

露西尔吃了一惊。他是不是有点太好说话了？与此同时，他眼里某种毫不动摇的情绪又让她信任。但话说回来，她也信任过那个美男子。还有那位导演。以及那位制片人。

“我要走了。”她说。

哈利·霍勒握住手里的杯子，聆听冰块融化时几不可闻的嗞嗞声，没有喝。他破产了，人生也到了穷途末路，只想拖长喝这杯酒的时间，好好享受。他的目光落在吧台后面的一张照片上。那是他年轻时最喜爱的作家之一，查尔斯·布科夫斯基，站在造物酒吧外面。本说过，这照片是二十世纪七十年代拍的。布科夫斯基站在那儿，搂着一位好友，天色看起来是黎明时分；两人都穿着夏威夷花衬衫，双目炯炯有神，瞳孔似针，他们咧嘴露出胜利的笑容，就像在一场艰辛的旅途后抵达了北极点。

哈利垂下目光，看着本丢在他面前的那张信用卡。

刷爆了。用完了。什么都不剩了。任务完成了。这就是他原本的打算：喝到名副其实的一点不剩。没有钱，没有时间，没有未来。剩下的全看他是否勇敢到——或者懦弱到——了结一切。他的公寓房间的床垫下面有一把老旧的伯莱塔手枪。那是他花二十五美元从一个住在贫民窟那种蓝色帐篷里的流浪汉那里买来的。里面有三发子弹。他把信用卡托在手掌上，缓缓攥住。他转头去看窗外，看到那位老妇人昂首阔步地走进停车场。她很矮小。瘦削、纤弱又坚强，就像一只麻雀。米黄色的裤子和相配的短夹克，她过时却不失品位的着装风格有股二十世纪八十年代的味道。她每天早上走进酒吧的方式都一样。引人注目。尽管观众的数量只有二到八人。

“露西尔驾到！”本会不由自主地如此宣告，再开始调配她常喝的那种威士忌酸。

但她让哈利想起他母亲——她在他十五岁那年死于镭医院，也在他的心上留下了第一个弹孔——的原因不是她吸引目光的方式。是因为露西尔那种温柔而带着笑意，却又透出悲伤的眼神，仿佛属于某个和蔼却听天由命的灵魂；是当她询问人们的健康问题、情感生活，还有身边人和挚爱之人的时候，表现出的那种对他人的关切，还有当她让哈利安静地坐在酒吧另一头的时候表现出的体贴。他的母亲，那位寡言少语的女子是家庭的控制塔，是神经中枢，拉动提线的时候小心翼翼，让人轻易相信他父亲才是真正拿主意的人。母亲总会给他令人安心的拥抱，总能理解他，他爱她胜过一切，正因如此，她也成了他的阿喀琉斯之踵。就像二年级的时候，有人轻轻敲了敲教室的门，他随即看到母亲站在那里，拿着他忘在家里的午餐盒。看到她的时候，哈利不自觉地面露喜色，但随后听到他的几位同学在笑，于是他怒气冲冲地来到走廊里的她面前，说她让自己丢了人，让她离开，他不需要吃的。她只是悲伤地笑了笑，把午餐盒交给了他，摸了摸他的脸颊，然后就离开了。他之后再也没提过这件事。当然了，她全都明白，一如既往地明白。那晚上床的时候，他也明白了。他感觉不自在不是因为她，而是因为他们都看到了。看到了他爱的人。他的弱点。他在接下来的几年里好几次考虑过道歉，但那么做或许有点太蠢了。

一团尘云从外面碎石铺就的地面升腾而起，短暂地裹住了露西尔，后者扶住了脸上的墨镜。他看到那辆白色科迈罗的门打开，有个戴着墨镜、身穿红色马球衫的男人出现了。那人走到那辆车的前方，挡住了露西尔的去路。

他以为会看到两人开始交谈。但那个男人却迈出一步，抓住了露西尔的胳膊，开始把她拖向那辆科迈罗。哈利看到她的鞋跟埋进碎石里。他同时也发现，那辆科迈罗没有美国车牌。那瞬间，他离开吧台椅，冲向门口，用手肘撞开门，他被阳光晃到眼睛，几乎摔倒在门廊前的两级台阶上。他也明白自己远算不上清醒。接着他把注意力转向那两辆车。他的双眼逐渐适应了光线。在停车场外，那条蜿蜒爬上绿色山坡的道路的另一边有一家昏昏欲睡的杂货店，但他除了那个男人和露西尔之外没看到任何人，后者又正被拖向那辆科迈罗。

“警察！”他吼道，“放开她！”

“请别插手，先生。”那人大声回答。

哈利推测那人肯定也有与自己类似的背景，只有警察才会在这种情况下注意用语礼貌。哈利也知道，物理干预已经不可避免，而近身搏斗中的第一条守则很简单：别等机会，先出手且拿出最大限度侵略性的人就会赢。因此他没有放慢脚步，对方肯定察觉了哈利的意图，因为他放开了露西尔，伸手去拿背后的某样东西。他的手转了回来。那只手拿着一把闪闪发亮的手枪，哈利一眼就认了出来。一把格洛克十七型手枪。此时瞄准了哈利。

哈利放慢了脚步，但没有停下。他看到那个男人的眼睛在枪后面瞄准。那人的说话声被路过的一辆小卡车盖住了一半。

“赶紧从哪儿来回哪儿去，先生。马上！”

但哈利继续朝他走去。他很清楚自己的右手仍旧握着那张信用卡。所以这就是结局吗？在外国的一座满是灰尘的停车场里，沐浴在阳光里，身无分文，半醉半醒，试图去做他没能为母亲做到，没能为他关心过的任何人做到的事？他几乎闭上了眼睛，紧攥那张信用卡，弯曲的手掌仿佛一把凿子。

莱昂纳德·科恩那首歌的歌名在他的脑海里盘旋："嘿，这不是道别该有的方式。"

活见鬼，这当然不是。

1

星期五

八点钟。在九月的奥斯陆，太阳这时已经下山半个小时了，对三岁孩子来说已经过了上床时间。

卡翠娜·布莱特叹了口气，对电话那头说:“睡不着吗，亲爱的？”

“奶奶唱错啦，”孩子答道，夹杂着抽鼻涕的声音，“尼（你）在哪儿？”

“我得工作，亲爱的，但我就快回家了。你想听妈咪唱几句吗？”

“嗯。”

“好吧，那你得闭上眼睛才行。”

“嗯。”

“《布鲁曼》？”

“嗯。”

卡翠娜用低沉的嗓音唱起了那首忧郁的歌曲。*布鲁曼，布鲁曼，我的老朋友，想想你的小男孩。*

她也不明白为什么，但在超过一个世纪的时间里，孩子们都喜欢在睡前听这么个故事：有个满心焦虑的男孩想知道布鲁曼——他最喜欢的山羊——为何在放牧后没有回家，他担心那头山羊被熊抓走，残缺不全地死在山里的某个地方。

但只唱完一段后，她就听到葛德的呼吸声变得规律又深沉，等唱完下一段的时候，她听到她婆婆在电话里压低的说话声。

“他睡着了。”

“多谢，”卡翠娜说，她保持蹲坐的姿势太久，不得不用手撑住地面，“我会尽快回来的。”

“你慢慢来就好，亲爱的。我才该感谢你邀请我们来。你知道的，他睡着的时候和侯勒姆太像了。”

卡翠娜吞了口唾沫，一如既往地无言以对。不是因为她不想念侯勒姆，不是因为她不希望侯勒姆的父母觉得葛德像他，而是因为这并非事实。她开始专心观察眼前的事物。

“这摇篮曲够刺激的，”圣旻·拉森说，他走了过来，在她旁边蹲下，“‘也许现在你已经倒地死去’？”

“我知道，可他只想听这首歌。”卡翠娜说。

“好吧，那他就只能听这个了。”她的同事笑了笑。

卡翠娜点点头。“你有没有想过，孩提时的我们指望父母无条件的爱，却不会给他们任何回报，我们其实是寄生虫，不是吗？可等我们长大成人，情况就完全变了。你觉得我们究竟是从何时开始不再相信，我们可以只凭自身就得到无条件的爱的？”

“你说的‘我们’，其实是指她？”

“对。”

他们低头看着那具躺在林间地面上的年轻女性的尸体。她的长裤和短裤都被脱到脚踝处，但她那件薄羽绒服的拉链是拉上的。她的脸——面对繁星点点的夜空的脸——在现场勘查组布置于林木间的泛光灯下显得苍白如纸。她的妆容上留有泪痕，看起来眼泪数次流淌又数次干涸。她那头染出来的金色乱发贴着脸的一侧。她的嘴唇有硅胶填充，假睫毛从一只眼睛上方向外探出，就像房檐，那只眼睛深陷在眼窝里，无神地看向他们身后，另一只眼睛上方也有假睫毛，但眼球不在那儿，只有个空眼窝。也许所有这些几乎不可降解的合成物质才是这具尸体维持这种良好状况的原因。

“我猜这是苏珊·安德森。”拉森说。

“我和你猜的一样。”卡翠娜回答。

这里的警探来自两个不同的部门，她是奥斯陆警察局犯罪特警队的成员，他则是克里波刑事调查部的人。苏珊·安德森，二十六岁，失踪了十七天，最后一次出现是在斯库莱鲁地铁站一台摄像头的监控录像里，到他们现在的位置大约需要步行二十分钟。至于另一名失踪女子，二十七岁的贝婷·贝蒂尔森，唯一相关线索是她的汽车被人发现遗弃在一座停车场里，而停车场位于格雷夫森科伦，那儿是城市另一边的远足区。他们面前这名女子的发色与苏珊在监控录像里的模样相仿，而且根据贝婷的家人和朋友的说法，贝婷是深褐色头发。此外，这具尸体赤裸的下半身没有任何文身，而贝婷的脚踝上应该有个文身——路易威登的标志。

目前为止，这个秋天还相对凉爽又干燥，尸体皮肤的色斑——蓝色、紫色、黄色、棕色——恐怕也符合它躺在户外将近三个星期的事实。它的气味也一样，这要归因于尸体透过全身孔窍逐渐渗出的气体。卡翠娜还注意到了尸体鼻孔下方由头发般的细丝组成的白色区域，那是真菌。在喉咙上宽大的黄白色伤口里，无眼的蛆虫在缓缓爬动。卡翠娜见过了太多次这样的场景，早就不会有什么特别的反应了。毕竟绿头苍蝇——用哈利的话来说——就像利物浦球迷一样忠诚。无论在什么时间和地点，无论雨大还是晴天，它们都随叫随到，被尸体在死亡瞬间开始分泌的二甲基三硫的气味吸引过来。雌性产卵，幼虫在几天后孵化，开始对腐烂的血肉狼吞虎咽。它们化蛹，变成苍蝇，寻找自己能产卵的尸体，而在一个月后，它们的生命会走到终点，就这样死去。这就是它们的生命周期，和我们没什么不同，卡翠娜心想，或者确切地说，和我没什么不同。

卡翠娜四下张望。白衣包裹的鉴识中心的工作人员穿行于林木间，就像悄无声息的幽灵，相机的闪光灯每次亮起都会投下怪异的影子。这片森林很大。厄斯马卡森林继续向前，绵延了一英里[①]又一英里，几乎直达瑞典。找到尸体的是一位慢跑爱好者。说得更准确些，是那位慢跑爱好者的

---

① 1英里约合1.61千米。

狗，它的主人当时松开了狗绳，它立刻离开了狭窄的碎石路，跑进了树林。当时天色已经开始发黑。那位慢跑爱好者——跑步时戴着头灯——呼唤着狗跟了上去，最后发现它站在尸体边上，摇着尾巴。好吧，没人提过摇尾巴，那是卡翠娜自己的想象。

“苏珊·安德森。”她低声说着，却不确定是对谁说的。或许是对死者的安慰和保证，因为她终于被人找到和识别了身份。

死因似乎显而易见。那道伤口划过她的喉咙，在苏珊·安德森纤细的脖子上仿佛是一个微笑。苍蝇幼虫，或者其他各种昆虫，或许还有野兽尽情享用了她的大部分血液；然而，卡翠娜仍旧能在石楠丛和一棵树的树干上看到泼溅的血迹。

“遇害地点就是这里。”她说。

“看起来是这样。”拉森回答，“你觉得她被强暴了吗？或者只是在被杀害之后受到了性侵犯？”

“是之后，”卡翠娜说着，用手电筒照亮了苏珊的双手，“没有被折断的指甲，没有挣扎的痕迹。但我会想办法让法医在周末做一次验尸，听听他们的看法。”

“那临床解剖呢？”

“最早也得等到下星期一了。”

拉森叹了口气。“好吧，我猜我们在格雷夫森科伦找到被人强暴、喉咙开口的贝婷·贝蒂尔森也只是时间问题。”

卡翠娜点点头。她和拉森这一年来熟悉了不少，他也证明了自己作为克里波最佳警探之一的名声。很多人相信只要奥勒·温特尔退下来，他就会立刻接任警监的职位，他们的部门也会有个好得多的头儿。也许吧。但对于让韩国移民——还是个穿得像是英国贵族的同性恋——来领导国家最重要的调查机构这件事，也有些人表达了保留态度。他的古典花呢猎装与绒面革加皮革的乡村靴，与卡翠娜的巴塔哥尼亚羽绒服和戈尔特斯运动鞋形成了鲜明对比。侯勒姆还活着的时候，曾将她的穿衣风格称为“户外运动风”，她后来才明白那是个国际通用的术语，指的是那些跑去酒吧，却打扮得像要去登山的人。她称之为“作为幼小孩子的母亲在适应生活”。但她必须承认，这种较为克制和实用的着装风格也是因为那个事实：她不再是那个年轻又叛逆的破案天才，而是犯罪特警队的队长。

“你觉得这案子是什么情况？”拉森说。

她知道他的想法和她一样，也知道他们都不打算把那些话说出口。至少不是现在。卡翠娜清了清嗓子。“我们首先要做的，就是认真跟进在这里的发现，查清究竟发生了什么。”

“同意。”

卡翠娜希望将来能经常从克里波的人的口中听到“同意”这个词。不过当然了，她很欢迎任何形式的帮助。克里波已经明确表示，他们准备接受那个观点：贝婷·贝蒂尔森是在苏珊案发后刚好一星期时失踪的，情况也惊人地相似。两名女子都在星期二傍晚外出，没有把她们的去向或者意图告诉警方问过话的任何人，也从此行踪全无。除此之外，两名女子还有另一些情况存在联系。查明这些以后，警方就把苏珊遭遇事故或者自杀的理论束之高阁了。

“那好吧，”卡翠娜说着，站起身来，“我该通知老大了。”

卡翠娜维持了一会儿站姿，这才找回双腿的知觉。她使用了手机的照明功能，确保自己大致踩在他们进入犯罪现场时的脚印上。等到越过挂在林木间的警戒线以后，她输入了总警司姓名的前几个字母。博迪尔·梅林在第三声铃响后接起了电话。

“我是布莱特。抱歉这么晚打来，不过我们恐怕找到了其中一位失踪女性。被人谋杀，喉咙被割开，或许有动脉血液飞溅的痕迹，可能被强暴或者性侵犯。相当确定她是苏珊·安德森。”

“太糟糕了。”梅林用缺乏起伏的嗓音说。与此同时，卡翠娜想象出了博迪尔·梅林缺乏表情的脸，缺乏色彩的衣服，缺乏情感的身体语言，肯定缺乏冲突的家庭生活和缺乏激情的性生活。她先前发现，能够引起这位新任总警司反应的只有一样东西，那就是即将空出的警察署长的位置。倒不是说梅林不够资格，卡翠娜只是觉得她乏味到令人难以忍受的程度。总是保持戒备。毫无勇气。

“你能召开新闻发布会吗？”梅林问。

“好的。你要不要……？”

“不，只要我们还没能明确判断尸体的身份，就由你来。”

“那就和克里波的人一起？现场也有他们的人。”

“好的，可以。如果没别的事了，我们还有客人要招待。”

在随后的停顿里，卡翠娜听到了背景里的低声交谈。听起来像是在友好地交换意见，也就是一方在认可和详细说明另一方的话。经营社会关系。是博迪尔·梅林喜欢的那种事。如果卡翠娜重提那个话题，她一定会很恼火。就在收到贝婷·贝蒂尔森的失踪报案，人们也开始怀疑那两名女子也许被同一人所杀的时候，卡翠娜就提过建议。这次也不会有任何进展，梅林的表态非常明确，也在事实上结束了讨论。卡翠娜本该放弃才对。

“只有一件事。”她说着，让那些字眼悬在半空中，自己吸了一口气。

她的上司没给她说出口的机会。

“我的回答是不行，布莱特。”

“可他是我们在这方面唯一的专家。而且他是最优秀的。”

“也是最差劲的。另外，他已经不是我们的人了。感谢上帝。”

“媒体肯定会找他，还会问我们为什么没有——”

“那你就直接告诉他们事实，说我们不知道他的去向。此外，考虑到他妻子的遭遇，外加他靠不住的天性和滥用酒精的习惯，我没法想象他能在谋杀案的调查中发挥作用。”

“我想我知道该去哪里找他。”

“别再说了，布莱特。如果你每次承受压力就去求助从前的英雄，看起来就像在含蓄地贬低犯罪特警队那些真正听你指挥的部下。如果你说你想找个连警徽都没有的废人来帮忙，会对他们的自尊心和动力产生多大的影响？这就是我们所说的领导不力，布莱特。”

“好吧。”卡翠娜说着，用力吞了口唾沫。

“好了，感谢你的认同。还有别的事吗？”

卡翠娜思索了片刻。所以梅林是会展露敌意和亮出獠牙的。很好。卡翠娜看着高挂在树梢上的那弯新月。昨天晚上，和她约会了将近一个月的那个年轻男人阿尔内告诉她，两个星期之内会有一场月全食，也就是所谓“血月”，他们应当纪念那个日子。卡翠娜对于何谓血月毫无头绪，但它显然每隔两三年就会出现一次，阿尔内又显得那么期待，她不忍心说他们不该急着安排两星期后的事，毕竟他们还不怎么了解彼此。卡翠娜从不害怕冲突或者被人指挥，这点或许继承自她的父亲，他是卑尔根市的警察，他的敌人比那座城市下过雨的日子还要多，于是她也学会了选择该打的仗与合适的时机。但思考过后，她明白这跟面对那个男人——那个不知和她是否有未来的男人——不一样，这件事是她必须正视的，而且宜早不宜迟。

“事实上，确实有，”卡翠娜说，“如果新闻发布会上有人问起，也可以这么说吗？还是说，我们可以对下一个调害女孩的父母这么说？”

“说什么？”

“说奥斯陆警区拒绝让解决了本市三起连环杀人案还逮捕了那三名犯人的人帮忙？原因是我们认为这会影响部分同事的自尊心？”

随后是长长的沉默，卡翠娜连背景里的聊天声都听不到了。最后，博迪尔·梅林清了清嗓子。

“你知道吗，卡翠娜？你最近查案太辛苦了。去开完那场新闻发布会，周末睡上一觉，我们等到星期一再谈。”

挂断电话后，卡翠娜打给了法医研究所。她用的不是官方渠道，而是直接拨通了那位年轻的法医，亚历山德拉·斯图尔扎的电话，后者没有配偶和孩子，不太反对长时间工作。果不其然，斯图尔扎回答说，她和一位同事明天会看看那具尸体的情况。

之后，卡翠娜站在那里，低头看着那位死去的女子。也许是因为在男性主导的世界里，她靠自己得到了现有的地位，所以她总会忍不住轻视那些甘愿依靠男性的女人。苏珊和贝婷境遇的关联不只是同样依附于男人，她们还在分享同一个男人，比她们年长三十岁的地产大亨，马库斯·罗德。她们的生活和存在都要依靠其他人，那些男人拥有她们所不具备的钱财和工作机会，还会提供给她们。作为交换，她们会提供肉体、青春和美丽。而且只要他们的关系被曝光，她们挑选的主人也能享受其他男人的羡慕。但和孩子们不同，苏珊和贝婷这样的女人都明白，那种爱不是无条件的。她们迟早会被自己的主人抛弃，然后就必须找新的男人来维持生活，或者说允许男人来维持她们的生活，这取决于看待这件事的角度。

那是爱吗？为什么不是呢？是因为想起来就让人沮丧吗？

在林木之间，沿着那条碎石路的方向，卡翠娜看到了救护车的蓝色灯光，它悄无声息地赶到了。她想起了哈利·霍勒。是的，她在四月份收到了他的生命迹象，一张明信片——这点出乎意料——上面印有威尼斯海滩的照片，邮戳来自洛杉矶。就像深海里一艘潜水艇的声呐的脉冲。上面的字很短。“汇钱来。”应该是开玩笑，她不太确定。从那以后他就杳无音信。

彻底的那种。

那首摇篮曲的最后一段，她没唱到的那段，在她的脑海响起。

布鲁曼，布鲁曼，回答我，用你熟悉的声音咩咩叫唤。还不行，我的布鲁曼，不要死在你的男孩面前。

2

星期五　　价值

新闻发布会一如既往地在警察总署的假释厅举行。墙壁上的钟显示离十点还差三分钟，《世界之路报》的犯罪线记者莫娜·达亚以及其他人正在等待警方代表来到讲台前，但莫娜已经能得出“出席率很高”这个结论了。超过二十名记者，在星期五傍晚。她和自己的摄影师简短地探讨了一个问题：双重谋杀案的销量是比普通谋杀案高一倍，还是说存在收益递减的情况。摄影师相信质量比数量更重要，因为受害者是个年轻的挪威人，拥有高于平均值的魅力，带来的点击量会比——举个例子——四十来岁有前科的瘾君子情侣更高，也比两个——是的，甚至是三个——混帮派的移民小年轻更高。

莫娜·达亚不同意。目前来说，失踪的女孩里只有一位确定遇害，但从现实角度考虑，发现另一位遭受同样的命运只是时间问题，而且两人都很年轻，都是挪威人，而且漂亮。不会有更好的案子了。她不确定该怎么利用这点。是否该表达对年轻、无辜又无力自保的个体的格外关心，或者让别的因素发挥作用，那些和能带来点击量的常见事物有关的因素：性爱、金钱和读者们希望自己能够拥有的人生。

说到想要别人拥有的东西，她看着坐在前排的那个三十来岁的男人。他穿着据说是时髦人士今年都会穿的法兰绒衬衫，戴着一顶猪肉派帽，就像《法国贩毒网》里的吉恩·哈克曼。那是《挪威日报》的特里·沃格，她希望自己能有他的消息源。案件公开以来，他始终领先同行半步。举例来说，是沃格首先写到苏珊·安德森和贝婷·贝蒂尔森参加过同一个派对。

沃格还引用了某个消息源的话，说两个女孩都把罗德当成“糖爹”①。这让人恼火。而且不只是因为他是竞争对手，他存在于此的事实就让人恼火。仿佛听到了她的想法那样，他转过头来，直视着她。他露骨地笑了笑，用一根手指碰了碰那顶蠢帽子的帽檐。

“他喜欢你。”摄影师说。

“我知道。”她说。

沃格对莫娜的兴趣，要从他作为犯罪线记者出人意料地回归报纸新闻业的时候算起，她则犯下了在新闻道德——偏偏是新闻道德——相关的研讨会上对他相对友善的错误。由于其他记者就像在躲避瘟疫那样绕着他走，她的态度肯定就像在邀约了。他随后开始联系莫娜，寻求“提示和建议”，这是他的说法，就好像她有兴趣担任竞争对手的导师似的。事实上，她完全不想和特里·沃格这样的人有任何牵扯。毕竟所有人都知道，围绕他的那些传闻里肯定有几分真实。但她越是冷淡，他就越是热情。在电话里，在社交媒体上，甚至在酒吧和咖啡馆里，他无处不在，仿佛是凭空冒出来的。就像以往那样，她花了点时间才明白，他真正感兴趣的是她。莫娜向来不是男孩们的第一选择，她身材矮壮，还有一张宽脸，加上她母亲用“凄惨”形容的头发，以及天生的髋关节缺陷，让她走起路来就像螃蟹。天知道那是不是在尝试弥补，但她确实接受了重量训练，虽然变得更加矮壮，但能硬拉起一百二十公斤的重量，还在全国健美锦标赛上赢得了第三名。又因为她早已明白，没有人——至少不包括她——能平白得到任何东西，于是她培养出了进取心、幽默感，以及全世界的芭比娃娃都不会想要的韧性，后者帮她赢得了犯罪线报道领域的无冕女王的宝座，以及安德斯。在这两者之中，她更看重安德斯。好吧，差得不多。这不重要。尽管来自其他男人的关注——也就是沃格表现出的那种——显得陌生又令人愉快，但让莫娜进一步探究就免谈了。而且在她看来，也许说出口的不多，

① sugar daddy，指以财富换取亲密关系的老男人。

但她的语气和身体语言已经向沃格明确表达了自己的意思。但他看到和听到的东西仿佛完全符合他自己的心意。有时候，她看着他凝望着她的大眼睛，会好奇他究竟是在思考什么，还是把所有心思都投注于她。有一天晚上，特里·沃格出现在一家酒吧里。安德斯去洗手间的时候，沃格对她说了些什么，声音压得很低，在音乐声里很难听清，但仍然不够低。“你属于我。”她假装没听到，但他就这么站在那儿，平静又自信，脸上挂着狡猾的笑容，就好像他们之间多了个秘密。让他见鬼去。她受不了戏剧化的情节，所以没跟安德斯提起。倒不是说安德斯处理不好，她知道他能处理好，但她还是什么都没说。一切都是沃格的想象吗？她对他——他们这片小池塘里新来的顶尖雄性——的兴趣，会随着他作为永远领先同行一步的犯罪线记者的身份而增加吗？因为他的确做到了，这点没有任何商榷的余地。所以是的，如果她想要别人拥有的东西，那就是重新当上领跑者，而不是降级为追赶特里·沃格的那群人的一员。

“你觉得他的消息来源是哪儿？”她低声对摄影师说。

他耸耸肩。“也许他又开始捏造了。”

莫娜摇摇头。“不，我有充分理由相信他现在的报道是真实的。”

马库斯·罗德及其律师尤汗·孔恩甚至没有尝试驳斥过沃格的报道，这点就足以作为证据了。

但沃格并非一直都是犯罪线报道之王。那个传闻盘桓在他身上，也会一直盘桓下去。那个女孩的舞台艺名叫吉妮，是苏西·奎特萝那样的复古华丽摇滚乐手，还记得她的人都这么说。那件事发生在五六年前，最糟糕的部分不是沃格用纯粹的谎言捏造了关于吉妮的事，还刊载在了报纸上，而是那个传闻：他在一场余兴派对上往她的饮料里加了氟硝西泮[①]，只为和那个年轻女孩上床。他当时是一份免费报纸的音乐线记者，显然痴迷于她，却又——尽管他在报道里不断颂扬她——反复遭到拒绝。但他仍旧

① 一种镇静催眠药。

继续出现在现场演奏会和余兴派对上。就在下药的当晚——如果传闻可信的话——他把她带去了自己的房间，那是他在乐队下榻的那间旅馆预订的。等乐队的男孩们意识到发生了什么的时候，他们闯进了旅馆房间，发现吉妮半裸地躺在特里·沃格的床上，不省人事。他们狠揍了特里一顿，让他颅骨骨折，住了好几个月的院。吉妮和乐队觉得沃格受到的惩罚已经足够，也可能是不想承受被起诉的风险，无论如何，双方都没有为此事报警。但他那些热情洋溢的评论也到此为止了。除了抨击她的每一首新作之外，特里·沃格还谈论吉妮不忠、滥用药物、剽窃、拖欠乐队成员的报酬，以及在申请巡演支持许可时提供虚假信息。报业投诉委员会收到了十多篇报道的投诉，调查发现，其中有半数是沃格凭空编造的，于是他遭到解雇，在接下来的五年里成了挪威媒体圈的过街老鼠。他卷土重来的手段是个谜。也或许不是。他明白自己作为音乐线记者的生涯已经结束，但他开设的罪案博客却吸引了越来越多的读者，最后《挪威日报》表示，不能因为一位年轻记者早先犯下的错误就把他排除在圈子之外，于是以自由记者的职位聘用了他——这位自由记者的专栏尺寸如今比那份报纸所有常驻记者的都要大。

等到警方入场，在讲台前面站定的时候，沃格终于把头转了回去。有两个警察来自奥斯陆警局，卡翠娜·布莱特——犯罪特警队的队长——以及信息部门的主管肯杰尔斯基，一个留着鲍勃·迪伦式鬈发的男人；还有两个克里波来的人，像㹴犬的奥勒·温特尔和总是衣冠楚楚的圣旻·拉森，后者的头发显然刚刚打理过。所以莫娜认为，他们已经决定合作进行这次调查，分别代表犯罪特警队和克里波，就像沃尔沃和法拉利联手了一样。

大部分记者把手机举到空中，准备记录声音和画面，但莫娜·达亚却开始手写笔记，把拍照工作留给她的同事。

不出所料，除了那具尸体发现于厄斯马卡森林，位于斯库莱鲁周边的远足区域内，那位死者又被确认是失踪的苏珊·安德森之外，他们给出的信息非常有限。案子会被视为有谋杀可能来处理，但他们尚未公开关于死因、案发经过、嫌疑人之类的任何细节。

随后是一如既往的周旋，记者们朝讲台上接二连三地提问，而他们——主要是卡翠娜·布莱特——不断重复“无可奉告”和“我们不能回答这个问题”这两句话。

莫娜·达亚打了个哈欠。她今天本该和安德斯共进晚餐，让周末有个令人愉快的开头，但这已经没戏了。她记下他们的话，却有种“给写过的内容归纳总结”的清晰感觉。或许特里·沃格也有同感。他既没有做笔记，也没有记录什么。他只是靠向椅背，带着近乎得意的微笑观察这一切。他没提任何问题，就好像对于感兴趣的一切，他都已经有了答案。其他人似乎也词穷了，就在信息部门的主管肯杰尔斯基吸了口气，似乎准备收尾的时候，莫娜把她那支圆珠笔举到了空中。

“《世界之路报》？说吧。”信息部门主管的表情在说“最好别太长，现在已经算周末了”。

“你们能否确定这次的凶手是会再次犯案的那种类型？也就是说，他是否——”

卡翠娜·布莱特在椅子里前倾身体，打断了她的话：“正如先前所说，我们尚未掌握任何可靠的依据，无法断言这次死亡和其他可能的犯罪之间存在关联。根据犯罪特警队和克里波的综合专业知识，我敢说我们目前透露的已知案情已经足够多了。”

莫娜记下了那位警监关于“已知案情”的警告。对于布莱特的发言，坐在她旁边的圣旻·拉森既没有点头认可，也没有对所谓“专业知识”给出任何看法。

新闻发布会接近尾声，莫娜和其他人开始走向和煦的秋日夜色。

“你怎么看？”摄影师问。

“我觉得他们在为找到了一具尸体而高兴。”莫娜说。

“你说‘高兴’？”

“对。苏珊·安德森和贝婷·贝蒂尔森都死了好几个星期了，警方很清楚，但他们除了罗德家的那个派对之外没有任何线索。所以是的，我想他们很高兴，因为这个周末至少有了一具尸体，也许还能查到点什么。”

“活见鬼，你也太冷酷了，达亚。”

莫娜惊讶地抬头看他，思索了片刻。

“多谢夸奖。”她说。

等尤汗·孔恩终于在托马斯·赫夫蒂路为他的雷克萨斯 UX300e 找到停车位，再找出他的客户马库斯·罗德要求他前往的那栋建筑的门牌号时，时间已经到了十一点十五分。这位五十岁的辩护律师被同行誉为奥斯陆最好的三四位辩护律师之一。又因为他在媒体上的高曝光率，普通人认为孔恩是毋庸置疑的第一。考虑到他的名气总比客户大——只有少数几个例外——他通常不会上门见客户，而是客户来见他，最好是在正常工作时间到罗森克兰茨街的孔恩和西蒙森律师事务所来。尽管如此，上门服务和上门服务之间也是不同的。这个地址并非罗德的主要住所，他的正式居住地点是奥斯陆峡湾区某栋新建大楼上那套两百六十平方米的顶层公寓。

按照他在半小时前那通电话里接到的指示，孔恩按下了那枚印有罗德的公司“巴贝尔地产”字样的呼叫按钮。

“尤汗？”马库斯·罗德气喘吁吁的嗓音传来，“五楼。”

门的上方传来一声“嗡”，随后孔恩推开了门。

电梯看起来很不可靠，于是孔恩选择了楼梯。宽大的橡木台阶和铸铁扶手的式样更像是高迪[1]的风格，而非庄严奢华的挪威市内宅邸。五楼的门半开着，里面的动静就像在打仗。他走进门去，看到从客厅里透出的淡蓝色光芒，又向内窥探，发现事实就是如此。在一块硕大的电视屏幕——起

① 指安东尼·高迪，西班牙著名建筑师。

码有一百英寸[①]——的前方站着三个男人，背对着他。最高大的那个男人站在中央，头戴 VR 眼镜，两手各拿着一只游戏手柄。另外两个是约莫二十岁的年轻人，显然只是观众，在用那台电视充当监视器，看着那个戴着 VR 眼镜的男人看到的东西。电视上的战争发生在战壕里，如果孔恩能看到冲向他们的德军士兵的头盔，就能判断出那是“一战”时期，而拿着手柄的高大男人正在朝他们狂轰滥炸。

“耶！”其中一个年轻人大叫起来，因为最后一个德国人也被打爆了脑袋，倒在地上。

高大男子摘下 VR 眼镜，转向孔恩。

“至少这部分算是搞定了。”他说着，满足地咧嘴一笑。考虑到岁数，马库斯·罗德算得上英俊了。他有一张宽脸，表情活泼，永久晒黑的皮肤颇为光滑，富有光泽的黑发梳成背头，就像二十岁人的头发那么浓密。诚然，他的腰间多了些赘肉，但他个子很高，高到他的小肚子都不失庄严的程度。但首先吸引你注意的会是他眼里充沛的生机，生机意味着活力，意味着大多数人最初都会被马库斯·罗德的活力所吸引，然后那份吸引会逐渐归于平淡，最终被消耗殆尽。在那段时间里，他多半已经得偿所愿，之后再留下你自生自灭。但罗德的活力水平有起有落，就像他的情绪那样。孔恩认为，两者都和他此时在罗德一边鼻孔里看到的白色粉末的痕迹有关。尤汗·孔恩清楚这一切，但他选择了容忍。不只是因为罗德坚持要预付给孔恩按小时收取的酬劳的一半，所为的——按照他的说法——只是确保孔恩一心一意又忠心耿耿，并且渴望取得成效。最主要的原因是，罗德是孔恩梦想中的客户：他很高调，且作为亿万富翁的形象太过丑恶，以至于孔恩——听起来似乎很矛盾——接下他委托的行为与其说投机取巧，倒不如说显得勇敢又有操守。所以只要案子还没结束，他就会心甘情愿地接受在星期五晚上被叫来这件事。

---

① 1 英寸合 2.54 厘米。

看到罗德的示意后，两个年轻人离开了房间。

“你看过《战争遗迹》(*War Remains*) 吗，尤汗？没有？特别棒的 VR 游戏，但你在里面没法朝任何人开枪。这是一部开发商想让我投资的模仿作品……”罗德朝电视屏幕的方向点点头，同时拿起一只玻璃瓶，将威士忌倒进两只水晶岩玻璃杯里，“他们想要保留《战争遗迹》的魅力，但又能让你可以——该怎么说来着？——影响历史进程。毕竟这才是我们想做的，对吧？”

“我还得开车。”孔恩说着，抬起手拒绝了罗德递来的杯子。

罗德盯着孔恩看了片刻，就好像看不懂他的拒绝那样。然后罗德用力打了个喷嚏，坐在皮革巴塞罗那椅里，将两只杯子都放在他面前的桌上。

“这公寓是谁的？”孔恩在另一把椅子里坐定后，问道。他立刻就后悔了。作为律师，最安全的做法通常是不去打听必要以外的事。

“我的，”罗德回答，“我把这儿当作……你知道的，隐居处。”

马库斯·罗德耸肩的动作和狡黠的笑容让孔恩明白了剩下的部分。他的另一些客户也有类似的公寓。在一次婚外恋里，他意识到自己可能失去什么，因此也考虑过购买某位同事所说的“非单身汉的单身公寓”，不过幸运的是，那段感情已经走到尽头了。

“现在的状况是？”罗德问。

“现在苏珊的身份得到了确认，死因已被确定为谋杀，调查会进入新阶段。你需要做好接受新的讯问的准备。”

“换句话说，他们会更加关注我。”

“除非警察在犯罪现场找到了可以排除你的嫌疑的证据。这种希望始终是存在的。”

“我就知道你会说这种话。但我不能只是坐在这儿心怀希望了，尤汗。你知道巴贝尔地产过去两个星期就损失了三份大合同吗？他们给出的借口都站不住脚，比如等待更高出价之类的。没有人敢直接对我说，原因是《挪威日报》上关于我和那两个女孩的文章，是他们不想和可能的谋杀案扯上任何关系，又或者是担心我会被关进牢房，担心巴贝尔地产会倒闭。如果我只是闲坐在这儿，指望那帮公共部门的成员，那些拿着菲薄工资的愚蠢条子能干好工作，那么等他们找到证据帮我洗清嫌疑的时候，巴贝尔地产早就破产了。我们需要主动出击，尤汗。我们需要向公众证明我的无辜。至少让他们知道，我认为真相水落石出才符合我的利益。”

“所以？”

“我们需要雇用自己的调查人员。一流的那种。最理想的情况下，他们可以找到杀人凶手。但如果做不到，也能让公众明白，我是真的在尝试查明真相。”

尤汗·孔恩点点头。“就让我来扮演一下魔鬼辩护人吧——我不是特意说俏皮话的。”

“继续说。”罗德说着，打了个喷嚏。

“首先，最好的警探已经在为克里波工作了，而且他们的收入比犯罪特警队要高。就算他们愿意放弃稳定职业来接受这样的短期工作，他们想辞职也必须提前三个月提出。另外，他们要遵守的保密义务包括那些失踪人口案件，这就导致他们实际上对我们没有用处。其次，外界的观感会很糟。由亿万富翁提供资金的调查？你这是在给自己帮倒忙。假如你的调查人员找到了能为你洗清嫌疑的所谓事实，这份信息必然会遭受质疑，如果是警方找到了同样的事实，就不会有人质疑了。”

“噢，”罗德笑了笑，用纸巾擦拭起鼻子来，“我喜欢物有所值。你很优秀，你指出了问题所在。现在你要向我证明你是最优秀的那位，告诉我解决这些问题的方法。”

尤汗·孔恩坐直了身体。“感谢你的赞许，但这正是棘手的地方。”

“你的意思是？”

“你提到要找最好的。有那么一个人或许是最好的，他从前的成果无疑指向这一点。”

“可是？”

“可是他已经不在警队里了。”

“从你刚才的说法来看，这应该是好事。”

“我的意思是，他离开警察部门的原因不太正常。”

“怎么个不正常？”

“我该从哪里说起呢？对组织不忠诚。严重玩忽职守。工作中醉酒，显然他嗜酒如命。数次暴力行为。滥用药物。要为至少一位同事的死亡负责，不过没被定罪。简而言之，他需要心怀愧疚的罪行恐怕比被他关进监狱的大多数罪犯的还要多。另外，据说和他共事堪比噩梦。”

“够多的。如果他这么难搞，你干吗还要提起他？”

“因为他是最好的。也因为他在你那个计划的后半部分里能发挥作用，也就是向公众证明你想要查明真相。”

“所以……？”

“他解决的案件让他成了少数拥有公众知名度的警探之一。还有正直坚定、绝不妥协的形象。当然，有夸张的成分，但人们喜欢这种想象出来的人物。对我们来说，那种形象可以减少人们对他的调查是收受了好处的猜疑。”

“我花在你身上的每一分钱都很值得，尤汗·孔恩。”罗德咧嘴笑了笑，“他就是我们想要的人！”

“问题在于——”

“不！尽管提高报价，直到他点头同意为止。”

“——在于似乎没人知道他的确切位置。”

罗德拿起他那杯威士忌，但没有喝，只是皱眉看着杯中的酒。“你说的‘确切’是什么意思？”

“我曾以官方身份偶遇过卡翠娜·布莱特，也就是他过去所属的犯罪特警队的负责人，我问起这件事的时候，她说他最后一次发出的生命迹象来自一座大城市，但她不清楚他在那座城市的什么地方，又在那里做些什么。我们这么说吧：她的口气听起来也不太乐观。”

“嘿！尤汉，你都已经说服我了，别现在打退堂鼓啊！他就是我们要的人，我能感觉到。所以去找到他吧。”

孔恩叹了口气。他又一次后悔开口了。因为刚才的卖弄，他无疑径直踏进了马库斯·罗德多半每天都在用的经典陷阱，也就是“证明你是最优秀的”。但现在他一条腿陷入其中，再想回头已经迟了。他需要打几个电话。他计算了下时差。好吧，他还是立刻开始比较好。

3

星期六

亚历山德拉·斯图尔扎审视自己在水槽上方那面镜子里的脸，同时例行公事但又一丝不苟地洗净双手，就好像她等会儿要碰的是活人而非尸体。她冷硬的脸上留有痘疤。她梳向脑后、紧紧扎成发髻的头发乌黑，但她知道最初的几缕花白即将到来——她身为罗马尼亚人的母亲三十出头就有了白发。挪威男人说她的棕色双眼会“闪闪发亮”，尤其是在他们试图模仿她几乎无法察觉的口音的时候，或者是嘲笑她的祖国的时候。有些人显然觉得那地方是个天大的笑话，她会告诉他们，她来自蒂米什瓦拉，是欧洲第一座安装电气路灯的城市，当时是一八八四年，比奥斯陆早了两个世代。她二十岁那年来挪威的时候，花了六个月学习挪威语，同时干三份工作，在挪威科技大学进修化学专业期间减少到了两份，现在只剩下在法医研究所的这份，同时正在专心撰写她那篇关于 DNA 分析的博士论文。她有时——虽然没那么频繁——会思索，究竟是什么让她在男人眼里魅力十足。不可能是她的长相和坦率——有时甚至是恶劣——的态度。也不是她的才智和履历，男人似乎觉得这些比起刺激更像是威胁。她叹了口气。有个男人曾经对她说，她的身体就像老虎和兰博基尼杂交的后代。奇怪的是，那种低俗的形容可以是大错特错，同时又完全可以接受，是的，甚至是美妙，具体取决于这么说的人是谁。她关掉水龙头，走进解剖室。

赫尔格已经到了。那位技术员比她年轻两岁，思维敏捷又爱笑，这两种特质在亚历山德拉看来都是优点，毕竟他们需要面对死者，还肩负着从尸体身上获取死亡原因的任务。赫尔格是生物工程师，亚历山德拉是化学工程师，就算不能进行完整的临床解剖，两人也都有法医验尸方面的资格。然而，某些病理学家企图仗势欺人，称呼这些验尸技术员为“迪纳”①，也就是仆人——这是守旧派德国病理学家的流毒。赫尔格不在乎，但亚历山德拉必须承认，她还是会不时感到恼火。尤其是今天这种日子，当她走进解剖室，做病理学家在初步验尸中的所有工作，而且做得同样出色的时候。赫尔格是她在研究所里最喜欢的人，他总会应她的要求到来，尽管并非每个挪威人都愿意在星期六跑来工作。工作日的四点过后也一样。她有时会好奇，如果当初美国人没能在他们的大陆架上找到石油，这个不爱工作的国家的生活水平指数会变成什么样。

解剖台上躺着那位年轻女子赤裸的尸体，亚历山德拉打开了从天花板垂下的吊灯。尸体的气味取决于许多因素：年龄，死因，是否在服用药物，吃了什么食物，以及——当然——腐化过程进行到了哪一步。亚历山德拉完全不怕腐肉、粪便或者尿液的臭味。她甚至能应付尸体在分解过程中伴随长长的嗞嗞声排出的那种气体。她受不了的是胃液，是呕吐物、胆汁和各种酸的气味。在这层意义上，即使暴尸户外长达三个星期，苏珊·安德森的情况也不算太糟糕。

“没有幼虫？”亚历山德拉问。

“我摘除了。”赫尔格说着，拿起他们用的那只醋瓶。

“但都留下了？”

“对。”他说着，指了指一个装有十来只白色蛆虫的玻璃盒。留下这些虫子，是因为它们的长度能说明它们以尸体为食的时长，换句话说，能知道它们是在多久以前孵化的，并由此判断出被害人的死亡时间。没法具体到小时，但可以具体到天和星期。

“用不了多久的，”亚历山德拉说，“犯罪特警队只想要可能的死因和外

① diener，德语原意为“仆人”，后引申为对实验室助手、停尸房帮工、验尸技术员等职业的称呼。

观检查的结果。血液测试，尿液，体液。病理学家会在星期一进行一场完整的验尸。今晚有什么安排吗？这儿。”

赫尔格朝她指着的部位拍了张照。

“我也许会去看部电影。”他说。

“不如和我去同性恋酒吧跳个舞？”她在表格上做了笔记，又指了指，“这儿。”

“我不会跳舞。”

“胡扯。同性恋没有不会跳舞的。看见喉咙上这道割伤了吗？从左边开始，越来越深，然后在靠近右边的时候变浅了。这代表杀人犯是右撇子，站在身后，把她的脑袋往后拉。有位病理学家跟我说过一道类似的伤口，他们曾经以为那是一场谋杀，结果发现是那个男人割了自己的喉咙。换句话说，那家伙相当坚决。你怎么说，今晚想找几个男同性恋跳舞吗？”

“如果我不是同性恋呢？”

“那样的话……”亚历山德拉记着笔记说，“我就不会再跟你一起出门了，赫尔格。”

他笑出声来，拍了张照。“因为？”

“因为那样你就会妨碍我结识别的男人。好的助攻必须是男同性恋。”

“我可以假装自己是。”

“没用的。男人会注意到睾酮的气味，然后敬而远之。你觉得这是什么？”

她拿起一只放大镜，对准苏珊·安德森一边乳头的下方。

赫尔格凑近看去。“干涸的唾液，也许。或者鼻涕。怎么看都不是精液。”

“拍张照，然后我会刮下样本，星期一去实验室检查一下。如果我们运气够好，这就是 DNA 材料。”

在亚历山德拉检查口腔、耳朵、鼻孔和眼睛的时候，赫尔格拍了张照。

“你觉得这儿发生了什么？”她拿起一只小手电筒，照着那只空眼窝。

“野生动物干的？”

“不，我觉得不是，”亚历山德拉让那道光绕了眼窝边缘一圈，“这里面没有那颗眼球任何的残留物，眼睛周围也没有鸟类或者啮齿动物的爪子留下的伤。如果真是动物干的，为什么不连另一颗眼球也带走？这儿拍张照……”她照亮了眼窝内部，“看到了吗，这些神经纤维似乎是被割断的，看起来是用刀？”

“天哪，”赫尔格说，“谁会做出这种事来？”

“愤怒的人，”亚历山德拉说着，摇摇头，“特别愤怒、特别不正常的人。而且他们还逍遥法外。也许我今晚应该待在家里，也找部电影来看。”

“是啊。”

“好吧。我们来看看他有没有性侵过她。”

等到确认生殖器的内部或者外部没有明显的受伤迹象，阴道里也没有残留精液以后，他们去屋顶抽了支烟。就算精液曾经存在于阴道内，也早就被身体的其余部分吸收了。病理学家会在星期一和他们做同样的检查，但她相当确定他们只会得出同样的结论。

亚历山德拉平时不抽烟，却依稀相信香烟能熏走可能占据了死者身体的恶魔。她深吸一口，眺望奥斯陆。眺望那片峡湾，它在苍白多云的天空下闪烁着银色的光芒。眺望低矮的山丘，秋意在那里化作红黄相间的炽热色彩。

“该死，这儿真是个好地方。”她说着，叹了口气。

“你这口气就像是希望这儿别那么好。”赫尔格说着，接过她手里的香烟。

“我讨厌对事物产生感情。”

“什么样的事物？”

“地方。人。”

“男人？”

“尤其是男人。他们会拿走你的自由。确切地说，他们不会拿走，可你会像个胆小鬼那样把自由交出去，就像被程序控制了一样。自由可比男人有价值。”

“你确定？”

她夺回那支香烟，恼火地吸了一大口。她同样用力地呼出烟气，发出刺耳又沙哑的笑声。

“至少比我爱上的男人有价值。”

“你提过的那个条子呢？”

“噢，他啊，”她轻笑起来，“是啊，我喜欢他。但他简直一团糟。他老婆甩了他，而且他总在喝酒。”

“他现在去哪儿了？”

“他老婆死了，然后他就跑去了国外。一场悲剧。”亚历山德拉突兀地站起身，又说：“好了，我们最好把工作收尾，再把尸体送回冷藏柜里。我想要去参加派对！”

他们回到解剖室里，收集了最后一批样本，填满表格剩下的格子，然后开始收拾。

“说到派对，”亚历山德拉说，“你知道这两个女孩去的那个派对吗？他们也邀请了我，我还邀请了你一起去呢。”

“你在开玩笑吧？”

“你不记得了？罗德的邻居邀请我的。他说那个派对会在奥斯陆峡湾区最棒的屋顶露台举行，那里会挤满阔绰的宾客，有各种名人和派对爱好者。他还说他们希望到场的女性能穿裙子。短裙。”

“呸，”赫尔格说，“那你没去也正常。”

“见鬼，我当然会去！要是我那天没那么多工作要做就好了。而且你也会去的。”

“我会吗？”赫尔格笑了。

“当然，”亚历山德拉大笑起来，“我可是你的‘同性恋密友’[①]。你能想

① fag hag，俚语，指总是和男同性恋或者双性恋一起出席社交场合的女子。

象吗？你，我，还有那些光鲜亮丽的人。"

"能想象。"

"你瞧，你就是同性恋。"

"什么？因为？"

"跟我说实话吧，赫尔格。你和男人睡过吗？"

"让我想想……"赫尔格把放着尸体的滚轮解剖台推向其中一只冷藏柜，"是的。"

"不止一次？"

"这不代表我是男同性恋，"他说着，拉开硕大的金属抽屉，"不，这只是旁证。如果你把毛衣的一边系在肩膀上，另一边系在胳膊下面，华生，这才叫证据。"

赫尔格咯咯笑着，抓起器械台上的一块白布，朝她甩了过去。亚历山德拉笑着俯下身，躲在解剖台前部的后方。她保持那种姿势，弯下腰去，双眼盯着那具尸体。

"赫尔格。"她低声说。

"我在。"

"我想我们遗漏了什么东西。"

"什么？"

亚历山德拉朝苏珊·安德森的脑袋伸出手，掀起头发，拨向一侧。

"怎么了？"赫尔格问。

"缝合线，"亚历山德拉答道，"新鲜的缝合线。"

他绕到解剖台的另一侧。"呃，我猜她肯定弄伤过自己？"

亚历山德拉循着缝合线掀起更多头发。"负责缝合的人不是训练有素的医生，赫尔格，否则不会用这么粗的线，也不会缝得这么松。缝合是匆忙完成的。而且你看，缝合线绕了整个脑袋一圈。"

"就好像她被……"

"好像她被剥了头皮，"亚历山德拉说着，不由得打了个冷战，"然后头皮又被缝了回去。”

她抬头看向赫尔格，看到他的喉结起伏不定。“我们要不要……”他开了口，“要不要检查一下……下面？”

“不。”亚历山德拉语气坚定，同时站直身体。她因为这份工作带回家的噩梦够多了，而且那些病理学家一年比她多拿二十万挪威克朗，这活还是留给他们吧。

“这超出了我们的能力，”她说，“所以你我这样的‘迪纳’还是把这种事留给成年人吧。”

“可以。顺带一提，今晚的派对我也可以去。”

“很好，”亚历山德拉说，“但我们需要完成报告，再连照片一起发送给犯罪特警队的布莱特。噢，该死！”

“怎么了？”

“我刚刚想到，当布莱特看到记录里的唾液什么的时，肯定会让我做个快速 DNA 分析。那样的话，我今晚就没法去市区了。”

“算了吧，你可以拒绝的，谁都需要休息，就算是你。”

亚历山德拉双手叉腰，歪了歪头，严肃地看着赫尔格。

“好吧，”他叹了口气，“如果人人都休息，还有我们什么事呢？”

4

星期六　　兔子洞

哈利·霍勒醒了过来。这间小屋笼罩在半明半暗的光线里，但一束白色的阳光从竹帘下面照了进来，在粗糙的木头地板上延伸，经过那块充当茶几的石板，最后照在厨房的操作台上。

有只猫蹲坐在那里。那是露西尔的猫之一；她在主屋里养了太多只猫，哈利根本分不清哪只是哪只。这只猫看起来就像在笑。它的尾巴缓缓摇动，平静地观察着一只顺着墙壁急促跑动的老鼠，后者不时停下，把鼻子伸到空中闻一闻，接着继续前进。靠近那只猫。这只老鼠是瞎子吗？还是说它没有嗅觉？它会不会吃过哈利的烟卷？也许它相信——就像许许多多在这座城市里追寻幸福的人那样——这一次是不同的，是特别的？又或者这只猫的确与众不同，心地善良，不会直接吃掉它？

哈利把手伸向床头柜上的烟卷，视线仍旧放在那只老鼠身上，后者径直朝猫跑去。猫发起攻击，牙齿埋进老鼠的身体，将它举到空中。它在捕食者的尖牙之间抽搐了片刻，然后瘫软下来。猫把猎物放到地板上，接着脑袋略微偏向一侧，就这么打量它，仿佛在犹豫该不该吃了它。

哈利点燃了烟卷。他得出了结论：烟卷和他新开始遵守的饮酒方案无关。他深吸一口。看着烟雾盘旋着升向天花板。他又梦到了坐在那辆科迈罗的方向盘后面的男人。还有那块标有“墨西哥下加利福尼亚州”的车牌。梦还是老样子，他在追赶那些人。所以要解读其实不算困难。三个星期之前，哈利站在造物酒吧外面的停车场里，面对一把瞄准自己的格洛克十七型手枪，相当确定自己的死亡将会在大约一秒后到来。这对他来说不算坏事。所以在两秒过后的那一刻，以及之后的每一天，他满脑子都是不想死的念头就显得很奇怪了。一切开始于那个身穿马球衫的男人的犹豫；也许他在考虑哈利有精神疾病的可能性，觉得哈利是个可以克服的障碍，没有开枪的必要。他还没来得及细想这些，哈利捏成凿子形状的手就击中了他的喉咙，将他打倒在地。哈利能清晰地感觉到对方咽喉的弯曲变形。他像蠕虫那样躺在碎石地面上，扭动身体，双手捂住喉咙，双眼凸出，拼命喘息。哈利从地上拾起那把格洛克手枪，盯着车里的男人。染色玻璃让他看不清太多，只有一张脸的轮廓，那人似乎还穿着一件白衬衣，纽扣一直扣到领口，而且在抽香烟或者小雪茄。那人不为所动，只是平静地看着车外的哈利，仿佛在评估他的能力，记下他这么个人。哈利听到有人大喊“进来！”，然后发现露西尔发动了自己那辆车，打开了副驾驶那一侧的车门。于是他跳上了车。跳下了兔子洞[①]。

等她驱车转向更低处的城区和日落大道的时候，他最先询问的就是她欠了谁的钱，又欠了多少。

第一个答案——“埃斯波西托家族”——对他而言没多少意义，但下一个答案——“九十六万美元”——却印证了格洛克手枪手说过的话。她惹上的可不是什么小麻烦，而是天大的麻烦。从现在开始，那些麻烦也和他有关了。

他解释说，她无论如何都不该回家去，又问她有没有人能借她地方避避风头。她说有的，她在洛杉矶有很多朋友。但在思考了一分钟以后，她说他们都不会愿意为她冒这种风险。他们在加油站停了车，露西尔打电话给她的第一任丈夫，她知道后者有栋好几年都没住过的房子。

他们就是这样来到这处地产上的，这儿有一栋破烂的主屋，杂草丛生的花园，外加一间客用平房。哈利带着他刚弄到不久的格洛克十七型手枪

---

① 出自卡罗尔的小说《爱丽丝漫游奇境记》，主角爱丽丝跟着一只兔子跳下了兔子洞，展开了一场奇妙的冒险。

住进了客房里，因为他在那里可以看清前后门的状况，也因为那里配备了警报器，会在有人闯进主屋的时候被触发。可能的入侵者听不到警报声，考虑到哈利会从屋外进入主屋，也就代表他有希望从后方解决对手。到目前为止，他和露西尔几乎足不出户，只为了那些绝对的必需品而短暂外出过：酒、食物、衣物和化妆品，优先顺序就是这样。露西尔在主屋的一楼住下，那里仅仅一星期后就满是猫了。

“噢，在这座城市，它们都是流浪儿，”露西尔告诉他，“你连着几天在台阶上放些吃的，别关前门，厨房里再多留点吃的，然后没等你回过神来，你就交到了足够多的宠物朋友，可以陪伴你一辈子。”

但这样似乎还不够，因为三天前，露西尔断定自己没法再忍受这种与世隔绝了。她带哈利去见了一位和她相熟的前萨维尔街[①]的裁缝，又去了紫檀大道一位上了年纪的发型师那里，再然后——这是最重要的部分——去了比弗利山庄[②]的约翰·洛布[③]鞋店。昨天，哈利在露西尔准备就绪以后拿起外套，又是几个小时过后，他们去了丹·塔纳餐馆，那家大名鼎鼎的意大利餐馆的座椅和顾客群一样老旧，但露西尔似乎认识每一个人，而且整晚都面带笑容。

时间是早上七点。哈利深吸一口，盯着天花板。留意不该出现的声音。但他能听到的只有早早行驶在多希尼大道上的车辆，那条道路不算太宽，车流量却不小，因为交通灯比平行的几条道路上的要少。这让他想起自己曾躺在奥斯陆的公寓里，聆听敞开的窗外那座城市逐渐醒来的声音。他怀念那些声音，即使是暴躁的鸣笛声和有轨电车刹车时的尖鸣声。尤其是那种尖鸣声。

但他已经抛下了奥斯陆。在萝凯死后，他坐在机场，看着航班信息显

---

① Savile Row，伦敦的一条街道，以定制高级男装而闻名。

② Beverly Hills，洛杉矶豪华住宅区，以高档购物、餐饮和娱乐场所闻名。

③ John Lobb，英国定制鞋高端品牌。

示牌，掷了个骰子，就这么决定自己的目的地是洛杉矶。他当时觉得这里没什么不好的。他在芝加哥住过一年，当时是在参加 FBI 关于连环杀人案的短期培训课程，于是觉得自己已经熟悉美国的文化和生活方式了。但在来到这里不久后，他意识到芝加哥和洛杉矶根本是两个不同的星球。昨晚在丹·塔纳餐馆的时候，一位德国导演——露西尔在电影圈的朋友——就用浓重的口音激动地描述了洛杉矶。

“你降落在洛杉矶机场，太阳闪闪发光，有辆豪车来接你，把你送去一个地方，然后你躺在游泳池边，喝一杯鸡尾酒，睡上一觉，醒来时就发现你二十年的岁月不见了。”

这就是那位导演眼里的洛杉矶。

哈利对洛杉矶的最初印象，则是在那个肮脏又蟑螂横生的汽车旅馆的房间里度过的四个晚上，之后他在月桂谷租了个更便宜的房间，同样没有空调，但蟑螂的个头更大。不过在发现街区里的造物酒吧以后，他在某种程度上安顿了下来，那里的酒对他来说足够便宜，让他觉得有可能喝到死掉为止。

但在注视过那把格洛克十七型手枪的枪管以后，他对死亡的渴望消散了。对喝酒的渴望也是。至少他不会用那种方式喝酒了。如果他想要保持警惕，为露西尔留意危险，他就必须做到某种程度的清醒。因此他决定测试他的童年朋友和酒友爱斯坦·艾克兰建议的那种饮酒方案，虽然说实话，那听起来像是胡扯。那种手段叫作“适度管理疗法”，能让你维持正常程度的嗜好，也就是让酒鬼（或者瘾君子）进行自我控制。他当初告诉哈利这件事的时候，两人坐在爱斯坦的出租车里，地点则是奥斯陆的某个出租车候车站。他讲得激情四溢，甚至一边强调它的各种好处，一边用手捶打方向盘。

“人们总会嘲笑信誓旦旦的酒鬼，因为他们说自己‘从现在开始，只在社交场合喝一杯’，对吧？因为人们不相信这是可能的，人们认定了这不可能，简直就好像酒鬼是在否认万有引力定律，就因为他们，怎么说来着，酒精中毒，对吧？可你知道吗，就算是你这种彻头彻尾的酒蒙子，也有可能只喝到刚刚好的程度。我也一样。你可以给自己做好规划，喝到一定量就停下。你需要做的就是提前设下限度，决定好喝多少。但不用说，你需要足够努力。”

“你是说，得先喝上很多才能掌握诀窍？”

“对。你在傻笑，哈利，可我是认真的。关键在于成就感，在于你知道你能做到。然后就有可能了。我没在说笑。我能给出全世界最大的酒鬼的例子作为活生生的证据。”

“呃，我猜你在说你特别喜欢的吉他手，就是被人吹过了头的那个。”

“嘿，对基思·理查兹放尊重点！去读读他的传记。他把准则都给你列出来了。生存和两件事有关。一是只选最纯最好的，会害死你的是掺在里面的东西；二是要适度，无论是嗑药还是喝酒。你非常清楚自己喝到足够醉需要喝多少，对你来说那就是能摆脱痛苦的程度。在那之后再喝也没法继续缓和痛苦了，对吧？”

“应该是吧。”

“没错。醉鬼不代表就是傻子，或者意志薄弱。说到底，你清醒的时候能做到不喝酒，那为什么不能喝到刚好就停下呢？全都看你的头脑，兄弟！”

规则——除了设下限度之外——就是数清单位数量，并且决定在哪些天滴酒不沾。另外还要在喝第一杯的一小时前吃一颗纳曲酮[1]。在渴求突然浮现的时候，拖延一个小时再喝会有很好的效果。他坚持这套方案已有三个星期，而且尚未崩溃。这本身就能说明一些事。

哈利翻身下床，站直身子。不需要打开冰箱，他清楚啤酒已经没了。适度管理疗法的规则明确规定了每天最多三个单位，这意味着街上那家7-11便利店的一份六罐装的啤酒。他照了照镜子。在逃离造物酒吧之后的

① 一种阿片受体拮抗剂，被认为可用于治疗酒精依赖。

这三个星期里，他这副瘦削的身板真的长了点肉。还有一副近乎白色的灰胡子。它掩盖了他最明显的特征，那道红褐色的伤疤。但要让科迈罗里的那个男人认不出他的可能性就不大了。哈利透过窗子看向花园和主屋，同时套上一条破旧的长裤和一件T恤衫，后者的领口有些开裂，前面印着“让我再来一次——火辣光照会”。他把旧有线耳机塞进耳朵，穿上一双人字拖，发现真菌在他右脚的大脚趾上创造出了一件风格奇怪的艺术品。他走到纠缠成团的青草、灌木和蓝花楹树中间，在铁门边停下脚步，仔细观察多希尼大道。看起来一切正常。他开始播放音乐，火辣光照会的《跳泳池》。自从他在泽比伦咖啡馆初次听到现场演出的版本以后，这首歌就总能振奋他的精神。但在沿着人行道走出几米以后，他从某辆车的后视镜里看到，有辆车驶离了路边。哈利继续向前，以微弱的幅度转过脑袋去确认。在后方大约十米远处，那辆车正以相同的速度缓缓行驶。住在月桂谷的时候，他两度被警车拦下，他单纯是在走路，就被当成了可疑人员。但这次不是警用巡逻车。那是一辆旧林肯车，哈利在这种距离下只能分辨出车里的一个人。那是一张仿佛斗牛犬的宽脸，有双下巴和小胡子。该死，他应该带上那把格洛克的！但哈利没法想象对方在光天化日之下，在道路正中央袭击自己，于是他继续向前，以不起眼的动作关掉了音乐。在快到圣莫妮卡大道的时候过了马路，走进那家7-11。他站在那儿等待，同时扫视街道，但没找到那辆林肯。也许那只是个潜在的房屋买家，在缓慢向前行驶的同时观察多希尼大道的地产。

他穿过货架间的通道，朝便利店后部放置啤酒的冰柜走去。他听到店门打开。他仍旧站在那里，一只手握住玻璃门的把手，但没有拉开，让自己能看到门上的镜影。那人真的来了。穿着一套廉价的方格绒西装，体格也配得上他那张斗牛犬般的脸：矮小、紧凑又肥胖。但那种肥胖也许是在掩饰速度、力量以及——哈利觉得自己的心跳加快了——危险。他仍旧戴着耳机，觉得如果那人以为自己有出其不意的优势，他或许就还有机会。

“先生……”

哈利假装没听到，就这么看着那人靠近，直接停在他身后。他几乎比哈利矮上两个头，此时伸出手来，或许是想拍拍哈利的肩膀，或许完全是为了别的事。哈利不打算等待答案揭晓。他朝那人半转过身，用一只手打开冰柜的玻璃门，同时迅速用手臂钩住那人的脖子。他在扭回身体的同一瞬间踢向对方的脚，让他倒了下来，撞上放啤酒的架子。哈利松开那人的脖子，将自己的体重压在玻璃门上，用货架挤压那人的脑袋。瓶子翻倒下来，那人的双臂被夹在玻璃门和侧柱之间。在他斗牛犬似的脸上，那双眼睛睁大了，他还在门后喊着什么，呼吸模糊了门内侧的冰冷玻璃。哈利稍稍减轻力道，让那人的脑袋滑向下方的架子，然后再次发力。冰柜门的边缘刚好压在那人的喉咙处，让他双眼凸出。那人停止了呼喊。他的双眼不再凸出了。他嘴边的玻璃也不再蒙上水汽。

哈利缓缓放松了压在门上的力道。那人了无生气地滑落到地板上。他显然没在呼吸。哈利必须迅速评估优先级。这人的生命会妨碍他的生命。他只是选择了自己。然后他把手伸进那胖子格子西服的内袋，摸出了一只钱包。他打开钱包，看到了那人印在身份证件上的照片。上面有个像是波兰人的名字，以及更吸引眼球的、用大号字体印在卡片顶部的那行字：私家侦探，加利福尼亚安全调查局授权许可。

哈利低头看向那个了无生气的男人。这不对劲，这不是收债人的手段。他们也许会派私家侦探来找他，但不会和他接触或者攻击他。

哈利退后半步，缩起脑袋，这时注意到有个男人站在货架之间的过道上。他穿着 7-11 的 T 恤衫，双臂抬起，对准了哈利。他的双手握着一把左轮手枪。哈利能看到那人双膝颤抖，脸部肌肉不由自主地抽搐。他也明白那个 7-11 店员看到了什么。一个留胡子的家伙，打扮得像个流浪汉，拿着显然刚刚被他袭击的穿西装的男人的钱包。

“别……”哈利说着，放下钱包，抬起双手，跪向地面，“我是常客。这个人——”

“我看到你干了什么！”那人用尖锐的嗓音说，“我会开枪！警察要来了！”

“好吧。”哈利说着，朝地上那个胖子点点头，“但让我抢救一下他，好吗？”

“敢动我就开枪！”

“可……”哈利开口说，但看到对方的手指扣上扳机的时候，他又闭上了嘴。

在随之而来的沉默里，能听到的只有冰柜的嗡嗡声和远处的警笛声。警察。警察和无可避免的后果，一些审讯和控告，这些可不是好事。一点都不好。哈利在这儿逗留的时间已经久过了头，也没有证件能阻止他们把他赶出国境。不过当然了，他得先蹲完监狱。

哈利深吸一口气，看着那个人。在绝大部分国家，他会选择“防御性撤退”，也就是站起身来，把双手高举过头，平静地走出去，确信对方不会赏他一发子弹，即使他看起来是个动用暴力的窃贼。但这儿并非那些国家之一。

“我会开枪！”那人重复了一遍，仿佛在回应哈利的思绪那样，他的双腿分得更开了。警笛声越来越近。

“拜托，我得救——”哈利开了口，但他的话声却被突如其来的咳嗽声盖了过去。

他们低头看向地板上那个男人。

那个侦探的双眼再次凸出，他的全身都因为持续的咳嗽颤抖不止。

那个 7-11 店员的手枪左摇右摆，不确定这个到刚才为止还像是死了的男人此时是否同样代表着威胁。

“抱歉……”那个侦探喘息着低声说，“我不该像那样偷偷接近你的。但你是哈利·霍勒，对吧？”

“呃，”哈利犹豫片刻，权衡两害之中哪一边更轻，“对，我是。”

“我有个客户需要联络你。”那人呻吟着侧躺起来，从裤袋里拿出一部手机，按下某个按钮，递给哈利，“他们急着等我们回电话呢。”

哈利接过已经响起的手机，放到耳边。

“你好。”有个声音说。说来也怪，那声音有些耳熟。

“你好。”哈利答道，看着那个 7-11 店员，后者垂下了枪口。是哈利弄错了，还是确实他脸上的失望比释然稍多一些？他毕竟是在这里土生土长的，也许。

“哈利！”电话里的声音惊呼道，“你怎么样？我是尤汗·孔恩。”

哈利眨了眨眼。他上次听到挪威语是多久以前的事了？

5

星期六　　蝎尾

露西尔把一只猫赶下那张四根床柱的床，站起身，拉开窗帘，坐在化妆镜前，审视自己的脸。她不久前看到了一张乌玛·瑟曼的照片，后者已经年逾五十，看起来却仿佛只有三十岁。露西尔叹了口气。这件事每过一年都会变得更加棘手，但她还是打开那罐香奈儿，指尖轻蘸，开始从面部中央向外铺展粉底。看着愈发松弛的皮肤伴随皱褶被推挤到一起，她问自己每天早上都会问的那个问题。为什么？为什么开始每天在镜子前面坐上起码半个小时，就为了让自己看起来不像是年近八十，而是……七十？答案和过去的每个早上一样。因为她——就像她认识的每个演员那样——需要尽自己所能来获取被爱的感觉。就算不是为了真正的自己，也是为了他们凭借妆容、服装与合适的剧本去扮演的那个人。这种病是日渐衰老和降低期望都没法彻底治好的。

露西尔给自己喷上麝香香水。有些人觉得麝香是一种男性化的气味，不该出现在女用香水里，但她在还是年轻女演员的时候就靠这种香水取得了巨大成功。它让她与众不同，是让人无法轻易遗忘的那种芳香。她系好晨衣的带子，走下楼去，小心地避开两只蹲坐在楼梯上的猫。

她走进厨房，打开冰箱。几乎与此同时，一只猫蹭起了她的腿，想要讨好她。它无疑是闻到了金枪鱼的气味，但她很容易就能想象到蕴藏其中的些许好感。归根结底，感觉被爱要比真正被爱更重要。露西尔拿出一只罐头，转向厨房台面，看到哈利的时候吓了一跳。他就坐在操作台旁边，背靠墙壁，那双长腿伸向前方。他正在揉捏左手那根灰色的钛合金手指。

他的蓝眼睛眯了起来。他那双眼睛的蓝色是她见过的人里最深邃的，史蒂夫·麦奎因除外。

哈利在椅子里动了动。

“早饭？”她说着，打开了罐头。

哈利摇摇头。他拽着那根钛合金手指，但他拽手指的那只手吸引了她的视线。她吞了口唾沫，清了清嗓子。

“你没提过这事，但你其实是喜欢狗的那一派，对吧？”

他耸耸肩。

“说到狗，我有没有告诉过你，我原本是要和罗伯特·德尼罗一起主演《疯狗与格拉瑞小姐》的？你还记得那部电影吗？”

哈利点点头。

“真的？记得的人可不多。但乌玛·瑟曼得到了那个角色。然后她和博比——也就是罗伯特——开始约会了。这很不寻常，毕竟他通常只喜欢黑女人。让他们走到一起的理由肯定和那两个角色有关，我们演员有时候确实会特别投入表演，最后成为我们扮演的角色。所以如果我像说好的那样得到那个角色，博比和我也许就会成为一对，你明白我的意思吧？”

“呃，你是这么说过。”

“然后我就能紧紧抓住他。我和乌玛·瑟曼不一样，她……”露西尔把罐头里的东西倒进一只餐碟，“你知道她站到台前，讲述温斯坦那头猪猡曾想对她出手的时候，所有人都是怎么‘赞扬’她的吗？想知道我的看法吗？我觉得如果你是乌玛·瑟曼，作为家财万贯的演员，明明知道温斯坦想做什么却没有揭发，等到那家伙被人打倒——被那些缺乏权势却更加勇敢的女人打倒——的时候才去踢上两脚，你就不该得到赞扬。如果你多年以来都默许那些年轻又有前途的演员独自走进温斯坦的办公室，只因为你虽然拥有数以百万计的财富，但如果你开口，就可能——只是可能——会错过又一个价值百万的角色，如果是这样的话，我觉得你应该被众人唾弃和掌掴才对。”

她停了口。

“出什么事了吗，哈利？”

“我们需要找个新住所，”他说，“他们会找到我们的。”

“你为什么有这种想法？”

“有个私家侦探在二十四小时内就找到了我们。”

“私家侦探？”

“我刚刚跟他说过话。他走了。”

“他想要什么？”

“想给我提供一份工作，给一个有钱人当私家侦探，那家伙在挪威成了谋杀案的嫌疑人。”

露西尔用力吞了口唾沫。“你怎么说的？”

“我说不。”

“因为？”

哈利耸耸肩。“也许是因为我厌倦跑路了。”

她把餐碟放到地上，看着猫围了过来。“我很清楚你这么做是为了我，哈利。你就像中国那句古老谚语说的那样：一旦你救了别人的命，就要永远为那条命负责。”

哈利露出戏谑的微笑。“我没救你的命，露西尔。他们为的是你欠的钱，所以不会杀了唯一能还上钱的人。”

她回以微笑。她知道他这话只是想让她不害怕，也知道他知道，他们知道她永远也不可能弄到近一百万美元。

她拿起水壶，装满了水，但随即想到没这个必要，又把水壶放了回去。“所以你厌倦跑路了。”

“厌倦了。”

她想起他们某天晚上的对话。当时他们一边喝酒，一边看她从抽屉里翻到的那盘《罗密欧与朱丽叶》的录像带。那一次，她想和他谈论他，而非她自己，但他当时没说多少，只说自己飞到洛杉矶是为了逃离一片荒芜的人生、被人谋杀的妻子、选择轻生的同僚。没有细节。而且她明白，继续深究也毫无意义。那其实是个愉快却近乎无言的夜晚。露西尔将双手撑在厨房台面上。

“你的妻子，你还没跟我说过她的名字。”

“萝凯。”

“那件谋杀案。解决了吗？”

“算是吧。”

“噢？”

“在很长一段时间里，我都是头号嫌疑人，但最后调查确定了一个已知的罪犯。一个曾被我亲手送进牢房的罪犯。”

“所以……那个人杀死你妻子，是为了对你……复仇？”

“这么说吧，杀了她的那个人……我夺走了他的人生。所以他夺走了我的人生。”他站起身来，“就像我刚才说的，我们需要换个藏身处，所以收拾东西吧。”

“我们今天就走？”

“私家侦探找人的时候会留下自己的痕迹。昨晚去那家餐馆恐怕也是个坏主意。”

露西尔点点头。“我去打几个电话。”

“用这个。”哈利说。他将一部手机放到厨房台面上，它显然是刚买来的，塑料包装还没拆。

“所以他夺走了你的人生，却留下了你的命。”她说，“他成功复仇了吗？”

“最成功的那种。”哈利说着，朝房门走去。

哈利关上身后主屋的门，突然停了下来。瞪大眼睛。他受够跑路了。但他更受不了注视枪口。这次还是两个枪口。那是一把枪管被锯短了的霰弹枪。那个拿枪的男人是拉丁裔。和他旁边那个拿手枪的男人一样。两人都有在监狱里练出来的肌肉，脖子侧面也都有一个蝎子文身。哈利站的位置够高，能看到被割断的警报器的电缆从他们身后的铁门侧面垂下，那辆白色科迈罗停在多希尼大道的另一边。驾驶座那边的染色玻璃降下了一半，哈利只能分辨出小雪茄飘出的烟雾，以及白色衬衣的衣领。

“我们进去说？”端着霰弹枪的男人说。他说话有明显的墨西哥口音，同时脖子左右活动，就像比赛前的拳击手。那动作拉长了他的蝎子文身。哈利知道这文身代表打手，组成蝎尾的方块的数量代表杀过的人。两人文身的尾巴都很长。

6

星期六　　火星生活

“《火星生活》？”普里姆说。

桌对面的女孩看着他，满脸不解。

普里姆大笑起来。“不，我是说这首歌。名字叫《火星生活》。”

他朝电视的方向点点头，大卫·鲍伊的嗓音从下方的条形音箱传入宽大的阁楼房间里。透过窗户，他能越过奥斯陆的中央西侧看向霍尔门科伦山脊，那里在夜色中闪闪发亮，仿佛一盏枝形吊灯。但他眼下能看到的只有自己宴请的那位宾客。“很多人不喜欢这首歌，他们觉得有点怪。BBC 说它是‘百老汇音乐剧和萨尔瓦多·达利画作杂交的产物’。也许是吧。但我赞同《每日电讯报》的说法，它就是有史以来最优秀的歌曲。想想看吧！最棒的。人人都爱鲍伊，不是因为他讨人喜欢，而是因为他是最棒的。所以为了成为最棒的那个，那些不被爱的人甚至不惜杀人。他们知道这么一来，一切都会改变。”

普里姆拿起放在他们之间的桌上的酒瓶，但没有坐在那里倒酒，而是站起身来，绕到她那边。

“你知道大卫·鲍伊是艺名，他真正的姓氏是琼斯吗？我实际上也不叫普里姆，这只是个昵称，只有我的家人这么叫我。不过等我结婚以后，我希望自己的妻子也叫我普里姆。”

他此时就站在她身后给她倒酒，同时用另一只手轻抚她漂亮的长发。换作几年前，甚至是几个月前，他都不敢像这样触碰女性，担心会被厌恶。

现在他就没这种顾虑了，他已经完全掌控了局面。当然了，其中有矫正牙齿的功劳，另外还有去像样的美发店，以及听取服装购买方面的建议。但重点不是这些。真正的原因是他散发出的某种东西，让她们无法抵挡的东西，知道这一点赋予了他信心，而信心本身就是一剂强效壮阳药，足以带给他动力，只要他能维持循环，那种安慰剂效应就能自我延续。

“我也许传统又天真，”他说着，走回桌子另一边，“但我相信婚姻，相信我们每个人都有适合自己的人，我真的相信。我最近去国家大剧院看了《罗密欧与朱丽叶》，那故事美丽到让我流泪。两个天造地设、密不可分的灵魂。再看看那边的‘老板’吧。”

他指着一只矮书架上的水族箱。有条闪闪发亮、金绿相间的鱼正在里面游动。“它有它的‘丽莎’。你看不见它，但它就在那里，它们两个是一体的，而且直到死去都是。是的，它们会因为另一半的死去而死去。就像罗密欧和朱丽叶。太美好了，不是吗？”

普里姆坐了下来，手掌滑向桌对面的她。她今晚显得很疲倦、空虚，状态不佳。但他知道怎么让她愉快起来，他需要做的只是拨动一个开关。

“我可以爱上你这样的人。”他说。

她的双眼顿时亮了起来，他能感觉到其中的暖意。但他也感觉到了些许内疚。不是因为用这种方式操控她，而是因为他在说谎。他也许会爱上别人，但不是她。她不是绝无仅有的专属于他的那位女子。她只是个替代品，是他用来练习的对象，让他可以测试手法，用正确的语调说出正确的话。试错。现在犯错无关紧要，只有他向那位一切都协调而完美的女子宣告爱意的那一天才重要。

他必须利用她预演那一幕。好吧，“利用”这个词也许不太合适——她本就是他们之中更主动的那个。他在一个派对上遇见了她，那里有太多社会等级高于他的人，所以回过头看见她的时候，他就明白在对方转身离开之前，他只有说几个字的机会。但他采取了行之有效的做法，赞美了她的体形，还问她去的是哪家健身房。她简短地回答说是毕斯雷街的SATS[①]，他说这就奇怪了，因为他每星期去那里三次，却从来没见过她，也许是因为他们去的日子不同？她简略地回答说自己一般早上去，然后露出了恼火的表情，因为他说自己也一样，又问她她健身的日子是星期几。

“星期二和星期五。”她回答，仿佛话题到此结束，然后她将注意力转向一个身穿贴身黑衬衣，朝他们这边信步走来的男人。

下一个星期二，她离开健身房的时候，他就站在外面。假装自己刚好路过，又想起在派对上见过她。她不记得他了，只是笑了笑，准备自行离开。但她随即停下脚步，转身面对他，就这么和他站在街上，把全部注意力放在他身上。她看着他，仿佛此刻才真正意识到他的存在，无疑是在惊讶自己在派对上竟然没注意到他。他负责说话，她不是那种话特别多的人，至少口头上不是——她的身体语言告诉了他他所需知道的一切。直到他说他们应该找机会再见面的时候，她才开了口。

“时间？”她说，“地点？”

他回答以后，她只是点头回应。就那么简单。

她依约而来。他当时很紧张。有太多事可能出状况了。但她采取了主动，为他解开衣扣，没说太多话。很幸运。

他清楚这种事可能发生，尽管他和他爱的女人尚未交换过任何承诺，但这也是一种不忠，不是吗？至少是对爱的背叛。但他成功让自己相信，这只是爱情祭坛上的一件祭品，是为了她而做的事，他这么做，只是因为他需要尽可能多的练习，好在真正重要的那天符合她对爱人的全部要求。

但现在，桌对面的那个女人已经发挥了自己的作用。

倒不是说他不喜欢和她做爱，但他不可能重复这种行为。而且——如果让他说实话——他不喜欢她的体味或者品位。他应该直接说出口吗？告诉她，他们应该在此分道扬镳？他沉默地低下头，看着餐盘。再次抬头的

① 挪威的一家连锁健身房。

时候，她的脑袋略微偏了偏，脸上仍旧挂着神秘的笑容，仿佛觉得他的独白是某种有趣的表演。突然间，他觉得自己就像囚犯，被囚禁在自己家里的犯人。因为他没法起身离开，他没有别的地方可去。而且他没法用像样的理由请她离开，对吧？她看起来没有去别处的打算，完全没有，她眼里那种近乎不自然的光彩让他头晕目眩，让他思绪混乱。他忽然想到，有些事扭曲和混淆了整个状况。她一言不发地掌控了局面。这就是她真正想要的吗？

“这就是……”他开了口，清了清嗓子，“这就是你真正想要的吗？”

她没有答话，只是把脑袋略微歪了歪。她看起来就像在发出无声的大笑，牙齿在她漂亮的嘴里闪烁着蓝白色的光。接着普里姆察觉到了他现在才发现的一件事。她的嘴是捕食者的嘴。于是他想到了：这是一场猫与鼠的游戏，而且老鼠是他自己，而不是她。

这种荒谬的念头是从哪儿来的？

凭空出现的。又或者，来自他所有那些疯狂念头诞生的地方。他很害怕，但又明白绝对不能表现出来。他尝试平复呼吸。他该走了。她也该走了。

“这顿饭很美妙，”他说着，折起手帕，放到桌上，“我们找时间再约一次吧。”

电话铃声响起的时候，尤汗・孔恩刚刚和他的妻子爱丽莎坐到餐桌边。他还没把哈利・霍勒回绝他们慷慨提议的坏消息告诉马库斯・罗德。确切地说，哈利没等孔恩有机会提到酬金就拒绝了。等孔恩向他陈述条款，又表示他们为他预订了九点五十五分从哥本哈根转机前往奥斯陆的商务舱座位后，他仍然没有改变主意。

他看到来电号码是哈利的旧手机，也就是他每次拨打时只会听到“无法接听”提示的那部。所以哈利的拒绝也许只是一种谈判策略。这是好事，罗德允许他全权决定酬金的数目。

孔恩从桌边站起身，朝妻子投去歉意的眼神，走进了客厅。“再次向你问好，哈利。”他欢快地说。

霍勒的嗓音有些沙哑。“九十六万美元。”

“抱歉，你说什么？”

“如果我解决这案子，我要九十六万美元。”

“九十——”

“对。”

“你清楚——”

“我清楚自己不值这个价。但如果你的客户像你说的那样有钱又无辜，那事实对他就值这个价。所以我的建议是，我不收定金，你们为我报销开支，等我解决案子以后再给酬金。”

“可——”

“这笔钱也没那么多。不过，孔恩，我需要你们在五分钟内给我回复。用英语写，用你的电子邮箱发送过来，加上你的签名。听明白了？”

“是的，可天哪，哈利，那可是——”

“这儿有人需要你立刻做出决定。就像有把枪正指着我的脑袋。”

“可二十万美元就应该足够——”

“抱歉，要么按我说的，要么就免谈，孔恩。”

孔恩叹了口气。“这金额太疯狂了，哈利，但没关系，我会打电话给我的客户。我会回复你的。”

“五分钟。”那个沙哑的声音回答。孔恩听到背景里有另一个声音说了些什么。

“四分半。”哈利说。

“我会尽快联系上他的。”孔恩说。

哈利把手机放在餐桌上，抬头看着那个手持霰弹枪的男人，后者仍旧用枪指着他。另一个人对着另一部手机说着西班牙语。

“不会有事的。”露西尔坐在哈利身边，低声说。

哈利拍拍她的手。“这是我的台词。”

“不，是我的，”她说，“是我把你卷进来的。反正这也不是真话，对吧？不可能没事的。”

“定义一下‘没事’。”哈利说。

露西尔无力地笑了笑。“好吧，至少我在昨天度过了美妙的最后一晚，这点值得庆幸。要知道，丹·塔纳餐馆的所有人都相信我们是一对。”

“你觉得是这样？”

“噢，我挽着你走进去的时候，我从他们的脸上看出来了。那是露西尔·欧文斯和一个高大、金发又比她年轻许多的男人，他们心想。他们会觉得自己也是电影明星该多好。然后你接过我的外套，亲吻了我的脸颊。谢谢你，哈利。”

哈利很想指出，他只是在遵照她事先的指示做，包括摘掉自己的结婚戒指，但他忍住没开口。

“Dos minutos（两分钟）。”拿着电话的那人说，哈利感觉到露西尔的手握紧了。

“你们在车里的 el jefe（老大）怎么说？”哈利问。

拿着霰弹枪的那人没有答话。

“他杀的人和你们一样多吗？”

那人短促地笑了笑。“没人知道他杀过多少人。我只知道如果你们不付钱，就会成为他清单上的下两条命。他喜欢亲手解决问题。真的。”

哈利点点头。“借她钱的就是他，还是说他买下了这笔债？”

“我们不借钱，我们只收钱。他是最好的。他能发现那些输家，那些欠债的人。”他犹豫了一会儿，然后身体略微前倾，压低了声音，“他说从他们的眼神和举止就能看出来，但最主要的是他们的体味。你去坐一次公交车就明白了——那些被债务压垮的人，都是身边空出一张座位的人。他说你也欠了债，el rubio（金发佬）。”

“我？”

“他有天去那家酒吧里找那位女士，然后看到你坐在那儿。”

“他错了，我没欠债。”

“他从不出错。你欠别人什么东西。他就是这么找到我父亲的。”

“你父亲？”

那人点点头。哈利看着他，吞了口唾沫，试图想象车里那个男人。哈利刚才提出建议的时候，手机就放在餐桌上，开了免提，但电话那头的男人一句话都没说。

“Un minuto（一分钟）。”拿着手机的男人打开了手枪的保险栓。

“我们在天上的父……”露西尔咕哝起来。

“你怎么会在一部没拍完的电影上花这么多钱？”哈利问。

露西尔先是惊讶地看着他，随后她恐怕明白了：他只是想在他们跨过那扇门之前帮她分心而已。

“要知道，”她说，“这是我在城里最常被问到的问题。”

“Cinco segundos（五秒）。”

哈利盯着手机。“那你最常给出的答案是？”

“坏运气和烂剧本。”

“呃，听起来就像我的人生。”

显示屏亮了起来。是孔恩的号码。哈利按下了接听键。

“跟我说吧。要快，只说结论就好。”

“罗德同意了。”

“你马上就会收到电子邮箱地址。”哈利把手机交给和他们老板通话的那家伙。那人把手枪塞进他飞行员夹克肩部的枪套，将两部手机贴在一起。哈利听到了低沉的说话声。等到话声停止后，他把手机还给了哈利。孔恩挂了电话。那家伙把自己的手机放到耳边，听着什么。然后放下了。

“你很走运，el rubio（金发佬）。你有十天时间，从现在算起。”他指了指手表，“过了时间，我们就毙了她。”他指了指露西尔，又说：“然后我们会来找你。她现在得跟着我们，你也别想联络她。如果你把这事告诉别人，你就会死，连同那个你告诉的人一起。我们在这儿就是这么做事的，我们在墨西哥是这样，在你要去的地方也是这样。别以为你能逃出我们的手掌心。”

“好吧，”哈利说着，吞了口唾沫，“我还需要知道什么？”

那人揉了揉自己的蝎子文身，露出微笑。“你需要知道，我们不会开枪打死你。我们会剥掉你背上的皮，让你躺在大太阳底下。只需要几个小时，你就会被晒熟然后渴死。相信我，你只会庆幸这段时间不算太久。”

哈利很想说些关于挪威和九月的太阳的话，但他忍住了。时间有限。不仅仅是说那十天的期限，对于他要去赶的航班也一样。他看了看手表。一个半小时。今天是星期日，从这儿到洛杉矶机场没多远，但这儿毕竟是洛杉矶。他出发的时间已经晚了。晚到让人绝望。

他最后看了眼露西尔。是的，如果他母亲能活得更久些，看起来应该和她很像。

哈利·霍勒俯下身去，亲吻了露西尔的额头，随后站起身来，朝门口走去。

7

星期日

哈利坐在一辆一九七〇年产的沃尔沃亚马逊的副驾驶座上。侯勒姆坐在他身旁，侯勒姆的卡带式录音机以不规律的速度播放着一首汉克·威廉姆斯的歌曲，他们两人也跟着哼唱。每当他们停止歌唱时，后座那个孩子就会发出轻柔的啜泣。车子开始摇晃。这点很奇怪，因为他们的车是停着的。

哈利睁开眼睛，抬头看向那位轻摇他肩膀的空姐。

“我们就快降落了，先生，”她的声音从口罩后面传来，“请您系好安全带。”

她拿走了他面前的空杯子，把桌子向侧面、然后向下移动，收入扶手内。商务舱。他在最后一刻决定穿上外套，此外什么都不带，甚至没带随身行李。哈利打了个哈欠，看向窗外。飞机掠过下方森林。湖泊。然后是城区。一大片城区。奥斯陆。然后又是森林。他想起了自己在起飞前打的那通简短的电话，打给史戴·奥纳，那位心理学家经常和他在谋杀案方面展开合作。他回想刚刚奥纳的声音，听起来完全不一样了。对方表示过去几个月里好几次尝试联系他，哈利的回答是那部手机一直没开机。奥纳说这不重要，他只想对他说，他病了。胰腺癌。

按照时刻表，这次航班的耗时是十三个小时。哈利看了看表，调到了挪威时间。星期日早上八点五十五分。星期日是戒酒日，但如果按照洛杉矶时间来算，星期六就还剩下五分钟。他抬头看向天花板，寻找呼叫按钮，然后才想起在商务舱里，呼叫按钮在遥控器上。他在控制台上找到了它。

他按了下去，于是脉冲声响了起来，同时有盏指示灯在他头顶亮起。

空姐不到十秒钟就走了过来。“什么事，先生？”

但那十秒钟足以让哈利数清他星期六在洛杉矶喝了多少单位的酒。配额已满。见鬼。

“抱歉，”他说着，挤出笑容，“没事。”

哈利站在免税店里放威士忌酒瓶的货架前面，这时有条短信告诉他，孔恩安排的车已经等在到达大厅外面了。哈利回复“好”，然后——趁他还拿着手机——输入了字母“K”。

卡翠娜有时会开他的玩笑，说他的朋友、同事和联系人都太少了，给每人分一个首字母都绰绰有余。

“我是卡翠娜·布莱特。”她的声音疲惫又昏昏欲睡。

“嘿，我是哈利。”

“哈利？真的是你？”她的声音就像是刚从床上坐起身，“我看到是美国号码，所以我——”

“我现在在挪威。刚落地。我吵醒你了吗？”

“没。不，好吧，差不多。我们手头有件可能是双重谋杀的案子，我加班到了很晚。我的婆婆在这边照看葛德，所以我在补觉。天哪，你还活着。”

“看起来是的。你还好吗？”

“还好。说实话，考虑到各种情况，已经不算坏了。我上星期五才跟人提过你。你来奥斯陆做什么？”

“有几件事要做。我要去见见史戴·奥纳。”

“见鬼，是啊，我听说了。胰腺癌，对吧？”

“细节我也不清楚。你有时间喝杯咖啡吗？”

他注意到她迟疑了片刻，然后她回答说：“不如你来我这儿吃个晚餐？”

“你是说去你家？”

“当然。我婆婆的厨艺特别好。”

“好吧。如果你不介意，那就……”

“六点？你还能和葛德问个好。”

哈利闭上了眼睛，试图回想那个梦。沃尔沃亚马逊。哭泣的孩子。她知道。她当然知道。她明白他也知道吗？她希望他知道吗？

“六点很合适。”他说。

他们挂了电话，他又看向架子上的威士忌。

后面那排架子上摆放着惹人喜爱的动物玩具。

那辆车缓缓穿过许侯门区满是行人的街道。这里是奥斯陆最昂贵的五公顷地皮，坐落于探入峡湾的两座小岛上。这里充斥着前往商店、餐馆和美术馆，又或者只是在星期日散步的人。在西弗酒店，前台接待员欢迎哈利的方式，就好像他是他们由衷盼望招待的一位宾客。

房间里有一张柔软程度十分完美的双人床，墙上挂着时尚艺术品，还有昂贵品牌的沐浴露。都是五星级酒店该有的，哈利心想。他能透过窗户看到市政厅和阿克什胡斯堡垒。他离开的这一年似乎什么都没变，感觉却不同了。也许是因为这里——有这么多设计师品牌店、美术馆、高档公寓和光滑的大楼外墙的许侯门区——不是他熟知的奥斯陆。他在东部长大成人，当时奥斯陆只是欧洲外围一座安静、乏味又相当灰暗的小小首都，在街上能听到的大都是没有口音的挪威语，居民基本是白人。但这座城市慢慢开放了。年轻时的哈利最先注意到的是俱乐部越来越多，同时更多够酷的乐队——不光是在荷芬谷体育场的三万人面前演奏的那些——开始将奥斯陆作为巡回演出中的一站。还有许多餐馆开张，供应世界每个角落的食物。这种向着国际化、开放和多元化的城市的转变自然而然地带来了有组织犯罪的增加，但谋杀案的数量还是太少，几乎没有维持相关警察部门的必要。的确，出于多方面的理由，这座城市在二十世纪七十年代成了沉迷海洛因的年轻人的坟场，后来也依旧如此。但这座城市没有贫民窟，就连女性也普遍有安全感，百分之九十三的居民在调查中也表达了同样的情绪。尽管媒体在尽他们所能绘制另一幅画卷，但这里过去十五年来强奸案的数量始终比其他城市要少，街头暴力和其他犯罪率同样很低，并且还在持续下降。

所以一位遇害女子和一位失踪女性之间可能存在关联，并不是什么司空见惯的事。难怪哈利抽时间搜索到的挪威语新闻报道数量众多，标题字号也很大。马库斯·罗德的名字在好几篇报道中被提及也同样不足为奇。首先，所有人都明白那些媒体——尤其是从前的所谓“大报”[①]——是以持续叙述知名人物的故事为生的，罗德显然就是个以财富出名的人。其次，在哈利参与过调查的那些谋杀案里，有百分之八十的行凶者都是和受害者关系亲密的人。所以头号嫌疑人就是——至少暂时是——雇用他的那个男人，也不是什么离奇的事。

哈利冲了个澡。他站在镜子面前，给他仅有的另一件衬衣扣上纽扣，那是他在加勒穆恩机场买的。他听着手表的嘀嗒声，扣上了领口的纽扣。努力不去多想。

从西弗酒店到巴贝尔地产在哈康七世路的办公室，只有步行五分钟的距离。

哈利走到那扇将近三米高的门前，和门厅里一个年轻男子对上了视线。那人连忙跑过来开门，显然是被安排在这里等候哈利的。他帮哈利打开了玻璃门，随后——在哈利说明自己不坐电梯引起的短暂混乱过后——爬起了楼梯。到了最高的六楼以后，他领着哈利穿过周末空荡荡的办公空间，在一扇敞开的门前停了下来，让到一边，而哈利走了进去。

那是一间高级办公室，看起来将近上百平方米，窗外能看到市政厅广场和奥斯陆峡湾。办公室的一头放着一张办公桌，桌上有一台宽大的苹果

① broadsheet，和小报（tabloid）对应，指内容较为严肃的宽幅印刷品。

显示器，一副古驰的太阳镜，还有一部苹果手机，但一张纸都没有。

房间另一头有两个人坐在一张会议桌边。他认出其中一个是尤汗·孔恩，另一个他在新闻报道里见过。马库斯·罗德看着孔恩首先站起身，走向哈利并伸出手。哈利朝孔恩短促地笑了笑，目光不离孔恩身后的那个男人。他看到马库斯·罗德无意识地扣上西装外套的一颗纽扣，但仍旧站在会议桌边。和孔恩握手之后，哈利走向那张桌子，和罗德也握了手。他注意到他们的身高恐怕差不多，又判断罗德至少比他重二十公斤。靠近以后，罗德六十六岁的年纪就从他被人工拉平过的皮肤、洁白的牙齿和浓密的黑发下面显现出来。但还好，至少他找的整容医生比哈利在洛杉矶见过的一些人的要强。哈利注意到，罗德狭窄的蓝色虹膜里的硕大瞳孔略微抽动了一下，就好像他的神经束出了问题。

“坐吧，哈利。”

“多谢，马库斯。”哈利说着，解开他外套的纽扣，坐了下来。就算罗德不喜欢这种问候方式，又或者注意到了哈利的还击，从他的面部表情也完全看不出来。

“多谢你能这么快赶过来。”罗德说着，朝门口那个年轻人做了个手势。

“我对一定程度的紧迫感没意见。”哈利的目光扫过墙上三个表情严肃的男人。两幅画和一张照片，边框下方都挂着金色匾牌，所有人的姓氏都是罗德。

“好吧，那边的节奏确实不太一样。”孔恩说，“那边”两个字用的是英语，在哈利听来就像稍显紧张的外交官在尝试闲聊。

“我也说不好，”哈利说，“我觉得洛杉矶比起纽约和芝加哥要懒散不少。但我看得出来，你们这儿也时间紧迫。星期日还在办公。令人敬佩。”

“稍微远离一下堪比地狱的家庭生活可不是什么坏事，”罗德说着，朝孔恩咧嘴笑了笑，“尤其是星期日。”

“你有孩子？”哈利问。那些新闻报道没给他留下这方面的印象。

“是的，”罗德说着，看向孔恩，就好像问话的人是他，“我妻子。”

罗德大笑起来，孔恩也尽职尽责地赔笑起来。哈利让自己的嘴角略微上扬，以免显得过于含蓄。他想起了海伦妮·罗德在报纸上的那些照片。他们的年龄差距有多大？起码三十岁。在这对夫妇被拍到的每一张照片里，背景都是各种徽标，换句话说，就是在首映现场、时装秀和其他类似的场合。海伦妮·罗德当然打扮得漂漂亮亮，可她看起来更有自知之明，没有在类似场合上对镜头摆姿势的某些女人——以及男人——那么滑稽。她很美，但她的美丽有些褪色，那种年轻的光彩似乎消逝得太早了些。是工作太繁重了点？是酒精或者其他东西过量了些？还是幸福感少了一点？又或者三者皆有？

“好吧，”孔恩说，“以我对客户的了解，我要说他无论如何都会在这儿待很久。想要达到他的成就，不靠努力工作是做不到的。”

罗德耸耸肩，但没有反驳。“那你呢，哈利？你有孩子吗？”

哈利正看着那些肖像。那三个男人都站在高大的建筑前面。是他们自己建造或者拥有的，哈利如此猜想。

“或许还得加上充分的家族财富。”他说。

“抱歉，你说什么？”

“我是说除了努力工作以外。这样会更容易一点，不是吗？”

罗德抬起他闪亮的黑发下一条精心打理过的眉毛，用怀疑的目光看向孔恩，仿佛在要求孔恩解释自己联络的是个怎样的人。接着他抬起头来，让眼看要多出一层的下巴抬过衬衣领口，注视着哈利。

“财富是需要人来照看的，霍勒。但也许你也明白这个道理？”

“我？你怎么会这么想？”

“不是吗？你的穿着像个有钱人。除非我彻底看走了眼，但你那身衣服是萨维尔街的加思·亚历山大缝制的。我自己也有两套。”

“我不记得裁缝的名字了，”哈利说，“这是一位女士送我的，因为我答应做她的男伴。”

“活见鬼。她有那么丑吗？”

“不。”

“不？是个美人？”

“我得说，是的。对一位七旬老人来说。”

马库斯·罗德将双手背在脑后，靠向椅背。他的双眼眯成了细缝。

“要知道，哈利，你和我妻子有个共同点。只有当更贵的衣服摆在面前时，你们才会脱掉身上那套。”

马库斯·罗德的笑声震耳欲聋。他拍打大腿，转头看向孔恩，后者迅速挤出一阵笑声。罗德的笑声变成了一阵喷嚏。那个刚好端着玻璃水杯走进来的年轻人递给他一块手帕，但罗德挥手让他走开，从自己西装的内袋里抽出一块巨大的淡蓝色手帕，上面印着首字母“M.R.”，字号也一样很大，然后他响亮地擤了擤鼻子。

“抱歉，我有点过敏。”罗德说着，把那块手帕塞回内袋里，“你打过疫苗了吧，哈利？”

“是的。”

“我也是。所以我一直很安全。我和海伦妮当时去了沙特阿拉伯，在病毒传播到挪威之前很久就打了第一针疫苗。好了，我们开始吧。尤汗？”

哈利听着尤汗·孔恩做案情介绍，内容和他二十四小时前在电话里听到的基本没区别。

“两个女孩，苏珊·安德森和贝婷·贝蒂尔森，接连在星期二失踪，分别是在三个和两个星期前。苏珊·安德森的尸体在两天前被人发现。警方尚未公开死因，但表示他们在进行谋杀案方向的调查。马库斯被警方讯问的理由只有一个。在苏珊失踪的四天前，那两个女孩出席了同一个派对，那是为马库斯和海伦妮居住的公寓大楼的住户举办的屋顶派对。警方目前在两个女孩身上找到的唯一联系，就是她们都认识马库斯，也都是被他邀请的。马库斯在女孩们失踪的那两个星期二都有不在场证明，他当时和海伦妮在家里。警方也排除了他在这方面的所有嫌疑。不幸的是，媒体在推理方面就没这么讲逻辑了。换句话说，他们的动机不是单纯地希望案件解决。于是他们写出了各种具有推测性质的头条新闻，内容是马库斯和那两个女孩的关系，暗示她们试图从他手里敲诈钱财，威胁说要把她们的‘故事’告诉一家愿意给出一大笔钱的报社。他们还开始怀疑罗德夫妇提供的不在场证明的价值，尽管他们很清楚，在刑事案件里，这种证据既常见又合法。当然了，他们关心的是‘名人与谋杀’这种耸人听闻的混合，而非事实。就算真相会大白于天下，媒体那些人也肯定觉得越晚越好，毕竟这样的话，他们那些有助销量的推测可以继续下去。”

哈利短促地点点头，面无表情。

“在此期间，我的客户的商业利益遭受了不良影响，因为他还没有——至少以媒体的版本来说没有——洗清全部的指控。更不用说还有个人承受的压力。”

“最主要的是家庭承受的压力。”罗德插嘴说。

“当然，”律师说了下去，“如果警方能表现得称职一些，这就只是暂时的问题而已。但他们花了将近三个星期的时间，却既没找到行凶者，也没找到任何线索能让媒体停止这场猎巫行动，尽管他们针对的是全奥斯陆唯一真正给出不在场证明的人。简而言之，我们希望这起案件能够尽快解决，所以我们才需要你。”

孔恩和罗德看向哈利。

“呃，既然警方找到了尸体，他们就有可能找到了行凶者的 DNA 痕迹。警方采集过你的 DNA 样本吗？”哈利直视着马库斯·罗德。

罗德没有答话，只是转头看向孔恩。

“我们拒绝了，”孔恩说，“除非警方拿出法庭判令。”

“为什么？”

“因为我们接受这种检测没有任何好处。也因为屈服于那种侵犯隐私的调查，就等于间接承认我们能从警方的角度看待这起案件，也就是说，我们觉得马库斯有理由被怀疑。”

“可你们不觉得确实有理由吗？”

“是的。但我告诉警方，如果他们能找出两起失踪案和我的客户之间的任何关联，他就会非常乐意接受DNA测试。我们还没收到他们给出的消息。”

“呃。”

罗德拍了拍手。“就这些了，哈利。大概情况是这样。我们能听听你的作战计划吗？”

“作战计划？”

罗德笑了。“至少说个大概吧。”

“概括来说，”哈利说着，压下时差带来的哈欠，“就是尽快找到那个凶手。”

罗德咧嘴笑了笑，看向孔恩。“这就概括过头了，哈利。还有什么能说的吗？”

“好吧。我会像我做警察时那样调查这件案子。我是指不受约束，也不考虑事实以外的任何事。换句话说，如果线索指向你，罗德，我也会拿下你，就像拿下其他杀人犯那样。而且酬金照领。”

在随后的沉默里，市政厅的钟声响了起来。马库斯·罗德轻笑出声：“你的口气很强硬，哈利。你当警察想凑到那么一笔钱要花多少年？十年？二十年？你们在警察局的薪水一般是多少来着？”

哈利没有回答。钟鸣仍未停息。

“好吧，”孔恩说着，匆忙笑了笑，“从本质上说，你说的正是我们希望你做到的，哈利。就像我在电话里说的：一场独立调查。所以就算你的说法很粗鲁，我们的意见也是一致的。你表达的意思正是我们需要你的理由。一个正直的人。”

“你是吗？”罗德用拇指和食指轻抚下巴，看向哈利，“你是那么正直的人吗？”

哈利再次注意到了罗德眼球的抽动。他摇摇头。罗德身体前倾，欢快地笑了笑，低声说：“一点正直都没有？”

哈利也笑了。“就跟戴眼罩的马能被称为‘正直’的程度差不多。智力有限的生物只会按照训练去做：又正又直地往前跑，丝毫不允许自己分心。”

马库斯·罗德大笑起来。“这就好，哈利。这就好。我们相信你。我希望你做的第一件事，就是组建一支顶级团队。最好有普通人熟知的人物。能向媒体宣布的那种。让他们看到我们的态度，你明白吧？”

“我已经想好能用的人了。”

“很好，很好。你觉得从他们那里得到回复需要多久？”

“明天下午四点前。”

“明天这么快？”

罗德又笑出了声，随后才意识到哈利是认真的。“我喜欢你的风格，哈利。我们签合同吧。”

罗德朝孔恩点点头，后者把手伸进公文包，将一份只有一页的文件放到哈利面前。

“这份合同规定，要等到警方法律部门的至少三位律师认同有罪，任务才算完成，”孔恩说，“但如果被告在法庭上被宣判无罪，费用就必须退回。也就是说，这是一份‘无成果不付费’协议。”

“但这笔奖赏就连高管都会羡慕，包括我自己。”罗德说。

“我希望在这里加上附加条款，”哈利说，“如果警方——无论有没有得到我的协助——在九天之内找到被推定有罪的一方，你们都需要付我酬金。”

罗德和孔恩对视了一眼。

罗德点点头，然后朝哈利凑近了些。“你作为谈判者够强硬的。但别以为我不明白，为什么你希望的酬金是这么具体的数字，再加上这么具体的时间限制。”

哈利抬起一边眉毛。“是吗？”

“拜托。这样能给人真实感，一个魔法数字能让一切显得合理。你就别跟我卖弄了，哈利，这套谈判策略我自己也会用。”

哈利缓缓点头。“被你说中了，罗德。”

“现在我要教你一招，哈利，”罗德后仰身体，笑容灿烂，“我会给你一百万美元。这比你要求的还多大约四十万挪威克朗，足够买一辆像样的车了。你知道为什么吗？”

哈利没有回答。

“因为如果你比人们希望的多给那么一点点，他们就会比之前努力很多。这是经过验证的心理学事实。”

“那我愿意试试看，”哈利干巴巴地说，“不过还有一件事。”

罗德的笑容消失不见。“什么事？”

“我需要征求警方里某人的许可。”

孔恩清了清嗓子。“你知道在挪威不需要授权或者执照就能进行私人调查吧？”

“是的。但我说的是‘警方里某人’。”

哈利解释了理由，片刻过后，罗德点了头，不情不愿地同意了。等哈利和罗德握手以后，孔恩护送哈利下楼去了出口。他帮哈利打开了通往街道的门。

“我能问你个问题吗，哈利？”

“说。”

“你为什么让我把我们合同的英语备份件发去一个墨西哥人的电子邮箱？”

“那是给我的代理人看的。”

孔恩仍旧面无表情。哈利估计他作为辩护律师已经习惯了听人说谎，客户说实话反而更有可能让他眨眼。孔恩同样明白，如此明显的谎话是在表示“别打听”。

“祝你星期日愉快，哈利。”

“你也是。”

哈利走到了阿克尔港，找了张长椅坐下，看着来自奈索坦根半岛的渡船缓缓驶入阳光明媚的码头。他闭上了眼睛。他和萝凯有时会在周中请一天假，推着自行车来到渡船上，渡船在海上的小岛和其他渡船之间行驶二十五分钟左右，最后停靠在奈索坦根村。他们会从那里直接骑车来到乡野风景之中，那里有乡间公路、小径和隐蔽而废弃的游泳场所，他们会在那里跳进水里，随后躺在光滑的岩石板上暖和身子，能听到的唯有昆虫的嗡嗡声，以及将指甲埋进他后背的萝凯热情却低沉的呻吟。哈利强迫自己放开那些画面，睁开眼睛。他看向手表。看着断断续续前进的秒针。再过几个小时，他就要去见卡翠娜了。还有葛德。他迈开大步，朝西弗酒店走去。

“你舅舅今天好像状态不错。”说完这句话，护士转身离开，把普里姆留在那个小房间敞开的门口。

普里姆点点头。他看向那位老人，后者穿着晨衣坐在床上，盯着关上的电视。他曾是个英俊男子，且备受尊敬，无论是在他的私人生活还是职业生涯中，他说什么都有人愿意倾听。普里姆觉得这点仍旧显而易见，无论是在那张脸上，在他又高又光滑的额头上，在那只鹰钩鼻两侧清澈的蓝眼睛里，还是在那对意外饱满的嘴唇抿紧时的坚决里。

普里姆称呼他为弗雷德里克舅舅。因为这就是他。除了其他身份之外。

他舅舅抬起头来，看着普里姆走进房间，而普里姆一如既往地好奇今天在家的是哪个弗雷德里克舅舅。如果有人在家的话。

“你是谁？出去。”混合了轻蔑和愉快的情绪让弗雷德里克舅舅涨红了脸，他的嗓音那么低沉，让普里姆难以确定他是在说笑还是生气。他患上了路易体痴呆[①]，这种脑部疾病不但会带来幻觉和噩梦，还会——以他的情况——不时引发攻击行为。大部分局限于口头，但也会动用身体，这让肌

① 一种神经系统变性疾病，表现为波动性认知功能障碍、帕金森综合征和以视幻觉为突出代表的精神症状。

肉强直[1]带来的限制几乎成了好处。

“我是普里姆，莫莉的儿子，”没等他舅舅回答，普里姆又补充道，“她是你姐姐。”

普里姆看着墙上仅有的装饰，那是一张加了框的学位证书，挂在床头。他曾经带来一只相框，里面是他舅舅、他母亲和小时候的他在西班牙的一座游泳池边的合影。他的继父抛弃他们以后，他舅舅招待自己的姐姐和外甥在那里度了个假。

但几个月过后，他舅舅取下了那张照片，说他看着那么多兔子牙就难受。他指的显然是普里姆从母亲那里继承的那对硕大又有缝隙的门牙。但那张博士学位证书仍然挂在那里，上面印有“弗雷德里克·斯泰纳”这个名字。他改掉了和普里姆的母亲同样的姓氏，因为——他直白地告诉了普里姆——犹太姓氏在科学界更有分量和威信。尤其是在他的领域，也就是微生物学，人们已经懒得去掩饰自己的看法：犹太人，尤其是德系犹太人的基因赋予了他们超乎常人的智力。虽然出于礼貌或者政治理由去否认——至少是忽略——这个事实也是合情合理的行为，但事实就是事实。所以如果弗雷德里克有和犹太人一样聪颖又运转高效的头脑，干吗还要顶着古板的挪威农夫姓氏去后排乖乖排队呢？

“我还有姐姐？”他舅舅问。

“你有姐姐，你不记得了？”

“天杀的，孩子，我有痴呆，你豆子大的小脑仁儿就记不住吗？陪你来的那个护士……挺不错的，对吧？”

“所以你记得她？”

“我的短期记忆力很出色。要不要跟我赌一把，就赌我这周末能不能跟她上床？等等，你身上恐怕一分钱都没有，你这废物。你还小的时候，我还挺看好你的。可现在嘛，你甚至算不上让人失望，你根本一事无成。”他

① 指肌肉收缩后无法迅速松弛的情况。

舅舅停顿片刻，看起来就像在认真思考，“还是说你有了什么成就？你做了什么？”

“我不打算告诉你。”

“为什么不呢？我记得你对音乐有过兴趣。我们家和音乐完全不沾边，可你是不是幻想过成为音乐家？”

“没有。”

“所以是……？”

“首先，你等到下次就该忘了；其次，你不会相信的。”

“你有家庭吗？别那么看着我！”

“我是单身。暂时是。但我遇到了一个女人。”

“一个？你刚才说一个？”

“对。”

“天哪，你知道我睡过多少女人吗？”

“知道。”

“六百四十三个。六百四十三个！而且都是漂亮女人。在最开始那几个以后，我就掌握了诀窍。当时我才十七岁。你得非常努力才能赶上你舅舅，孩子。这个女人，她那儿够紧实不？”

“我不知道。”

“你不知道？那另一个呢？”

“另一个？”

“我清楚地记得，你有过几个孩子，还有个胸部很大、矮个子、深肤色的女人。我上过她吗？哈哈哈！我上过，我从你的表情就看得出！你怎么会变成这种没人喜欢的人？是因为你妈妈传给你的兔子牙吗？”

“舅舅——”

“别叫我舅舅，你这该死的怪胎！你生下来就又丑又蠢，让我难堪，让你母亲和全家人都难堪。”

“好吧。那你们为什么要叫我普里姆？”

“噢，普里姆，对！你觉得为什么？”

“你说那是因为我很特别。是数字之中的例外。”

“特别，对，但是异常的那种特别。是错误。没人喜欢与之相处的人，被人排斥，只能被数字 1 和自身整除。那就是你，primtallet[①]，质数。只有 1 和你自己。我们都渴望自己得不到的东西，对你来说，那样东西就是被爱。这永远是你的弱点，是你妈妈传给你的。”

“你知道吗，舅舅，再过不久，我就会比你、比全家人都要有名。比你们加起来都有名。”

他舅舅的脸色亮了起来，就好像普里姆终于说出了什么有意义的话，至少是令人愉快的话。

“让我告诉你吧，在你身上只会发生一件事，那就是有朝一日，你会和我一样痴呆，到时候的你只会觉得快乐！知道为什么吗？因为那么一来，你就会忘掉自己的人生只是一长串耻辱的挫败。那东西——”他指了指墙上的学位证书，“是我唯一想要记住的东西。但我连它都记不住。还有那六百四十三个……”他的嗓音低沉下去，大团的泪水从他蓝色的双眼涌出，“我他妈一个都记不得了。一个都记不得！所以这又有什么意义?！”

普里姆离开的时候，他舅舅还在哭。这种情况越来越频繁了。根据普里姆看到的报道，罗宾・威廉姆斯自杀就是因为被确诊了路易体痴呆，他只希望他和他的家人能免于这种病带来的折磨。让普里姆吃惊的是，他舅舅居然没有效仿那个例子。

这座养老院坐落于奥斯陆西侧的芬伦区的中心。在返回车子的路上，他路过了一家最近数次造访的珠宝店。此时是星期日，店门关着，但他把鼻子贴在窗户上，能看到店内玻璃展柜里的那枚钻石戒指。它不怎么大，却很漂亮。非常适合她。他必须这个星期就买下它，否则就有被别人捷足先登的风险。

① 挪威语的“质数”，“普里姆（Prim）”是该词的前半部分。

他绕了个远路，经过他童年时居住的古斯达街区。那栋在火灾中损坏的别墅本该在数年前就被拆除，但他不顾委员会的命令和邻居的投诉，一次又一次拖延拆除的时间。他在一些场合宣称自己有翻修的计划，在另一些场合则会拿出文件，证明自己预约过拆除，但负责的公司后来破了产，又或者被停业整顿了。至于他究竟为什么采取这些拖延战术，他自己也说不清。毕竟这块地皮可以卖个好价钱。他直到不久前才醒悟到这一点。还有那个计划——那栋房子要用来做什么——肯定也早就潜藏在他的心里，就像一颗小小的虫卵。

8

星期日　　俄罗斯方块

“你气色不错。”哈利说。

“你……晒黑了。”卡翠娜回答。

他们都大笑起来，她把门推到大开，他们拥抱了一下。羊肉和卷心菜的气味填满了公寓。他把一束花递给了她，那是他路上在纳维森便利店买的。

“你现在开始买花了？”卡翠娜说着接过花，扮了个鬼脸。

“主要是为了给你的婆婆留个好印象。”

“好吧，你这身衣服肯定可以。”

卡翠娜走进厨房，准备把花插到水瓶里，而哈利走向客厅。他看到了镶木地板上的玩具，听到了孩童的声音，然后才看到那个男孩。他坐在那儿，背对哈利，对一只泰迪熊玩偶严肃地说着话。

“听着，你得奥（叫）醒我。你得醒着。”

哈利蹑手蹑脚地走了进去，蹲下身子。男孩歪着脑袋开始小声唱歌，轻飘飘的金色鬈发左右摇晃。“布曼，布曼，我的老朋友……”

那男孩肯定是听到了什么，或许是地板的一声“嘎吱”，因为他突然转过头来，笑容已经浮现在脸上。这是个还觉得一切意外都是好事的孩子，哈利心想。

“嘿！”男孩大声又亲切地说，看起来毫不惊慌，尽管有个有着花白胡子的完全陌生的高大男人从身后偷偷接近了他。

“嘿，”哈利说着，把手伸进外套口袋，拿出一只泰迪熊玩偶，“这是给你的。”

哈利递出那只玩偶，但男孩却没有理会，只是瞪大眼睛看着他。

“尼（你）是圣诞脑（老）人吗？”

哈利忍不住笑了起来，但男孩丝毫没有害怕，反而和他一起快活地大笑。男孩接过那只泰迪熊。“他的名字叫什么？”

“他还没有名字，你得给他取一个。”

“那我灰（会）骄（叫）他……你骄（叫）什么名字？”

“哈利。”

“哈维。”

“不对。呃……”

“好，那他就骄（叫）哈维。”

哈利转过身，看到卡翠娜站在门口，双臂交叠地看着他们。

也许是因为她的托滕口音，也许是那头红发和略显凸出的眼睛，总之，哈利每次从餐桌上的餐碟里抬起头，看向侯勒姆的母亲时，都会想起他已故的同事，鉴识员毕尔·侯勒姆。

“他会喜欢你一点都不奇怪，哈利。”她说着，朝男孩的方向点点头，后者得到了离开桌边的许可，现在正在拽哈利的手，想带他去客厅和泰迪熊们多玩一会儿。“你和侯勒姆关系那么好，这就像血缘关系带来的亲近一样。但你需要多吃点，哈利，你瘦得像竹竿似的。”

吃过作为餐后甜点的糖煮西梅以后，卡翠娜的婆婆离开桌子，哄葛德上床去了。

“你生了个好孩子。”哈利说。

“是啊，”卡翠娜说着，双手托住下巴，“我都不知道你这么擅长应付孩子。”

“我也不知道。”

“你和小时候的欧雷克相处的时候没发现吗？”

“我走进他的人生的时候，他刚好在热衷电脑游戏的时期。他也许没注意到有人出现在他和他母亲之间了。”

“但你们的确成了好朋友。”

“萝凯认为，那是因为我们讨厌同样的乐队，而且都热爱俄罗斯方块。你在电话里说过一切顺利。有什么新情况吗？”

“工作方面？”

“随便什么方面。”

“噢，有也没有。我终于又开始跟人约会了——毕竟侯勒姆过世已经有一阵子了。”

“是吗？有让你认真的那种吗？”

“不，恐怕没有。我最近和一个男人出去过几次，感觉还不坏，但我也说不好。你和我往好了说也是性格古怪的那种人，而且这些年来都没什么改善。你呢？”

哈利摇摇头。

“的确，我看到你还戴着结婚戒指，”卡翠娜说，“可以说，你已经遇到过一生挚爱了。侯勒姆和我就不太一样了。”

“也许是吧。”

“他是全世界最体贴的人。也许体贴过头了，”她举起茶杯，“而且又太脆弱，不适合和我这种荡妇相处。”

“这话可不对，卡翠娜。”

“是吗？你平时怎么称呼和丈夫的挚友上床的女人？好吧，也许‘婊子’更准确点。”

“那只是个意外，卡翠娜。我喝醉了，而你……”

“我什么？我真希望我能说自己至少是爱你的，哈利。在我们刚开始共事的那几年里，也许我确实这么想过。可在那之后呢？在那之后，你就成了我永远得不到的男人。那个被霍尔门科伦的棕眼美女追走的男人。”

“呃，说实话，我不觉得萝凯会认为是她追的我。”

“你肯定不是主动追她的。”

“为什么不是？”

“哈利·霍勒！你从来都察觉不到女人对你的兴趣，除非她们说出口。就算这样，你也只会用你皮包骨头的屁股坐下来等着。”

哈利轻笑起来。他现在能问出口了。现在时机刚好。

没有继续拖延的理由了。这太明显了。那头金色鬈发。那双眼睛。那张嘴。当然了，她不知道他某天晚上已经从法医研究所的亚历山德拉·斯图尔扎那里听说了这件事。亚历山德拉因为一时失言间接泄露了事实：侯勒姆给那孩子做了亲子鉴定，她的 DNA 分析证明葛德的父亲是哈利，而不是他。哈利清了清嗓子。“我知道……”

卡翠娜朝他投来询问的眼神。

“我知道楚斯·班森惹上了麻烦。他被停职了吗？”

她扬起一边眉毛。“是的。他和另外两人有在加勒穆恩机场的一次缉毒行动中行窃的嫌疑。这其实没什么意外的——楚斯·班森早就有贪污的恶劣名声，似乎还欠了赌债。这种事只是时间问题。”

“是啊，也许不意外。但这种事还是让人遗憾。”

“我还以为你和他水火不容呢。”

“他也许不太讨人喜欢，但他的确有一些容易被忽视的品质。或许连他自己都忽视了。”

“你说有就有吧。你怎么开始对他感兴趣了？”

哈利耸耸肩。“我在报纸上看到，司法部长还是贝尔曼。”

“天哪，没错。他很适合那些权力游戏。要我说的话，他的政客才能从来都要超过他在做警察方面的才能。你的圈子最近如何？”

“噢，我妹妹还在克里斯蒂安桑，她在和一个男人同居，日子过得不错。欧雷克在拉克塞尔夫的治安官办公室工作，他在和他女友同居。还有爱斯坦·艾克兰，如果你还记得他——”

“那个出租车司机？”

“是的，我昨天和他通过电话。他换了行当。他说赚钱比以前多了。我明天要去看望奥纳。好吧，差不多就这些。”

“你剩下的亲朋好友可不多啊，哈利。”

“是啊。”他尽可能不去确认时间。不去确认这个该死的星期日还剩下多久。星期一是饮酒日。仅限三个单位的酒，但仍然是饮酒日，而且没有规定要在星期一的何时喝下允许的分量，所以他可以在今晚午夜过后立刻开喝，一口气喝光。他没有在机场买下那瓶威士忌，最后选择的是那只泰迪熊，但他确认过自己房间里的迷你吧，里面的东西可以满足他的需要。

“那你呢？”哈利说着，抬起自己的咖啡杯，“你还剩下哪些人？”

卡翠娜思索起来。“好吧。我这边没剩下什么家人了，所以和我最亲近的就是葛德的祖父母。他们帮了我很大的忙。托滕离这儿有两个小时的路，但他们还是一有空就来我这儿。我想他们不太有空的时候也会来，比如我请他们帮忙的那几次。他们太喜欢这孩子了，他是他们仅有的一切了。所以……”

她停顿片刻。目光越过茶杯，看向哈利身边的墙壁。他看得出来，她似乎做好了冒险一试的准备。

“我不想让他们知道。我也不想让葛德知道。你明白吗，哈利？”

所以她知道。而且发现他也知道。

他点点头。这点不难理解：她不希望尚未长大成人的儿子知道自己是出轨的产物，来自他母亲和一个酒鬼的一夜情。她不想让两个宠溺孙子的老人伤透心，也不想失去他们对单亲母子雪中送炭般的支持。

“他父亲的名字是侯勒姆，”卡翠娜低声说着，移动目光，对上哈利的视线，“故事到此结束。”

“我明白。”哈利低声说着，目光不离她的眼睛，“我想你的做法是对的。我只要求你在需要帮助的时候来找我。无论需要什么帮助。我不指望任何回报。”

他能看到卡翠娜双眼湿润。“谢了，哈利。你太慷慨了。”

“算不上，”他说，“我和教堂的老鼠一样穷。”

她大笑起来，吸了吸鼻子，从桌上的卷筒那里扯下一张厨房用纸。“你是个好人。”她说。

那位祖母走了过来，说葛德要妈妈唱一首歌，等卡翠娜消失在孩子的房间里，哈利和侯勒姆的母亲提起了他、侯勒姆和爱斯坦为炉火酒吧编辑歌单的时候，侯勒姆在轮到自己负责的日子是怎么做的。当时有“汉克·威廉姆斯星期四”，有“猫王周”和——或许最令人难忘的——“曲名以 M 开头，都是四十年前的美国歌手或乐队的歌曲”主题之夜。就算侯勒姆首选的那些乐队和音乐人的名字似乎都不是他母亲熟悉的，她泪光闪烁的眼睛也表达出了对哈利的感激：因为他提到了关于她儿子的事，或许任何事情都好。

卡翠娜回到了厨房，她婆婆也返回客厅，打开了电视。

“你最近约会的那个男人呢？”哈利说。

卡翠娜摆摆手，示意略过这个话题。

“说说吧。”哈利说。

“他比我年轻。而且不，我不是在 Tinder 里和他勾搭上的。我是在现实世界里遇到他的。当时一切刚刚重新开放，城里的气氛有那么点愉快。所以……没错，他还在和我保持联系。”

“他和你，不是你和他？”

“他恐怕比我认真那么一点点。倒不是说他不够体贴或者可靠。他有一份稳定的工作，有自己的公寓，生活似乎也井井有条。”

哈利笑了。

“好了好了！”她说着，作势要拍他一巴掌，“如果你是个单亲妈妈，你也会自然而然地考虑这些，好吗？但这种事总该有那么些激情，而且……”

“而且你们之间没有？”

她停顿片刻。“他了解我不懂的那些东西，我其实挺喜欢这样的。他会教我一些事。你知道吗？他对音乐感兴趣，就像侯勒姆。他不在乎我是个怪人。而且他——”她的脸上露出灿烂的笑容，“爱我。你知道吗？我都快忘掉那种感觉了。被人爱到——这么说吧——爱到骨子里。就像侯勒姆。”她摇摇头。“也许我是在下意识地寻找新的侯勒姆，而不是寻找激情。”

“呃，侯勒姆的母亲知道吗？”

“不，不！”她不假思索地摆摆手，“没人知道。我也还不打算把他介绍给任何人。”

“任何人？”

她点点头。“如果你知道事情多半成不了，以后恐怕还会见到对方，你就会尽量少让人知道，对吧？你不会希望别人看着你，然后——怎么说呢——好像知道了这么一回事一样。但我不想再跟你说他的事了。”她坚决地放下茶杯。“该你了。跟我说说洛杉矶。”

哈利笑了。“或许换个时间吧，等我不太赶时间的时候。或许我该把找你的原因说出来了。”

“噢？我还以为是……”她朝孩子房间的方向歪了歪头。

“不，”哈利说，“我当然想过这件事。但我觉得该由你决定要不要告诉我。”

“由我决定？要联系上你简直难如登天。”

“呃，我的电话关机了。”

“关机了六个月？”

“差不多吧。总之，我当时打电话是想告诉你，马库斯·罗德想要雇我当私家侦探，调查那两个女孩的案子。”

卡翠娜难以置信地看着他。

“你在开玩笑吧。”

哈利没有答话。

她清了清嗓子。“你是想跟我说，你，哈利·霍勒，把自己像妓女那样卖身给了……嫖客马库斯·罗德？”

哈利抬头看向天花板，仿佛在思考这个问题。“是的，你的说法相当贴切。”

“看在老天的分上，哈利。”

“只不过我还没答应呢。”

“为什么不答应？是那个嫖客给得不够多吗？”

“因为我得先和你谈谈。你有否决权。”

“否决权？”她哼了一声，“为什么？想做什么是你们的自由。尤其是罗德——毕竟他的钱够多，想买什么都能买到。但话说回来，我没想到他的钱足够买下你的屁股。”

“花几秒钟思考一下利与弊吧。”哈利说着，把咖啡杯举到嘴边。

他看到她眼里的火焰逐渐平息，看到她咬住下唇，她在开动大脑的时候总会这样。想要得出在某种程度上和他相同的结论。

“你打算单干？”

他摇摇头。

“你打算抢走我们或者克里波那边的人手吗？”

“不。”

卡翠娜思忖着点点头。“你知道的，我不在乎什么特权和自尊心，哈利。这种幼稚的竞争就留给你们男孩子吧。如果要我给感兴趣的事举个例子，那就是让女孩子能在这座城市里自由走动，不用担心被强暴或者杀害。眼下她们不能。这就代表让你来查案好过不让。”她摇摇头，似乎不喜欢她能想到的那些好处，“作为私家侦探，你还可以做到我们不允许自己去做的一些事。”

“是啊。在你看来，案情进展如何？”

卡翠娜低头看着自己的手掌。“你很清楚，我不能和你分享调查方面的任何细节，但我猜你读过报纸，所以我可以告诉你，我们和克里波的人为这案子夜以继日地调查了三个星期，在找到那具尸体之前都一无所获。一点也没夸张。我们手头有苏珊星期二晚九点在斯库莱鲁地铁站的监控录像，离我们找到她的地方不远。我们发现贝婷的车停在格雷夫森科伦徒步小径的边上。但没人知道这两个女孩去那里做什么。她们都不是远足爱好者，而且据我们所知，她们在格雷夫森科伦或者斯库莱鲁都没有熟人。我们在两个地区都派出了配备警犬的搜索队，但他们什么都没找到。接着一位慢跑爱好者和他的狗撞见了尸体。让我们看起来就像白痴。这是司空见惯的事了。偶发事件往往会超出我们以系统化搜索所能覆盖的那么点地方。但民众不理解这些。记者也一样。我们的——”她听天由命地呻吟起来，“上级也一样。”

“呃，关于罗德家的那个派对，有什么发现吗？”

“没什么发现，只知道那是苏珊和贝婷唯一的一次碰面。我们尝试弄清大致有哪些人出席了派对，又有谁可能和那两个女孩都说过话。但这就像去年的‘接触者追踪’[①]一样。我们掌握了大部分人的名字，八十来个，但那是住户派对，宾客进出相当自由，没有人认识所有人。无论如何，我们掌握名字的那些人都排除了嫌疑，他们都没有犯罪记录和作案机会。于是我们把目光转回到你重复了许许多多遍，让我们的耳朵都起了老茧的那件事上。”

“呃，‘为什么’。”

“是的，‘为什么’。在我看来，苏珊和贝婷就是我们会称之为‘普通’的两个女孩。在一些地方相似，另一些地方不同。两人的家庭背景都相当安稳，都没有太高的受教育程度——好吧，苏珊学过营销，但六个月以后就放弃了。两人都做过各式各样的工作，贝婷当过没有从业资格的美发师。她们感兴趣的都是衣服、化妆品和自己，还有在城里或者在Instagram[②]上和她们竞争的那些姑娘，没错，我知道这话听起来很武断——纠正一下，

---

① contact tracing，识别和监测与可能的传染病患者有接触的个人，并控制感染传播的方法。

② 一款主打图片分享的社交平台软件。

确实是武断。她们开销很大，经常外出，朋友对她们的描述都是‘派对女孩’。区别之一是，贝婷基本上都是自食其力，而苏珊和父母住在一起，吃穿也都靠父母。另一个区别是，贝婷伴侣的流动率相对更高，苏珊在这方面就比较节制了。”

“因为她是和父母同住的？”

“不只是因为这个。除了几次短暂的关系以外，她有‘假正经’的名声。或许和马库斯·罗德的关系除外。”

“‘糖爹’那种？”

“我们拿到了两个女孩通话和短信的清单。她们在过去三年里经常和罗德联络。”

“有性爱内容的短信？”

“恐怕没到你想象的那种程度。两个女孩发过几张有伤风化的照片，但算不上太下流。更多是在邀请罗德参加派对，以及提到自己想要的东西。罗德定期会用 Venmo[①] 给她们转钱。数量不大，几千克朗，最多的几次也就一万。但足以宣布，‘糖爹’这个词并不是完全不恰当的。在贝婷最后发送的几条短信里，她告诉罗德最近有个记者联系了她，想要证明一条传闻，还准备出一万克朗请她接受采访。她在短信的结尾写道：‘我当然拒绝了。虽然我刚好欠‘线路工人’那么一笔钱。’”

“呃，‘线’[②]。可卡因，要不就是安非他明。”

“而且发送的内容可以被解读为威胁。”

“然后你们就觉得自己找到了那个‘为什么’？”

“我知道这听起来就像在找救命稻草。但我们找了个底朝天，还是没能在两个女孩的社交圈子里找到有明显动机的人，于是我们剩下的人选就只有两个了。一个是马库斯·罗德，他也许想要摆脱那两个拿丑闻来威胁他

① 贝宝（Paypal）旗下的移动支付服务，可以通过网络转账给他人。

② 此处指吸毒时将毒品排列而成的“线”，“线路工人”（line man）则指毒贩。

的女孩。另一个是他的妻子，海伦妮·罗德，动机是嫉妒。问题在于，在女孩们失踪的那两天晚上，他们都为彼此做了不在场证明。”

“和我听说的一样。那最明显的动机呢？”

“比如？”

“比如你刚才提到的。派对上有个精神病患者或者掠食者，碰巧和两个女孩都说了话，还拿到了她们的联系方式。”

“就像我说的，我们所知的那些人都不符合这种侧写。而且派对这条路很可能是个死胡同。奥斯陆是个小地方，两个同龄女孩参加同一个派对的可能性没那么低。”

“她们有同一个‘糖爹’的可能性就要低一点了。”

“也许吧。按照我们谈过话的那些人的说法，不仅仅是苏珊和贝婷而已。”

“呃，你们确认过了吗？”

“确认什么？”

“除了罗德的妻子以外，还有谁可能有结束这场竞争的动机。”

卡翠娜疲惫地笑了笑。“你和你的‘为什么’。我想念你。犯罪特警队也想念你。”

“深表怀疑。”

“好吧，罗德是会和另外几个女孩不定时联络，但她们的嫌疑都被排除了。你明白吗？哈利，我们画掉了所有嫌疑人的名字。这么一来，就只剩下全世界人口的其余部分了。”她用指尖撑住脑袋，按摩起太阳穴来，“总之，现在我们有报纸和其余媒体的支持，有警察署长和总警司的支持，就连贝尔曼都联络了我们，要求我们全力以赴。所以要我说，我很欢迎你试试看，哈利。只要记住，这场谈话从来没发生过。不用说，我们不能合作，就算是非官方的那种，我也不能给你提供任何还没公开的消息。我已经告诉你的这些除外。”

“明白。”

“我相信你也明白，警察总署有些人不会善意地看待来自私家侦探的竞争。尤其是因为竞争的出资者是可能的嫌疑人。你可以想象如果你抢在我们之前解决案子，对总警司和克里波来说会是多大的挫败。据我所知，或许存在能阻止你的法律依据，如果真有的话，我猜他们肯定会用的。”

“我猜尤汗·孔恩已经确认过那方面的问题了。”

“噢对，罗德请了他，我都忘了。”

“关于犯罪现场，你还有什么能告诉我的吗？”

“进去的足迹有两组，离开的只有一组。我想他在事后清理过。”

“对苏珊·安德森的验尸完成了吗？”

“昨天刚完成法医验尸。”

“找到了什么？”

“割开的喉咙。”

哈利点点头。“强奸？”

“没有明显痕迹。”

“还有什么？”

“你这话什么意思？”

“你看起来不像是只发现了这些。”

卡翠娜没有回答。

“我懂了，”哈利说，“你不能公开的情报。”

“我告诉你的已经够多了，哈利。”

“我听到了。但我猜如果我们有所发现，你也不会漠视来自对面的情报，不是吗？”

她耸耸肩。“警方不会禁止公众提供他们可能知道的情报，但不会提供任何酬劳。”

“明白。”哈利确认了时间。离午夜还有三个半小时。

就像是达成了默契似的，他们都抛开了这个话题。哈利问起了葛德的事。卡翠娜谈论起他来，可哈利还是觉得她有所隐瞒。终于，他们的谈话告一段落了。时间已是晚上十点，卡翠娜陪同他走下楼梯，去了后花园，顺便把两个袋子扔进垃圾箱。当他打开铁门，走到街道上的时候，她跟了过去，给了他一个长长的拥抱。他感受了她的体温。就像那个夜晚。但他知道不会有下一次了。他们之间曾经存在一种吸引，一种两人都无法否认的身体上的化学反应，但他们也都明白，用那种理由毁掉他们和各自伴侣的关系就太愚蠢了。但现在，尽管那两段关系都已不复存在，这一段却也未能幸免。那种甜美而禁忌的兴奋感也一去不复返了。

卡翠娜缩了缩身子，放开了哈利。他看到她低头看着街面。

“出什么事了？”

“噢，没。”

她交叠双臂，就像在发抖，尽管今晚天气温暖。

“听着，哈利。”

“什么？”

“如果你想……”她顿了顿，深吸一口气，“你可以找一天来替我照看葛德。”

哈利看着她，缓缓点头。“晚安。”

“晚安。”她说着，匆忙走进院子，关上了铁门。

哈利返回时绕了远路。穿过毕斯雷街和苏菲街，他从前就住在那儿。经过施罗德酒馆，那家棕色墙壁的酒馆曾是他的避难所。他一路来到圣赫根区的最北边，这里可以眺望城市和奥斯陆峡湾。什么都没变。什么都变了。没有哪条路能回到过去。但这里的每条路又都通向过去。

他思索他和罗德以及孔恩的对话。他告诉他们，在他和卡翠娜·布莱特谈话之前，不要把他们签署合同的事告知媒体。他解释说，如果让布莱特觉得她有权否决哈利为罗德工作这件事，他们就有可能建立良好的合作氛围。哈利描述了他预想中和卡翠娜的对话可能的发展，说她自己会找出合适的论据，劝他接下这件案子。他们当时点了头，于是他签了字。哈利听到远处传来教堂报时的钟声。尝到了他嘴里谎言的味道。他已经明白，这不会是最后一次。

普里姆确认了时间。快到午夜了。他刷了牙，一只脚跟着《噢！你们这些可爱的东西》的节奏轻叩地面，同时看向他用胶带贴在镜子上的那两张照片。

其中一张是那个女人，很漂亮，虽然画面因失焦而模糊，但这仍旧只是拙劣的赝品。因为她的美不是凝固的瞬间所能捕获的。她的美在于她散发出的某种气质，在她身体的动作，在她的面部表情、话语和紧随其后的笑声的总和里。这样的照片就像从巴赫或者鲍伊的作品里取出那么一个音符，根本不具意义。不过，这样总比没有要强。但爱一个女人，无论多爱，都不代表你拥有她。因此他向自己发誓不再看她，不再像审视个人财产那样审视她的个人生活。他必须学会信任她，如果没有信任，痛苦只会多到无法忍受。

另一张照片是他这周末之前会搞上床的女人。或者确切地说，那个女人会把他搞上床。然后他会杀了她。不是因为他想这样，而是因为别无选择。

他漱了口，跟着鲍伊唱了起来，唱着“所有噩梦都在今天找上门，看起来还不打算离开”。接着他走进客厅，打开冰箱，看到了那个装有噻苯达唑[①]的袋子。他知道今天服用的剂量太少，但如果他一次服用过多，就会胃痛和呕吐，或许是因为它会抑制柠檬酸循环[②]。诀窍在于每隔一段时间以小剂量服用。他决定现在先不碰它，给自己找的借口是刚刷过牙。他反而拿出了那只写着“红蚯蚓”的已经打开的罐头，走向水族箱，舀出大约半汤匙——大部分是蚊子幼虫——洒了进去，虫子像头皮屑那样漂在水面上，随后开始下沉。

---

① 一种广谱驱线虫药。

② 指生物体内糖、脂肪、蛋白质等被氧化并产生能量、水和二氧化碳的过程。

“老板”的尾鳍飞快拍打了几下，迅速赶来。普里姆打开手电筒，弯下腰去，以便照亮“老板”张大的嘴巴内部。然后他看到了它。看起来就像一只小蟑螂，或者说小虾米。他发起抖来，同时也感到了愉悦。“老板”和“丽莎”。男人——或许也包括女人——在面对最终的婚姻时，恐怕也往往会有这种感受。某种……矛盾的情绪。但他知道，一旦找到了目标，就没法回头了。因为在这方面，人类和动物都负有道德义务，也就是遵循天性，扮演分配给自己的角色，以便维持和谐，维护脆弱的平衡。所以大自然的一切——即便是乍看之下显得怪诞、丑恶和残忍的那些——才会因其完美的功能性而美丽。就在人类享用过智慧之树的果实，学会反省自身，可以不再遵循自然意愿的那一天，罪恶也来到了世间。是的，事实便是如此。

普里姆关掉了立体声音响和灯光。

9

星期一

在奥斯陆更加时尚的西侧，哈利走向蒙特贝洛街那栋大楼的入口。此时是早上九点，太阳闪闪发亮，宛如挑衅。哈利的胃和过去一样像是打了个结。他来过这里。镭医院。一个多世纪前，建造这个癌症治疗专科医院的计划公开以后，邻近居民表示了抗议。他们害怕这种危险又神秘的疾病出现在附近——有些人相信它会传染——会导致他们的房产贬值。与此同时，另一些人给予了支持和捐款——相当于现在的三千万克朗以上——以买下放射所需的四克镭，在癌细胞杀死患者之前先杀死癌细胞。

哈利走了进去，站到电梯前。

不是因为他想坐电梯，而是为了尝试回忆。

十五岁那年，他和他的小妹来镭——来过几次以后，他们就直接这么称呼它了——看望住院的母亲。她在病床上躺了四个月，每次他们到来，她都会比上一次更瘦，脸色也更苍白，就像一张照片在阳光下褪色，她总在微笑的温和面孔眼看就要消失在枕套里。在他此时回忆着的那一天，他发了一通火，随后又流了眼泪。

“事情就是这样，照顾我也不是你的责任，哈利，”他母亲说着，抱住了他，轻抚他的头发，“你的工作是照看好你妹妹，你会做好这件事的。”

在探望后下楼的时候，小妹倚靠着电梯内壁，所以当电梯开始移动的时候，她的长发卷进了电梯门缝和砖墙之间。哈利吓呆在原地，看着小妹的身体被拖到空中，她在尖声呼救。她被扯掉了一丛头发和一大块头皮，但活了下来，并且很快忘掉了这件事，比哈利快很多。哈利仍旧能感觉到那种强烈的恐惧和羞愧，因为他觉得自己刚刚听完母亲的恳切请求，就第一时间让她失望了。

电梯门打开，两个护士推着一张病床从他旁边经过。

哈利一动不动地站在那儿，看着电梯门再次关上。

接着他转过身，开始爬上楼梯，前往六楼。

这里有医院的气味，和他母亲住院那时相比毫无变化。他找到了那扇标有“618”的门，轻轻敲了敲。听到说话声以后，他推开门。里面有两张病床，一张是空的。

“我在找史戴·奥纳。”哈利说。

“他去散步了。”躺在病床上的那个男人说。他是个光头，看起来有巴基斯坦或者印度血统，年龄和奥纳相仿，大约六十岁。但根据哈利的经验，判断癌症患者的年纪是很困难的。

哈利转过身，看到史戴·奥纳拖着脚朝他走来，身穿镭医院的晨衣，这才意识到他们俩刚才在走廊里擦身而过了。

这位曾经大腹便便的心理学家，如今皮肤的皱褶显而易见。奥纳把一只手抬到胸口的高度挥了挥，露出痛苦的微笑，没有露出牙齿。

“最近在节食？”拥抱过后，哈利问他。

“说起来你肯定不相信，但我连脑袋都缩小了。”史戴将那副又小又圆的弗洛伊德式眼镜顺着鼻梁推了推，以此证明自己的话，“这位是吉布兰·塞西。塞西医生，这位是霍勒警监。”

另一张床位上的男人笑着点点头，然后戴上了耳机。

“他是个兽医，”奥纳压低了声音，“是个好人，但那句‘医生总会越来越像他的病人’的谚语恐怕是真的。他几乎一言不发，而我几乎没法闭上嘴。”奥纳甩开拖鞋，爬上病床。

“我都不知道你在赘肉下面还有这么一副运动员的身板。”哈利说着，坐在椅子上。

奥纳轻笑起来。“你恭维别人的技巧总是这么高明，哈利。我当过一阵子赛艇主力划桨手。可你自己呢？看在老天的分上，你该多吃点东西，否则就该瘦到没影儿了。”

哈利没有答话。

“啊，我懂了，”奥纳说，“你想知道我们哪个会先‘没影儿’？那肯定是我，哈利。这应该就是我的死法了。”

哈利点点头。“医生的说法是……？”

“关于我还剩多长时间？没说过。因为我没问。以我的经验，直面事实的价值——尤其是关于自身生死的事实——是被严重高估了的。而且你也知道，我的经验丰富又有深度。归根结底，人们只想过得舒适，而且越久越好，最好直到突如其来的最终落幕。当然了，这让我有些失望，因为我发现在这方面，我和其他人没什么区别，我也不能像自己希望的那样，带着勇气和尊严去面对死亡。但我想，我缺乏勇敢赴死的充分理由。我的妻子和女儿会哭，而我对死亡超出必要的恐惧不会带给她们任何安慰，所以我选择绕开严酷的现实，回避真相。”

“嗯。”

“噢，好吧，我会忍不住猜度医生的想法，通过他们说的话和表情去判断。但是……”奥纳伸出双臂，面露笑容，眼神悲伤，“我始终希望自己是错的。说到底，我在职业生涯里判断错误的次数要多过正确的。”

哈利笑了笑：“也许吧。”

“也许吧。但当他们给你植入吗啡泵①，再把开关交给你自己，而且没有附带有关过量用药的警告时，你也该明白风在往哪边吹了。”

“呃，所以很痛吗？”

“痛苦是个有趣的谈话对象。但我的事说得够多了。跟我说说洛杉矶。”

哈利摇摇头，觉得肯定是因为时差综合征，他的身体因为笑了而在

---

① 又称鞘内镇痛泵，可将吗啡注入蛛网膜下腔，经脑脊液循环直接作用于脊髓，起到缓解疼痛的作用。多用于缓解癌症晚期的许多种疼痛。

发抖。

“别笑了，”奥纳说，“死亡不是什么可笑的事。好了，跟我说说吧。”

“呃，能遵守医患保密协议吗？”

“哈利，这里的所有秘密都会被带进坟墓，而且时间有限，所以我最后说一次，告诉我！”

哈利告诉了他。但不是所有。不包括他离开前——也是侯勒姆饮弹自尽的时候——究竟发生了什么。不包括露西尔和他自己有限的时间。但他把其余的一切都说了出来。说到了他远走高飞，想要逃避那些记忆。说到了他在远方的某处喝到死掉的打算。等他说完的时候，哈利能看到史戴的双眼变得暗淡无神。在史戴·奥纳协助犯罪特警队的警探们办过的许多起谋杀案里，这位心理学家在辛苦工作中表现出的耐力和专注力令哈利印象深刻。现在他在奥纳眼里看到了疲惫和痛苦——以及吗啡。

“萝凯呢？”奥纳有气无力地问，“你经常想她的事吗？”

“一直在想。”

“过去从未消逝，甚至还在继续。”

“保罗·麦卡特尼说过的话？”

“差不多吧。[①]”奥纳笑了笑，“你是会想好的那些方面，还是只觉得痛苦？”

“恐怕是好的方面让我痛苦。或者反过来。就像……好吧，就像酒。在最糟糕的那些日子里，我会在梦到她以后醒来，一时间以为她还活着，真正发生的事只是个梦。然后我又得让那件混账事重新过一遍脑子。”

“回想一下你来到我这儿，想要解决酗酒问题的时候吧，我当时问你在犯酒瘾的时候，有没有希望过世上不存在酒这种东西。你说你希望酒能存在，就算你不想喝酒，你也希望另一个选项存在，希望‘能喝一杯’的想法存在。如果少了这些，一切都会变得灰暗又毫无意义，变成一场没有对

① 上文实际为美国小说家福克纳的名言。

手的斗争。这就是……”

“是的，”哈利说，“和萝凯在一起也是这种感觉。我宁愿受伤，也不希望我的人生里没有过她。”

他们沉默地坐在那儿。哈利低头看着双手。他扫视房间，听到另一张床那边传来低声打电话的动静。奥纳侧躺在床上。

“我有点累了，哈利。有些日子的状况要好些，但今天不是那种日子。多谢你的探望。”

“好多少？”

“你这话什么意思？”

“好到能工作吗？我是说，在这里工作。”

奥纳惊讶地看着他。

哈利把椅子拖向床边。

在警察总署六楼的会议室里，卡翠娜正准备给调查小组的晨会收尾。坐在她面前的有十六个人，其中十一个是犯罪特警队的人，还有五个来自克里波。在那十六个人里，十个是警探，四个是分析员，两个在鉴识中心工作。卡翠娜·布莱特看完了现场勘查组的发现和法医研究所的初步验尸结果，随后展示了双方提供的照片。她看着听众盯着明亮的屏幕，同时在硬椅子里不自在地挪动身体。现场勘查组的发现不太多，他们认为这本身也是一个发现。

“看起来，他也许知道我们在找什么，”一位鉴识员说，“他要么在事后清理过了，要么就是特别走运。”

他们手里唯一的确凿证据，就是两个人踩在柔软地面上的鞋印，其中一组与苏珊脚上的鞋子吻合，另一组则来自一个体重较重的人，穿的是四十二码的鞋子，也许是男性。从足迹来看，他们走路时离得很近。

“就好像他在强迫苏珊跟他去树林里？”麦努斯·史卡勒问，他是犯罪特警队里经验丰富的警探之一。

“有可能，是的。”鉴识专家确认道。

“法医研究所上周末完成了初步验尸，”卡翠娜说，“有好消息也有坏消息。好消息是，他们在苏珊的一边乳房上发现了少量唾液和黏液残留。坏消息是，我们没法确定那些是否来自凶手，毕竟被我们发现的时候，苏珊上半身穿着衣服。所以就算他侵犯过她，也肯定给她重新穿上了衣服，这就不太寻常了。总之，多亏斯图尔扎做了个快速 DNA 分析，我们知道了更坏的消息：它和数据库里所有已知罪犯的都不一致。所以如果残留物不是来自凶手，我们要做的事就成了……”

“大海捞针。”史卡勒说。

没有人发笑。没有人抱怨。只有沉默。在众所周知的荒野里度过了三个星期，加班到深夜，还有秋假取消的风险和国内前线的摩擦。找到一具尸体，这熄灭了一道希望之火，又点燃了另一簇火苗。找到线索，找到解决案子的方法，如今这已经是正式的谋杀调查。今天又是星期一，新的一个星期，伴随新的机会。但那些回望卡翠娜的脸显得苍白、憔悴又疲惫。

她早有所料。所以她留下了最后一张幻灯片，就是为了帮他们醒个神。

“这是他们结束初步验尸的时候发现的东西。”下一张照片出现在屏幕上的时候，她说。卡翠娜星期六从亚历山德拉那里收到这张照片的时候，最先联想到的是电影《科学怪人》[①]里的那个怪物。

房间里的每个人都沉默地看着那颗脑袋上粗糙的缝合线。他们就是震惊到了这种程度。卡翠娜清了清嗓子。

“按照斯图尔扎的描述，苏珊·安德森额头发际线以上的位置似乎被人割了一整圈。那道伤口随后又被缝合起来。我们不清楚这是否发生在她失踪之前，但拉森昨天找苏珊的父母谈过。”

“在苏珊失踪的前一天晚上，还有个朋友和她见过面。”拉森说，“这些

① *Mary Shelley's Frankenstein*，一九九四年上映的科幻恐怖电影，影片中一位名叫弗兰肯斯坦的医生用偷来的尸体重新创造出了一个有生命的怪物。

人都不知道她头上缝过针的事。”

“所以我们可以假设这是那个凶手的杰作。病理学家今天会进行一场完整的临床解剖，所以期待会有更多发现吧。”卡翠娜确认了时间，“在开始今天的工作安排前，还有人想补充什么吗？”

一位女性警探开了口：“既然我们知道两个女孩之一被迫离开道路去了树林里，难道不该加派人手去搜索格雷夫森科伦附近小路边上的林木地带吗？”

“是的，”卡翠娜说，“已经这么安排了。还有什么吗？”

那些回望着她的脸就像已经厌倦的学童在等待下课。真要是这样就好了。去年有人提议请一位越野滑雪比赛的前世界冠军针对业务部门做一场所谓“激励演讲”，内容是怎样越过所有人在五十公里赛事中迟早会感受到的“心理驼峰”①。至于辛苦费，他们提到的那位民族英雄开出了私营企业才负担得起的价码。卡翠娜说他们完全可以让一位全职工作的单身母亲来做演讲，还说这是她听过的动用部门预算的提议里最烂的一个。现在她没那么确定了。

① 指“驼峰效应”，出自滑雪运动的心理学名词，原意为要先登上山峰才能顺畅向下滑行，引申为要得到长远的利益或许要先付出牺牲。

10

星期一　马

年轻的出租车司机困惑地看着哈利递出的那张纸。

“这叫钞票。”哈利说。

那个出租车司机接过纸币，端详上面的数字。“我没有……呃……那个……”

“找零，”哈利叹了口气，“没关系。”

哈利朝毕雅卡赛马场的入口走去，把收据塞进裤子后袋。离开镭医院的这二十分钟路的开销，足够买一张去马拉加的机票了。他需要一辆车，最好是有司机的那种，而且越快越好。但首先，他需要一个警察。腐败的那种。

他在珀伽索斯餐厅找到了楚斯·班森。这家大型餐厅的空间能容纳一千名顾客，但今天——每个星期一次的午间比赛日——只有那些能看到赛道的桌子坐满了人。有一张桌子旁边只坐着一个顾客，就好像他会散发出臭味似的。但近看之下就会发现，理由在于他的眼神以及举止。哈利拉出一把空椅子，眺望赛道，那里有马拖着双轮单座马车——马车上坐着驾马的人——小跑而过，同时有扬声器不断以单调的声音吐出信息。

“够快的。”楚斯说。

“出租车。”哈利回答。

“那你肯定够阔的。我们完全可以在电话里谈完。”

“不。”哈利说着，坐了下来。哈利和他在电话里一共只说了刚好二十个字。喂？我是哈利·霍勒，你在哪儿？毕雅卡赛马场。这就来。

“真的吗，哈利？你开始做见不得光的勾当了？”楚斯发出那种呼噜似的笑声，再加上他瘦削的脸颊、凸出的额头和普遍消极对抗的举止，这些为他赢得了“瘪四”这个昵称。他和那个动画角色有同样虚无主义的处事态度，也同样缺乏社会责任或是道德感，甚至到了令人钦佩的程度。不用说，他这句话的潜台词其实是哈利也开始做见不得光的行当了。

“我可以给你提供一份工作。”

“我没法拒绝的那种？”楚斯说着，不满地瞥了眼赛道，解说员正在列出完赛者的顺序。

“是啊，除非你下注的对象赢了比赛。我听说你丢了工作，还欠了赌债。”

“赌债？谁说的？”

“这不重要。无论如何，你都失业了。”

“我也没有完全失业。我现在不用累死累活也能拿工资。所以就我个人而言，他们大可以慢慢找证据，我根本不在乎。”

“呃，我听说是在加勒穆恩机场查获可卡因的时候挪用了赃物？”

楚斯嗤之以鼻。“我和另外两个缉毒组的人查没了毒品。一种奇怪的绿色可卡因。那些买家觉得绿色是因为它的纯度太高，就好像他们比得上鉴证设备似的。我们把那些东西交给查没部门，可他们发现重量和加勒穆恩机场报告的数字有很小的出入。所以他们送去做了分析。然后分析表明，这些可卡因虽然还是和以前一样绿，纯度却下降了。于是他们觉得是我们用另一种绿色的东西混进了那些可卡因里，但是搞砸了，因为我们稍微弄错了量。或者说我，毕竟只有我和那些东西独处了几分钟。”

“所以你不但可能被开除，还有蹲大牢的危险？”

“你是傻了还是怎么的？”楚斯哼了一声，“他们完全没有证据。几个来自海关，觉得这种绿色玩意看起来和尝起来都像纯可卡因的蠢货。谁不知道一两毫克的重量差可以归结为各种各样的原因？他们会吵闹个一阵子，然后这案子就没人理会了。”

“呃，所以你已经排除他们去寻找其他嫌犯的可能性了？”

楚斯略微后仰脑袋，看着哈利，仿佛在瞄准他。“我在这儿还有些关于马的事要处理，哈利，所以你到底想找我谈什么？”

“马库斯·罗德雇我来调查那两个女孩的案子。我希望你加入团队。”

“活见鬼。”楚斯惊讶地瞪着哈利。

“你怎么说？”

“你干吗来找我？”

“你觉得呢？”

“毫无头绪。我是个差劲的条子，你比大多数人都清楚。”

“但我们不止一次救过彼此的性命。按照一句中国古代的谚语，这代表我们都得为彼此的余生负责。”

“真的？”楚斯的语气有些犹豫。

“另外，”哈利说，“如果你只是被停职，应该还有使用BL96的权限吧？”

哈利注意到，当楚斯听他提起那套从一九九六年开始使用的粗糙而古老的调查报告系统的时候，身体不由得缩了缩。

“是又怎样？”

“我们需要查阅所有报告。策略报告、技术报告、法医报告。”

“是啊。所以这是……？”

“没错，见不得光的行当。”

“这种事足够让条子被赶出警队了。”

“如果被发现的话，肯定。所以报酬才足够丰厚。”

“是吗？多丰厚？”

“给我开个数，我会转告那边。”

楚斯盯着哈利看了很久，若有所思。他垂下目光，看向面前那张桌子上的投注单，用手攥成一团。

眼下是丹妮尔餐馆的午餐时间，吧台和餐桌开始逐渐坐满。尽管它距离市中心和庞大的办公楼群只有几百米距离，但看到这家居民区内的餐馆在午休时间顾客盈门的情景，海伦妮每次都会感到吃惊。

她扫视周围，从她坐的中央的小圆桌扫视这片开放式的宽阔场所。没找到任何有趣的人。然后她把注意力转回笔记本电脑的屏幕。她找到了一个关于马术装备的网站。马匹和骑手可用的产品数量似乎没有上限，对应的价格也一样。说到底，和马有关的人大都生活富裕，骑马又是个炫耀财富的机会。当然了，马术对大多数人而言的缺点在于，在这种背景下“令人钦佩”的标准设置得太高，他们在开始之前就已落败。但进口马术装备真的是她想做的事吗？还是说，她不如尝试在瓦尔勒斯谷、瓦斯法莱特、沃戈①，或者其他风景优美且用“V”起头的鬼地方组织骑马旅游？她用力合上笔记本电脑，深深叹了口气，再次扫视周围。

是的，他们就在那儿，坐在和这家餐馆一样长的吧台边。那些年轻男人穿着各种正装，看上去就像房地产经纪人。年轻女人们穿着裙子和夹克，或者让她们显得“专业”的另一些服装。有些女人是有工作的，但海伦妮能分辨出其余那些，那些长得有点太漂亮、穿的裙子又有点太短的女人，她们对“让工作显得多余的方法”更感兴趣，简单来说，她们的兴趣在于有钱的男人。她不清楚自己为何总会来这儿。十年前，丹妮尔餐馆的星期一午餐堪称名闻遐迩。当时这里有些特别有趣的放纵者，可以满不在乎地在一星期第一个工作日的正午喝得烂醉，然后在餐桌上跳舞。不过当然，这也只是在声明地位而已：只有富人和特权阶级才能允许自己做出这种越轨行为。现在这里就安静多了。从前的火车站如今成了酒吧和米其林星级美食餐厅的结合体，是奥斯陆西侧的精英阶层用餐、饮酒、谈生意、讨论家族事务、建立关系和结成同盟的地方，在获准入内的人和留在店外的人之间有一条清晰的界线。

---

① 均为挪威地名，分别为 Valdres、Vassfaret、Vågå，首字母均为“V”。

就在这里，在一次狂野的星期一午餐里，海伦妮遇见了马库斯。她当时二十三岁，而他年过五十，富得流油，富到他走向吧台的时候，其他人都纷纷让开。所有人似乎都知道罗德家族的好名声。以及坏名声。当然了，她也没有自己假装的那么纯真，她在马库斯位于斯基勒巴肯区的别墅留宿过几次以后，他或许就发现了。证据包括她做爱时的配音，毕竟那就像是从 Pornhub[①] 照搬过来的，还有她的手机整晚不断响起的短信提示音，她还会把可卡因排成长短相同的几条，让他不知道该从哪一条吸起。但他似乎并不介意。他自己说过，纯真不是让他兴致盎然的理由。她不知道这是不是真话，但这点没那么重要。重要的是，或者说重要的那些事之一，在于他可以推动她一直以来梦想的生活方式的实现。那个梦不是作为足不出户的娇妻，把所有时间投入到保养和改善住宅、度假屋、社交网络，以及她自己的身体和脸上。海伦妮把那种事留给丹妮尔餐馆里那些愚蠢的性感女郎，后者就像寄生虫，会在那里寻找合适的宿主。海伦妮有脑子，也对各种事物感兴趣。她对艺术和文化感兴趣，尤其是戏剧艺术和视觉艺术，还有建筑学——她早就想学习这方面的知识了。但她最大的梦想是开办这个国家最好的马术学校。这不是让爱幻想的傻女孩沉迷其中的白日梦，而是学习能力优秀又刻苦的女孩在年轻时描绘的切实可行的计划，她打扫过不止一座马厩，不断进步，最终成了一名马术学校的教练。她看不起“为马痴狂”[②] 这个词，也明白这件事需要多少精力、财力和专门知识。

但她的计划还是彻底搞砸了。

这不是马库斯的错。好吧，其实是，因为就在马术学校的部分马匹生病的时候，他切断了资金供给，再加上意外的竞争和没有预见到的开销，学校的难关变得愈发难以渡过。她只能将它关闭。现在是时候找点新花样了。

---

① 成人视频网站。

② horse mad，同时也是一个畅销书系的名字。

不止一方面的新花样。她和马库斯的关系也维持不了多久了。

有人说当夫妻做爱的次数少于一星期一次时，婚姻走到尽头就只是时间问题。这当然是胡说八道，她和马库斯在过去几年做爱的频率只比六个月一次略高。

她烦恼的不是这点，而是可能的后果。她为了这些——为了和马库斯的生活，为了马术学校——尽了最大的努力，甚至放弃了所有B计划和C计划。以她的成绩可以随意挑选那些教育路径，但她一条都没有选。她没有攒钱，在某种意义上，这代表她要依靠他的钱。不应该说“在某种意义上”——她完全依赖于他的财富。也许不是为了生存，而是……好吧，就是为了生存。事实如此。

她是在何时失去对他的掌控的？说得更准确些：他是在何时对床上的她失去兴趣的？当然了，这肯定和年逾六十的男性的睾酮分泌减少有关，但她相信开端是她表露了对孩子的渴望。她知道对男人来说，很难有比“义务式性爱”更扫兴的事了。但他说过孩子的事免谈以后，那种禁欲也继续了下去。考虑到她自己对和马库斯做爱的欲望——从来算不上贪婪的欲望——同样有所衰减，这算不上什么大问题。尽管她怀疑他为了满足需要，把目光投去了别的地方。但只要他足够谨慎，别让她成为笑柄，那就没关系。

是的，问题在于派对上的那两个女孩。其中一个被确认死亡，另一个仍然不知下落。而且她们都和马库斯有联系。她们共同的“糖爹”。这个词甚至出现在了出版物上。这个白痴——她真该扯掉他的脑袋！她不是希拉里·克林顿，现在也不是二十世纪九十年代，她没法就这么“原谅”她的丈夫。因为现在的世界不允许女人放过做出这种事的浑球，你必须尊重你自己，尊重你的性别和时代思潮。多亏了她该死的运气，她才没出生在上个世代。

可就算她“被允许”原谅他，马库斯就不会离开她了吗？这是否正是他在等待的事，有一个既不特别可耻也不特别光荣的借口，让他可以离开她？毕竟“年过六十还到处乱搞的男人”这种名声既有好处也有坏处。对马库斯·罗德这样的人来说，肯定有比被人贴上“雄风仍在的浑球”和“花花公子”这种标签更糟糕的事。所以她应该抓紧时间，抢在他离开之前离开他，对吧？毕竟被人抛弃代表终极的失败。

所以她在寻找。这是无意识的举动，但她发现了自己在做什么。大致评估顾客群体中的男性，判断他们之中的哪一个——在假设的未来情况里——会对自己感兴趣。人们觉得他们能藏起自己的秘密，但不用说，事实就是我们都会表现出想法和感受，那些仔细观察的人就能看穿。

所以当那个服务员停在她面前，把一杯鸡尾酒放到桌上的时候，她其实不该惊讶的。

“脏马丁尼，”他用诺兰德口音的瑞典语说，“来自那边的他……”他指向一个独自坐在吧台边的男人。他此时看向窗外，所以她看到的是他的侧影。他那套外衣的质量或许比其他男性主顾的高出一个档次，而且毫无疑问，他是个英俊的男人。可他很年轻，或许和她的年龄——三十二岁——相仿。但不用说，有进取心的男人用这么点时间就能取得许多成就了。她不清楚他为什么没在看她，也许他很害羞，也或许他点那杯饮料已经有一会儿了，又觉得自己不该一直盯着她看。如果真是那样，他还挺可爱的。

“我在星期一午餐时通常会喝一杯马丁尼，这事是你告诉他的吗？”她问。

服务员摇摇头，但他的笑容带着某种意味，让她不禁怀疑他没有完全坦诚。

她朝服务员点点头，表示她接受这杯饮料，然后服务员便转身离开。在目前的情况下，她未来恐怕还会收到好几杯来自仰慕者的酒，所以干吗不从这个看起来颇有魅力的家伙开始呢？

她将那杯酒举到唇边，注意到它的味道不太一样。或许是因为杯底的两颗橄榄，也就是让这杯酒变“脏”的成分。或许这就是她需要习惯的事：所有东西都会变得不同，变得更加肮脏。

吧台边的男人用目光扫过大厅，仿佛不知道她坐在哪儿。海伦妮抬起手来，吸引了他的目光。然后她举杯祝酒。作为回应，他抬起了自己的杯子：一杯水。但他没有笑。没错，他或许是比较害羞的那类人。不过，他随即站了起来，扫视周围，仿佛要确认不存在其他参与者，这才开始接近她。

他当然会接近她。只要海伦妮想要，任何男人迟早都会这么做。但随着他的靠近，她又觉得自己并不希望这种事发生，至少现在不想。她从未对马库斯不忠，甚至没和别的男人调过情，而且在一切结束、尘埃落定之前都不会。她是那种诚实又只爱一个男人的女人，向来如此。即使马库斯远远算不上专一。因为重要的不是他对她的看法，而是她对自己的看法。

那人停在她的桌边，开始拉出另一把椅子。

“请不要坐下，”海伦妮抬头看向他，露出灿烂的笑容，“我只是想谢谢你请我的酒。”

“酒？”他回以笑容，脸上却浮现困惑。

“这杯。你请我的。不是吗？”

他笑着摇了摇头。“要不然就假装是这样吧。我叫菲利普。”

她回以大笑，也同样摇摇头。他看起来已经有那么点迷上了她，真可怜。“祝你今天愉快，菲利普。”

他绅士地鞠了一躬，转身离开。在她和马库斯结束之前，他恐怕会一直等在这儿。希望到那时，他手上那枚试图藏起的结婚戒指已经不见了。海伦妮朝那个服务员招招手。他站到桌边，垂下脑袋，露出内疚的笑容。

“你耍了我。究竟是谁点了这杯酒？”

“抱歉，罗德夫人。我以为是您认识的人跟您开的玩笑。”他指了指她身后不远处那张墙边的空桌子，“他刚走。我给他送去了两杯酒，可他接着又招手让我过去，让我把其中一杯给您，又指着那个人，让我说是他点给您的。他说的是‘吧台边那位模样英俊的绅士’。希望他还没走太远。”

“没关系，”她说着，摇了摇头，“希望他给足了你小费。”

“当然，罗德夫人。当然。”那服务员咧嘴笑了笑，露出齿缝里黑色的鼻烟末。

海伦妮挑出橄榄，喝完了剩下的马丁尼，那种味道却徘徊不去。

直到走向金狮街的途中，怒火才降临下来，击中了她。作为一个聪明的成年女性，她居然要接受自己的存在被男人操控，被她既不喜欢也不尊敬的男人操控，这简直是疯了，简直是彻底精神失常。她究竟在害怕什么？孤独？天哪，她本来就是孤独的，每个人都是孤独的！而且马库斯更有理由害怕。如果她说出真相，说出她知道的事……这个念头让她发起抖来，正如总统们想到按下那个按钮就会发抖。当然与此同时，“可以按下去”的念头又会令他们兴奋。权势真的很让人兴奋！大多数女人都会用间接的方式追求权势，也就是追求拥有权势的男性。但如果你自己就有个核弹发射按钮呢？她之前为什么完全没想过这点？很简单：因为那条船已经触礁，眼下正在漏水。

海伦妮·罗德当场决定，从此以后她会掌控自己的人生，而她今后的人生里留给男人的空间将会少之又少。也因为海伦妮·罗德非常清楚，如果她下定决心去做某件事，就会坚持到底，她知道事情就是这样的。现在要考虑的就是制订计划。然后，等这一切都过去，她会给那个长相讨她喜欢的男人点一杯酒的。

11

星期一　　赤裸

哈利走进奥斯陆中央车站前方的广场时，看到爱斯坦·艾克兰站在那尊老虎雕像旁边，在石板地面上连连跺脚。爱斯坦上身穿着瓦勒伦加队的队服，但其余部位都是纯粹的基思·理查兹风格，包括发型、皱纹、围巾、眼线、香烟和消瘦的身板。

就像面对奥纳那样，哈利没有太用力地拥抱他的童年好友，仿佛在担心自己的生命里会有更多人化为碎片。

“哇，”爱斯坦说，“这一身不错。你在那边都做些什么？管妓女？卖可卡因？”

“不，但我能看出你是做这些的。”哈利说着，四下张望。广场上的人大都是通勤者、游客和办公室职员，但在奥斯陆，像这样有公开毒品买卖的地方屈指可数。“我得承认，我没料到这种发展。”

“是吗？”爱斯坦说着，扶了扶被拥抱撞歪的墨镜，“我料到了。我应该早几年起步的。不光收入比开出租要高，还更健康。”

“更健康？”

“让我更接近供应源。现在进到这副身体里的全都是高品质的货色。”他的双手顺着自己的身侧向下滑去。

“呃，剂量也适度？”

“当然。你呢？”

哈利耸耸肩。“目前来说，我正在尝试你的‘适度管理疗法’。不确定长远来看有没有效果，但我们走着瞧吧。”

爱斯坦抬起一根手指，轻轻敲了敲鬓角。

“好，好。”哈利说，这时他发现有个站在稍远处、身穿派克大衣的年轻人盯着他。即使以这种距离，哈利也能看到他的眼睛是蓝色的，而且张得很大，以至于虹膜周围的眼白都清晰可见。他的两只手都塞在深深的衣袋里，就像是攥着什么。

“那家伙是谁？”哈利问。

“噢，那是阿尔。他能看出你是条子。”

“毒贩？”

“对。人不错，就是挺怪的。有点像你。”

“我？”

“当然，他比你帅。而且比你聪明。”

“真的？”

“噢，你也以自己的方式聪明，哈利，但那家伙是书呆子式的聪明。只要你提起什么东西，他就能说出关于那东西的一切，你懂的，就好像他学过似的。你们的共同点在于，你们都有能迷倒女士的那种特质。那套富有魅力又孤单寂寞的把戏。而且他也喜欢什么都按习惯的来，就像你。”

哈利看着阿尔转过身，仿佛不想让哈利看到他的脸。

“他周末会在这里从早上九点站到下午五点，”爱斯坦说了下去，“就像是在干正规工作。就像我说的，他讨人喜欢，但很小心，几乎到成了偏执狂的程度。乐意谈工作，但完全不肯谈自己，这点和你一模一样。只不过这家伙就连名字都不肯说。”

“所以‘阿尔’是……”

“我用保罗·西蒙的那首歌给他取了名。《你可以叫我阿尔》，记得吧？”

哈利咧嘴笑了笑。

“你看起来也有点焦虑，”爱斯坦说，“你还好吧？”

哈利耸耸肩。“我在那边也有那么点偏执的症状。”

“嘿，”有个声音响了起来，“有可卡因吗？”

哈利转过身，看到了一个头戴兜帽的男孩。

“你觉得我是毒贩？”爱斯坦低声说，“滚回家写作业去吧！”

“你不是吗？”他们目送男孩朝那个身穿派克大衣的家伙走去的时候，哈利问。

“是，但我不卖给那么小的孩子。那种顾客还是留给阿尔和市场街的西非人吧。另外，我就像那种高等级的妓女，基本是上门服务，”爱斯坦咧嘴一笑，露出一排烂牙，又亮出一台崭新闪亮的三星手机，“送货到家。”

“这代表你有一辆车？”

“当然。我买下了以前开的那辆旧奔驰。出租车公司的老板便宜卖给了我。他说顾客一直在抱怨烟味，他没法去掉，又说都是我的错。哈哈。我还忘了摘掉车顶上的出租车标志，所以我可以在公交车道上开。说到烟味，你有烟吗？”

“我戒了。而且在我看来，你自己肯定有烟。”

“你的烟味道从来都更好，哈利。”

“好吧。现在没了。”

“是啊，我猜这就是加利福尼亚能给一个男人带来的变化。”

“你车停的地方远吗？”

在那辆梅赛德斯开裂磨损的前座上，他们向着海的方向眺望碧悠维卡区，那片富有魅力的新城区由奥斯陆峡湾区和塞伦加区组成，但新建的蒙克博物馆——就像个十三层楼高、身穿约束衣的精神病患者——阻挡了风景。

“天哪，真够丑的。”爱斯坦说。

“所以你怎么说？”哈利问。

“负责开车和干杂活？”

“对。而且如果我们发现毒品和案子有关，也许会需要内部知情人士找出马库斯·罗德那边可卡因往来的痕迹。”

“所以你确定他会用‘行军粉’[①]？”

“他总打喷嚏，瞳孔放大，桌上还放着墨镜。他总是扫视房间。”

“眼球震颤[②]。但你说的是罗德那边的痕迹。他不是你的客户吗？”

“我的工作是解决一起谋杀案，或许是两起。不是维护那个人的利益。”

“你觉得是因为可卡因？如果你说海洛因，我也许——”

“我什么都没觉得，爱斯坦，但只要画面里出现成瘾药物，它就总会扮演某种角色。而且我觉得，至少其中一个女孩有这方面的瘾。她欠毒贩一万克朗。所以你要不要加入？”

爱斯坦审视香烟的火光。“你究竟为什么接这活，哈利？”

“我说过了，为了钱。”

“要知道，别人问鲍勃·迪伦当初为什么搞乡村音乐和抗议歌曲的时候，迪伦也是这么说的。”

“你觉得他在骗人？”

“我觉得那是迪伦为数不多的实话之一，可我觉得你在骗人。如果你要我参与到这场疯狂里，我就要知道你真正的理由。所以，说吧。”

哈利摇摇头。“好吧，爱斯坦，为了你还有我自己，我不能跟你说出一切。你只能相信我了。”

“你上次成功是什么时候的事？”

“不记得了。有过吗？”

爱斯坦大笑起来。把一张 CD 推进播放器，调高了音量。“听过传声头乐队的最新作品吗？”

“《赤裸》，一九八七年的？”

---

① marching powder，可卡因的别称。

② 眼球自发或在诱发后出现的不自主、有节律、短促的摆动。

“一九八八年。”

爱斯坦给他们俩各自点燃一支香烟，与此同时，《盲目》的乐声从扬声器里传了出来。他们抽着烟，听戴维·伯恩唱着“迹象不见，迹象消失”之类的歌词，没有摇下车窗。烟气弥漫在车里，就像一片烟的海洋。

“你有没有过这种感觉：你知道自己要做蠢事，但还是去做了？”爱斯坦说着，抽完了最后一口烟。

哈利把自己的那支在烟灰缸里按灭。“有一天，我看到一只老鼠笔直走向猫，然后被咬死了。你觉得这又是怎么回事呢？”

“我不知道，你告诉我吧。因为缺乏自我保护的本能？”

“总之是某种冲动吧。我们会被悬崖的边缘吸引过去——至少一部分人会。他们说这是因为接近死亡会让活着的感觉更加强烈。可去他的，我不知道。”

“说得好。”爱斯坦说。

他们盯着蒙克博物馆。

“我同意，”哈利说，“简直丑得吓人。”

“好。”爱斯坦说。

“好什么？”

“好，我接下这活，”爱斯坦把香烟按灭在哈利的那支上，“肯定比卖可卡因有意思。说实话，卖那东西太无聊了。”

“罗德给的也够多。”

“这没关系，我不介意的。”

哈利笑了笑，拿出正在振动的手机。看到显示屏上是字母“T”。

“我在，楚斯。”

“我查过了你要打听的那份法医研究所报告。苏珊·安德森的头上有缝合线。他们还在她的一边乳房上发现了唾液和黏液。他们跑了一次快速DNA分析，但登记在案的罪犯里没有匹配者。”

“好。多谢。”

哈利挂了电话。这就是卡翠娜不想——或者说觉得自己不能——告诉他的事。唾液。黏液。

“所以头儿，要去哪儿？”爱斯坦说着，转动钥匙，发动了引擎。

12

星期一　　韦格纳转椅

“这是在开玩笑吗？”戴着口罩的病理学家问。

亚历山德拉盯着桌上那具尸体打开的颅骨，眼神难以置信。在全面尸检期间，病理学家在颅骨上锯出环形切口并检查大脑是很平常的事。在他们旁边那张器械台上，就放着平常用的工具：手动和电动骨锯，外加他们用来去除颅骨顶端的丁字形开颅凿。不寻常的是，这些器具都没有被用在苏珊·安德森身上。没那个必要。因为在切断缝合线，取下头皮，将苏珊的金色长假发放到另一张桌上以后，事实便明朗起来：有人抢先了一步。那颗颅骨已经被人锯开了。那位病理学家掀开颅骨的顶部，就像掀开一块带铰链的盖子。她那句关于开玩笑的询问就是在这时问出口的。

“不。”亚历山德拉低声说。

“你在开玩笑吧。”卡翠娜对电话那头说。她看向自己办公室的窗外，看向格陵兰公园，那条两边种着椴树的林荫道通往过去的奥斯陆监狱，那儿堪称风景如画。天空晴朗，虽然人们不再只穿内衣裤躺在草地上，但他们坐在长椅上，面向阳光，清楚这恐怕是今年最后一个气温称得上夏天的日子。

她听着电话，明白亚历山德拉·斯图尔扎没在说笑。她其实也没觉得她在说笑。亚历山德拉在星期六告诉她缝合线的时候，她多少已经预料到这种可能了，不是吗？他们要对付的不是理性的杀人犯，而是个疯子，是个只靠回答哈利的“为什么”没法找到的疯子。因为其中没有为什么，至少没有正常人能理解的那种。

“多谢。”卡翠娜说完，挂上电话，站起身来。她穿过这间开放式办公室，走向曾属于哈利的那间没有窗户的办公室，他晋升到警监的时候拒绝换去更大也更明亮的办公室，仍旧留在那里。或许正因如此，拉森才会在办案期间选择那间办公室作为行动基地，又或者他只是觉得，那里比她给他看的另外两间办公室更合适。门是开着的，所以她敲敲门，然后就走了进去。

拉森的西装外套挂在衣帽架的一只挂钩上，她意识到那肯定是他自己带来的。他的衬衣那么洁白，仿佛在昏暗的房间里闪闪发光。她发现自己不由自主地扫视周围，寻找哈利还在时的那些物件。像是那张装在相框里的《已故警察俱乐部》，里面全是哈利殉职同事的照片。但一切都不在了，就连衣帽架都是新的。

“有坏消息。”她说。

“噢？”

“我们会在一小时内拿到初步验尸报告，但斯图尔扎提前给我透了底。苏珊·安德森失去了大脑。”

拉森扬起一边眉毛。“你是指字面意义上的？”

“验尸能发现的东西也就那么多，所以没错，我说的是字面意思。有人打开苏珊的头盖骨，然后……”

“然后？”

“摘除了她的整颗大脑。”

拉森靠向椅背。她认出了那种悠长而悲哀的嘎吱声。那把椅子。那件破旧的残骸。所以他们没把它换掉。

尤汗·孔恩看着马库斯·罗德打了个喷嚏，用亮蓝色手帕擦擦鼻子，再把手帕放回内袋里，又靠向办公桌后面那把韦格纳转椅[①]。孔恩知道那是韦格纳椅，因为他自己也想过买一把。但它标价接近十三万克朗，他不觉得自己能向合伙人、妻子或者客户证明购买它的合理性。这把椅子构造简单、优雅，却又完全算不上惹人注目，也因此很不符合马库斯·罗德的风格。他推测是有人——也许是海伦妮——劝罗德说，原本的那把办公椅，那把黑色皮革的高背式“大执行官”[②]太俗气了点。虽然他不觉得房间里的另外两人会在乎。哈利·霍勒拉开会议桌边的一把椅子，坐在罗德的办公桌前，同时另一个人——那个非常可疑，外表像胡克船长[③]的家伙——坐在门边，哈利介绍说他是团队里的司机和勤杂工。所以他至少清楚自己的身份。

“告诉我，霍勒，”罗德吸了吸鼻子，“你在开玩笑吗？”

“不。”哈利说着，一屁股坐在椅子里，双手背在脑后，伸直他那双长腿，此时正将自己的鞋子转成不同角度，仔细审视，仿佛刚刚注意到它们。在孔恩看来，那似乎是一双约翰·洛布，但他很难想象霍勒这样的人买得起。

“霍勒，你真觉得我们的团队应该包括一个住院中的癌症患者、一个正在接受贪污调查的警察，还有个开出租的？”

“我说的是从前开出租。他现在的行当是零售业。而且不是我们的团队，罗德，是我的。”

罗德脸色发黑。“问题在于，霍勒，这根本不叫团队，这就是个……剧团。如果我蠢到宣布这些……这些人就是我能找到的最佳人选，别人只会觉得我像个小丑。”

“你不用宣布。”

① 指丹麦著名家具设计师汉斯·韦格纳设计的转椅。

② “大执行官（Grand Executive）”是瑞士高端家具品牌 Vitra 售卖的一种椅子。

③ 英国剧作家巴里的作品《彼得·潘》中的角色。

“但看在老天的分上，老兄，广而告之是我们的目的之一，难道我之前说得不够清楚吗？”罗德低沉的嗓音在宽大的房间里回响，“我希望公众明白，我雇了最优秀的人才来解决这件案子，这样他们就会明白我是认真的。这是为了我和我公司的名声。”

“上次你还说是因为对你的怀疑会给家庭带来压力，”哈利和罗德不同，他反而压低了嗓音，“而且我们不能公开团队里的成员，否则那个警察会被立刻解雇，也自动失去查阅警方报告的权限。而这正是让他加入团队的理由。”

罗德看向孔恩。

律师耸耸肩。“新闻稿上最重要的名字是哈利·霍勒，屡破谋杀案的知名警探。我们可以说他想要组建一支团队——这样应该足够了。只要担任主角的那个人够优秀，人们就会认定团队的其余成员也很优秀。”

“还有一件事。”哈利说，“奥纳和艾克兰每小时的收费要和孔恩一样，楚斯拿双倍。”

“你疯了吗，老兄？”罗德摊开双臂，“你的酬金是一回事，只要你不成功就分文不取，那就没问题，这代表你很有种。但要付双倍于律师的费用给一个……一个骗子里的无名小卒？你能否解释一下，他究竟有什么资格拿这种酬金？”

“说实话，我不知道他有没有资格，”哈利说，“但他值这个价。这不就是你这样的实业家给的基本工资吗？”

“值这个价？”

“我再说一次吧，”哈利说着，压下打哈欠的冲动，“楚斯·班森有权使用 BL96，这就代表本案中所有的警方报告，包括鉴识中心和法医研究所的那些。警方的调查团队目前的人数介于十二人到二十人之间。班森的密码和虹膜的价值等于所有这些人加起来的工作成果。除此之外，还有他承担的风险。如果有人发现他把保密情报传递给外部团体，他不光会被炒鱿鱼，还要面临牢狱之灾。”

罗德闭上眼睛，摇了摇头。再次睁眼的时候，他笑了起来。

“你知道吗，哈利，我们巴贝尔公司眼下的合同谈判刚好用得上你这样的讨厌鬼。”

“很好，”哈利说，“还有一个条件。”

“噢？”

“我要盘问你。”

“可以。”

“配备测谎仪的那种。”哈利说。

13

星期一　　奥纳小组

莫娜·达亚坐在自己的办公桌前，读着一篇由名叫赫迪娜的博主写的关于社会压力和审美标准的文章。博主文笔糟糕，有时还很拗口，但用的是直接的口语化表达，易于理解，就像坐在一张咖啡桌边，听着一个朋友唠叨日常生活里的问题。那位博主“睿智”的想法和建议太过陈腐和老套，莫娜不确定自己该打哈欠还是怒骂。

赫迪娜运用来自同类博客里的那些老生常谈的语句，就好像那是她自己的标语和创意那样，真诚又愤慨地描述说，生活在将外貌视为首要的世界里是多么令人沮丧的事，又哀叹说这点令许多年轻女子感到不安。无疑非常矛盾的是，赫迪娜本人就发布过漂亮、苗条、做过隆胸手术的自己的软色情照片。这个话题一次又一次被人提起，最终——在赢得每一场战斗以后——精疲力尽的理性还是输掉了战争，输给了愚蠢。说到愚蠢，莫娜·达亚此时浪费人生里的半个小时去阅读赫迪娜的博客，就是因为有人请了病假，苏珊案又暂时没什么动静，编辑朱莉娅安排莫娜来对赫迪娜博文下的那些评论做文章。朱莉娅丝毫不觉得讽刺地对莫娜说，她要做的是清点评论是正面居多还是负面居多，以此决定文章的标题里该用“赞誉”还是“批评”。再配上赫迪娜的一张稍许——但不能过分——性感的照片，用来吸引点击。

莫娜感觉受到了侮辱。

赫迪娜的文章里说，所有女性都是美丽的，关键是每个人需要找到自己独特的美，然后相信它。只有这样，你才能不再拿自己与其他人对比，不再相信自己在美丽竞赛中落败，不再因此导致饮食失调和抑郁，毁掉人生。莫娜很想写下显而易见的道理，也就是如果人人都美丽，那就没人是美丽的，因为美丽就代表以积极的方式引人注目。在她长大成人的过程中，几位电影明星，或许外加一个同班同学都享受过“美丽的特权”，这里指的是这个词原本的含义。但这对她和她的朋友来说不是什么特别烦心的事，作为大多数普通和“不美丽”的人，他们还有更重要的事要关注，普通的外表不会毁掉任何人的人生。正是因为赫迪娜这类人接受了那个前提，认为“所有人都想要并应该想要变得‘美丽’”是毫无疑问的事实，才创造出了所谓“失败者”。如果你周围百分之七十的女性都通过美容手术、节食、化妆和锻炼实现了另外百分之三十的人无法企及的外表，那么这些从前算得上“还好”的普通女性就突然变成了少数派，也就有理由会出现轻微的抑郁症状。

莫娜叹了口气。如果她自己生来就有赫迪娜的外貌，她会不会也有类似的想法和感受？即使赫迪娜也不是生来就像照片里那样？也许不会。她也说不好。她只知道，没有比给一个没脑子却有五十万粉丝的博主安排版面更让她痛恨的事了。

她的屏幕上冒出了突发新闻的提示。

莫娜·达亚也意识到，有一件事是令她更加痛恨的，那就是追在特里·沃格的身后吃灰。

“《苏珊·安德森的大脑被摘除了》，”朱莉娅大声读出《挪威日报》的网站内容，随后盯着站在她办公桌前的莫娜，“我们却完全没听说任何风声？”

“是的，”莫娜说，“我们和其他媒体都没听说。”

“我不了解其他媒体，但我们是《世界之路报》，莫娜。我们是最大也最好的。”

莫娜觉得，朱莉娅完全可以把她们都在想的那件事说出口。曾经是最好的。

“肯定有警方的人泄密给他。”莫娜说。

“那样的话，他们显然只泄密给了沃格，这种叫作‘信源’，莫娜。我们的工作就是培养信源，不是吗？”

莫娜从没见过朱莉娅用这种高人一等的口气对她说话，就好像她资历尚浅，并非这份报纸知名度最高也最受尊敬的新闻记者之一。但莫娜也知道，如果换作她是编辑，记者一方也别指望能获得从轻发落——倒不如说会恰恰相反。

“信源是一回事，”莫娜说，“但想让警方的人给你那种情报，你就得有可以交换的情报才行。或者给的酬劳够多。又或者……”

“什么？”

“或者对相关人士有影响力。”

“你觉得这就是原因？”

“我也说不好。”

朱莉娅让椅子转向后方，看向窗外，俯视政府大楼前方的建筑工地。“但也许你在警察总署也有认识的人，而且你……能影响对方？”

“如果你在说安德斯，那就忘了这件事吧，朱莉娅。”

“伴侣是警方人员的犯罪线记者本来就有获取内幕信息的嫌疑。所以干吗不——”

“我说过了，忘了这件事！我们还没有绝望到那种程度，朱莉娅。”

朱莉娅歪了歪头。“没有吗，莫娜？去问问管理层吧。”她说着，指了指天花板，“这是我们几个月以来最大的新闻，今年倒闭的报社也前所未有地多。至少考虑一下吧。”

“说真的，朱莉娅，我不需要考虑。我宁愿一辈子写那个叫赫迪娜的该死的女人，也不想听从你的提议毁掉我自己的小窝。”

朱莉娅对她微微一笑，食指放在自己的下唇上，若有所思地看着莫娜。

“当然。你是对的。我太绝望了。而且错了。有些界线当然是你不会跨越的。”

莫娜回到自己的办公桌边，迅速通读了其他报纸的网站，后者能做的和她一样：报道大脑缺失的消息，表示参考了《挪威日报》，然后等待当天晚些时候的新闻发布会。

等她把那篇两百字的文章发给网络编辑，后者迅速发布以后，她坐在那里，思考朱莉娅刚才的话。信源。有影响力。她和一个地方报纸的记者聊过，后者称呼那些大城市的报纸为“贼鸥”，因为他们会浏览较小的报纸，偷走想要的内容，然后当作自己的文章发布，只在最后一行尽可能简短地提及那份地方报纸，让所有人都没法指责他们破坏游戏规则。莫娜之后搜索了“贼鸥”这个词，发现它是一种鸟，是所谓“间接寄生动物”，会跟随较小的鸟类并抢夺对方的猎物，直到对方放弃为止。

能不能用类似的方法对付特里·沃格呢？她可以稍微打探一下他对吉妮强奸未遂的传闻，这件事的工作量应该不超过一天。然后她可以接近沃格，接着对他说，如果他不肯分享苏珊案的信源，她就把这事登报，迫使他放弃自己的猎物。她思考起来。的确，这代表她必须和那个讨厌鬼接触，而且——如果他愿意配合——还要忍住不把强奸未遂的事登报，尽管她掌握证据。

紧接着，莫娜·达亚如梦初醒，又发起抖来。她究竟在盘算什么？她，自封的道德标准法官，批判过那个偶然发现了获取关注、金钱和名声的方法的年轻女孩。她自己难道就不喜欢那些东西吗？

是啊，但不能像这样，不能靠作弊。

莫娜决心在当天下午惩罚自己：在那几组硬拉结束后，额外加三组肱二头肌弯举。

傍晚的昏暗降临在奥斯陆。在镭医院的六楼，哈利可以俯瞰高速公路。在那里，在道路最低洼的位置，他能看到车辆像萤火虫那样倾斜着爬上小山，朝这条高速公路在四公里半之外的最高点靠近，国立医院和法医研究所就坐落在那里。

“抱歉，莫娜，”他说，“我无可奉告，新闻稿已经把该说的事都说了。不，你不能知道团队其他成员的名字，我们倾向于低调工作。不，我不能谈论那个话题，你得问警方自己是怎么想的。我听到了，莫娜，可还是一样，我没有能补充的东西，现在就该挂电话了，好吗？替我向安德斯问好。”

哈利把新买的电话丢进外套内袋，重新坐下。

“抱歉，我不该保留从前的挪威手机号的，”他双手合十，“不过在场的所有人都做完了介绍，案情也大致讲过了。在继续之前，我提议叫这个团队‘奥纳小组’。”

“不，不应该用我的姓氏。”史戴·奥纳反驳道，在病床上坐直了些。

“我要为自己的用词不严谨道歉，”哈利说，“我已经决定叫它‘奥纳小组’了。”

“原因呢？”爱斯坦问道，他坐在床对面的一把椅子上，面对哈利和楚斯·班森。

“因为从现在开始，这里就是我们的办公室了，”哈利说，“警察被人叫成警察，就是因为他们有个‘警察总署’，不是吗？”没人答话。哈利的目光扫过另一张病床，确认那位兽医离开房间后没有自行返回。然后他拿出三份装订好的文件，那是在西弗酒店的商务中心打印的。

“这是目前所有相关的重要报告的概要，包括今天的解剖报告。你们都要负责保管好这些文件。如果弄丢了，这家伙就有麻烦了。”他朝楚斯的方向点点头，后者咕哝着笑了一声，但笑意没能传到他的眼睛，又或是那张脸的其余部分。

“今天，我们不会按部就班地工作，”哈利说，“我只想听听你们对这件案子的想法。这是怎样的谋杀？如果你们什么想法都没有，我也希望你们告诉我。”

“活见鬼，”爱斯坦咧嘴一笑，“我加入的是这种团队？智库？”

“至少刚开始是这样的。”哈利说，“史戴？”

那位心理学家将两只瘦削的手掌重叠放在羽绒被上。“好吧。这段开场白够专横的，不过……”

“嗯？”爱斯坦说着，目光尖锐地看向哈利。

“我就随便开个头吧，”奥纳说，“但如果有一名女子死了，我最先想到的是——这么说吧——有相当高的可能性和与她关系亲密的人有关，比如丈夫或者男友，动机是嫉妒，或者是另一种羞辱性的拒绝。如果有两名女子被谋害——在这件案子里，这种可能性很高——那么行凶者很可能和两人都没有密切联系，动机则与性有关。这件案子的特别之处在于，两名受害者在失踪前去过同一个地方。但另一方面，如果‘六度分隔’[①]理论适用于这颗行星上的所有人，这点其实也没什么奇怪的。此外，我们还掌握了大脑和一颗眼球被摘除的事实。这也许表示那个凶手会保留战利品。所以，在得知进一步的信息之前，我想我们该寻找的是——请原谅这种老套的说法——有精神障碍的性侵杀人犯。”

“你确定这不是那套‘拿锤子的人’的理论？”爱斯坦说。

“抱歉，你说什么？”奥纳推了推眼镜，仿佛想要看清这个一口烂牙的男人。

“你知道的，手里有锤子的时候，看所有问题都像钉子。你是心理学家，所以你觉得所有谜团都可以归结为精神病之类的。”

“也许吧，”奥纳说，“心灵看不见的时候，眼睛也会成为摆设。所以艾克兰，你觉得这是什么类型的谋杀案？”

哈利能看出爱斯坦在咀嚼这番话，因为就像以往那样，他真的在咀嚼，他瘦削凸出的下颚骨在来回移动。他清了清嗓子，仿佛要朝奥纳吐一口唾沫，然后露齿而笑。“我想我可以说，我和你的看法一样，医生。考虑到我手里没有精神分析的锤子，我觉得我们不如按照我的看法多下点功夫。”

奥纳回以笑容。“那我们就达成一致了。”

---

① 一种社会学理论，认为任何两人之间最多只需六个中间人就可建立联系。

“楚斯？”哈利说。

正如哈利大致所料，楚斯·班森——在做个人介绍的时候，他只嘟囔着说了三句话——沉默地耸耸肩。哈利没有让那个警察继续不安下去，而是自己开了口。

“我想受害者之间是有联系的，那种联系又是通过凶手建立的。摘除身体部件是为了让警方相信，他们要对付的是个典型的连环杀手，喜欢留下纪念品，这么一来，他们就不会仔细调查那些动机更加理性的人。我见过这种转移注意力的手段。我在哪里读到过，从统计学的角度来说，你一辈子在街上遇见连环杀手的次数是七次。个人来说，我觉得这数字有点太高了。”

哈利并不特别相信自己的话。他什么都不相信。无论其他人的观点是什么，他都会提出另一种假设，只是为了让他们明白还有其他可能。重点在于训练他们保持开放的心态，不要有意识或者无意识地抱着某个想法不放。如果那么做了，调查者就可能将新情报错误解读为对已知情报的确证，也就是所谓“证真偏差”[①]，而他们本该正视另一种可能性：新情报其实指明的是另一个方向。举个例子，如果你发现在案发前一天，有个你认为本就有谋杀嫌疑的男人曾与女性受害者友好对话，你就会把它解读为他心怀不轨，而不是觉得他没有恶意。

他们来的时候，史戴·奥纳的状况似乎相对不错，但现在，哈利能看出他的双眼逐渐无神，而他的妻女预计会在八点来访。刚好还有二十分钟。

“我们明天再碰头的时候，楚斯和我应该已经结束对马库斯·罗德的问话了。我们弄清的事——或者没能弄清的事——恐怕会决定我们推进工作的方式。好了，先生们，今晚的营业结束了。”

① 指人们希望去寻找与他们持有观点相一致信息的现象，任何与其观点相冲突的信息会被忽略掉，而一致的信息则会被高估。

14

星期一　　鼻烟子弹

哈利走进西弗酒店顶楼的酒吧时，时间是晚上九点半。

他坐在吧台前，试图润湿舌头，让自己顺利开口点单。正是对这杯酒的期待支撑他一直到现在。他只打算点上一杯，但与此同时，他明白这套疗法就快失败了。

他看着酒保放在他面前的鸡尾酒菜单。有些酒是用电影命名的，他猜想是那些电影的演员或者导演光顾过这里。

“你们——”他用挪威语开了口。

“抱歉，请说英语。”

“你们有占边威士忌吗？”他用英语问。

“当然，先生，但请允许我推荐我们特别调制的——”

“不了。”

那酒保看着他。“好的，占边威士忌。”

哈利看着这里的顾客，还有窗外的城市。看着这片奥斯陆的新城区。不是“富有的奥斯陆”，而是“富到流油的奥斯陆”。他只有穿着的衣服和鞋子属于这里。也可能不属于。几年前，他路过时来这里看过一圈，在回到门外之前，他看到图尔博内格罗乐队的主唱坐在桌边，看起来就像哈利现在这样孤单。哈利拿出手机。她被分到字母“A”那一栏。他写了条短信。

我在城里。我们能见个面吗？

接着他把手机放到吧台上，注意到一道身影从他身边经过，听到一个柔和的嗓音用美式英语点了杯姜汁啤酒，那口音他不太对得上是哪里。他瞥向吧台后面的那面镜子。架子上的酒瓶遮住了那个男人的脸，但哈利看到他的脖子周围有某种亮白色的东西。那是牧师领，式样是随处可见的那种，美国人称之为“狗项圈”。那位教士端走了自己的啤酒，然后消失不见。

哈利的酒喝到一半的时候，亚历山德拉·斯图尔扎回复了他。

是的，我在报纸上看到你回来了。那要看“见面”是什么意思了。

在法医研究所那边喝一杯咖啡，他打字说，*比方说明天十二点以后。*

他等了很久。她多半明白，他不是在试图回归她温暖的床榻——萝凯将他扫地出门以后，她慷慨地收留了他。他最后也没能报答那份慷慨，尽管他们之间的关系并不复杂。他没法应付的是其余的一切，亚历山德拉的床榻之外的一切。*那要看“见面”是什么意思了。*最糟糕的是，他没法完全确定自己这么做只是为了手头的工作。因为他很孤单。在他认识的人里，没有一个像他这么需要独处；萝凯称之为“社交能力有限”，他能够——也希望——与之共度时光，且不会想象该在何时结束，让自己重获自由的人也只有她一个。你当然可以孤单却不孤独，或者孤独却不孤单，但他现在就很孤独。而且孤单。

也许这就是为什么他希望听到明确的“好”，而非这种“看情况”。她交男朋友了吗？为什么不能呢？说真的，这也很合理。虽然那家伙向往的肯定是驾驭野马。

等到他付了酒钱，返回自己房间的时候，手机才再次振动起来。

下午一点。

普里姆打开了冰箱。

一个大冰袋旁边放着好几个小号自封袋，是毒贩会用的那种。其中有两个装着几束头发，有一个里面是某些沾血的皮肤碎片，还有一个里面是他切碎的几片衣料。他将来也许用得上这些。他拿出一个装有苔藓的自封袋，走过餐桌和水族箱，朝书桌上的一只玻璃盒子弯下腰。检查了湿度传感器后，他摘下盖子，打开自封袋，把苔藓撒在黑色土壤上。普里姆审视着里面的那只动物，那是一条亮粉色的蛞蝓，几乎有二十厘米长。他永远看不腻它。倒不是说看起来就像动作电影之类的，就算这条蛞蝓在动，每小时也只能移动几厘米，也没有什么明显的感情戏或者戏剧效果。这条蛞蝓表达自我——或者获得印象——的唯一手段就是它的触须，而且你往往要观察一会儿才能分辨出它的动作。在这方面，看着这条蛞蝓可以和注视她相提并论；就连最细微的动作或者手势都算得上奖赏。只有凭借耐心才能赢得她的青睐，让她理解。

它是一条卡帕塔山蛞蝓。他从澳大利亚的新南威尔士州千里迢迢带回了两条。这种粉色蛞蝓只会出现在那儿，也就是卡帕塔山脚下的一片大约十平方公里的林区。正如卖家告诉他的：整个物种随时可能被一场丛林大火消灭。因此，规避进出口禁令的行为丝毫没有让普里姆感到良心不安。蛞蝓通常是许多令人不快的寄生微生物的宿主，因此将蛞蝓偷运过境是违法的，量刑标准等同于偷运放射性物质。因此普里姆相当肯定，这种粉色蛞蝓在整个挪威就只有这两条。如果澳大利亚和剩下的世界都焚烧殆尽，它们就能成为这一物种的救星。是的，在人类不复存在的那天，它们会是全体生命的救星。这只是时间问题而已。因为自然只会保留服务于自然的事物。鲍伊那句歌词“智人已经派不上用场”[①]是有道理的。

蛞蝓的触须动了动。它捕捉到了自己最爱的食物的气味，也就是普里姆同样从卡帕塔山山脚偷运过来的苔藓，此时已经解冻。那条蛞蝓动了起来，幅度微弱到难以察觉，它光滑的粉色表面闪闪发亮。它一毫米又一毫米地靠近晚餐，在身后的黑色土壤上留下了一条黏液的痕迹。就像普里姆那样，缓慢又确定地逐渐接近目标。澳大利亚有一种以同类为食的蜗牛，这种没有视觉的捕食者会用卡帕塔山蛞蝓的黏液痕迹来寻找它。蜗牛虽然

① 同样出自前文中大卫·鲍伊的歌曲《噢！你们这些可爱的东西》。

只比蛞蝓快上那么一丁点，但也会无比缓慢地靠近自己的猎物。它们会活活吞吃这种漂亮的粉色蛞蝓，用一口细小的牙齿将猎物从地面刮起，随后一层层吸食。粉色蛞蝓能意识到它们的靠近吗？它会在被捕获之前的漫长等待中体会到恐惧吗？它有任何解决的办法、任何逃跑的手段吗？比方说，它会考虑穿过另一条卡帕塔山蛞蝓的黏液痕迹，指望追兵改换方向吗？至少等他们来找他的时候，他就打算这么做。

普里姆回到厨房，把自封袋放了回去。他伫立片刻，看着那个大号冰袋。看着里面的人类大脑，他发起抖来。他感到反胃。他害怕这东西。

等到刷完牙上床后，他打开了警用频道，聆听来往通话。有时候，听着这些平静的嗓音清晰短促地说着城市里出了什么乱子，似乎令人安心且催眠。因为发生的事寥寥无几，真正发生的又不够有戏剧性，普里姆总是听上一会儿就昏昏欲睡。但今晚不同。他们结束了在格雷夫森科伦对那个失踪女人的搜索，此时正用警用频道为明早的另外几支搜索队安排时间和会合点。普里姆打开床头柜的抽屉，拿出了那只可卡因托架。它有一部分是金子做的，他心想。托架五厘米长，形状就像一颗子弹。一颗鼻烟子弹。如果你扭动有沟槽的位置，就可以通过顶端的孔洞去吸这颗“装填”了适当剂量的子弹。真的很优雅。它属于警方正在寻找的那个女孩，侧面甚至还刻有她名字的首字母，“B.B.”[①]。无疑是一件礼物。普里姆的手指拂过沟槽，将鼻烟子弹在脸颊上滚动。然后他把它放回抽屉里，关掉收音机，盯着天花板看了一会儿。有太多的事要思考了。他试图自慰，但又放弃了。然后他开始哭泣。

等他终于睡着的时候，已经是凌晨两点了。

---

① 贝婷·贝蒂尔森名字（Bertine Bertilsen）的首字母。

15

星期二

楚斯看了看表。九点十分。马库斯·罗德十分钟前就该到了。

楚斯和哈利把床推到了墙边，随后将办公桌移动到了酒店房间的中央，此时他们坐在桌子两边的椅子上，看着等待第三人的那把空座椅。楚斯挠了挠腋窝。

“傲慢的蠢货。”他说。

“呃，”哈利说，“不如想想他每个小时要付你多少钱，而且你已经开始计时了。感觉好些没？”

楚斯伸出一根食指，漫无目的地敲打前方的桌面，思考起来。“一点点吧。”他咕哝道。

他们仔细核对过流程了。

职责分配很简单。哈利负责提问，楚斯负责闭嘴专心看屏幕，而且不能暴露自己看到了什么。楚斯很满意，毕竟他过去三年在警察总署基本上就是在干这些事。打发时间，玩网络扑克，看《盾牌》的前几季，以及搜索梅根·福克斯的照片。但楚斯还要负责把连着导线的电极片贴在罗德身上。罗德胸口的心脏附近需要连两根蓝色和一根红色，两边手腕的动脉需要各连一根红色。导线的另一头是一只盒子，而盒子又和那台笔记本电脑以一根电缆相连。

“准备用‘好警察或坏警察’战术？”楚斯问着，朝哈利放在桌上的那卷厨房纸巾点点头。按照惯例，把接受审问的人问哭以后，坏警察会愤怒地走出去，好警察则会立刻递上纸巾，说几句同情的话，然后等对方向

"他"坦白，或者向"她"坦白。人们总会觉得女性更亲切，他们就是这么蠢。但楚斯了解真相。至少现在了解了。

"也许吧。"哈利说。

楚斯看着他，试图在脑海里想象哈利扮演好警察的角色的样子，却失败了。几年前，楚斯和米凯·贝尔曼在警队还是搭档的时候，贝尔曼一直扮演好警察。他特别擅长这个，而且不只是在审问的时候。那个聪明又卑鄙的杂种甚至靠这个当上了司法部长。考虑到他们蹚过的那些浑水，这简直令人难以置信。但另一方面，这又再合理不过了。没人有米凯·贝尔曼这种踩进浑水还不弄脏身体的本领。

有人敲了敲门。

他们嘱咐过前台，等罗德来了就让他直接上楼来。

就像事先说好的那样，楚斯开了门。

罗德在微笑，但似乎有些紧张，楚斯心想。罗德的皮肤和眼睛都闪闪发亮，楚斯带他进门，没有自我介绍，也没有和他握手。哈利负责那些客套话，说他们不会占用罗德太多时间，然后请他脱掉外套，解开衬衣的纽扣。哈利伸出手来，接过罗德递出的外套，随后把它挂进衣橱里。楚斯开始贴电极片，贴的位置避开了乳头上方和下方的伤疤。那里还有几块淤青。要么是罗德被什么人揍了，要么就是他老婆在床上特别野蛮。也可能是他供养的那些女孩之一干的。

楚斯把最后几块电极片贴到罗德的手腕上，然后绕回哈利这边，坐了下来，按下回车键，看着笔记本电脑的屏幕。

"看起来没问题吧？"哈利问。

楚斯点点头。

哈利转向罗德。"大部分问题都可以回答'是'或者'否'，测谎仪最适合用来分析简短的回答。准备好了吗？"

罗德的笑容显得有点勉强。"尽管问吧，伙计们，我半小时之内就得走。"

“你的名字是马库斯·罗德吗？”

“是的。”

随后是一阵停顿，他们看向楚斯，后者看向屏幕，短促地点点头。

“你是男人还是女人？”哈利问。

罗德笑了笑。“男人。”

“能请你说一句自己是女人吗？”

“我是女人。”

哈利看向楚斯，后者再次点头。

哈利清了清嗓子。“是你杀了苏珊·安德森吗？”

“不是。”

“是你杀了贝婷·贝蒂尔森吗？”

“不是。”

“你和其中一个或者两个女孩上过床吗？”

房间安静下来。楚斯看到马库斯·罗德的脸开始涨红。看到他开始喘息。然后打喷嚏。两次。三次。哈利扯下一张厨房纸巾，递了出去。马库斯·罗德把手伸向椅背，就像要去拿外套——外套口袋里肯定有手帕——然后他接过纸巾，擦了擦鼻子。

“是的，上过，”他说着，把纸巾丢进哈利拿起的废纸篓里，“和她们俩都上过。但都是经过双方同意的。”

“同时上的？”

“不，我不喜欢那种事。”

“苏珊和贝婷互相认识吗？”

“据我所知不认识。不，我相当确定她们互相不认识。”

“因为你确保她们不会碰面？”

罗德发出短促的笑声。“不，我从没掩饰过自己还有别的女人。而且我同时邀请了她们两人来参加派对，不是吗？”

“是你邀请的？”

“是的。”

“这两个女孩向你勒索过钱财吗？”

“没有。”

“她们威胁过要公开你们的关系吗？”

罗德摇摇头。

“请口头作答。”哈利说。

“不。我的女性关系不是什么重要的秘密。倒也不是说我希望广为人知，但我没花过太多精力去掩盖。就连海伦妮都知道她们的存在。”

“你觉得她可能会产生嫉妒心，然后杀了她们吗？”

“不。”

“为什么？”

“海伦妮是个理性的女人。她不会觉得为了占据上风有必要冒被捕的风险。”

“占据上风？”

“噢。我是说复仇。”

“或者说杀死她们来留住你。”

“不。她知道我不会为了一个漂亮的蠢女人就离开她。两个也一样。但如果她想要剥夺我的自由，我也许会的。”

“你最后一次和苏珊或者贝婷见面，是什么时候的事？”

“那个派对上。”

“再上一次呢？”

“我再上一次和她们见面是很久以前的事了。”

“你为什么不和她们见面了？”

“我想是我失去兴趣了，”罗德耸耸肩，“她们的身体仍旧有诱惑力，但苏珊和贝婷那种女孩的保质期没有海伦妮·罗德那么长，不知道你是否理解我的话。”

“呃，你或者那两个女孩在那个派对上摄取过什么管制药物吗？”

“毒品？反正我没有。”

哈利看向楚斯。楚斯微微摇了摇头。

“你确定？”哈利说，“那可卡因呢？”

楚斯能感觉到马库斯·罗德的眼睛看着他，但他的目光没有离开屏幕。

“好吧，”罗德说，“那两个女孩吸了几条。”

“是她们自己的可卡因，还是你的？”

“有个人带来的。”

“他是谁？”

“我不知道。是哪位邻居的朋友，要不就是他们雇来的人，我不清楚这种事。如果你要找的是那个可卡因贩子，那么很不幸，我也没法描述他的样子，毕竟他戴着口罩和墨镜。”罗德不由得露出苦笑，但楚斯能看出他很恼火。顶尖男性遭受质疑的时候常会这样。

“他是白人，挪威人，还是——”

“对，白人。说起话来像挪威人。”

“他和苏珊或者贝婷说过话吗？”

“是的，既然她们吸的都是他的货，我猜他们肯定说过话。”

“呃，所以你自己平时不吸可卡因。”

“是的。”

哈利朝楚斯凑近了些，后者谨慎地指了指屏幕上的一个位置。

“呃，看起来测谎仪觉得你没说实话。”

罗德瞪着他们，就像叛逆的少年瞪着父母。然后他恼火地咕哝一声，放弃了对峙。

“我不明白这和案情有什么关系。是的，我习惯在周末享受一下。但我和海伦妮说好什么都不碰了，所以那天晚上我没吸。可以了吗？现在我该走了。”

“最后一个问题。你是否雇用或是配合他人杀死了苏珊·安德森，或者贝婷·贝蒂尔森？”

“天哪，霍勒，我干吗要做这种事？”罗德恼怒地抬起双臂。楚斯担忧地发现其中有一片电极片就快从罗德的手腕脱落了。“你难道不明白，如果你已经六十多岁，有个通情达理的妻子，就不会担心你仍然能吸引二十来岁的姑娘，还跟她们上床的事实？在我活动和谈生意的那些圈子里，这反而能让人产生敬意。这能证明你剩下的男子气概仍旧不容忽视。”罗德抬高了嗓门，“这足够让别人明白，随便违反握手交易[①]是会有后果的。你明白吗，霍勒？”

“我明白，”哈利说着，靠向椅背，“但测谎仪最适合用来分析‘是’或者‘否’这样的回答。所以请允许我重复问——”

“否！答案是否，我没有命令过任何人——”罗德笑出声来，仿佛光是这个念头都很荒谬，“杀人。”

“好吧。感谢你拨冗前来，”哈利说，“你该去赴下一个约了。楚斯？”

楚斯站了起来，绕过桌子，取下罗德身上的电极片。

“顺便说一句，我会请求和你的妻子谈谈。”罗德给衬衣扣上纽扣的时候，哈利说。

“没问题。”

“我的意思是请求她，”罗德绕过桌子的时候，哈利迅速合拢了笔记本，“我只想通知你一声。”

“想怎么做都随你。但别让我后悔雇了你，哈利。”

“就当是看牙医吧，”哈利说着，站起身来，“看过以后就不会后悔了。”他走到衣橱前，拿起罗德的外套，罗德顺势套在身上。

“后不后悔，”等雇主离开，房门也关上以后，楚斯咕哝道，“取决于你看到账单以后的想法。”

---

① 指通过握手达成的口头协议，没有用以证明的书面文件。

16

星期二　　海马表

“她就坐在那儿。”穿白大褂的年长女士指着实验室里面说。哈利看到了一道背影，同样身穿白大褂，坐在一张高脚凳上，弯腰看着显微镜。

他走了过去，站在那个背影后面，轻轻咳嗽了一声。

那位女士不耐烦地转过身，哈利看到了一张严厉又紧绷的脸，她的心思仍旧放在工作上。但看到他的时候，她的表情立刻转为明媚的日出。

“哈利！”她站了起来，搂住他的脖子。

“亚历山德拉。”哈利说着，稍微有些不知所措。他也不确定自己会得到怎样的迎接。

“你是怎么进到这儿来的？”

“我才刚到，接待处的莉莉记得我，所以她——”

“好吧，你觉得如何？”亚历山德拉骄傲地挺直背脊，甚至稍稍转动身体。

哈利笑了。“你看起来棒极了。就像兰博基尼和——”

“不是我，你这傻子！我是说实验室。”

“噢。好吧，我看得出这儿很新。”

“太棒了不是吗？以前要送去国外做的那些检验，现在我们都能自己做了。DNA、化学、生物学，我们涵盖了太多方面，所以鉴识中心那边分析能力不足的时候，就会直接送来这儿。我们还拿到了用实验室做个人研究的许可。我目前就在写关于 DNA 分析的博士论文。”

“了不起。”哈利说着，目光扫过那些装在托盘里的试管、烧瓶，还有电脑显示器、显微镜和其他一些他完全不清楚功用的机器。

“赫尔格，来跟哈利问好！”亚历山德拉大喊道，于是房间里的另一个人在凳子上转过身来，笑着挥挥手，然后继续看他的显微镜去了。

“我们在比赛谁能先拿到博士学位。”亚历山德拉小声说。

“呃，你确定你有时间去食堂喝杯咖啡？”

她钩住他的胳膊。“我知道一个更好的地方。跟我来吧。”

“所以，卡翠娜知道你知道了，”亚历山德拉总结说，“现在她又提议找个时间让你照看那个孩子。”她把空杯子放到椅子前面的油毡纸上，椅子是他们从屋顶门里面搬过来的。“至少是个开始。你害怕吗？”

“害怕极了，”哈利说，“另外，我现在也没那个时间。”

“恐怕自古以来，做父亲的都在说这种话。”

“是啊。但我需要在接下来的七天里解决这件案子。”

“罗德只给了你七天？有点太理想主义了，不是吗？”

哈利没有回答。

“你觉得卡翠娜会希望你和她……？”

“不。”哈利坚决地回答。

“你知道的，那种感觉不会彻底消失。”

“其实会的。”

亚历山德拉一言不发地看着他，只是拨开了被风吹到脸上的一绺弯曲的黑发。

“总之，”哈利说，“她知道怎么做对孩子和她自己最有好处。”

“怎么做？”

“别让我待在附近。”

“还有谁知道你是孩子的父亲？”

“只有你，”哈利说，“卡翠娜不希望任何人知道侯勒姆不是。”

“别担心，”亚历山德拉说，“我知道这件事，只是因为那次 DNA 分析是我做的，我也发过誓要保密了。能跟我分一支烟抽吗？”

“我戒了。”

“你？真的？”

哈利点点头，抬头看天。云朵出现了，下侧是铅灰色，阳光能照到的上侧则是白色。

“所以你还是单身，”哈利说，“你对现状满意吗？”

“不，”亚历山德拉说，“但就算有人陪伴，恐怕我也不会满意。”她发出那种独特的沙哑笑声。哈利体会到了和从前相同的感觉。所以或许真是如此。或许那种感觉永远不会消退，无论它看起来有多么转瞬即逝。

哈利清了清嗓子。

“来了。”她说。

“什么来了？”

“你要说找我喝咖啡的理由了。”

“也许吧。”哈利说着，拿出那只装有一张厨房纸巾的塑料盒子，“你能帮我分析这个吗？”

“我就知道！”她嗤之以鼻。

“呃，可你为什么还是答应和我喝咖啡？”

“我猜我希望自己是错的。希望你是因为想念我。”

“我明白，现在说我想念你有点虚伪，但我确实是这么想的。”

“你还是说出来吧。”

哈利弯起嘴角。“我想念你。”

她接过那只盒子。“这是什么？”

“黏液和唾液。我只想知道，它们和你在苏珊的乳房上找到的样本是否来自同一个人。”

“你是怎么知道的？算了，我不想知道。你要我做的事也许不违法，但你明白如果被人发现，我就会有麻烦吧？”

“我明白。”

“那我干吗听你的？”

“不如你来告诉我。”

“好吧，我会的。因为你会带我去你那家看不起人的酒店做个水疗。然后你会请我吃一顿棒透了的晚餐。你还得好好打扮一下。”

哈利捏了捏外套的翻领。“你觉得我这身见不得人吗？”

“领带。你还得配一条领带。”

哈利大笑起来。“成交。”

“一条漂亮的领带。”

“让罗德这样的亿万富翁自己安排人来调查，是和我们的民主传统与平等理念背道而驰的。”总警司博迪尔·梅林说。

“除了外部团体的妨碍带来的实际不便以外，”奥勒·温特尔，这位克里波的高级警监说，“我们的工作也会更难做。我明白你没法基于民法典的条款禁止罗德的调查，但警局一定有办法阻止他。”

米凯·贝尔曼站在那里，眺望窗外。他的办公室很漂亮。宽大、崭新又现代化，让人印象深刻。但它坐落于尼德兰区，离位于市中心的政府大楼里的其他部门很远。尼德兰区算是个位于城市郊区的商业园区，继续往北走个几分钟，你就能进入密林。贝尔曼希望新的政府区能尽快完工，希望他所属的工党仍旧掌权，他也仍旧担任司法部长一职。目前也没有任何迹象表明不会这样。米凯·贝尔曼很受支持。甚至有些人暗示说，他应该开始巩固自己的地位了，因为首相突然辞职的那一天随时可能到来。有个政治线记者还在文章里表示，政府里的某人，比方说贝尔曼，应该以政变夺取这块土地上的最高职位。而在第二天的晨会上，首相表示希望有人能去检查米凯的公文包，还提到贝尔曼的眼罩和长相都和克劳斯·冯·施陶芬贝格——那位想用炸弹刺杀希特勒的国防军上校——相仿，这番话引发了全场大笑。但首相其实没必要担心。米凯根本不想要那个位置。当然了，成为司法部长也意味着身处危险境地，但成为首相——头号人物——就完全是另一回事了。压力是一方面，但他害怕的是照在身上的光。会有太多人起他的底，太多的过去被人发掘，就连他也不知道他们会找到什么。

他转身看向梅林和温特尔。他和他们之间相隔了官僚体系里的好些个层级，但这两人相信他们可以直接来找贝尔曼，肯定是因为他曾是奥斯陆的一名警探，而这代表他是他们中的一员。

“显然，作为工党人，我无比支持公平性，”贝尔曼说，“司法部当然也希望警方的工作条件尽可能良好。但如果妨碍为数不多的知名警探之一参与调查，我不确定我们能得到……”他在脑海里搜寻能替代“选民”这两个字，而且不至于泄露天机的词，“得到一般公众的大力支持。更何况他想要解决的是你们的部门几乎毫无进展的案子。是的，你说得对，温特尔。没有法律能禁止罗德和霍勒在做的事，但你们永远可以指望霍勒做出他总会做的那种事，就像我当年那样。”

他看向梅林和温特尔困惑的表情。

“违反规则。”贝尔曼说，“你们只需要盯紧他，我相当确定你们会看到这种事重演。等到那时候，给我发一份报告过来，我会亲自安排他出局。”他瞥了眼自己的欧米茄海马表。不是因为他还有会要开，而是让对方明白，这次会面结束了。“这样听起来如何？”

在离开之前，他们和他握了手，就好像他听从而非回绝了他们的建议。米凯就是有那种影响力。他面露微笑，和博迪尔·梅林多对视了整整半秒。不是因为感兴趣，更多是出于习惯。然后他发现，她的脸上终于出现了些许颜色。

17

星期二　　人类之中更有趣的那部分

“我们在两岁到四岁之间学会了撒谎，等到我们长大成人的时候，就已经成了这方面的专家，”奥纳说着，调整了一下枕头的位置，“相信我。”

哈利看到爱斯坦咧嘴笑了笑，楚斯困惑地皱起眉头。奥纳说了下去。

“有位名叫理查德·怀斯曼的心理学家相信，我们大多数人每天都要撒一到两个谎。他指的是真正的谎言，不是‘你的发型真迷人’这种善意的谎话。谎言暴露的可能性有多大？好吧，弗洛伊德主张说，任何凡人都无法保守秘密，就算封上嘴巴，指尖也会窃窃私语。但他错了。或者确切地说，听者没法给谎言暴露的方式整理分类，因为不同人暴露的方式也有所不同。所以测谎手段才有存在的必要。三千年前的中国就有测谎的方法。他们会给嫌疑人的嘴里塞满大米，问他是否有罪。如果他摇头否认，就需要吐出米粒，按照他们的逻辑，只要有哪怕一粒留在嘴里，就是因为他紧张到口干舌燥，也就代表有罪。当然这种手段没用，因为你的紧张可能是因为担心自己会紧张。同样没用的还有约翰·拉森在一九二一年发明的多种波动描记器，从原理上看，它就是我们今天使用的测谎仪，尽管所有人都知道，它完全是垃圾。就连拉森最后都后悔发明了它，还称之为‘弗兰肯斯坦的怪物’。因为它能够存在……”奥纳抬起双手，做出抓挠空气的动作，“它能够存在，是因为很多人相信它有作用。因为对测谎仪的畏惧有时真的能迫使嫌疑人承认，无论是否属实。在底特律，警方曾经逮捕了一名嫌疑人，把他的手放在复印机上，骗他说那是一台测谎仪，然后在讯问他的同时，让机器吐出印有‘他在撒谎’几个大字的A4纸，直到那人吓得魂不附体，坦白一切。”

楚斯嗤之以鼻。

“但只有上帝知道他有没有罪。”奥纳说，“所以我更倾向于古印度人用的方式。”

那扇门开了，两个护士把吉布兰·塞西和他的病床推进房间。

“听听看，吉布兰，你也会喜欢这段的。”奥纳说。

哈利忍不住笑了起来。奥纳这位警察学院最受欢迎的讲师又开始滔滔不绝了。

“他们会把嫌疑人一个接一个地放进漆黑的房间里，再要求嫌疑人在黑暗里摸索，直到找到一头站着的驴，然后拽它的尾巴。如果嫌疑人在审问中说谎，驴就会尖叫、嘶叫，或者随便怎么叫，因为祭司会告诉他们，这头驴是一头圣驴。他没有告诉他们的是，那条尾巴被涂上了煤灰。所以如果嫌疑人离开房间，然后说是的，他们拽过驴的尾巴了，那么祭司只需要检查嫌疑人的手就可以了。如果手是干净的，就代表那个人害怕驴会暴露他撒谎的事实，然后他就会被送上绞架，或者印度那时的其他什么刑具。”

奥纳看向塞西，后者拿出了一本书，但略微点了点头。

“就算他的手上有煤灰，”爱斯坦说，“也只能代表那家伙不是个彻头彻尾的傻子。”

楚斯哼了一声，拍了拍大腿。

“问题在于，”奥纳说，“罗德走出房间的时候，手上到底沾没沾煤灰。”

“好吧，”哈利说，“我们今天的手段恐怕更接近老套的复印机把戏和圣驴测试的混合体。我相当确定，罗德相信那是测谎仪。”他指了指桌子，上面放着楚斯的笔记本电脑，还有他们从三楼借来的导线和电极片，那些是监测心电图用的。“所以我想，他的确在避免说谎。但在我看来，他通过了圣驴测试。他自己跑过来，接受了他相信是真实的测试。这件事本身就代表他没什么可隐瞒的。”

“又或者，”爱斯坦说，“他知道怎么骗过测谎仪，所以想用这法子误导我们。”

“呃，我不觉得罗德想欺骗我们。他不希望楚斯加入。这点可以理解，因为一旦事情被公开，整个项目都会失去信誉。直到听过我们的劝说，也明白了获取警方报告有多大意义，他才表示同意。是啊，他希望报纸上或者新闻稿里出现几个名字，好让他的调查显得足够严肃、认真，但查明事实对他来说更加重要。”

“你这么觉得？”爱斯坦说，“那他干吗拒绝给警方提供 DNA 样本？”

“我不知道，”哈利说，“只要没有合理怀疑，警方就不能强迫任何人进行 DNA 检测，孔恩说主动检测就等于暗示合理怀疑的存在。总之，亚历山德拉答应几天内给我答复。”

“你已经认定 DNA 数据不会和在苏珊身上找到的相匹配了吗？”奥纳问。

“我从来不会认定任何事，史戴，但罗德今天敲响我的房门的时候，我就把他从嫌疑人名单上画掉了。”

“那你还要 DNA 分析做什么？”

“为了确定。而且这东西能拿给警方看。”

“让他们不要逮捕他？”楚斯问。

“让我们有能提供给他们的情报，这样的话，他们也许就会回报我们。比如报告里没提到的东西。”

爱斯坦响亮地咂了咂嘴。“这招有点高明。”

“既然罗德已经淘汰出局，再加上一颗大脑被人摘除，”奥纳说，“你还相信那个杀人犯是和受害者有关系的人吗？”

哈利摇摇头。

“很好，”奥纳说着，搓了搓双手，“那我们也许总算可以去查那些精神障碍者、虐待狂、自恋狂和反社会者了。简而言之，就是人类之中更有趣的那部分。”

“不。”哈利说。

“好吧，”奥纳的表情有些恼火，“你不觉得行凶者就在这些人之中吗？”

“是的，我相信，但我不觉得我们能找出他来。我们应该去自己最擅长的领域寻找。”

“也就是在我们看来他不擅长的领域？”

“完全正确。”

三人难以理解地看着哈利。

“这纯粹是个数学题，”哈利说，“连环杀手会随意挑选受害者，然后遮掩痕迹。在一年内找到他们的可能性不到百分之十，就算换 FBI 来也一样。以我们四个现有的资源，乐观估计可能性也就百分之二吧。另一方面，如果去受害者认识的人里寻找有可理解的动机的凶手，概率就成了百分之七十五。假设凶手有百分之八十的可能性属于史戴希望我们去找的那个类别，假设他确实是个连环杀手，如果我们专注于那个类别，逐一排除受害者的熟人，我们成功的概率就是……”

“百分之一点六，”爱斯坦说，“如果我们关注受害者认识的人，成功率就是百分之十五。”

另外两人惊讶地看向爱斯坦，后者那张褐色的脸上笑容灿烂。“你们知道的，我这行需要有数字方面的头脑。”

“抱歉，”奥纳说，“我听到数字了，但说实话，感觉还是有点反直觉。”他注意到了爱斯坦的眼神，“也就是违背常识。我是指去我们不认为是犯人的类别里找。”

“这就是警察的调查方式。”哈利说，“你不妨这么想，如果我们四个找到了犯人……太棒了，中了头奖。如果我们没找到，那我们做的也只是警探在大部分工作日的工作而已：我们排除了一部分调查对象，也因此对总体调查做出了贡献。”

“我不信，”奥纳说，“你这些话很理性，但你不是那么理性的人，哈利。你不是那种会根据百分比工作的人。是啊，你专业的一面能看出来，所有间接证据都指向连环杀手，所以你认为那应该是个连环杀手。但你又认定他不是，因为你的直觉给出了答案，所以你才会提出这些计算，你想让自己和我们相信，正确的做法就是听从哈利·霍勒的直觉。我说的对吗？”

哈利看向奥纳。点点头。

“我母亲知道上帝并不存在，”爱斯坦说，“但她仍旧是个基督徒。所以我们该去，怎么说来着，排除谁的嫌疑？”

“海伦妮·罗德，”哈利说，“还有那个在派对上卖可卡因的家伙。”

“找海伦妮我能理解，”奥纳说，“可那个毒贩是为什么？”

“因为他是派对上少数几个身份不明的人。也因为他当时戴着口罩和墨镜。”

“所以呢？也许他没接种疫苗。或者有洁癖。抱歉，爱斯坦，意思是他害怕细菌。”

“也许他生了病，不想传染给别人，”楚斯说，“但他还是传染了。报告上说，苏珊和贝婷在派对后的几天里都发了烧，而且或多或少有些身体不适。”

“但我们忽略了最显而易见的那个理由，”奥纳说，“无论怎么说，毒贩做的事都是非常不合法的，所以他戴口罩很难算得上不寻常。”

“爱斯坦，”哈利说，“解释一下。”

“好吧。如果你要卖……就说可卡因吧，那你就不用担心被人认出来。警方很清楚街上都有谁在卖这东西，他们不在乎，他们想抓的是藏在幕后的人。就算警察要逮捕你，也是在你们交易的时候，那样的话戴口罩也没什么用。所以其实是反过来的——如果你想在街头卖货，就需要顾客认出你那张脸，想起你上次卖给他们的货够来劲。如果你提供上门送货的服务——听起来这家伙就是这么干的——那让顾客看到和信任你真诚的面孔就更重要了。”

楚斯发出一声嗤笑。

“你觉得你能弄清派对上的那家伙是谁吗？”哈利问。

爱斯坦耸耸肩。“我可以试试。这一行里主打上门送货的挪威人可不多。”

“好。”

哈利停顿片刻，闭上眼睛，然后再次睁开，仿佛刚刚在脑海里翻过了剧本的一页，准备继续背诵台词。

“考虑到我们目前假设凶手认识至少一名受害者，不妨寻找一下可能支持这种观点的证据。苏珊·安德森穿过了大半个城市，从充满活力的市中心西侧去了那个地方，没有证据能证明她在那里有认识的人，而且到目前为止，所有人都认为她从来没去过那里，那地方在星期二晚上通常也很平静……”

“操蛋的晚上也是有的，”爱斯坦说，“我就在那附近长大。”

“所以她去那儿做什么？”

“这还不够明显吗？”爱斯坦说，“她去见了那个对她下手的家伙。”

“好，我们就根据这种假设去调查吧。”哈利说。

“真酷，”爱斯坦说，“本国的顶尖专家赞同我的看法。”

哈利朝他露出坏笑，又揉了揉后脖颈。他很快就需要昨天剩下的那份酒了。另外两份是在离开法医研究所的路上喝完的，他和爱斯坦中途停车休息的时候去了施罗德酒馆。

“既然说到这个，”爱斯坦说，“我很好奇一件事。那家伙带苏珊去厄斯马卡森林散步，是为了他自己的目的，对吧？为了那个什么，完美谋杀。这么说的话，他带贝婷去格雷夫森科伦就很奇怪了吧？必胜公式是不能改的——这道理对谋杀难道不适用吗？”

“对连环杀手恐怕是适用的，”奥纳说，“只不过重复同样的手段，就代表会增加被发现的风险。新闻里已经提到苏珊是在斯库莱鲁地铁站周围失踪的，所以那片区域肯定有警察和搜索队。”

“是啊，但他们天一黑就回家了，”爱斯坦说，“没人知道另一个女孩也会失踪。所以不对，那家伙带她去斯库莱鲁不用冒太大的风险。而且他显然很了解那地方。”

“我也说不好，”奥纳说，“也许只是贝婷答应和他散步，但又坚持要去格雷夫森科伦？”

“可她住的地方离格雷夫森科伦比离斯库莱鲁还要远，报告里也提到，警方讯问过的人全都不知道贝婷去过格雷夫森科伦。”

“也许她听人夸过格雷夫森科伦，”奥纳说，“至少那里风景不错。跟只有森林和几座小山的厄斯马卡相反。”

爱斯坦思忖着点点头。“好吧。但我还有件事想不明白。”

他盯着奥纳。毕竟哈利正坐在那里，手指按着额头，双眼盯着墙壁，似乎退出了谈话。

“贝婷下车以后也走不了太远，对吧？他们到现在都找了两星期了，所以我不明白为什么连警犬都找不到她。你知道狗闻起味来有多厉害吧？我是说，它们的嗅觉很强，对吧？在楚斯找到的一篇报告里，厄斯马卡的‘翁氏农场’里的一个农夫提供了情报。他在一星期前联系了警方，说他那条瘸腿的老斗牛犬躺在客厅里大声叫唤，而且它只会在附近有动物尸体的时候叫唤。我对厄斯马卡很熟，那个农场离他们找到苏珊·安德森的位置起码有他妈六公里远。如果狗能在那么远的地方闻到尸体，为什么会找不到贝婷——”

“它闻不到的。”

四个人一齐转过头去，看向话音传来的方向。

吉布兰·塞西放下书本。“如果那是一条寻血猎犬或者德国牧羊犬，那就可以。但在犬类之中，斗牛犬的嗅觉是很差的。它们实际上是垫底水平。毕竟我们培育这种犬类是用来斗牛，不是让它按照本能去狩猎。”

“多谢，吉布兰。”奥纳说。

兽医短促地对他点点头。

“也许他把贝婷埋起来了。”楚斯说。

“或者把她抛尸在那边的某个湖里了。”爱斯坦补充说。

哈利坐在那儿，看着兽医，另外三人的说话声仿佛在逐渐淡去。他感觉到颈背的汗毛根根竖立。

“哈利！”

“什么？”

是奥纳。“我们刚才说：‘你觉得呢？’”

“我觉得……你有那个提供情报的农夫的电话吗，爱斯坦？”

“不。但我们知道他的名字，还有翁氏农场，所以要找到那儿应该不难。”

“加布里埃尔·翁。”

“下午好，翁。我是汉森，奥斯陆警局的。我只想问个简单的问题，关于您上个星期提供的情报。您说您的狗在叫，您觉得是附近有动物或者人的尸体？”

“对，有时候死掉的动物会躺在林子里腐烂。我看到报纸上说那个女孩失踪了，斯库莱鲁也不算太远，所以听到这条狗开始用那种特别的方式大叫和长嚎，我就打了电话给你们。可你们一直没给我回复。”

“抱歉，办这种案子的时候不能放过任何线索，所以比较花时间。”

“是啊，是啊，不过你们还是找到那姑娘了，真可怜。”

“我想知道的是，”哈利说，“您的狗现在还会不会发出类似的动静？”

对面没有回答，但他能听到那个农夫喘气的声音。

“翁？”哈利问。

“你说你的名字叫汉森？”

“没错。汉斯·汉森。警员。”

又一阵停顿。

“对。”

“什么？”

“是的，它还会发出那种动静。”

“好的，感谢您，翁。”

圣旻·拉森站在那里，看着卡斯帕罗夫，后者在一栋屋子的外墙边就位，抬起后腿。拉森已经把塑料袋拿在手里，只为让过路人明白，他不会把狗的排泄物留在诺贝尔斯路这些昂贵的公寓楼之间。

他在思索。与其说思考的是被摘除的大脑，倒不如说是头皮又被缝合回去的事实。那个拿走大脑的人试图掩盖事实，这意味着什么？为了战利品而杀戮的人通常不在乎这些。那个凶手肯定明白，这件事迟早会被发现，所以何必下那些功夫呢？为了清理痕迹？是那种一丝不苟的凶手吗？这种情况没有听起来那么牵强——犯罪现场的其余部分都被清理过，找不到通常能发现的那些证据，除了苏珊乳房上的唾液。凶手在那里犯了个错。诚然，调查组里有人认为唾液来自凶手以外的人，毕竟他们找到苏珊的时候，她的上半身穿着衣服。但如果凶手整洁到了能缝合头皮的地步，又为什么不把衣服都套回尸体上呢？

他的手机响了。拉森惊讶地看了眼屏幕，然后才按下接听键。

“哈利·霍勒？好久不见。”

“是啊，时光飞逝。”

“我在《世界之路报》上看到，我们正在查同一件案子。”

“对。我给卡翠娜打过几次电话，可她的手机总是直接转到语音信箱。”

“也许是在哄孩子睡觉。”

“也许吧。总之，我这里有些情报，我觉得最好尽快告诉你。”

“是什么？”

“我刚才和一个住在森林里的农夫谈过话，他说他的斗牛犬闻到周边有动物尸体的味道。或者是人类尸体。”

“斗牛犬？那就不会离太远，斗牛犬的——”

“嗅觉很差劲，我听说了。”

“对。森林里有动物尸体不算稀奇，既然你打电话给我，我猜那地方在格雷夫森科伦？”

“不。是在厄斯马卡。离苏珊被发现的地方大概六七公里远。当然了，这也许什么都不代表。就像你说的，总会有大型动物死在林子里。但我想告诉你一声。我是说，毕竟你们在格雷夫森科伦没能找到贝婷。”

“好的好的，”拉森说，“我会通知搜索队的。感谢你的情报，哈利。”

“不用客气。我这就把那个农夫的号码转发给你。”

拉森挂上电话，思索自己刚才的声音是否有他希望的那么冷静。他的心脏在狂跳，思绪和结论——它们无疑在暗中等候了许久，但在此之前都没有显露端倪——滑过他的脑海，仿佛一场雪崩。行凶者是否在他熟悉的区域——就在他杀死苏珊的同一片区域——谋害了贝婷？当然了，拉森从前也想到过这种可能，只不过是以“凶手为何没有这么做”的问题来呈现的。所有迹象都指向一件事，那就是凶手安排了和女孩们的碰面——否则她们干吗要独自跑去自己从没去过的地方？又因为媒体连篇累牍地报道了那个在斯库莱鲁失踪的女孩，于是凶手邀请贝婷去了截然不同的城区，免得让她产生联想。拉森没能想到，至少没能想那么深，那个凶手完全可以安排和贝婷在格雷夫森科伦碰面，然后再用他的车带她去斯库莱鲁。在出发之前，他肯定劝说她把手机留在格雷夫森科伦的车里了。也许他用的是某种浪漫的说法，类似于“让我们过两人世界，不让任何人来打扰”。是的，这样说得通。拉森确认了时间。晚上九点半。只能等到明天了。还是说不等？不，这只是一条线报，如果在谋杀案调查里追寻所有线索，很快就会精疲力竭。然而，不只是他的本能在告诉他，有太多的线索能够对上，哈利·霍勒打电话给他，也是因为有相同看法。是的，哈利脑海里浮现过的念头，也在他的脑海里出现过。

拉森看向卡斯帕罗夫。他收养这条退休警犬，是因为它比它的前主人命长。在过去的几年里，它的髋关节出现了问题，不喜欢散步太久或者走上坡路。但和斗牛犬不同，拉布拉多寻回犬是嗅觉最灵敏的犬类之一。

他的手机在振动。他看向屏幕。一串电话号码，还有“翁”这个姓氏。九点半。如果他们现在上车，也许能在三十分钟内赶到。

“来吧，卡斯帕罗夫！”拉森拽了拽牵引绳，肾上腺素让他的手心渗出了汗水。

“嘿！”昏暗的阳台那边传来一个低沉的嗓音，在时髦的大楼外墙间回荡，“在这个国家是要收拾狗屎的！”

18

星期二　　寄生虫

“寄生虫，”普里姆说着，把叉子举到嘴边，“我们因它们而死，也因它们而生。”他咀嚼起来。这食物的黏稠程度就像海绵，而且尽管已经加了很多调味料，但仍然没什么味道。他对着客人举起自己那杯红酒，然后倒入口中，用力吞咽。他手按胸膛，等待食物下肚，然后说了下去。“而且我们都是寄生虫。你。我。外面的每一个人。没有我们这样的宿主，寄生虫就会死，但没有寄生虫，我们也会死。因为寄生虫也分有益和有害。比方说，有益的那些来自苍蝇，它们会把自己的寄生虫卵放进尸体里，然后幼虫就能迅速吃掉尸体。”普里姆做了个鬼脸，又切下一块，开始咀嚼，“如果没有它们，我们就得名副其实地行走在尸山血海里了。不，我没在说笑！这是个简单的数学题。如果没有苍蝇，那么要不了几个月，我们就都会死于尸体散发出的有害气体。然后就要说起那些有趣的寄生虫了，它们既不特别有用，也没有太大的坏处。比方说，其中就包括缩头鱼虱，那种吃舌头的虱子。”

普里姆站起身来，走到水族箱旁边。

“这种寄生虫非常有趣，我在‘老板’的水族箱里放了几只。接下来，这种虱子会附着在鱼的舌头上，吸上面的血，直到舌头最后分解消失。接着虱子会附着在舌头的残桩上，吸食更多血液，逐渐长成一条全新的舌头。”

普里姆的手迅速伸进水里，抓住那条鱼。他把鱼拿到桌边，挤压鱼口，迫使它张开嘴，然后拿到她的面前。

“看到了吗？看到那只虱子了吗？看到它自己的眼睛和嘴了吗？看到

了吧？”

他迅速走了回去，把鱼放回水族箱里。

“这只虱子——我给它取名叫‘丽莎’——的作用就和舌头一样，所以没必要觉得‘老板’很可怜。就像他们说的，生活总会继续，它现在还有了同伴。和有害寄生虫相遇的后果就严重多了。就像这一位的身体里装满的那些……”

他指着他们之间的餐桌，上面有一条硕大的粉色蛞蝓。

“只有我和这条狗住在这儿。”翁说着，把牛仔裤往肚腩上方提了提。

拉森看着躺在厨房角落篮子里的斗牛犬。它只是动了动脑袋，发出的声音也只有喘息。

“我几年前从我父亲手上接管了这座农场，可我老婆不肯跟着住到森林里头，所以她还留在曼格鲁区的公寓楼里。”

拉森朝那条狗点点头。“母狗？”

“对。它有攻击车的习惯，也许是觉得那些都是公牛。总之，它被其中一辆车撞到，脊椎断了。不过如果有人过来，它还是能发出声音……”

“是啊，我们听到了。闻到死掉的动物也会发出声音，我知道。”

“对，我是这么告诉汉森的。”

“汉森？”

“打电话来的那个警官。”

“哦对，汉森。但它现在没在叫。”

“是的，只有风从东南面吹过来的时候，它才能闻到。”翁指了指那片黑暗。

“你介意我和我的狗去找一圈吗？”

“你也带来了狗？”

“它在车里。一条拉布拉多。”

“请便吧。”

“所以，”普里姆说完等待了片刻，直到确信她的全部注意力都放在了这边为止，“这条蛞蝓看起来很无辜，不是吗？甚至是漂亮。它的颜色让你想要吮吸，简直就像糖果。但我强烈建议别这么做。你看，蛞蝓和它的黏液里都塞满了鼠肺蠕虫，所以我们肯定不会用它来制作调味料。”普里姆大笑起来。就像以往那样，她没有笑出声来，只是微笑。

“一旦这种寄生虫进入你的身体，就会开始顺着血液移动。它想去的会是哪里呢？”普里姆用食指轻敲额头，“这儿。去大脑。因为它喜爱大脑。当然，我明白大脑很有营养，也很适合虫卵孵化。但大脑其实没那么好。”他低头看着自己的餐碟，不以为然地咂咂嘴，“你觉得呢？”

卡斯帕罗夫用力拉扯牵引绳。他们在走的已经不是小路了。白天早些时候就已经晴转多云，此时唯一的光线来自拉森的手电筒。光束停在一面由树干和低垂的树枝组成的墙上，他只能弯腰钻过去。他不记得这里是哪里，他们又走了多远。他听到卡斯帕罗夫在那片蕨类植物组成的地毯下喘气的声音，却看不见它，仿佛有一股不可见的力量将他拖向愈发深沉的黑暗。他本可以等到明天的。完全可以。所以为什么？因为他只想独占发现贝婷的功劳？不。不，不是那种庸俗的理由。他只是一向如此——如果想知道什么，他就必须立刻弄清楚，等待对他来说是无法忍受的。

但现在他后悔了。他不但要面对破坏犯罪现场的风险，毕竟他可能在这片黑暗里被尸体绊倒，还要面对那个事实：他在害怕。是的，他可以承认这点。此时此刻，他成了那个怕黑的小男孩，他来到挪威的时候不知道自己害怕什么，却觉得其他人——他的养父母，他的老师，那条街上的其他孩子——都知道。他们知道他自己都不清楚的事，知道他的过去，知道发生了什么事。他始终没能弄清那件事究竟是什么——如果真的有什么发生过的话。关于他在生物学上的父母和他是如何被收养的，他的养父母没有给出过什么戏剧性的说法。但在那以后，他就沉浸在对“知道”的渴望里。知道一切。知道他们——其他人——所不知道的事。

牵引绳松了下来。卡斯帕罗夫停下了脚步。

拉森将手电筒转向地面，拨开蕨叶，能感觉到自己心脏的跳动。

卡斯帕罗夫将嘴套转向地面，灯光找到了它嗅个不停的那东西。

拉森弯下腰，将它拾起。他起初以为那只是个空的薯片袋，但他随即认出了它，也明白卡斯帕罗夫停下的原因了。那是个印有“希尔曼宠物”字样的包装袋，是一种抗寄生虫粉的包装袋，拉森在卡斯帕罗夫得蛔虫病的时候去一家宠物店买过。那种粉末里添加了狗非常喜欢的一种调味料，卡斯帕罗夫光是看到包装袋都会猛摇尾巴，拉森觉得它都快能飞起来了。拉森揉皱了袋子，放进口袋里。

“卡斯帕罗夫，我们回家吧？该吃晚饭了吧？”

卡斯帕罗夫抬头看向他，仿佛听懂了他的话，觉得自己的主人疯了。它转过身，拉森感觉到了拖拽的力道，知道自己没有选择，只能继续深入他根本不想去的地方。

“最让人吃惊的是，当这种寄生虫中的一部分抵达你的大脑时，它们就会开始接管那儿。”普里姆说，“控制你的思想、你的欲望。然后这种寄生虫会命令你去做对它们来说必要的事，以继续它们的自然循环。你成为言听计从的士兵，在有必要的时候愿意赴死。”普里姆叹了口气，“不幸的是，这种有必要的情况很常见。”他扬了扬眉毛，“噢，你觉得听起来就像恐怖故事或者科幻小说，是吗？但你应该知道，这种寄生虫中的一部分甚至算不上罕见。大部分宿主终其一生都不清楚寄生虫的存在，就像‘老板’和‘丽莎’那样。我们相信自己奋斗、工作和牺牲生命，为的是我们的家庭、祖国，或者留在世间的痕迹。实际上却是因为那些寄生虫，那些舒舒服服地待在作为指挥部的大脑里，负责做决定的吸血生物。”

普里姆给他们的杯子重新倒满了红酒。

“我的继父就曾指控我母亲是那种寄生虫。他声称她拒绝出演角色是因为他有钱，所以她只想留在家里，喝光他的钱财。这当然不是事实。首先，她没有拒绝出演，是他们不再请她演戏了。因为她整天都在家里喝酒，开始记不住台词了。我的继父非常有钱，所以她的酗酒不可能导致他陷入贫困——这还是比较委婉的说法了。另外，他才是寄生虫。他钻进我母亲的大脑里，让她用他希望的方式看待事物。所以她才看不到他对我做了什么。我当时只是个孩子，以为父亲有这种权利，可以要求儿子做那种事。不，我不觉得每个六岁的孩子都会被迫赤裸身体和父亲躺到床上，满足对方，还被威胁只要对别人说出一个字，他的母亲就会死于非命。但我当时很害怕。所以我什么都没说，只是试图让我母亲明白发生了什么。我在学校总被人欺负，因为我的牙齿和……是的，和那些我认为是性侵受害者常有的举止。耗子，他们这么叫我。但随后，我开始撒谎和偷窃。我开始逃学，离家出走，在公共厕所里帮男人打手枪，然后收钱。我抢过其中一个。简而言之，我的继父安顿在我和我母亲的大脑里，一点点摧毁我们。说到这个……”

普里姆叉起餐碟里的最后一块，叹了口气。“但现在都结束了，贝婷。”他转动叉子，端详着淡粉色的肉块，“现在我才是安顿在大脑里，负责发号施令的那一个。”

为了跟上卡斯帕罗夫的速度，拉森被迫开始奔跑，而前者还在不断加大拉扯的力道。狗开始发出类似干咳的声音，就像在努力吐出卡在喉咙里的什么东西。

拉森做了他在调查工作中学到的一件事。当他几乎确信某件事的时候，就会尝试把一切倒转过来，以此检验自己的推理。他原先以为不可能的事，是否仍然存在可能性？比方说，贝婷·贝蒂尔森会不会还活着？她也许逃跑了，去了国外。她也许被人诱拐，被关在某间地下室或者公寓里，此时此刻或许就和那个行凶者在一起。

突然间，他们离开了林木，来到一片空地上。手电筒的光线照在水面上，闪闪发亮。他们来到了一个小湖边上。卡斯帕罗夫想要下水，还拉着拉森一起。光线扫过一棵朝水面弯下腰去的桦树，拉森短暂地瞥见了某种东西，就像一根向下弯曲、直到碰触水面的粗树枝，仿佛是那棵树在喝水。他把光束指向那根树枝。它不是什么树枝。

“不！”拉森大吼一声，把卡斯帕罗夫拽了回来。

喊声的回音从湖的另一侧传来。

那是一具尸体。

它从臀部折起，挂在那棵桦树最低矮的树枝上。

赤裸的双脚只是堪堪高过水面。那个女子——因为他立刻就能辨认那是女子——就像苏珊那样，下半身没穿衣服。她的腹部同样暴露在外，因为她的裙子被掀起，直到胸罩下方的位置，裙摆向水面垂下，挡住了她的头部、双肩和双臂。只有她的手腕在翻转的裙摆下面清晰可见，她的手指则垂入水中。拉森的第一个念头是，希望湖里没有鱼。

卡斯帕罗夫坐下不动了。拉森摸摸它的脑袋。“好孩子。”

他拿出手机。农场那边的信号就很差，可在这里，信号标志已经降到了一格。但GPS系统还能运作，在记录位置的时候，他注意到自己在用嘴巴呼吸。不是因为这里很臭，而是他的大脑——在几次令人不悦的体验过后——在理解这里是犯罪现场的同时，就自发地这么做了。他的大脑同样得出了结论：为了确定这位就是贝婷·贝蒂尔森，他必须把手电筒放到地上，自己一手抓住树干，同时将身体探向水面上方，拉开她的裙摆，看清她的脸。问题是这么一来，他的手也许就会放在和行凶者相同的位置上，从而破坏指纹。他想起了那个文身。路易威登的标志。他用手电筒照亮她的脚踝。强光下的脚踝白得惊人，就好像她是用雪捏成的。但那里没有路易威登的标志。这意味着什么？

一只猫头鹰，至少他猜测那是猫头鹰，在黑暗中的某处鸣叫起来。他看不见她左脚踝的外侧，也许文身就在那儿。他沿着湖岸移动，直到站在右边，用手电筒照了过去。

它就在那儿。雪白上的漆黑。重叠在字母“V”上的“L”。

就是她。只能是她。

他重新拿出手机，打给卡翠娜·布莱特。仍旧没人接听。奇怪。她也许是故意不接哈利·霍勒的电话，但队长应当随时接听团队成员的来电，这是不成文的规矩。

“所以你看，贝婷，我有件重要的工作要做。”

普里姆将身体探过桌面，手掌按在她的脸颊上。

“我只是觉得抱歉，因为你必须成为工作的一部分。我同样要道歉的是，现在我必须离开了。这也会是我们共度的最后一夜。因为即便我知道你想要我，你也不是我爱的那一个。你瞧，我说出口了。我请求你的原谅。不行吗？拜托。好姑娘。”普里姆轻笑起来，“你可以试着抵抗，贝婷·贝蒂尔森，但你知道，无论何时我最轻微的触碰都能点亮你。”

他这么做了，而她无法抗拒。而且不用说，她的脸亮了起来。为了这最后一次，他这么想着，举起杯子，进行道别的祝酒。

拉森联系上了现场勘查组，他们已经在赶来的路上了。他所能做的只有坐在一根树桩上，耐心等待。他挠起了脸和脖子。蚊子。不，是小飞虫。那种会吸血的小飞虫，甚至会吸大蚊子的血。他关掉了手电筒以节约电池，此时只能勉强辨认面前那具尸体。

那是她。当然就是她。

但……

他确认了时间，已经开始不耐烦了。卡翠娜又去哪儿了？她为什么不回电话？

拉森在地上找到了一根又长又细的树枝。他重新打开手电筒，放在地上，站在湖岸边，用那根树枝去钩裙子的边缘，将它掀起。再高一点。再高一点。此时他看到了赤裸的上臂，又等着看到她棕色的头发，在照片里披散的长发。是扎起来了吗？还是说……？

拉森发出一声鸣叫。就像猫头鹰的叫声。他就那么不由自主地叫出了声，树枝掉进水里，裙子也重新遮住了令他发出声音的景象。遮住了缺失之物。

“小可怜，”普里姆低声说，“你那么美丽，却仍旧被人厌弃。这不公平，对吧？”

从两晚前坐到桌边开始，他就没有扶正过她的头颅，刚才的晃动让那颗脑袋向一侧稍稍倾斜。它被安置在一盏落地灯上，灯座则被他放在桌对面的椅子上。他按下桌上连着电线的开关时，贝婷脑袋里那颗六十瓦的灯泡就会打开，光芒从她的眼窝射出，将她张开的嘴里的牙齿染成蓝色。缺乏想象力的人也许会说，这就像万圣节的南瓜头。稍微有那么点想象力的人会看到整个贝婷——至少是不在厄斯马卡森林那片湖泊边的这部分的她——都明亮起来，散发着喜悦的光芒。是的，他可以轻易想象她爱他。贝婷也的确爱过他，至少渴望过他。

“比起苏珊，我和你做爱的时候更愉快，如果这能算是安慰的话，”普里姆说，“你的身体更美妙，而且……”他舔舔叉子，“我更喜欢你的大脑。只是……”他歪了歪头，悲伤地看着她。“为了生命的循环，我必须吃掉它。为了虫卵。为了寄生虫。为了复仇。这是我变完整的唯一方法。是我作为自己被爱的唯一方法。是的，我知道这话听起来也许有些自大，但这是事实。为了被爱，这是我们所有人都想要的，不是吗？”

他的食指按在电灯开关上。灯光熄灭，只留下昏暗笼罩客厅。

普里姆叹了口气。“是啊，我就担心你会有这种反应。”

19

星期二　　钟鸣

卡翠娜在听拉森说话。

他讲述的时候，她闭上眼睛，想象犯罪现场。

她回答说不，她不用亲眼去看，她会派几位警探过去，然后研究现场的照片。还有，是的，她为自己没能接听电话道歉。她在哄孩子上床的时候关了机，恐怕在演唱《布鲁曼》时的发挥非常出色，因为她自己也睡着了。

“也许是你最近太辛苦了。”拉森说。

“你可以不说‘也许’，”卡翠娜说，“我们每个人都是这样。在明天十点安排一场新闻发布会吧。我会让法医优先处理这边。”

“好的。晚安。”

“晚安，拉森。”

卡翠娜挂了电话，盯着手机。

贝婷·贝蒂尔森死了，正如她所预料的。现在尸体找到了，正如她所盼望的。尸体被发现的地点和方式印证了那个猜测：凶手是同一个人，正如她所担心的。因为这代表也许会有更多人遇害。

卡翠娜听到儿子敞开的卧室门里传来一声呜咽。她告诉自己，她应该坐在原地听，却还是忍不住离开厨房里的那把椅子，蹑手蹑脚地走向门口。那里很安静，只有昏昏欲睡的葛德平稳的呼吸声。她对拉森说了谎。她看过那种说法：我们每天平均要听到两百个谎言，但幸好大都是善意的，是那种为了让社会正常运转的谎言。她说的就是那种谎。她的确为了哄孩子睡觉关了手机，但她自己没有睡着。她没有重新开机，是因为阿尔内通常会在葛德上床以后打来电话，知道她在这种时候会有空。这样其实很贴心，真的。毕竟他只是想听听她这一天过得如何，听她小小的欢喜和微弱的沮丧。最近——因为那两个失踪的女孩——她大都是在分享自己的沮丧，这也理所当然。但他听得很耐心，还会跟进提问，表示他很感兴趣，做到了提供支持的好友和潜在的男友该做的一切。只是今晚，她真的没那种心情，她需要和自己的想法独处。她已经决定，等阿尔内明天问起这件事时，就同样给出善意的谎言。她一直在想哈利和葛德的事。想她该如何解决。因为她在哈利的眼睛里看到了那种情不自禁的爱，侯勒姆看着他们的孩子的时候，也流露过同样的爱。侯勒姆的儿子和哈利的儿子。她应该——以及她能够——让哈利参与多少？就她自己而言，她想要尽可能少和哈利以及哈利的人生扯上关系。但葛德呢？她有什么权力夺走他的另一个父亲？她自己就有个靠不住的酒鬼父亲，她以自己的方式爱着他，也不想失去他，不是吗？

在上床之前，她重新打开了手机，希望不会收到短信。但她收到了两条。第一条来自阿尔内，内容是年轻世代显然更能接受的那种示爱。

卡翠娜·布莱特，你是女人，我是爱你的男人。晚安。

她看到发送时间是不久前，他实际上也没在她关机时打过来，所以他或许有事要忙。

另一条短信来自拉森，内容是她更加熟悉的那种风格。

找到贝婷了。打给我。

卡翠娜去了浴室，拿起自己的牙刷。看着镜子。“你是女人”，噢，好吧。但也不算差，换个好日子或许还挺合适。她挤出牙膏。她的思绪回到了贝婷·贝蒂尔森和苏珊·安德森那边，以及也许会在随后遇害的那个女人——她还不知道名字。

拉森用衣刷大致清理着他那件斜纹软呢外套。那是一件防水的艾伦·佩因猎装，是克里斯送他的圣诞节礼物。和卡翠娜的谈话结束后，他给克里斯发了条晚安短信。他一开始有些恼火，因为总是他在发送晚安短信，克里斯每次都是回复的那个。但现在他不介意了，因为克里斯就是这样的人，需要相信自己在这种关系里是强势的一方。但拉森知道，如果他哪天晚上没发短信，克里斯就会在第二天小题大做，唠叨说有哪里不对劲，说拉森要么是另寻新欢，要么是对他没兴趣了。

拉森看着那根松针落到地板上。他打了个哈欠。他知道该睡了，也知道今晚的经历不会带来噩梦。他从来不做噩梦。他不清楚这代表他怎样的个性。有个克里波的同僚说，这种不被外界干扰的能力代表他缺乏同情心，还拿他和哈利·霍勒比较，后者显然患有他们称之为“嗅觉倒错”的病症，那种缺陷会妨碍大脑辨认出人类遗体的气味，这意味着其他人在犯罪现场反胃恶心的时候，霍勒却不受任何影响。但拉森不认为自己有什么缺陷，他只相信自己具备“分隔”的有益能力，能让他的私人和专业领域保持距离。他的衣刷刷过外套外侧的口袋，注意到一只口袋里有东西，于是他拿了出来。是那个空的“希尔曼宠物”包装袋。他正想把它丢进垃圾桶，却想起卡斯帕罗夫又一次闹蛔虫病的时候，兽医建议他换用别的抗寄生虫药，因为“希尔曼宠物”包含一种如今在挪威禁止进口和销售的成分。那份禁令至少是四年前的事了。拉森翻转包装袋，仔细查看，最后发现了他要找的东西。保质期和生产日期。这一袋标注的生产时间是去年。

拉森又把包装袋翻转过来。那又如何？有人从海外买了一袋，带回了家，甚至可能不知道禁令的事。他考虑直接把它扔了。它躺在距离犯罪现场几百米远的地方，那个凶手带狗去过那儿的可能性非常之低。但违法行为之间通常是存在联系的。能违反一条规则，就能违反另一条。有虐待倾向的连环杀手一开始会杀小动物，比如家鼠和野鼠。放一点小火。然后折磨和残杀稍大的动物。放火去烧没人住的房子……

拉森折起了袋子。

“撒旦的阴道啊！”莫娜·达亚盯着手机，大叫起来。

“怎么了？”安德斯在开着门的浴室里问，他在刷牙。

“《挪威日报》！”

“你没必要喊的。而且撒旦没有——”

“阴道。沃格说贝婷·贝蒂尔森的尸体找到了。就在厄斯马卡森林的翁氏农场，离警方找到苏珊的地方只有几公里。”

“噢。”

“是啊，‘噢’。我只想说见他妈地狱里的鬼，怎么又是《挪威日报》拿到消息，《世界之路报》却拿不到。”

“你恐怕见不到——”

“地狱里的鬼？不，我觉得可以。我觉得不管是谁，比起下地狱后嘴、鼻子、耳朵全都受尽折磨来说，更糟糕的事只有一件，就是在《世界之路报》干活，毕竟特里·沃格总能折磨我们。撒旦的阴道啊！”

她把手机丢在床上，安德斯钻进羽绒被里，依偎着她。

“我有没有跟你说过，我看着你这样会有点兴奋——”

她推了他一把。“我没那个心情，安德斯。”

“没那个心情？”

她推开他摸索的手，却忍不住笑了笑，拿起手机，重新开始阅读。至少沃格没拿到犯罪现场的任何细节，所以他不太可能和去了那儿的人谈过。但他为何这么快就能知道发现尸体的事？也许他有一台非法的警用无线电——会这么简单吗？也许他从警方那些简短且半加密的信息——因为他们知道总有好事者会窃听通话——里推理出了状况？然后沃格再根据听到的内容编造剩下的那些，让它成为事实和虚构适当混合的产物，足以冒充真正的新闻？至少到目前为止，这招都是行得通的。

“有人建议我找你打听一点点内幕消息。”

“是吗？你有没有告诉他们，可惜我不负责那件案子，但放荡不羁的性爱就能收买我？”

“住口，安德斯！这是我的工作。”

“所以你觉得我应该给你免费的消息，自己承担失业的风险？”

“不！我的意思是……这太不公平了！”莫娜交叠双臂，“有人一直在喂给沃格情报，我却只能坐在这儿……活活饿死。”

“真正不公平的，”安德斯说着，在床上坐起身来，那些幽默和欢快消失不见，“是这座城市的女孩出门时需要承受被人强暴和杀死的风险。真正不公平的是贝婷·贝蒂尔森死在厄斯马卡森林，却有两个人坐在这儿觉得世道不公，因为有另一个记者首先报道了案子，或者因为部门的破案率会因她而下降。”

莫娜吞了口唾沫。

然后点点头。

他是对的。他当然是对的。她又咽了口唾沫。试图压下那句正要挤出喉咙的询问。

你能打个电话问问犯罪现场的情况吗？

海伦妮·罗德躺在床上，盯着天花板。

马库斯曾想要一张水滴形状的床，三米长，最宽的位置有两米半。他看的那篇文章说，我们源于水滴，源于水，我们会下意识地想要回到水里，所以这种形状会带给我们协调且更加深沉的睡眠。

她当时忍住没有笑出声，但还是说服他换成了一张矩形的豪华床，宽一米八，长两米一。两人睡刚好，一人睡太大。

马库斯在福隆纳区的顶层公寓过夜，现在他几乎每晚都在那儿。至少她认为他在。倒不是说她想念和马库斯在床上的日子，那种兴奋甚至向往都是很久以前的事了。他打呼和抽鼻子的问题越来越严重，每晚至少要起夜四次。还有前列腺增生，虽然未必致癌，但据说在年过六十的男人里，超过半数会有这种问题，他的情况显然还在加重。不，她并不想念马库斯，但她想念有人陪伴。她没有明确的对象，只觉得那种感受在今晚格外强烈。

肯定也有适合她的人，某个爱她、她也会回以爱意的人。就那么简单，不是吗？还是说那只是她的渴望而已？

她侧过身去。昨晚以来，她一直反胃和不适。她呕吐过，还有点发烧。她做了病毒测试，但结果是阴性。

她看向窗外，看向才落成不久的蒙克博物馆。在奥斯陆峡湾区这座博物馆附近购置房产的人，不可能觉得它又大又丑。博物馆用玻璃幕墙从某个角度展示那些画作，也骗过了人们，让它看起来不怎么像是《权力的游戏》里那座北方的长城。但事实就是如此，事态发展往往和承诺或者预期不符，被欺骗也只能责怪自己。如今那栋大楼朝所有人投下阴影，一切也都无可挽回。

又一阵反胃感涌来，她匆忙下床。浴室就在房间的另一边，但还是显得那么远！她只去过一次马库斯在福隆纳区的公寓。那里小得多，但她宁愿住在那里。和……某人一起。在胃里的东西涌上喉头之前，她勉强赶到了马桶旁边。

收到短信的时候，哈利坐在西弗酒店的吧台边。

多谢你的情报。拉森敬上。

哈利已经读过《挪威日报》了。只有这份报纸刊载了相关报道，这只可能意味着一件事：新闻发布会尚未召开，而这个记者——特里·沃格——有警方内部的信源。考虑到这种泄密不可能是警方的战术手段，这就意味着有人收受钱财或者其他好处，向沃格透露信息。这种事其实没有人们以为的那么少见——他当年就多次遇见想要买通他的记者。这种交易之所以很少暴露，是因为记者不会直接把指向告密者的情报刊载出来，毕竟那么做无异于锯断双方坐着的同一根树枝。但哈利读过关于这件案子的大部分文章，某些迹象告诉他，沃格有点过于急切，迟早会适得其反。的确，沃格应该可以顺利脱身，甚至能保住他的记者证，但泄露信息的源头就会倒霉多了。不过那个信源显然没有意识到自己面对的风险，仍然继续给沃格供应情报。

“再来一杯？”酒保看着哈利，此时已经拿着酒瓶站在空威士忌杯旁边。哈利清了清嗓子。一声。两声。

是的，麻烦你。虽然剧本上是这么写的。这句台词来自他出演过许多次的那部蹩脚电影，而他扮演自己能扮演的唯一角色。

紧接着，仿佛看出了哈利用眼神表达的求饶，那位酒保转向吧台另一头挥手示意的那位顾客，就这么拿着酒瓶离开了。

在外面的黑暗里，市政厅的钟鸣声清晰可闻。午夜很快就会到来，哈利只剩下六天时间，外加和洛杉矶的九小时时差。时间不算多，但他们已经找到了贝婷，而发现尸体意味着新线索和关键性突破的可能性。他只能这么想。乐观一些。他很难自然地办到这点，毕竟按照目前的情况，他需要不切实际地乐观思考。绝望和冷漠都不是现在的他需要的。不是露西尔需要的。

哈利离开吧台，走到昏暗的走廊里，这时他看到尽头有灯光，仿佛置身于隧道。靠近以后，他发现灯光来自敞开的电梯，又看到有人扶着电梯门，半个身体站在外面。那人就像是在等待哈利，或者别的什么人——毕竟哈利出现在走廊里的时候，他已经站在那儿了。

“不用等我，”哈利大声说着，挥手示意，“我走楼梯。”那人退回电梯里，从灯光下离开了。在门合拢之前，哈利只来得及看清他的牧师领，没能看见他的脸。

当哈利打开自己房间的门锁时，他已经汗流浃背。他把外套挂了起来，躺在床上，努力将“露西尔现在怎样了”的念头赶出脑海。他已经下定决心，今晚要做一个关于萝凯的美梦。来自他们同居和每晚都上床的那段日子，那段他行走在水面上，脚下是厚实坚冰的日子——始终留神冰裂开的声音，始终留意裂缝的迹象，但也能活在当下。他们都是如此。就好像他们知道共度的时光迟早会耗尽。不，他们不是每天都在重复昨天，而是每天都像是第一天。就好像他们能一次又一次地发现彼此。他是否夸张和美化了他们过去的回忆？也许吧。那又如何？现实主义又给他带来过什么好处？

他闭上了眼睛，试图想象她的模样，她被洁白的床单映衬成金色的皮肤。但他看到的却只有客厅那摊鲜血映衬下的苍白皮肤。他还看到毕尔·侯勒姆在车里盯着他，婴儿则在后座上啼哭。哈利睁开眼睛。是啊，说真的，他要现实主义有什么用呢？

他的手机再次发出嗡鸣。这次是亚历山德拉的短信。

DNA 分析会在星期一前完成。水疗和晚餐安排在星期六就很好。特斯阿克托餐馆不错。

20

星期三

“好吧，事情应该很清楚了，”奥纳说着，把那份警方报告的复印件放在羽绒被上，“这案子太典型了。这就是一起动机与性有关的谋杀，如果无人阻止，凶手就很有可能再次犯案。”

床边的三人点点头，继续全神贯注地看着自己手上的复印件。

哈利首先读完，抬起头来，在晨间的刺眼光线里眯起眼睛。

接着爱斯坦也读完了，他让挂在额头的墨镜重新滑到鼻梁上。

“得了吧，班森，”他说，“你之前肯定已经读过了。”

楚斯用咕哝声作答，放下那份文件。“如果查案成了大海捞针，我们该怎么办？”他问，“关门大吉，把剩下的活留给布莱特和拉森？”

“还不至于，”哈利说，“这事其实改变不了什么，我们早就假设贝婷会以类似苏珊的方式遇害了。”

“但我们得说实话，这没法印证你那种‘有理性动机的谋杀’的直觉。”奥纳说，“如果想朝‘随机挑选受害者的性谋杀’的方向误导警方，不需要砍掉受害者的脑袋，或者偷走大脑。有些更加省力的分尸方式能留下同样的印象，也不会被人发现和受害者的关联。”

“呃。”

“别跟我‘呃’，哈利。听着。凶手肯定在犯罪现场待了很久，这么一来，如果他的目标只是单纯的误导，就需要承受高很多的风险。大脑是战利品，现在我们看到，他砍掉了受害者的整颗头颅，而非在犯罪现场锯开颅骨又缝回去，这很典型，说明他正在吸取教训。哈利，这案子的方方面面都像是仪式中的杀戮行为，外加各种各样的性暗示和弦外之音，就是这么回事。”

哈利缓缓点头。他转头看向爱斯坦，后者发出一声“嘿！”，因为哈利抢走了他的墨镜，戴在自己脸上。

“我什么也不想说，”哈利说，“但这是你从我这儿顺走的。在妒火酒吧的‘强力流行乐之夜’，就是你拒绝播放快转眼球乐队的作品的那天，我把墨镜留在办公室没带走。”

“什么？我们本来就该播放经典的强力流行乐。至于墨镜，谁找到就归谁。”

“就算放在抽屉里？”

“孩子们……”奥纳说。

爱斯坦抓向墨镜，但哈利反应飞快，后仰躲开。

“放轻松，回头我会还你的，爱斯坦。来吧，跟我们说说你带来的消息。”

爱斯坦叹了口气。“好吧。我跟一个卖可卡因的同行说——”

“出租车司机还卖可卡因？”奥纳惊讶地问。

奥纳和爱斯坦面面相觑。

“你们有什么没告诉我的事吗？”奥纳说着，目光转向哈利。

“是的。”哈利说，“继续说，爱斯坦。”

“好，所以他给我引见了和罗德定期做买卖的毒贩。我们叫那家伙‘阿尔’。他的确去了那个派对，但他说有个家伙带去了顶级的粉，抢走了他的生意，他只能收拾东西走人。我问他那是谁，但阿尔不认识，那人戴着口罩和墨镜。阿尔说最奇怪的地方是，虽然那家伙有他在奥斯陆吸过的最好最纯的货，行事风格却像个外行人。”

“怎么说？”

“有些事一眼就能察觉。老手会很放松，因为他们对状况有把握，与此同时，他们会不断扫视周边环境，就像野外水坑边的羚羊。他们知道该把货放在哪个口袋里，这样一旦条子出现，他们就能在两秒钟之内处理掉。阿尔说那家伙很神经质，只看和他说话的那个人，又要翻遍口袋才能找到装货的袋子。但最业余的地方在于，他的货没怎么稀释——如果他真的稀释过的话。而且他还发放免费样品。”

“给所有人？”

“不，不。我是说，那派对很奢华。你知道的，有各种出身良好的人。有些也吸可卡因，但不会当着邻居们的面。他们和罗德一起去了他的公寓，那个戴口罩的家伙，两个女孩，外加阿尔。那家伙在客厅的玻璃桌上排出几条，这看起来也像是在 YouTube 上学来的，然后又让罗德自己试试。可罗德很绅士地说，让其他人先品尝。于是阿尔准备照做，我是说，他想要试试看。但那家伙却抓住阿尔的胳膊，把他从桌边拖开，指甲把他的胳膊划出了血，就像是彻底慌了。阿尔只好安抚那家伙。那家伙说这是专门给罗德准备的，罗德却说在他的家里，客人应当举止得体，所以女士优先，不接受的可以滚出去。于是那家伙退让了。”

“阿尔认识那两个女孩吗？”

“不认识。没错，我问他那两个女孩是不是失踪的那两个，可阿尔根本没听说过她们。”

“真的？”奥纳说，“这都是好几个星期的头版新闻了。”

“是啊，可瘾君子群体是活在——你们是怎么说的来着？——另一个世界里的。这么说吧，这些家伙连挪威的首相是谁都不知道。但相信我，他们知道上帝赐予这个星球的每一种该死的毒品在每一座挪威城市里的每一克的价格。所以，我给阿尔看了那两个女孩的照片，他觉得自己认得她们，至少认得苏珊，他觉得自己卖给过她一些摇头丸和可卡因，但他也不确定。总之，那两个女孩各自吸了一条，然后就轮到罗德了。但这时他的妻子走了进来，开始咆哮说他答应过要戒掉的。罗德根本不在乎，他那会儿已经把吸管塞进了鼻子，吸了一小口，多半打算一次吸完整条，接着……”爱斯坦咯咯笑了起来，“接着……”他弯下腰去，笑到直抹眼泪。

“接着？”奥纳不耐烦地说。

“接着那白痴打了个喷嚏！把所有可卡因都吹散了，玻璃桌上全是眼泪和鼻涕。他绝望地看着那个戴口罩的家伙，问他能再来几条吗？但那家伙没有了，说就这么多，他也很绝望，还双膝跪地，想要尽可能抢救一些。但当时阳台门是开着的，一股穿堂风吹进来，那些粉飘得到处都是。你们敢相信这种蠢事吗？”

爱斯坦后仰脑袋，放声大笑。楚斯也闷哼着笑出了声。就连哈利也不禁莞尔。

“于是阿尔和罗德走进厨房，去了那位妻子看不到的地方，阿尔打开背包，罗德在那儿吸了几口。因为，噢，我忘了说了，那个戴口罩的家伙带来的可卡因不是白色的，而是绿色的。”

“绿色的？”

“对，”爱斯坦说，“所以阿尔才那么想试试看。我听说美国的街头能找到那种货色，但在奥斯陆从来没人见过。在街上，最纯的白色可卡因也就百分之五十四的纯度，但他们说绿色的纯度要高很多。似乎和古柯叶颜色的残留物有关。”

哈利转向楚斯。“绿色的可卡因，嗯？”

“别看我，”楚斯说，“我完全不清楚它是怎么出现在那儿的。”

“活见鬼，是你干的？”爱斯坦问，“用口罩和墨镜乔装打扮——”

“住口！毒贩是你，不是我。”

“怎么不能是呢？”爱斯坦说，“简直天才！你先挪用赃物，再用别的东西替换，就像我们用水装满老爸在酒柜里的伏特加酒瓶一样。然后你再直接贩卖，不让中间商——”

“我没有挪用！”楚斯的额头变得暗红，双眼凸出，“我也没有替换。该死的，我甚至不知道左旋咪唑[1]是什么！”

[1] 一种驱肠虫药，用来治疗人类及动物的蠕虫感染。

“噢？”爱斯坦表情愉快地说，“那你怎么知道里面掺了左旋咪唑？”

“因为这是报告里说的，报告能在BL96里查到！”楚斯吼道。

“打扰一下。”

他们全都看向门口，两名护士站在那儿。

“我们觉得史戴有这么多客人是好事，但我们不能允许他和吉布兰被人打扰——”

“抱歉，卡里。”奥纳说，“你知道的，遗产结算方面的讨论可能会有点激烈。你觉得呢，吉布兰？”

吉布兰抬起头，摘下耳机。“什么？”

“我们打扰到你了吗？”

“完全没有。”

奥纳对那名年长的护士笑了笑。

“好吧，这样的话……”她说着，抿起嘴唇，责备地看向楚斯、爱斯坦和哈利，然后关上了门。

卡翠娜低头看着苏珊和贝婷的尸体。就像以往那样，她觉得像这样躺着的尸体格外凄凉，让你想要相信灵魂的存在。她当然是不相信的，但——毕竟那是所有宗教和神秘主义背后的动机——希望自己能相信。两名女子赤身裸体，肤色发白、泛青，同时又在发黑，后者的主因是血液和其他体液都沉到了身体的最低处。腐烂已经开始。贝婷缺少头颅，这更加强了那种感受：他们在看的是雕像，是由活物赋予形体的死物。解剖室里共有七个活人:卡翠娜和一位病理学家、犯罪特警队的史卡勒、圣旻·拉森、克里波的一位女性警探、亚历山德拉·斯图尔扎和另一位验尸技术员。

“我们没找到任何被施暴或者死前挣扎的迹象。”病理学家说，“至于死因，苏珊的喉咙被割开，颈动脉被切断。贝婷可能是被勒死的。我说‘可能’，是因为我们本应该能在她头部找到许多迹象，如今都无从找起。但从她脖子下半部分的痕迹来看，有一条带子或者绳索导致了她缺氧窒息。她们的血液或者尿液里没有留下被人麻醉的痕迹。其中一名受害者的乳头上找到了已经凝结的唾沫和黏液。”

她指了指苏珊的尸体。

“据我所知，那些已经分析完毕。”

“是的。”亚历山德拉说。

“除此之外，我们没能在受害者身上找到DNA材料。由于存在强奸的嫌疑，我们特意寻找了那类痕迹。没有手指紧抓手臂、腿部或者喉咙的痕迹，也没有咬痕或者吮吸痕迹。手腕和脚踝没有伤口或者瘀青。其中一名受害者没有头部，所以我们没法判断她耳郭的情况。”

“抱歉，你说什么？”克里波的那位女性警探问。

“就是外耳，”亚历山德拉说，“暴力行为的受害者的那个部位通常都会受伤。”

“也可能出现瘀斑，”病理学家指着苏珊的头部说，“第一名受害者没有这种迹象。”

“她是说眼部或者腭部周围变色的小斑点。”亚历山德拉解释道。

“两名受害者的小阴唇都没有明显损伤。”病理学家说了下去。

“就是阴部内侧。”亚历山德拉翻译道。

“脖子上没有指甲的抓挠痕迹，膝盖、臀部或者背部也没有擦伤。另外，贝婷的阴道里有显微镜下可见的痕迹，但那种痕迹完全可能是双方自愿的性行为留下的。简而言之，这两人身上没有指向强奸的实物证据。”

“但这并不代表肯定没有发生过强奸。”亚历山德拉补充道。

看到那位病理学家朝亚历山德拉投去的眼神，卡翠娜怀疑她打算等其他人离开以后，和这位年轻同事聊聊角色认知方面的问题。

“所以，没有受伤，”卡翠娜说，“也没有精液。那你们为什么认定她们都有过性行为？”

“避孕工具。”另一位验尸技术员说，他名叫赫尔格什么的，是个讨人喜欢的家伙，到目前为止都一言不发。卡翠娜本能地明白，他在这三人的社会等级制度里排在最低一级。

“安全套？”史卡勒说。

“对，”赫尔格回答，“我们没能发现精液，于是开始寻找安全套的痕迹。主要是壬苯醇醚-9[①]，存在于润滑液里的成分，但显然这种型号不带润滑液。不过我们找到了安全套上防止乳胶相互黏合的细小粉末的痕迹。每家生产商使用的粉末成分都是独一无二的。这个牌子——‘体感’——使用的粉末在苏珊和贝婷身上都出现了。”

“这种粉末很常见？”拉森问。

“算不上常见，也算不上罕见。”赫尔格说，“当然了，和她们性交的完全可能不是同一个人，但……”

“我懂了，”拉森说，“多谢。”

“根据这些发现，有没有办法判断性交发生的时间？”卡翠娜问。

“没办法。”病理学家肯定地说，“我们告诉你们的这些，除了安全套粉末的细节之外，都可以在报告里找到，我们在你们来之前都放进BL96系统的案卷里了。可以了吗？”

赫尔格打断了随之而来的沉默，语气此时更加谨慎。

“我们也许没法说出准确的时间，但——”他迅速瞥了一眼那位病理学家，仿佛在征询许可，然后才说了下去，“应该可以假设在两起案件中，性交都发生在受害者死前不久。也可能是死后。”

“继续说。”

“如果她们在性交后存活了一段时间，她们的身体机能就会处理掉安全套的痕迹。活着的身体能在几天的时间里办到，大概三天。但在尸体中，精液和安全套粉末会存留更久。这……”他吞了口唾沫，微微一笑，“嗯，就这些了。”

“还有问题吗？”病理学家问。她等了几秒钟，然后拍了拍手。“好了。

---

① 一种常用于避孕用品中的非离子型表面活性剂，可使精子失活。

就像那部电影的标题一样:《如果有新尸体出现，给我们打电话》[①]。”

只有史卡勒笑出了声。卡翠娜也说不准为什么，是因为只有他年长到能想起那部电影，还是因为尸体在场的时候，黑色幽默往往不那么有趣?

感觉到手机的振动，她看向屏幕。

① 一九七〇年上映的挪威电影。

21

星期三　　兴奋的开端

卡翠娜被迫用力转动那辆足有五十年历史的沃尔沃亚马逊的方向盘，这才来到镭医院的门口。

她把车停在那个留胡子的高大男人旁边。

卡翠娜看着哈利犹豫片刻，打开车门，坐到副驾驶位上。

“你还留着这辆车。”他说。

“侯勒姆太爱它了，”她说着，拍了拍仪表板，“他把它照看得很好。像钟表一样精准。”

“这车很经典，”哈利说，“也很危险。”

她笑了。“你在担心葛德？放松，我只在城里开它。我公公经常会顺道来给它修补一下，而且……它有侯勒姆的味道。”

她看得出他在想什么。侯勒姆就是在这辆车里饮弹自尽的。是的，没错。侯勒姆爱这辆车，他驾着它去了城外，来到托滕一片田野边的某段直路上。也许他喜爱在那里的回忆。当时是晚上，他坐到了后座上。有些人认为，那是因为他的偶像汉克·威廉姆斯就死在一辆汽车的后座上，但她怀疑那是因为他不想弄脏驾驶座。为了让她可以继续开。为了让她不得不继续开。是的，她知道这么想简直疯了。但这就算是她强加给自己的惩罚，因为她骗一个好人相信孩子是他自己的。那个好人永远那么好，好过了头，但那又如何？他爱她那么深，又始终怀疑她并不真的爱自己，甚至直截了当地问过她，为什么她没选个同样优秀的人。是的，这是她甘愿接受的惩罚。

“你能这么快赶来真是太好了。”他说。

“我刚好在法医研究所的那条路上。所以有什么事？”

“我只是发现我平时的司机不怎么清醒，而且我需要去的那个地方，你可以帮我进去。”

“听起来不太妙。你打算去哪儿？”

“犯罪现场，”他说，“我想去看看。”

“这可没门。”

“拜托。我们帮你找到了贝婷。”

“我明白，但我已经明确说过，提供情报是没有奖励的。”

“是啊，你说过。那里的警戒线还在吗？”

“是啊，所以不行，你自己去也不行。”

哈利看着她，表情似乎带着平静的绝望。她认得那种表情，认得那双该死的淡蓝色眼睛，此时比平常稍大一些。他在座位里的身体也没法保持静止。那种躁狂的样子，就像有蚂蚁钻进了他皮肤下面。还是说不只是躁狂？她从没见过他如此紧张，就好像这案子生死攸关。这无疑是事实，但攸关的并非他的生死。还是说就是？不，肯定只是躁狂，这代表他必须——必须——去追寻。

“嗯。那就送我去施罗德酒馆。”

或者因为酒瘾。

她叹了口气。确认了时间。“随你吧。我顺道去幼儿园接葛德可以吗？”

他扬起一边眉毛，向她投去的眼神就像在说，他怀疑她是别有用心。也许她确实有，毕竟提醒男人孩子的存在从来都不会错。她给车挂上挡，正要松开喜怒无常的离合器踏板时，她的手机响了起来。她看向屏幕，把车子挂回空挡。

“抱歉，这个电话我得接，哈利。是的，我是布莱特。”

“你读过《挪威日报》刚发布的文章了吗？”和大多数人相比，那位总警司的语气不像在生气。但卡翠娜按照博迪尔·梅林的标准做了判断，明白她的上司此时怒不可遏。

“如果你说‘现在’，意思是——”

“六分钟前出现在他们的网站上，又是那个沃格。他在文章里说，法医检查显示两个女孩都在遇害前不久或之后有过性交，还用了安全套，也许是为了不留下DNA。他是怎么知道的，布莱特？”

“我不知道。”

“好吧，那我来告诉你。我们内部有人在向沃格泄露情报。”

“抱歉，”卡翠娜说，“我的话不够准确。‘怎么知道’这点很明显。我的意思是，我不知道是谁泄露的。”

“你打算什么时候查清楚？”

“这很难说，头儿。目前我的首要任务是找到那个凶手，因为据我们所知，他也许正在寻找下一名受害者。”

电话另一头沉默下来。卡翠娜闭上眼睛，在心里咒骂自己。她从来都没法吸取教训。

“我刚刚打电话给了温特尔，他排除了克里波的所有人。我倾向于赞同他的看法。所以你需要找到那个相关人士，让他闭嘴，布莱特。你听到了吗？这种事会让我们都像傻子。我现在要打给警察署长，趁他还没来找我打听。有消息就通知我。”

梅林挂了电话。卡翠娜将目光转向哈利的手机，那是哈利拿给她看的。屏幕上是《挪威日报》的网站。她大致浏览了沃格的评论文章。

贝婷尸体的发现指向性谋杀，但今天在法医研究所进行的检查没能为那套理论提供支持，也没有洗清马库斯·罗德的嫌疑。这位地产大亨和苏珊·安德森以及贝婷·贝蒂尔森都有过性关系，也是——据警方目前所知——将两名女子联系在一起的唯一人物。信源表示，调查者推测罗德可能雇佣杀手，让案件看起来像是性谋杀，而非目标明确的凶杀。

“这家伙真的很讨厌罗德。”她说。

“真的吗？”哈利问。

“什么真的？”

“你们真的推测这两起谋杀是刻意布置成像是性谋杀的？”

她耸耸肩。“据我所知，没这回事。我打赌这是沃格自己的推测，他将此归于信源，是因为他知道没人能跟他对质。”

“嗯。”

他们朝高速公路驶去。

“你们是怎么想的？”她问。

“好吧。团队里大部分人都觉得那是个强奸犯兼连环杀手，两名受害者之间的联系只是巧合。”

“因为？”

“因为马库斯·罗德有不在场证明，雇佣杀手通常不会和受害者发生性关系。你们的看法呢？”

卡翠娜在后视镜里确认了车流。“好吧，哈利，让我告诉你一件事。沃格没提到的是，其中一位验尸技术员在两个女孩身上找到了同一种安全套粉末。所以行凶者就是同一人。”

“有意思。”

“他同样没提到的是，那些技术员没有排除两个女孩被强暴的可能性，尽管他们没能找到能用以证明的清晰的物理迹象。那种迹象平均三起案件才会出现一次。有半数强奸案会出现轻微伤，其余的找不到任何痕迹。”

“你觉得这次就是这种情况？”

“不。我觉得这是因为那两名受害者在性交发生前就死了。”

“嗯。兴奋的开端是死亡。”

“什么？”

“这是奥纳说的。对虐待狂来说，他们的性兴奋开始于折磨，终止于受害者的死。对恋尸癖来说，他们的兴奋始于受害者死去的时刻。”

“好吧，不过话说回来，你还是收到一点点报酬了。”

“多谢。你对现场的鞋印有什么看法？”

“谁说过有鞋印？”

哈利耸耸肩。“犯罪现场在森林里，所以我推测地面很软。过去几个星期没怎么下过雨，所以显然会有鞋印。”

“模式是相同的，”卡翠娜犹豫片刻，然后说，“受害者和犯罪嫌疑人的脚印靠得很近，就好像他在抓着她，或者用武器威胁她。”

“呃，或者反过来。”

“什么意思？”

“也许他们走路的时候挽着手臂。就像情侣。或者两个正准备进行自愿性行为的人。”

“你是认真的？”

“如果我要威胁别人，会走在他们身后。”

“你相信这两个女孩都认识凶手？”

“也许认识。也许不认识。我不相信的是巧合。苏珊是在参加罗德住处那个派对的四天后失踪的，贝婷则是再过一星期后。她们在那里遇见了行凶者。派对上有个人，我猜在你们那份宾客列表里是找不到的。”

“哦？”

“那个戴口罩和墨镜，兜售可卡因的家伙。”

“不，没人跟我们提过类似的人。但如果他真的卖了可卡因给来宾，这或许就不奇怪了。”

“或者是因为，你会迅速忘记看不见脸的人。他没有向来宾兜售，只是向几个人分发了我们认为接近纯可卡因的样品。”

“你怎么知道的？”

“这不重要。重要的是，他和苏珊和贝婷都有过联系。据你所知，派对上还有别人和两个女孩都说过话吗？”

“只有马库斯·罗德。”卡翠娜打开转向灯，再次确认了后视镜，“你觉得这家伙在派对上搭讪了她们俩，然后约她们去森林里散步？”

“为什么不能呢？”

“我说不好，但我总觉得说不通。苏珊和派对上遇到的某人去森林探险是一回事，毕竟这也许是和可卡因有关的交易。但贝婷在一星期后自愿陪同那么一个人——她几乎毫无了解的人——进入斯库莱鲁的森林，尽管那里是报道中苏珊最后被人目击的地点？到了那个时候，贝婷应该也明白他们三人都参加过同一个派对了。不，哈利，我不相信。”

“好吧。那你的看法是？”

“我的看法是，我们要找的是个连环强奸犯。”

“连环杀手。”

“当然。下手很快，有恋尸癖。切除一颗大脑，切除一颗头颅，再把尸体挂起来，就像被屠宰过的动物。我会称之为‘由连环杀手实施的仪式性谋杀’。”

“呃，”哈利说，“那安全套粉末呢？”

“什么？”

“在那些性侵案里，如果你想辨认安全套的种类，就会去找润滑液而不是粉末，是这样吧？”

“是的，但这次没有用到润滑液。”

“完全正确。你在扫黄组干过。连环强奸犯——聪明到会用安全套的那些——会用润滑液吗？”

“会，但那些罪犯都不正常，哈利。他们没有固定套路，你这是在钻牛角尖。”

“你说得对，”哈利说，“但到目前为止，我还没看到或者听说任何证据，能让我们排除贝婷和苏珊在遇害前和行凶者有过性交的可能性。”

“但这种情况……实在很不寻常。不是吗？你才是研究连环杀手的专家。”

哈利揉了揉颈背。“是啊，这很不寻常。强奸后的谋杀没那么不寻常，要么是因为凶手的性幻想，要么是为了避免被人指认。但自愿性行为之后的谋杀只会在特殊情况下发生。如果自恋者在这方面遭到羞辱，就可能杀人。比方说，他无法进行性行为。”

“安全套的痕迹表示，他是有这种能力的，哈利。我很快就回来。”

哈利点点头。他们的车停在了黑德哈路，他看着卡翠娜迅速走向幼儿园的大门，身穿防雪童装的孩子们趴在那里的围栏上，等着被人接走。

她消失在门后，几分钟过后，她和葛德手拉着手出现在视野里。他听到了孩童急切的说话声。回想起来，小时候的自己似乎很安静。

车门打开了。

“嘿，哈维。”葛德在后座上探出身子，抱住了哈利的背，然后卡翠娜把他拖回到儿童座椅上。

“你好啊，老伙计。”哈利说。

“老伙计？”葛德说着，看向他妈妈。

“他在逗你玩呢。”卡翠娜说。

“你逗，哈维！”葛德发自内心地大笑起来，哈利看着后视镜，不禁吃了一惊，因为他看到了熟悉的东西。不是他自己，不是他父亲，而是他母亲。葛德笑起来就像哈利的母亲。

卡翠娜回到方向盘后面。

“去施罗德酒馆？”她说。

哈利摇摇头。“我在你家那边下车，然后走路就行。”

“去施罗德酒馆？”

哈利没有回答。

“我在考虑，”她说，“我想请你帮个忙。”

“什么？”

“你知道那些越野滑雪选手和徒步去过南极的人会做那种鼓舞人心的演讲，但要收一大笔钱吧？”

一道浪花让奈索登号微微摇晃。

哈利扫视周围。附近座位上的乘客或是盯着手机，或是戴着耳机，或是在读书，又或是在眺望奥斯陆峡湾。他们处于工作、上学或市区购物结束后返回住处的途中，看起来没人是和同伴一起来郊游的。

哈利低头看着自己的手机，看着楚斯用屏幕截图记录下来，再发送给他们每个人的最新法医报告。他在镭医院食堂吃饭的时候就读过了，就在他发短信给卡翠娜，问她能否过来接他以后。在她说自己去了法医研究所的时候，他是否为自己假装不知情而内疚？不至于。而且他不用装作对安全套粉末以及恋尸癖的事一无所知，报告里确实没提到。沃格的文章里也一样。换句话说，沃格的线人不是当时在研究所的众人之一，否则他就该提及报告里没说的那些事。但沃格的文章里又说，部分调查组成员认为这场谋杀故意伪装成了连环杀手的手法，以掩盖它的本质。

安全套粉末。

哈利思考了一番。

接着输入了字母“T”。

“怎么？”

“嘿，楚斯，我是哈利。”

“怎么？”

“我不会占用你太多时间。我和卡翠娜·布莱特谈过，看起来法医研究所的发现并没有全部出现在报告里。”

“噢？”

“对。她跟我分享了一个我们不知道的细节，警察总署的调查团队眼下肯定正在讨论这件事。”

“是什么？”

哈利犹豫了片刻。安全套粉末。

“文身，”他说，“凶手割下了贝婷脚踝上的路易威登文身，然后又缝了回去。”

“就像苏珊·安德森的头皮？”

“对，”哈利说，“不过这不重要。重要的是，你之后是否有办法让我们也能掌握这类消息？”

“没写在报告里的事？那我就得去找人打听了。”

“呃，还是别冒这种险吧。我不指望你给出什么建议，但还是希望你考虑一下，我们明天再谈。”

楚斯哼了一声。“好吧。”

他们挂了电话。

等船靠岸后，哈利留在座位上，看着其他乘客拥向门口，随后上岸。

“不下船吗？”检票员说着，快步走过空荡荡的客舱。

“今天不下。”哈利说。

“老样子。”哈利说着，指了指杯子。

酒保扬起一边眉毛，但还是取下那瓶占边威士忌，给他倒了酒。

哈利喝完了那杯酒。“再来一杯。”

“今天很不顺？”酒保问。

“还算不上。”哈利说着，拿起杯子，走向他从前看到图尔博内格罗乐队的主唱坐过的那张桌子。在这段路上，他经过了一个背对他坐在桌边的男人，那人身上的香水味让他想起了露西尔。他坐在桌边的沙发上。现在刚到傍晚，还没多少客人。露西尔。她现在在哪儿？比起继续喝酒，他可以回到自己的房间，重读报告，寻找差错和线索。他看着杯子，就像看着沙漏。再过五天零几个小时，他就会再辜负一个人。是的，这就是他的人生故事。管他呢，他很快就没有能辜负的人了。他举起杯子。

有个男人走进酒吧，四下张望，看到了哈利。他们相互点点头，那人朝哈利的方向走来，坐在这张低矮玻璃桌的对面。

“晚上好，孔恩。”

“晚上好，哈利。进展如何？”

“调查的进展？很顺利。”

“很好。这代表你有线索了吗？”

“不。你怎么来了？”

看那位律师的表情，就像是打算问出什么后续问题，但随即放弃了。“我听说你今天给海伦妮·罗德打过电话，说你们两个准备谈谈。”

“没错。”

“在那场对话开始前，我只想把你的注意力引回几件事上。首先，她和马库斯眼下的关系不算太好。理由有好几个。比如——”

“马库斯可卡因成瘾？”

“我对此完全不知情。”

“不，你知道。”

“我想说的是他们的关系随着时间而疏远的事实。这起案件给马库斯带来的公众关注，尤其是来自《挪威日报》的关注，更是给这段关系雪上加霜。”

“你究竟想说什么？”

“海伦妮承受了很大压力，我无法否认有这么一种可能性：她会说出损害她丈夫形象的事。那些事关乎他一般意义上的人品，但尤其关乎他与苏珊小姐以及贝婷小姐的暧昧关系。那些事不会改变案情，但如果媒体，或者说《挪威日报》掌握了那些消息，对我的……确切地说，我们的客户，就是一场灾难了。”

“所以你是来让我别泄密的？”

孔恩笑了笑。“我只是想说，这位特里·沃格会用尽一切手段来抹黑马库斯。”

“为什么？”

孔恩耸耸肩。“都是陈年旧事了。当时马库斯还在到处做小额投资，这是他的消遣方式。当时他在沃格供稿的那份免费报纸所在的报社当董事长。因为沃格编造的那些故事，报业投诉委员会认为那家报社违反了行业规范，于是董事会开除了沃格。沃格之后的人生和事业受到巨大影响，他显然一直不肯原谅马库斯。”

“呃，我会记住这件事的。”

“很好。”

孔恩仍旧坐在那儿。

“怎么？”哈利说。

“如果你有不想回忆的事，我可以理解，但我们的确是被共同的秘密维系在一起的。”

“你说得对，”哈利说着，喝下一大口酒，“我不想回忆。”

“没问题。我只是想说，我仍然相信我们当初没做错。”

哈利看着他。

“我们让世界摆脱了一个非常邪恶的人，”孔恩说，“诚然，他是我的客户——”

“而且是无辜的。”哈利含混不清地说。

“也许在你妻子遇害这件事上是无辜的。但他毁掉了许多人的人生。太多了。年轻人。无辜的人。”

哈利端详起孔恩来。他们两人想方设法杀死了斯韦恩·芬内——那个犯下多起强奸案的男人——还将杀死萝凯的罪行归咎于他。孔恩的动机是解决芬内对他和他家人的威胁，哈利则是渴望真正杀死萝凯的人及其理由永远不会大白于天下。

“至于毕尔·侯勒姆，”尤汗·孔恩说，“他只是个好人。好朋友、好丈夫。是这样没错吧？”

“对。”哈利说着，感觉喉咙绷紧了。他朝吧台招招手，又抬起他的空杯子。

孔恩深吸了一口气。“毕尔·侯勒姆选择杀死你爱的女人而不是你本人，是因为想要让你承受同样的痛苦，这就是唯一的方法。”

“你说的够多了，孔恩。”

“我想表达的是，哈利，这两件事是一样的。特里·沃格想让马库斯·罗德声名扫地，想让他感受社会谴责。这种事是会让人崩溃的，你明白吧？会让人想要轻生。我自己就有过这么做的客户。”

“马库斯·罗德可不是毕尔·侯勒姆，他不是什么好人。”

“也许不是。但他是无辜的。至少在这件案子里。”

哈利闭上双眼。至少在这件案子里。

“晚安，哈利。”

等哈利睁开眼睛的时候，尤汗·孔恩已经离席，那杯酒也被送到了桌上。

他本想慢点喝，却又觉得这样毫无意义，于是一饮而尽。就快了，再喝一杯就好。

有个女人走了进来。苗条、红裙、黑发，背影甚至给人以袅娜的印象。有那么一阵子，他在任何地方都能看到萝凯。但现在不会了。

是啊，他想念那个时候，甚至想念那些噩梦。那个女人仿佛感受到他投向自己腰背部的视线，于是在吧台边转过身来，看向他的方向。只看了一瞬间，无比短暂，然后就收回了视线。但他看到了。她的表情毫无兴趣，只带着一丝怜悯。那副表情在说，沙发上的这个人非常孤独，是你不会想要沾上关系的那种人。

哈利不记得自己是怎么回到房间，再爬到床上的了。他才刚刚闭上眼睛，那些话便再次在他脑海里翻腾起来。

让你承受同样的痛苦。

无辜。至少在这件案子里。

手机在黑暗中嗡鸣和亮起。他翻过身，从床头柜上拿起手机。那是一条彩信，来自一个前缀是 +52 的号码。他不用猜也知道，那是个墨西哥号码，因为图片上是露西尔的脸，背景则是一面油漆剥落的墙壁。没有化妆的她看起来老了不少。她把半边脸——就是她声称更漂亮的那一边——对着摄像头。尽管脸色苍白，她却在微笑，就好像在安慰将会收到这张照片的人。他突然想到，当他母亲拿着他的午餐盒站在教室门口的时候，脸上就是这种温和又遗憾的表情。

附带的文字很简短。

倒计时，五天。

22

星期四　　债务

差五分钟到十点的时候，卡翠娜和拉森站在会议室外，手里各端着一杯咖啡。调查团队的其他成员含混不清地互道着早安，随后继续走向自己在早会的座位。

“好吧，”拉森说，“所以霍勒觉得凶犯是去过那个派对的可卡因贩子？”

“好像是这样。”卡翠娜说着，确认了下时间。他说过自己会早到，可现在只剩四分钟了。

“如果可卡因的纯度那么高，他也许是自己偷运来的。和别的东西一起。”

“这话怎么说？”

拉森摇摇头。“只是个联想。在离犯罪现场不算太远的地方，有一个抗寄生虫药粉的空包装袋。肯定也是偷运入境的。”

“噢？”

“那种药粉被禁了。它含有的强效毒素是针对各种肠道蠕虫的，包括能引起特别严重的问题的那种。”

“特别严重？”

“能杀死狗类，而且会感染人类的那种寄生虫。我听说过几个养狗人就感染了。那种寄生虫会攻击肝脏，让人非常难受。”

“你是说那个凶手可能养狗？”

“谁会在荒郊野外先喂宠物吃驱虫药，然后再杀死和强暴受害者？不可能。”

“那为什么……”

“是啊，为什么。因为这是我们抓住的救命稻草。你也看过那些视频吧？美国的交警拦下汽车司机，就因为他们超速了一点点，或者车尾灯坏了一盏。交警接近车辆的时候是那样小心翼翼，仿佛只要司机违反了交通规则，他们是凶恶的惯犯的可能性就会大幅增加，对吧？”

“对，而且我知道为什么。因为他们是惯犯的可能性的确会大幅增加。这方面的研究有很多。”

拉森笑了。“完全正确。不守规矩的人。就是这样。”

“好吧。”卡翠娜说，再次确认了时间。出什么事了？她从哈利的眼神看得出来，他有酒瘾复发的风险。但他平时都是守信的。“如果你手里有那个包装袋，就应该交给鉴识中心。”

“我是在离现场有一段路的地方找到的，”拉森说，“在那个半径范围内，我们能捡到上千样东西，再凭借一点点想象力，它们都可以和谋杀案有关。”

差一分钟到十点。

她看到了那位被她派去接待处接哈利的警察。然后是站在警察身后，且比他高出整整一个头的哈利·霍勒。哈利看起来比身上的衣服还要凌乱，她不用闻就能在他脸上看到那股酒气。卡翠娜注意到身旁的拉森不由自主地挺直了身体。

卡翠娜喝光了剩下的咖啡。“我们可以开始了吗？”

“你们也看到了，我们有位客人。”卡翠娜说。

计划的第一部分奏效了。在她面前的那些脸上，疲惫和漠然似乎都一扫而光了。

“他不需要介绍，但我要告诉才加入不久的几位，哈利·霍勒在犯罪特警队当警探的时候……”她看向哈利，他皱起了胡子后面的那张脸，“还是石器时代。”

轻笑声传来。

“石器时代，”卡翠娜说，“他在我们最重大的几起案件的破案过程中起到了重要作用。他在警察学院当过讲师。据我所知，他是唯一一个参加过FBI在芝加哥的连环杀人案培训班的挪威人。我本想让他加入这个调查团队，但没有得到允许。”卡翠娜看向在场的这些人。梅林听说她把哈利带来这座“内部圣所”的消息只是时间问题。“所以马库斯·罗德雇他来调查苏珊和贝婷的谋杀案反而更好，就算不是我们上司的主意，也代表着能有更多专家发挥作用。”她看到了拉森略带责备的眼神，以及麦努斯·史卡勒愤怒的目光。“我邀请哈利来概括地谈论一下这几起谋杀，然后我们可以向他提问。”

“第一个问题！”这是史卡勒的声音，他的嗓音因愤怒而颤抖，“为什么我们要听一个家伙谈论‘连环杀人案’？这是电视节目那套玩意，而且同一个人犯下两起谋杀不代表——”

“代表的。”哈利在前排的椅子里站起身来，但没有转身看向听众。有那么一瞬间，他的身体似乎在摇晃，仿佛会因为骤降的血压倒下，但他随后站稳了些。“是的，这代表它的确是连环杀人案。”

会议室陷入了彻底的寂静，哈利在此时朝黑板缓缓迈出两大步，接着转过身来。他起初语速很慢，但逐渐加快，就好像他的嘴巴需要适应的时间。“‘连环杀人案’这个词是FBI的发明，他们的官方定义是‘接连两起或更多的谋杀，由同一罪犯作为独立的事件犯下’，就这么简单。”他盯着史卡勒，“但就算这件案子被定义为连环杀人案，也不代表罪犯有必要遵照你所知的电视节目里的连环杀手的概念。他不需要是精神病患者、虐待狂或者性狂热者。他可以是个相对普通的人，就像你我。又有平淡无奇的动机，比方说金钱。事实上，对美国的连环杀手来说，金钱就是第二常见的动机。因此，一个连环杀手未必是被脑海里的声音驱使的那类人，也不需要有无法控制的冲动让他反复杀戮。但他可以是。我说‘他’，是因为连环杀手几乎都是男人，只有为数不多的例外。问题在于，我们要找的凶手是不是那种类型的连环杀手。”

“问题在于，”史卡勒说，“你作为私人侦探跑到这儿来干什么？我们凭什么相信你想帮忙？”

“呃，我为什么不能帮助你们，史卡勒？我的任务就是确保这案子能够解决，至少是增加解决的可能性。解决案子的人不需要是我。我看得出来，让你直接理解这种概念可能有点困难，史卡勒，所以请允许我说明一下。如果我的工作是阻止整栋楼里的人被烧死，但那地方已经在熊熊燃烧了，我该怎么做？是用我自己的小水桶救火，还是打电话给就在街角的消防站？”

卡翠娜忍住了笑意，却发现拉森没有。

“所以你们是消防队，我是打电话的那个。我的工作是把我知道的起火位置告诉你们。而且我碰巧对火有那么点了解。我会告诉你们，我认为这场特定的火有什么特别之处，好吗？”

卡翠娜看到有几个人在点头。其他人面面相觑，但没人表示反对。

“我就直接来说那个特别之处吧，”哈利说，“头颅。或者确切地说，缺失的大脑。问题也一如既往：为什么？为什么要切开或者切下受害者的头部，再摘除大脑？噢，在某些情况下，答案很简单。《圣经》里有一篇关于犹滴的故事，她是个可怜的犹太寡妇，拯救了自己的城市，她在敌人攻城的时候勾引了敌军的将军，然后砍下了对方的脑袋。重点不在于杀了他，而在于将他的头颅展示给所有人，以此展示力量，吓退他的部队，后者果不其然逃跑了。所以这是一种合理的行为，这种动机在战争史中随处可见，时至今日，我们也能看到那些政治恐怖分子散播有关斩首的录像。但我们很难认为这位男子需要吓退任何人，对吧？在猎首部落——至少在关于他们的那些传说故事里——他们留下受害者的头颅往往是作为战利品，或者为了驱赶邪灵，又或者为了留下邪灵。新几内亚的部落相信，如果你夺走受害者的头颅，就能掌控他们的灵魂。这种概念或许能让我们更接近这次的目标。”

卡翠娜注意到，尽管哈利的语气不带感情，近乎单调，也没有表情或是夸张的动作，他仍然吸引了房间里所有人的注意力。

“连环杀手的历史充斥着斩首。埃德·盖因[①]砍下受害者的头颅，再放到床柱上。埃德蒙·肯珀[②]砍掉了他母亲的头颅，然后奸尸。但也许我们的嫌疑人和杰弗里·达默[③]更相似，他在二十世纪八十年代杀死了十七个男人和男孩。他在派对或俱乐部结识受害者，请他们喝酒或者提供毒品。回想起来，这种事恐怕在我们的案子里也发生过。然后达默会把受害者带回家，杀死他们，通常是趁他们不省人事的时候把他们勒死。达默和尸体性交，然后肢解尸体，在尸体的脑袋上钻孔，倒入液体——比如酸性液体——再砍掉头颅。达默还会吃掉他挑选出来的人体部位。他对心理医生说，他留下那些头颅，是因为他害怕被拒绝，这么一来，他们就肯定没法离开他了。这和新几内亚部落的那些灵魂收集者很像。但达默走得更远，他确保受害者留在身边的方法，是吃掉他们的一部分。顺带一提，心理学家们相信达默在犯罪意义上没有精神失常，他们觉得他只是有些人格障碍。我们大多数人都有这种问题，但仍旧能正常生活。换句话说，像达默这样的人就算坐在我们之中，我们也未必会怀疑他。怎么了，拉森？”

“我们这位凶手取走的不是苏珊的头颅，而是她的大脑。对于贝婷，他同时取走了头颅和大脑。所以他的目标是大脑吗？那样的话，大脑就是战利品吗？”

“呃，我们要把战利品和纪念品区分开来。战利品是你击败了受害者的象征，这种情况下，头颅很常见。纪念品是用来纪念性行为以及随后的性

---

① Ed Gein，美国杀人犯和盗尸犯，被称为“人皮杀手”，美国最有名的连环杀手之一。

② Edmund Kemper，美国连环杀手、恋尸癖。

③ Jeffrey Dahmer，美国连环杀手、恋尸癖，案件涉及食人行为。

满足的。我不清楚把大脑当作纪念品的数据算不算突出。但如果你们要根据我们对性动机精神病连环杀手的了解来得出结论，那只能说他们行事的理由五花八门，这点和所有人一样。所以他们的举止没有什么共通的规律，至少在细节层面上没有，所以我们没法轻松预测下一步。只有一件事除外，那就是我们可以有很大把握地假设……”

卡翠娜知道这不是那种戏剧化的停顿，哈利只是需要喘口气，并朝侧面迈出几乎难以察觉的一步，以维持身体的平衡。

“他们会再次行凶。”

在随后的沉默里，卡翠娜听到外面的走廊传来了迅速接近的脚步声。她认出了那种脚步声，知道它来自谁。也许哈利也听到了，也猜到他的时间即将耗尽。无论如何，他加快了速度。

“我觉得这家伙比起头颅，倒不如说想要受害者的大脑。他砍下贝婷的脑袋，只代表他在改良手段，这同样是传统精神病连环杀手的典型特征。他吸取了上次的教训，知道在犯罪现场摘除大脑需要时间，也因此有风险。此外，他看到了把头皮缝合回去的结果，明白会被人发现，也意识到为了隐藏他其实想要大脑的事实，最好把整颗头颅都带走。我不觉得他掐死贝婷是为了误导警方，让我们相信苏珊是被其他人杀害的。如果这点真这么重要，他就不会两次都选择斯库莱鲁森林，也不会让两具尸体都从腰部往下一丝不挂了。改变杀人手段的理由很实际。他在割断苏珊喉咙的时候沾上了血，你能从鲜血喷洒的痕迹看出来。他的双手、脸部和衣服都沾了血，这意味着他在返程路上只要遇到别人，就会被发现。他还需要丢掉那身衣服，清洗车子，做诸如此类的事。”

门开了。果然是博迪尔·梅林。她站在门口，双臂交叠，凝视卡翠娜的目光预示着将发生前景堪忧的事。

“这也是他带贝婷去湖边的理由。他可以抱着她的头颅到水面下，然后再割断脖子，将飞溅的鲜血缩减到最少的程度。在这层意义上，这个连环杀手和我们大多数人一样。我们做一件事的次数越多，就会做得越好。以这件案子的前景来说，这就不是什么好消息了。”哈利看向博迪尔·梅林，“您不这么认为吗，总警司？”

她的嘴角翘起，露出做作的微笑。“目前的前景，霍勒，是你立刻离开这栋大楼。然后我们再内部讨论一下，关于让未经授权的个人接触情报的准则该如何解读。”

卡翠娜感到喉咙在混合了羞愧和愤怒的情绪中绷紧，也明白自己的嗓音没法加以掩饰。“我明白你的担忧，博迪尔。但不用说，没有人给哈利授权——”

“我说了，我们会内部处理这个问题。有没有布莱特之外的人能送霍勒去接待处？还有，布莱特，你跟我来。”

卡翠娜朝哈利投去沮丧的眼神，哈利耸肩回应。她随即跟在博迪尔·梅林身后，同时聆听走廊地板上断断续续的脚步声。

“说真的，卡翠娜，”两人走进电梯以后，梅林说，“我警告过你的，别让霍勒掺和进来。可你还是这么做了。”

“你只是不允许我让他加入团队，但这次只是作为顾问，向我们分享经验和透露情报，不会得到任何回报。金钱和情报都没有。我认为这种做法没有超出我的职责范围。”

电梯发出叮的一声，宣布抵达了要去的楼层。

“是这样吗？”梅林说着，走了出去。

卡翠娜匆忙跟在后面。“是会议室里的人给你发短信了吗？”

梅林没好气地笑了笑。“要是我们需要担心的只有那种出于良知的泄密该多好。”

梅林走进自己的办公室。奥勒·温特尔和信息部门的主管肯杰尔斯基坐在那张小会议桌边，面前各有一杯咖啡，以及一份《挪威日报》。

“早上好，布莱特。”克里波的负责人说。

“我们正在这里讨论双重谋杀案的泄密问题。”梅林说。

“把我排除在外？”卡翠娜说。

梅林叹了口气，坐了下来，示意卡翠娜也坐下。“是不找那些理论上可能参与了泄密的人。你没必要对号入座。现在我们还是直接跟你讨论比较好。我猜你看过沃格今天的文章了？”

卡翠娜点点头。

“简直是丑闻，”温特尔说着摇了摇头，“毫不夸张。沃格得知的调查细节只可能来自一个地方，也就是这里。我核查了参与案子的下属，他们都不是幕后的人。”

“你是怎么核查他们的？”卡翠娜问。

温特尔没理会这句话，只是摇着头继续说下去：“可现在，布莱特，你又邀请竞争对手来这儿？”

“你也许在和霍勒竞争，但我没有。”卡翠娜说，“有我的那份咖啡吗？”

梅林惊讶地看着她。

“说回泄密吧。”卡翠娜说，“关于核查同事的方法，请指教一下我吧，温特尔。监控？查阅电子邮件？还是用中国古代的水刑来审问？”

温特尔看向梅林，仿佛在呼吁她拿出常识。

“但我核查过另一件事。”卡翠娜说，“我从头梳理了沃格掌握和没能掌握的信息，然后我发现，他从我们的调查员这里得知、然后登报的所有信息，都是那些报告在 BL96 系统里归档以后的事。这就意味着泄密可能是警察总署里任何有访问那些文件的权限的人做出来的。不幸的是，系统不会记录查阅文件的人都有谁。”

“这不是事实！”温特尔说。

“是事实，”卡翠娜说，“我和我们的 IT 人员聊过了。”

“我指的是你说沃格文章的内容都来自报告。”他抄起桌上的报纸，高声念道：“‘警方拒绝公开几个诡异的细节，譬如贝婷·贝蒂尔森的脚踝文身被人割下，又缝了回去。’”他把报纸丢回桌上。“这些可没有出现在任何报告里！”

“我也希望没有，”卡翠娜说，“因为根本没这回事。沃格是在编造内容。这种情况就超出能怪罪我们的范围了吧，温特尔？”

“多谢，阿妮塔。”哈利说着，双眼盯着那位上了年纪的女服务员刚刚放在他面前的啤酒。

“不管怎么说，”阿妮塔叹了口气，就像想到了什么却没有说出口，“能再见到你真好。”

“她怎么回事？”楚斯说。在哈利按约定时间抵达施罗德酒馆的时候，他已经坐在靠窗的座位上了。

“她不喜欢为我服务。”哈利说。

“那她就不适合在施罗德工作了。”楚斯哼笑着说。

“也许吧，”哈利拿起酒杯，“也许她只是需要钱。”他把酒杯举到嘴边，喝了起来，同时和楚斯继续对视。

“你有什么事？”楚斯问，哈利看到他的一边眼睛下面抽了抽。

“你觉得呢？”

“不知道。又要集思广益？”

“也许吧。你对这个有什么看法？”哈利从外套口袋里拿出《挪威日报》，放到楚斯面前。

“哪部分？”

“沃格写到贝婷文身的那部分。说它被割下又缝了回去。”

“看法？我觉得他的消息好像很灵通。但我猜这就是他的工作。”

哈利叹了口气。“我这么问不是想跟你套话，楚斯。我是想给你提前坦白的机会。”

楚斯把双手放在磨损的桌布上，放在一张纸巾的两边。他什么都没点。什么都不想喝。他的双手被洁白的纸巾衬得鲜红，看起来肿得厉害，就好像哈利只要拿根针戳一下，那双手就会漏气，然后缩成一副手套。楚斯的额头变得深红，就像漫画里魔鬼的肤色。

“我不知道你在说什么。”楚斯说。

“是你。你就是那个给特里·沃格提供情报的人。”

“我？你傻吗？我甚至不在调查团队里。”

“你给沃格的情报和给我们的一样。你会第一时间阅读存进 BL96 系统的报告，我联系你的时候，你已经在这么做了，所以你同意我的提议也就不奇怪了。你干同一份活能拿到两份钱。沃格现在给你的钱恐怕更多了，因为你还会把奥纳小组的最新情报也告诉他。”

“你在说什么鬼话？我没有——”

“闭嘴，楚斯。”

“滚蛋！我不会——”

“闭嘴！还有坐下！”

有客人的那几张桌子安静下来。他们没有露骨地看向这边，只是低头看向自己的啤酒杯，用眼角余光打量。哈利的手按在楚斯的手上，又格外用力地压向桌面，迫使楚斯坐了回去。哈利前倾身体，低声说了下去。

“我说了，我不是在跟你套话，所以听着。沃格的文章提到了调查人员的猜测，说罗德有可能让凶手把谋杀伪装成性侵犯，当时我就起了疑心。这是我们在奥纳小组里讨论过的事，和传统思路天差地别，然后我找卡翠娜打听过，问他们的团队里是否有人提过这种想法。他们没有。于是我编出了贝婷的文身被缝回去的说法，又只告诉了你一个人，还说这事在警察总署人人都知道，所以你觉得就算泄露出去，线索也不会指向你。果然，沃格几个小时过后就写了出来。所以是你干的，楚斯。”

楚斯·班森直视前方，面无表情。他拿起那张纸巾，揉成一团，就像他那天在赛马场揉皱赛马票那样。

“好吧，”楚斯说，“是我出售了一点点情报。你们可以滚蛋了，因为根本没有实际损失。沃格从来没拿到过能影响调查的情报。”

“这只是你的判断，楚斯，但这话题我们就先不讨论了。”

“是啊，不讨论了，因为我要退出了，再见。你就拿着罗德给你的钱擦屁股吧。”

“我说过了，坐下。”哈利露出苦笑，“还有谢了，但西弗酒店的厕纸已经很棒了，软到让你想再拉一回。你有过那种感觉没？”

楚斯·班森似乎没能理解他的问题，但没有起身。

“所以现在就有让你体会那种感觉的机会。”哈利说，“你要告诉沃格，说你使用 BL96 的权限被撤销了，他接下来只能靠自己了。从现在开始，关于奥纳小组的情况，你也他妈一个字都别说出去。而且你还得告诉我，你的赌债到底有多少。”

楚斯困惑地看向哈利，吞了口唾沫，眨了几次眼。

“三十万，”过了好一会儿他才说，“差不多这个数。”

“呃，数目可不小。还款期限呢？”

“过很久了。这么说吧，利息也越来越高了。”

“他们急着收款吗？”

楚斯哼了一声。“他们不只会用老虎钳，还会拿各种破事来威胁你。要知道，我现在每时每刻都得观察身后。”

“是啊，如果我早知道就好了。”哈利说着，闭上了眼睛。他昨晚梦见了蝎子。它们从门缝、踢脚板、窗缝和墙壁插座钻进他的房间。他睁开眼睛，盯着自己那杯酒。他对之后的几小时既期待又害怕。他昨天喝醉了，今天也打算喝个烂醉。他的酒瘾正式复发了。“好吧，楚斯，我会给你弄到钱的。明天，好吗？等你手头宽裕了再还我。”

楚斯·班森又眨起了眼睛。他的双眼几乎湿润了。

“为什么？”他开了口。

“别搞错了，”哈利说，“这不是因为我欣赏你，只是因为你对我还有用。”

楚斯盯着哈利，仿佛想弄清他是否在说笑。

哈利举起酒杯。“你不用继续坐在这儿了，楚斯。”

时间是晚上八点。

哈利垂着脑袋。他发现自己坐在一把椅子里，还吐在了自己的西裤上。有人说了些什么。此时那声音说了另一句话。

“哈利？”

他抬起头来。房间不断旋转，他周围的脸模糊不清。但他仍然认出了他们。他认识了他们好些年。那些脸让他感觉安全。奥纳小组。

“在会议上保持清醒不是硬性要求，”那声音说，“但吐字清晰比较有好处。你能做到吗，哈利？”

哈利吞了口唾沫。他回想起了前几个小时的事。他想喝啊喝啊，直到什么都不剩下。没有酒精，没有痛苦，没有哈利·霍勒，没有声音会在他脑海里央求他无法给予的救助。时钟的嘀嗒声愈发响亮。他就不能用酒精淹没这些，放下一切，任凭时间耗尽吗？辜负他人，迎接失败。这是他唯一擅长的事。所以他干吗还要拿出电话，拨打那个号码，然后来到这儿？

不，坐在他所在的这圈椅子里的人不是奥纳小组。

“嘿，”他用格外粗哑，听起来就像脱轨火车的嗓音说，“我叫哈利，我是个酒鬼。”[①]

① 这是参加戒酒互助会的酒瘾患者的常用开场白。

23

星期五　　黄色原木

“昨晚很难熬？”那女人说着，为哈利扶住门。

海伦妮·罗德比他预想的要矮。她穿着一条紧身牛仔裤和一件黑色的高领毛衣。她的金发用朴素的发箍固定。他认为她和照片上一样漂亮。

“有这么明显吗？”他说着，走进门里。

“早上十点戴墨镜？”她说着，领着他走进那套在他看来相当宽敞的公寓，“而且你这身衣服品质很好，不该穿成这样。”她回过头说。

“多谢夸奖。”哈利说。

她大笑起来，带着他走进一个宽大的房间，这里有客厅，还有个开放的中岛式厨房。

阳光从四面倾泻进来。混凝土、木头、玻璃，他猜想所有这些的品质都是最高级别的。

“咖啡？”

“麻烦你。”

“我是想问你喝哪种咖啡，但你看着就像什么都能喝的类型。”

“什么都行。”哈利说着，戏谑地笑了笑。

她按下那台闪闪发亮的金属意式咖啡机上的一枚按钮，机器开始研磨咖啡豆，她则把过滤漏斗放到水龙头下面冲洗起来。哈利的目光飘向那些用磁铁固定在双开门冰箱上的物件。一张月历、两张马的照片、一张印有国家大剧院标志的票。

“你明天要去看《罗密欧与朱丽叶》？”他说。

“是啊。这部戏非常精彩！我和马库斯看过首演。倒不是说他对戏剧有多感兴趣，但他是赞助商，所以我们拿到了很多赠票。我在派对上分发出去了很多张。我觉得人人都该看一遍，但我还留着那么两三张票。你看过《罗密欧与朱丽叶》吗？”

“嗯，算是看过。电影版本的。”

“那你一定得去看这部戏。”

“我……”

“你要去！稍等一下。”

海伦妮·罗德消失不见，哈利的视线扫过冰箱门剩下的部分。

两个孩子和父母的几张合照，看起来是在假日拍摄的。哈利猜测海伦妮是这些孩子的姨妈。没有海伦妮本人或者马库斯的照片，无论是合照还是单人照。他走向那几扇从地板延伸到天花板的窗户。这里能俯瞰整个碧悠维卡和奥斯陆峡湾，蒙克博物馆是唯一的阻碍。他听到海伦妮迈着轻快的步子走来的声音。

“博物馆的事很抱歉，”她说着，递给哈利两张票，“我们叫它‘切尔诺贝利’。不是每个建筑师都能用一栋大楼毁掉整个城市分区的，但要我说的话，埃斯图迪奥斯·埃雷罗斯就做到了。”

“呃。”

“尽管问你想问的事吧，霍勒，我很擅长多任务处理。”

“好的。我主要想问你的是那个派对的情况。当然，我想问你苏珊和贝婷的事，但那个带去可卡因的男人更重要。”

“好吧，”她说，“所以你知道他的事了。”

“对。”

“我想不会有人因为桌上的一点点可卡因就进监狱吧？”

“不。而且我不是警察。”

“确实。你是马库斯的人。”

“这话也不对。”

“当然，孔恩跟我说过，你得到的是全权委托。但你很清楚，最后还是付账的人说了算。”她的笑容带着一丝轻蔑，哈利不确定那种情绪的对象是他还是那个“付账的人”。也可能是她自己。

煮咖啡的时候，海伦妮·罗德把派对上的情况告诉了他。哈利发现她的说法同时符合她丈夫以及爱斯坦的描述。那个带着绿色可卡因的男人仿佛凭空出现，接近了屋顶平台上的她和马库斯。也许是不请自来的，但即便如此，这么干的也不止他一个。

“他戴着口罩、墨镜和棒球帽，在那种场合看起来有点危险。他坚持要我和马库斯尝尝他的粉，但我告诉他，这不可能，我和马库斯互相保证过再也不碰这东西了。然后，才过了几分钟，我注意到马库斯和另外几个人不见了。我早就起了点疑心，因为平时卖可卡因给马库斯的那家伙出现在了派对上。我走进公寓。那一幕太可悲了……”

她闭上双眼，手按额头。“马库斯朝桌子弯下腰去，鼻子里已经插上了吸管。他就在我的面前违背了承诺。紧接着，他吸进鼻孔的可卡因让他打了个喷嚏，把剩下的全都毁了。”她睁开眼睛，看着哈利，“要是我能嘲笑他该多好。”

“那个戴口罩的毒贩，我听说他想把地板上的粉末归拢起来，再给马库斯排出一条。”

“是啊。又或者他只是想收拾一下，他甚至擦掉了马库斯留在桌上的鼻涕。”她朝客厅沙发前面的那张大号玻璃桌点点头，“他或许是想留个好印象，让马库斯成为常客，谁又不想呢？你也许也注意到了，马库斯不是喜欢讨价还价的那种人。他倾向于多给而不是少给，这会让他有种握有权力的感觉。或者确切地说，这会让他握有权力。”

“你的意思是，权力对他很重要？”

“对所有人都很重要，不是吗？”

“好吧。对我不重要。诚然，这只是自我分析而已。”

他们坐在了餐桌边，面对着面。海伦妮·罗德看向哈利的眼神，让他觉得她正在评估状况。评估她自己能坦白到什么地步。评估他。

“你为什么有根金属手指？”她说着，朝他的手点点头。

“因为有个男人割掉了我那根手指。说来话长。”

她的视线毫无动摇。“你身上有变了味的酒气，”她说，“还有呕吐物的气味。”

“抱歉。昨晚很难熬，我也来不及换一身干净衣服。”

她心不在焉地笑了笑，仿佛是在笑她自己。“你知道英俊男子和迷人男子之间的区别是什么吗，哈利？”

“不知道。是什么？”

“我问你，是因为我不知道。”

哈利对上她的双眼。她在挑逗他吗？

她将视线转向他身后的墙壁。“你知道在我眼里，马库斯的魅力在于什么吗？我是说，除了他的姓氏和财富以外。”

“不知道。”

“在于他在别人眼里也有魅力。这难道不奇怪吗？魅力带来了魅力，怎么有这种事？”

“我明白你的意思。”

她摇摇头，仿佛很无奈。“马库斯只有一项才能。他能发出那种‘我说了算’的信号。他就像学校里那些男孩或者女孩，不知怎么就当上了领头人，能断定谁时髦谁老土。就像马库斯那样，等你坐到社交圈的王位上，就会获得权力，权力又会带来更多权力。这么一来，就不存在——完全不存在——比权力更有吸引力的东西了。你明白吗，哈利？女人为权力倾倒，不是出于精心计算过的投机主义，而是出于生物本能。权力即性感，句号。”

“好的。”哈利说。她多半不是在挑逗他。

“就像马库斯那样，等你学会了喜欢那种权力，你就会害怕失去它。马库斯很擅长待人接物，但因为他和他的家族拥有权力，怕他的人恐怕要比喜欢他的人更多。这让他烦恼。因为对他来说，被人喜欢很重要。不是被无关紧要的人喜欢，他根本不在乎那些人，他只希望被他想要求得认同的人，那些在他眼里和他同等级的人喜欢。他去挪威商学院进修，是因为他想接管家族的地产生意，但他在那儿参加的派对比上的课还要多，到头来，他只能出国去拿文凭。人们觉得他擅长自己的工作，是因为他的财富在不断积累，但如果你从事地产业长达五十年，想不赚钱都不可能。事实上，马库斯是少数几个差点毁掉自己公司的人，但银行至少两次帮他摆脱了困境。人们却只能听到由钱财讲述的成功故事。我也一样。”她叹了口气，“他在一家俱乐部有固定席位，有钱男人会在那里挑选女孩，那些女孩喜欢有钱的男人，又会对他们言听计从。听起来很老套，但这就是事实。我知道马库斯有过一段婚姻，但那是很多年前的事了，他从那以后就一直单身。我认为他只是没有遇到合适的女人，也就是我。”

“你是吗？”

她耸耸肩。“我想我很适合他。一个小他三十岁、可以炫耀的性感美女，能够和他的同龄人对话，又不至于让场面难堪，还能把家里打理得井井有条。更大的问题恐怕在于，他对我来说是否合适。我过了很久才想到该这么询问自己。”

“然后？”

“然后我住在这儿，而他住在福隆纳区的男人窝[1]里。”

“呃，可女孩们失踪的那两个星期二，你们两个却在一起。”

“是吗？”

哈利觉得自己在她的眼睛里看出了质疑的意味。“你是这么告诉警方的。”

她短促地笑了笑。“是啊，那应该就是这样吧。”

“你是想告诉我，你当时没说真话吗？”

她摇摇头，露出听天由命的表情。

---

① man cave，通常指家庭中专属于男主人的空间。

“最需要不在场证明的人，是你还是马库斯？”哈利开口发问，随后仔细观察她的反应。

“我？你觉得我会……”她脸上的惊讶消失不见，笑声在房间里回响。

“你有动机。”

“不，”她说，“我没有什么动机。我放任马库斯到处取乐，唯一的附带条件就是别让我难堪，也别让她们拿走我的钱。”

“你的钱？”

“他的，我们的，我的，怎么说都行。我不认为这两个女孩有类似的打算。而且说实在的，她们的开销也不算大。总之，你很快就会明白，我其实完全没有动机。我的律师今早给孔恩发去了信件，声明我希望离婚，想要一半的家产。你懂了吗？我不想要他，她们大可以带走马库斯，谁想要都行。我只想要我的马术学校。”她冷冷地笑了，“哈利，你好像很吃惊？”

“呃，洛杉矶的一位电影制片人跟我说过，第一场婚姻是最昂贵的大学，你会学到一件事：下一场婚姻一定要有婚前协议。”

“噢，马库斯有婚前协议。和我、和他的前妻都有，他不傻。但因为我知道的事，他会满足我的要求。”

“你知道什么？”

她露出灿烂的笑容。“这是我的重要筹码，哈利，所以我不能告诉你。我很可能需要签一份保密协议。我向上帝祈祷，希望有人能弄清他做了什么，但不要借助我的力量。我知道这听起来很讽刺，但此时此刻，我需要救的是自己，不是世界。抱歉。”

哈利本想说些什么，但思考过后又放弃了。想要操控或者说服她都是不可能的。

“既然你什么都不打算告诉我，”他选择这么问，“为什么还要答应和我见面？”

她撇了撇嘴唇，又点点头。“好问题。你来告诉我吧。顺带一提，你这身衣服只能送去干洗店了。我会给你一套马库斯的，你跟他尺码差不多。”

“抱歉，你说什么？”

海伦妮已经站起身来，走向公寓深处。“我本来就收拾了几套他胖到穿不上的西装，准备送去救世军[1]。”她高声回答。

趁她离开的时候，他站了起来，走到冰箱边上。这时他发现，那里还是有海伦妮的照片的，照片里的她牵着一匹马的缰绳。那张戏票是明天的。他看了看月历，注意到下星期四标有“骑马 瓦尔勒斯谷”的字样。海伦妮拿着一套黑色西装和一个衣物袋回来了。

“感谢你的好意，但我喜欢自己买衣服。”哈利说。

“世界需要更多的重复使用，”她说，“这件又是布里奥尼[2]的‘征服二世’，丢掉简直是犯罪。来吧，给这个星球做点贡献。”

哈利看着她。他犹豫起来。但不知为何，他觉得自己该顺着她的意思来。他脱掉外套，穿上了另一套。

“好吧，你比他从前还要苗条。”海伦妮说着，歪了歪头，“但你和他个头一样，你的肩膀也和他的差不多宽，所以没问题。”

她递出长裤。他没转身就换上了。

“完美。”她说着，把衣物袋套在换下来的衣服上，“我代表未来世代感谢你。如果没有别的事了，我还有个 Zoom[3] 会议要开。”

哈利点点头，接过衣物袋。

海伦妮送他离开，又为他扶住房门。“说实话，我只记得蒙克博物馆的一个优点，”她说，“那就是爱德华・蒙克。记得去看看《黄色原木》吧。另外，祝你今天过得愉快。”

阿清熟练地搬着广告牌走出蒙斯宠物店的门。她扳开牌子的支撑腿，

---

① Salvation Army，宗教性质的慈善组织。

② Brioni，意大利奢侈男装品牌，征服二世（Vanquish II）是其最昂贵的西装之一。

③ 一款视频通信软件。

放到橱窗边足够显眼但又不会遮住商品的位置。她可不想考验乔纳森的善意，毕竟这块广告牌宣传的是她自己在店内的生意——根据预约照顾狗。

她将目光从广告牌上抬起，看到了她在橱窗里的倒影。她今年二十三岁，但仍旧不清楚自己未来的方向。她知道自己想成为什么：兽医。但在挪威，兽医研究专业的入学要求高得吓人，需要的成绩比医学院还要高，她父母又负担不起送她去国外上兽医学校的钱。但她和她母亲查阅过斯洛伐克和匈牙利的兽医课程，只要阿清在蒙斯宠物店工作几年，并且在上班前后照看狗，她的梦想也许就真能实现。

“抱歉，你是老板吗？”她的身后传来一个声音。

她转过身。那个男人看外表是亚洲人，但不是来自越南的。

“他在柜台后面打扫呢。”她说着，指了指店门。

她深吸一口秋日的空气，四下张望。西区跳蚤市场。漂亮但老旧的公寓楼、树木、公园。这里才是适合生活的地方。你总得取舍，当兽医可赚不了大钱。而她想当兽医。

她走进这家小型宠物店。有时候，人们——尤其是孩子们——走进店铺，看到货架上的动物饲料、各种笼子、狗绳和其他器具的时候，会表达自己的不满：“动物都在哪儿？”

她有时会带他们四处参观，让他们看这里有的动物。水族箱里的鱼，笼子里的仓鼠、沙鼠和兔子，还有玻璃饲养容器里的昆虫。

阿清走向装有清道夫鲶鱼的那些水族箱。它们爱吃蔬菜，她又从家里带来了些吃剩的豌豆和黄瓜。她听到那个男人告诉店主说，他是警方的人，他们找到了一个日期在禁令颁布后的“希尔曼宠物”的包装袋，又问店主知不知道这件事，毕竟蒙斯宠物店是进口代理商和唯一的供应商。

她看到店主只是无言地摇摇头。她知道那个警察如果想让乔纳森开口，恐怕得费很大的力气。因为她的老板是性格内向、不爱说话的类型。他就算开口也都是短句，有点像她前男友发的短信，全是小写字母，没有标点也没有表情符号。这会给人他脾气暴躁或者生气的印象，就好像言语是毫无必要的累赘。在这里工作的最初几个月里，她甚至怀疑他讨厌她。也许是因为她来自所有人说话都直来直往的家庭。然后她逐渐明白，问题不在她自己，而是他。也不是因为他不喜欢她。恐怕恰恰相反。

“我在网上看到，很多狗主人都觉得那条进口禁令很让人惋惜，觉得‘希尔曼宠物’要比市面上的其他产品有效多了。”

“的确。”

“那就可以想象，有些人会绕开禁令私下出售，从而赚取可观的利润。”

“我不知道。”

“是吗？”她看到那个警察等待了片刻，但没得到任何回答，“你自己就没有……？”

沉默。

“进过货？”那警察补充说。

乔纳森回答的时候嗓音格外低沉，比起说话更像是空气的震动。“你是在问我有没有偷运过货物吗？”

“你有吗？”

“没有。”

“你也不知道任何信息，没法帮我找出那袋保质期到明年的‘希尔曼宠物’是谁的？”

“不知道。”

“不知道。”警察重复了一遍，摇晃着脚跟，扫视周围。他好像完全不打算放弃，阿清心想，他就好像只是在思考下一步。

乔纳森清了清嗓子。“我可以去办公室确认最后下单的人，如果我做了笔记的话。在这儿等着。”

“谢谢。”

在水族箱和兔笼之间的狭窄走道上，乔纳森从阿清身边挤过。她在他眼里看到了从未见过的东西，有不安，是的，还有焦虑。他身上的汗味也比平时要浓。他走进办公室，但门半开着，她从所站的位置可以看到，他在里面那只玻璃笼子上盖了一张毛毯。她很清楚玻璃笼子里有什么。她唯一一次带几个孩子进到那间办公室，向他们展示的时候，他大为光火，对她说顾客无权进入办公室，但她知道这不是真正的理由。那只动物才是理由。他不希望任何人看到。乔纳森是个相当宽厚的老板，她可以在需要的时候请假，他甚至没等她主动开口就给她加了薪。但在这种低头不见抬头见——毕竟店里只有他们俩——的情况下，她却对他一无所知，这就很奇怪了。有时候，他对她的喜爱似乎有点过了头，另一些时候却完全看不出来。他比她年长，但也大不了太多；她估计他三十岁，所以他们应该是有共同话题的。但无论她多么努力对话，得到的也只有简单扼要的回应。他对她感兴趣吗？他那种阴沉易怒的举止是出于害羞，还是在尝试掩饰对她的好感？也许这些只是她的想象，是无聊的时候——日子漫长难熬，选择又非常有限的时候——的异想天开。有时候，她觉得他的举止就像那些小学男生，会朝他们喜欢的女孩丢雪球。只不过他是成年人。这很奇怪。他很奇怪。但她没什么办法，只能接受这样的他；毕竟她需要这份工作。

乔纳森转身朝她走来。她让到一边，尽可能贴近水族箱，但他仍旧和她擦身而过。

“抱歉，我什么都没找到，”乔纳森说，“过去太久了。”

“好吧，”那警察说，“你在办公室里盖住的东西是什么？”

“什么？”

“我想你听见我的话了。我能看一眼吗？”

乔纳森有细长洁白的脖子，上面有黑色的胡楂，阿清有时候希望他能剃干净一点。此时她能看到他的喉结上下移动的样子。她几乎同情起他来。

“当然，”乔纳森说，“你在这儿想看什么都行。”他又换回了那种低沉的嗓音，“你只需要拿出搜查令。”

那警察后退一步，略微偏过脑袋，就像在仔细观察乔纳森，仿佛是在重新评估他。

“我会记住这件事的，”警察说，“感谢你到目前为止的协助。”

警察转过身，朝门外走去。阿清冲他笑了笑，却没得到任何回应。

乔纳森打开一盒鱼食，把包装袋挂在柜台后方。她走向厕所，后者位于办公室的另一边。等她出来的时候，乔纳森就站在门外。

他手里拿着什么东西，就这么钻进她身后的门里，没有关门。

她的双眼不由自主地落在那只玻璃笼子上。毛毯已经被拿开，笼子空了。

她听到乔纳森拉动旧马桶上方的链子，然后是冲水声。

她转过身来，看到他站在小小的洗手池边，给手掌的每个角落涂上肥皂。接着他拧开热水龙头。他在滚烫的水流下搓动双手，水蒸气朝他的脸升腾而去。她知道理由。寄生虫。

阿清吞了口唾沫。她喜欢动物，所有动物，即使是那些——是的，也许特别是那些——别人看来丑陋可怕的动物。很多人觉得蛞蝓令人作呕，但她还记得自己向孩子们展示那条硕大的亮粉色蛞蝓，并努力让他们相信那不是涂上去的颜料而是自然塑造的模样时，那些孩子脸上难以置信又兴奋的表情。

也许这就是那股突如其来的恨意流过她身体的理由。恨这个不爱动物的男人。她想起曾有人送来一只可爱的野生狐狸幼崽，他还因此收了钱，对吧？她喜爱那只被抛弃的孤单幼狐，照顾它，为它操心，甚至给它取了名字。“小尼”，意思是小。但之后某一天，她上班的时候发现它不在笼子里，而且哪里都找不到。她问乔纳森的时候，后者只用那种粗鲁的口气回答说：“没了。”她没有追问，因为她不想确认她已经理解的事。

乔纳森关掉水龙头，走出厕所，有些惊讶地看到阿清双臂交叠着站在办公室的中央。

“没了？”她问。

“没了。”他说着，坐到办公桌边，上面永远胡乱堆着他们根本处理不完的文件。

“淹死了？”她问。

他看着她，就好像她终于提出了一个让他感兴趣的问题。

“也许。有些蛞蝓有鳃，但卡帕塔山蛞蝓只有肺。另一方面，我知道一些有肺的蛞蝓可以在水下生存长达二十四小时，然后才会溺死。你希望它能活下来？”

“当然。你不希望吗？”

乔纳森耸耸肩。“我觉得对离开种群、流落到陌生环境里的生物来说，最好的结果就是死亡。”

“是吗？”

“孤独比死还可怕，阿清。”

他盯着她，眼里有她无法解读的某种情绪。

“另一方面，”他说着，若有所思地挠起了他留着胡楂的喉咙，“这种蛞蝓也许并不孤独，它实际上是雌雄同体，而且它在下水道里会找到食物的。繁殖……”他垂下目光，看着自己刚清洗过的双手，“用鼠肺蠕虫毒害住在下面的一切，最终接管奥斯陆的整个下水系统。”

阿清离开办公室、走回水族箱边的时候，听到了乔纳森的笑声。那是她很少听到的笑声，听起来陌生又古怪，而且是的，几乎令人不快。

哈利站在那里，看着面前的画作。画上是一根被砍倒的原木，黄色的那端对着他，其余部分朝林木覆盖的景色延伸而去。他看了看画作旁边的匾牌:《黄色原木》，爱德华·蒙克，1912。

“你为什么会特意问起这幅画？”那个穿红色T恤——这代表他是这里的员工——的男孩说。

“噢，”哈利说着，看向站在他们身边的那对日本夫妻，“别人又为什么特意要看这幅画？”

“因为那种视错觉。”男孩说。

“什么？”

“我们稍微换个位置。请原谅！”

那对夫妇笑着让开了些，于是哈利和男孩朝侧面移动了几步。

“看到了吗？”男孩说，“无论我们从这幅画的哪个角度看，原木的这一头都像是正对着我们。”

“呃，所以含意是……？”

“你来告诉我吧，”男孩说，“也许是‘事物不总是和外表一样’。”

“是啊，”哈利说，“又或者是‘你需要换个角度去看待事物，这样才能纵览全局’。总之，多谢了。”

“不客气。”男孩说完，就转身走开了。

哈利留在那里，看着那幅画。主要是为了看看美丽的事物休息一下眼睛，毕竟他刚刚乘坐自动扶梯穿过了这栋大楼的内部，相比之下，就连警察总署都显得温暖又有人情味了。

他拿出手机，打给了孔恩。

在等对方接听的时候，他逐渐意识到自己太阳穴的抽动，这是他在喝酒第二天的常态。他忽然想到，他的静止心率是六十左右，如果他就这么站在这儿看着那幅艺术品，换句话说，他就可以指望自己在露西尔被杀前的心跳次数略少于四十万次。如果他在恐慌中拉响警报，指望警察能找到她的话，这个数字会少很多。可该去哪儿找呢？墨西哥的某个地方？

“我是孔恩。”

“我是哈利。我需要预支三十万。”

“理由是？”

“意料外的开销。”

“能说得具体点吗？”

“不能。”

电话那头沉默了。

“好吧。来一趟办公室。”

哈利把手机放回外套口袋的时候，注意到了原本就在那里的某个东西。他拿了出来。那是一个面具。看起来是一个被塑造成猫脸的半张脸的面具，肯定来自马库斯·罗德参加的某场假面舞会。哈利在另一只口袋里摸索，果然，那里也有什么东西。他拿出了一张覆膜卡片。看起来像是张名叫“但丁宅第”的地方的会员卡，但通常作为姓名栏的地方写的是“化名栏”。这张卡片上的化名是“猫男”。

哈利再次看向那幅画。

换个角度去看待事物。

我向上帝祈祷，希望有人能弄清他做了什么。

海伦妮·罗德没有忘记收走口袋里的东西。她甚至可能是故意放进去的。

24

星期五　　食人者

“只有存在合理的怀疑理由，我才能给你发搜查令。”

“我知道，”拉森说着，在心里咒骂《刑事诉讼法》的第一百九十二条，同时把手机举到耳边，盯着那间没有窗户的办公室的墙壁。霍勒在那么多年里是怎么忍下来的？“但我认为，我们有超过百分之五十的可能性能在那里找到违法的东西。他在流汗，不肯对上我的眼睛，又在办公室里用毛毯盖住了肯定是他想要藏起来的东西。”

“我明白，但只有你的怀疑是不够的。第一百九十二条要求有确凿的证据。”

“但——”

“你也知道，作为公诉人，我只能在延误会带来危险的情况下给你搜查令。有那种危险吗？之后你能解释为什么这么紧急吗？”

拉森重重叹了口气。“不能。”

“有可以作为托词的其他违法行为吗？”

“没有。”

“相关人物有前科吗？”

“没。”

“你什么凭据都没有？”

“听着。‘偷运’这个词既和罗德的那个派对有关，也和我找到那个包装袋的犯罪现场有关。你了解我，你也知道我不相信巧合。我有非常强烈的直觉。你想要书面申请吗？”

“我想帮你保住工作，所以现在就告诉你不行。但既然你是先打电话过来的，多半你已经明白会有什么后果了。这不像你。你说你一丁点凭据都没有？只有直觉？”

“直觉。”

“你从什么时候开始相信直觉了？”

“我在努力学。”

“你是指模仿我们普通人吗？”

“孤独症和自闭症是两种不同的东西，克里斯。”

那位警方律师大笑起来。“好吧。你明天会来吃饭吗？”

“我买了一瓶二〇〇九年的佳得美[①]红酒。”

“你的品位太高了，你的嗜好对我来说也太奢侈了，宝贝。”

“但你也可以学，亲爱的。”

他们挂了电话。拉森注意到，他收到了卡翠娜的一条短信，里面有《挪威日报》的链接。他点击链接，靠向椅背，等待网页内容下载。这间办公室的墙太厚了，甚至影响了信号。霍勒为什么不换掉这把破椅子？他的背已经开始酸痛了。

食人者

根据信源，有明确的证据表明，杀人犯吃掉了受害者——也就是苏珊·安德森和贝婷·贝蒂尔森——的大脑和眼球。

拉森很想骂人，又为自己不习惯骂人而羞愧。他应该考虑学起来了。

撒旦的阴道啊！

莫娜·达亚在跑步机上。

---

① Château Cantemerle，法国波尔多葡萄酒产区的一家酒庄。

她痛恨在跑步机上跑步。

这也正是她现在在跑步机上跑步的理由。她感受着汗水顺着背脊流下，在健身房的镜面墙里看到了自己涨红的脸。耳机里传来尸体乐团的曲子，来自安德斯编辑的歌单，按照他的说法，这些歌来自乐团演奏碾核金属乐的早期，而非之后那些旋律优美的狗屎。此时此刻，那些听起来狂暴的噪声正是她需要的。她的双脚沉重地跑在下方转动的橡胶带上，后者转动不停，正如同样的破事一再重演。

沃格又来了。食人者。耶稣基督啊！耶稣他妈的基督啊！

她看到有人从后面走了过来。

“你好，达亚。”

那是麦努斯・史卡勒，犯罪特警队的警探。

莫娜关掉跑步机，摘下耳机。

“我能为警方提供什么协助？”

“协助？”史卡勒伸出双臂，“我就不能偶尔来转转吗？”

“我从没在这里见过你，你穿的也不是健身服。是你想知道什么，还是你想给我灌输些什么看法？”

“嘿，嘿，放轻松，”史卡勒笑了起来，“我只是觉得该给你提供最新信息。和媒体搞好关系总是有好处的，对吧？礼尚往来什么的。”

莫娜仍旧站在跑步机上，她喜欢这种高度差。“那样的话，在知道你能给我什么之前，我想知道你想要什么，史卡勒。”

“这次什么都不要。但我们将来也许会需要你帮忙。”

“谢了，不过那样的话，答案就是‘不’。还有事吗？”

史卡勒的表情就像个被人抢走玩具枪的小男孩。莫娜意识到自己在玩的游戏风险很高，或者确切地说，她气到没法清晰思考了。

“抱歉，”她说，“今天很不顺。是什么？”

“哈利・霍勒，”他说，“他打电话给目击证人，给出了假名，声称自己为奥斯陆警察局工作。”

“噢，”她改了主意，走下了跑步机，“你怎么知道的？”

“我给那个证人录了口供。那家伙养的狗闻到了贝婷尸体的气味。他说在我们来之前，我们有人打电话给他确认消息，是个名叫汉斯·汉森的警官。只不过，我们没有叫那个名字的人。于是我拿到了那个农夫还留在手机里的电话号码，然后确认了一下。你猜怎么着，我甚至不用联络电话公司，那就是哈利·霍勒的号码。这就叫抓现行，对吧？”史卡勒咧嘴一笑。

“我能引用你的原话吗？”

“不，你疯了吗？”他又笑出了声，“我只是‘可靠信源’，你们不都是这么叫的吗？”

是啊，莫娜心想，除非他既不可靠也不是信源。莫娜很清楚，史卡勒对哈利·霍勒没什么好感。按照安德斯的说法，理由算不上特别复杂。史卡勒的职业生涯始终活在霍勒的阴影里，霍勒也从未尝试掩饰过那个事实：他觉得史卡勒就是个浑蛋。但这些感受似乎远不至于让史卡勒进行这种私下报复。

史卡勒变换了一下身体重心，看了眼在隔壁房间上动感单车课的女孩们。“但如果你想要确认你挖掘的情报，可以联络总警司。”

“博迪尔·梅林？”

“没错。我猜她也会愿意发表意见的。”

莫娜·达亚点点头。这情报很好。既好又脏。但无论如何，她都有了沃格没能掌握的情报，她也没有挑剔的余裕了。至少现在没有。

史卡勒露齿而笑。就像妓院里的嫖客，莫娜这么想着，努力不去思考那代表自己是什么身份。

25

星期五　　可卡因蓝调

奥纳小组聚在了一起。但奥纳本人表示他的家人会在三点来，因此所有人在那之前就得离开。哈利把他拜访海伦妮·罗德的过程告诉了他们。

“所以你现在穿着你雇主的西装走来走去，”爱斯坦说，“还戴着你同伴的墨镜。”

“我还拿到了这个，”哈利说着，拿起那个猫面具，“你们在网上还是找不到有关但丁宅第的情报吗？”

楚斯盯着手机，哼了一声，摇摇头。表情的变化少到不能再少，就和他抵达后从哈利手里接过那只装现金的棕色信封时一样。

“我好奇的是，沃格这套食人者的说法是从哪儿来的。”

哈利看到楚斯抬起头，对上他的视线，用难以察觉的幅度摇了摇头。

“我也在好奇这件事，”爱斯坦说，“报告里可没提过吃人肉之类的屁话。”

“我有种感觉，沃格的信源没了，”哈利说，“他开始编故事了。就像贝婷的文身被人割下又缝回去什么的　　那都是假的。”

“也许吧，”奥纳说，“沃格在事业早期就采取过编造的手段。我们人类有时候顽固到了奇怪的地步。就算我们因为某种行为受过惩罚，应该吸取教训，但等问题出现的时候，我们往往还是会采取同样糟糕的手段。沃格觉得最近受到的关注令人陶醉到无法自拔，以至于采用过去卓有成效的手段——这种可能性并非不存在。至少在一段时期内还会有效果。但我并不否认沃格所说的食人行为的可能性。不过考虑到现在的情况，他显然是在编造故事，而且最近在努力熟悉和连环杀手相关的文献资料。”

“他莫非是在暗示……”爱斯坦开口说着，目光再次扫过手机屏幕上沃格的文章。

其他人都看着他。

“他莫非是在暗示凶手本人就是信源？”

“这是一种大胆却有趣的解读，”奥纳说，“但我们今天的工作已经完成，周末正在等待我们，先生们。我的妻子女儿很快就到。”

“我们周末该做什么，头儿？”爱斯坦问。

“我没给你们安排什么特别的工作，”哈利说，“但我和楚斯借了他的笔记本电脑，准备查阅警方报告。”

“还以为你早就读过了。”

“是浏览了一遍。现在我要仔细看。好了，我们走吧。”

奥纳让哈利等等，于是哈利站在病床边，其他人走出门去。

“那些报告，”奥纳说，“是多少人工作的成果？四十个，还是五十个？他们查这案子已经超过三个星期了。报告有多少页？一千页？你准备读完每一页，因为你觉得答案就在其中？”

哈利耸耸肩。“肯定就在什么地方。”

“头脑也是需要休息的，哈利。我从一开始就发现，你比以前更紧张了。你似乎……我能用‘不顾一切’这个词吗？”

“大概可以。”

“你有什么没告诉我们的事吗？”

哈利垂下脑袋，手掌来回搓起了颈背。“对。”

“你想告诉我是什么事吗？”

“想，”他直直地抬起头，“但我不能说。”

奥纳和哈利四目相对。接着奥纳闭上眼睛，点了点头。

“谢了，”哈利说，“我们星期一再谈。”

奥纳润了润嘴唇。哈利能从他眼里那种疲惫和欢快看出，他本想给出风趣的回答，但他又改变了主意，只是点点头。

在离开镭医院的路上，哈利明白奥纳刚才设想的回答了。*如果我星期一还活着的话。*

爱斯坦转入公交车专用道，朝市中心驶去，哈利坐在副驾驶座上。

“星期五的交通高峰时间还挺酷的，对吧？”爱斯坦在后视镜里咧嘴笑了笑。

楚斯在后座上哼了一声。

哈利的手机响了。是卡翠娜。

“喂？”

“嘿，哈利，我没抱什么希望，就顺口一提。阿尔内和我今晚要在他终于订到位的那家餐馆约会。可我婆婆生病了，而且……”

“要我看孩子？”

“如果你不方便就说吧，我可以不出门的，我本来就有点累。但至少我可以告诉他，我试过找人帮忙了。”

“但我可以。我也愿意。时间是？”

“去你的，哈利。七点。”

“好。记得在烤箱里留一块格伦迪欧萨牌冷冻比萨。”

哈利挂上电话，但手机又立刻响了起来。

“不是格伦迪欧萨也行。”哈利说。

“我是《世界之路报》的莫娜·达亚。”

“呃……”

对方完整的介绍让哈利明白，打来电话的不是安德斯的女友莫娜，而是记者莫娜。这代表他所说的一切都可能被用来对付他。

“我们在写一篇报道，内容是关于……”她开口道。这种引言是用来表示车轮已经开始转动，无法停止，而这里使用复数的第一人称代词，是为了略微减少她对即将问出的不友善问题要负的责任。哈利看向窗外的车流。

他得知，报道是关于翁氏农场，关于哈利冒充警察的行为；也得知他们会引用总警司博迪尔·梅林的说法，也就是冒充执法人员会面临最高六个月的刑期，她还希望司法部长在此案后制止不光彩且未经授权的私人调查。此外，对这起谋杀案来说，哈利这件事非常重要，应当立即处理。

莫娜打电话来，是给他回应的机会，是为了符合新闻职业道德准则。莫娜·达亚野心勃勃又强硬，但她在这方面总是很公平。

“无可奉告。”哈利说。

“真的？这表示你不否认报道里提到的事实吗？”

“我相当确定，这表示我不打算发表意见，不是吗？”

“好吧，哈利，那我们就得把这句‘无可奉告’印上去了。”他听到背景音里传来急促的打字声。

“你们现在还用‘印’这个字吗？”

“这种习惯是很难改的。”

“确实。就像我接下来要说的话：我要挂电话了。好吗？”

他听到莫娜·达亚叹了口气。“好的。周末愉快，哈利。”

“你也一样。还有——”

“是的，我会帮你向安德斯带好的。”

哈利把手机放进罗德那件略显松垮的外套的内袋里。

“有麻烦？”

“对。”哈利说。

后座传来又一声“哼”，这次比之前更响亮也更愤怒。

哈利半转过身，看到手机屏幕的亮光，明白了刚才莫娜的手指就按在发布键上。“他们是怎么写的？”

“说你冒充。”

“好吧，这毕竟是事实，我也没有名声要维护。”哈利摇摇头，“更严重的问题是，他们会叫停我们的工作。”

“不。”楚斯说。

“不？”

“更严重的问题是，他们会逮捕你。”

哈利扬起一边眉毛。“因为我帮他们找到了他们三个星期都没找到的尸体？”

“不是因为那个，”楚斯说，“你不了解梅林。战斧渴望挥出去，而你就挡在道上，不是吗？”

“我？”

“如果我们先破案，就会让她看起来像个外行，对吧？”

“呃，好吧。但逮捕我听起来有点极端了。”

“这就是他们玩那种权力游戏的方式，这就是那些诡计多端的杂种能坐上那种位置的原因。只有这样才能当上……好吧，比方说，司法部长。”

哈利又看了楚斯一眼。他的额头就像他们刚才停车时的交通灯一样红。

“我就在这儿下车，”哈利说，“周末休息一下吧，但别关机，也别出城。”

七点钟的时候，卡翠娜为哈利打开了前门。

“对，我读过《世界之路报》了。”她说着，回到门厅里的梳妆台边，在那里戴上一副耳环。

“呃，如果梅林发现她的敌人在给她的队长看孩子，会有什么想法？”

“噢，恐怕等到星期一，你就算不上什么威胁了。”

“你好像很确定这件事？”

“梅林那些关于‘不光彩’的私人调查的言论没给司法部长多少选择。”

“是啊，也许吧。”

“可惜，我们本来还用得上你的。谁都知道你会钻漏洞，可你却在这种没什么必要的事上搞砸了。”

“我太心急，做出了糟糕的判断。”

“你在令人出乎预料这点上不出所料。你带来了什么？”她指了指那个塑料袋，他把它放在了自己刚脱下的鞋子上。

“笔记本电脑。等他睡着以后，我有些活要干。他是不是……”

“对。”

哈利走进了客厅。

“妈咪好好温（闻）。”葛德说，他正拿着两只毛绒玩具坐在地上。

“是香水。”哈利说。

“好温（闻）。”葛德说。

“看我带来了什么。”哈利小心地从口袋里拿出一块巧克力。

“‘藤’。”

“‘糖’？”哈利笑了笑，“那我们别告诉别人。”

“妈咪！哈维叔叔有‘藤（糖）’！”

等卡翠娜走后，哈利进入了一个虚拟的世界。他在那里尽可能和三岁孩子变化多端的想象力保持一致，又在其间贡献自己的一些想法。

“你王（玩）得很好，”葛德评论道，“龙龙在纳（哪）里？”

“当然是在山洞里。”哈利说着，指了指沙发下面。

“哦——嗬——”葛德说。

“说了两倍的‘哦嗬’。”哈利说。

“‘藤（糖）’？”

“好。”哈利说着，把手伸进他挂在椅子上的外套的口袋里。

“拿（那）是什么？”葛德指着哈利手中的面具问。

“一只猫。”哈利说着，把那个半张脸的面具戴到脸上。

葛德面容扭曲，嗓音突然哽咽起来。

“不，哈维叔叔！吓楞（人）！”

哈利迅速摘下面具。“好的，没有猫。只有龙。好吗？”

但眼泪已经流了出来，葛德开始啜泣。哈利在心里咒骂自己，又是个糟糕的判断。吓人的猫、妈咪不在、稍稍过了睡觉时间，有哪个是不值得他哭一场的？

葛德朝哈利伸出双臂，哈利没来得及细想就抱住了男孩。他轻轻摸着葛德的头，葛德的下巴靠在他的肩上，温热的泪水渗透了他的衬衣。

“来点‘藤（糖）’，刷个牙，再听首催眠曲？”

“好耶！”葛德啜泣着说。

等上完那堂刷牙课以后——哈利怀疑卡翠娜对那堂课不会太满意——他让葛德穿上睡衣，钻进羽绒被里。

“布曼。”葛德要求说。

“我不会唱那个。”哈利说。手机振动起来，他发现自己收到了亚历山德拉的一条彩信。

葛德看向他的目光里带着没能掩饰住的不满。

“可我知道另一些好歌。”

“唱吧。”葛德说。

哈利明白他只能选那些缓慢又摇摆的歌曲，于是尝试了滚石乐队的《野马》。唱完一段以后，他停了下来。

“欢（换）一首。”

汉克·威廉姆斯的《你的欺骗的心》在两段过后也收到了差评。

哈利思考了好一会儿。

“好吧。闭上眼睛。”

他开始歌唱。如果那可以被称为歌唱的话。它更像是用嘶哑的嗓音进行的一种低沉又缓慢的吟诵，不时会和一首关于可卡因危害的蓝调乐曲的旋律对上号。等他唱完以后，葛德的呼吸声变得更深沉也更规律了。

哈利打开那条彩信，里面还配有几句话。照片是对着她公寓的门厅镜子拍的。亚历山德拉穿着一条乳黄色的裙子摆出姿势，而那条裙子发挥了昂贵衣物通常具备的功效：它充分展示了身体的美，且不会让人觉得这份美和裙子本身有关。与此同时，他也看得出亚历山德拉根本不需要这条裙子。她自己也清楚。

这一条花了我半个月的薪水。期待明天！

哈利关闭短信，抬起头来，看着葛德睁大的眼睛。

“还要。”

“还要……刚才那首？”

“好啊。”

26

星期五　　混凝土

米凯·贝尔曼打开自己在赫延哈尔住处的房门时，时间已经是晚上九点了。这栋屋子很漂亮。他选择在小山边上建造它，就是为了自己、乌拉和他们的三个孩子能俯瞰从这里到碧悠维卡和峡湾的城区风景。

“嘿！”乌拉在客厅里大声说。米凯把他那件新外套挂了起来，走进客厅里，他美丽娇小的妻子、他自儿时以来的甜心就坐在那里，正和他们最小的儿子一起看电视。

“抱歉，会议拖了很久。”他没在她的语气里听到任何怀疑，她的眼神里也没有，至少在他看来没有。她也没理由怀疑；此时此刻，乌拉的确是他生命里唯一的女人。前提是忽略那个二台的年轻记者，但他基本上已经结束了那段关系。他没法排除将来的轻率行为，但就算会有，也必须是他确保能顺利抽身的那种。比如一个拥有权力的已婚女子，和他同样有诸多顾忌的人。他们说权力导致腐败，但权力只让他更谨慎了。

“楚斯来了。”

“什么？”

“他有事要找你谈。他在阳台上。”

米凯闭上眼睛，叹了口气。在他出人头地，从组织犯罪处处长到警察署长，再到司法部长的过程中，他也在逐渐疏远这位朋友兼从前的共谋。重复一遍，他比从前更谨慎了。

米凯来到宽大的阳台上，关上了身后的拉门。

“你这边风景还挺好。”楚斯说。加热灯的光让他脸颊发红。他将一瓶啤酒举到嘴边，米凯坐在楚斯身旁，接过他打开后递过来的酒瓶。

“调查进展如何？”

“调查我的那个？”楚斯问，“还是我调查的那个？”

“你在参与调查？”

“你不知道？很好，这代表至少我们没人泄密。我在和哈利·霍勒合作。”

米凯努力让自己理解这番话。“你明不明白，如果你利用警察身份进行协助的事公开——”

“是啊是啊。但如果有人叫停我们的调查，这种事就无所谓了。顺便说一句，那样很可惜。霍勒很优秀。你也清楚如果霍勒能继续调查，那个疯子被捕的概率会更大。”楚斯在阳台的混凝土地板上跺了跺脚。米凯不清楚他朋友是觉得脚冷，还是在无意识地提醒他他们共同的过去和共同的秘密。

“霍勒让你来的？”

“不，他不知道我会来。”

米凯点点头。对楚斯来说，采取主动是很不寻常的；米凯向来是那个决定该怎么做的人，但他从楚斯的语气听得出来，他说的是实话。

“这件事比逮捕一个罪犯更重要，楚斯。这事和政治有关，和大局有关。还有原则，你明白吗？”

“我这种人不懂什么政治。”楚斯小心地打了个嗝，“我不懂为什么司法部长宁可让一个该死的连环杀手逍遥法外，也要惩罚挪威最有名的警探，虽然他只是撒谎说自己是汉斯他妈的汉森警官。更何况那个谎还是贝婷·贝蒂尔森的尸体被发现的原因。”

米凯喝了一口酒。他曾经也许是喜欢啤酒的，可现在不喜欢了，至少不是发自内心地喜欢。但工党和劳工运动的成员普遍不相信那些不喝啤酒的人。

“你知道当上司法部长还能坐稳这个位置的方法吗，楚斯？”米凯没有等待回答就说了下去，“听取意见。听从那些为你的最大利益着想的人。听从那些有你不具备的经验的人。我手下有优秀的人才，他们也会用合适的方式表现他们的优秀。他们会让人们觉得，司法部长办公室是在阻止一个亿万富翁组建一支有私家侦探和律师的私人队伍。这表明我们不允许那种‘美式传统’存在，也就是富人享有各种特权，收费最高的律师才能获胜，‘法律面前人人平等’的主张只是爱国主义式的空话。在挪威，我们不会只把平等写在纸上，而是会为之持续努力。”米凯在心里记下几个重点，或许能用在将来的演讲里，只不过得换成更高尚的说法。

楚斯发出他那种哼笑声，米凯每次听到都会联想起猪的哼哼。

“怎么？”米凯发现自己语气里透露出的恼火比预想中的还要多。这一天太漫长了。连环杀手和哈利·霍勒也许是能上专栏的程度，但司法部长所要面对的问题不光是这些。

“我只是在想，能做到法律面前完全平等真是太棒了。”楚斯说，“想象一下吧，在这个国家里，只要接到线报，就连司法部长都没法阻止警方调查自己。警方也许会查到，他阳台的混凝土里封着一具尸体。他不是社会真正在乎的那种人，只是个偷运过海洛因，还和两个黑警有关系的飞车党成员。法律面前人人平等，也就代表调查会揭露一个事实：司法部长曾是个比起权力更在乎金钱的年轻警察。他还有个略显天真的童年好友，某天晚上在比自己聪明得多的朋友的新家里帮忙掩盖了罪证。”楚斯的脚又在地上跺了跺。

“楚斯，”米凯缓缓地说，“你在威胁我？”

“没这回事，”楚斯说着，把空啤酒瓶放在椅子边上，站起身来，“我只是觉得，你说的‘听取意见’似乎是个好主意。听从那些把你的最大利益放在心上的人。多谢你的啤酒。”

卡翠娜站在育儿室的门口，看着他们俩。

葛德睡在自己的床上，哈利睡在椅子上，额头抵着床头板。她蹲坐下来，好看清哈利的脸。然后得出结论:那种相似在他们睡着的时候更明显了。

她轻轻摇晃哈利。他咂了咂嘴，眨眨眼睛，看了眼手表，然后站起身，跟着她来到厨房，那里的热水壶正在烧水。

“你提前回家了，”他说着，坐在餐桌边，“你们过得不愉快？”

“愉快。他选那家餐馆，是因为那儿有一瓶蒙哈榭[①]葡萄酒，我似乎在和他第一次约会的时候说过喜欢它的味道。但一顿饭最多也就能吃那么久。”

“但你们还可以去别的地方。比如喝一杯。”

“或者去他家匆忙做一场。”她说。

“所以？”

她耸耸肩。“他很体贴。他还没邀请过我去他家。他想等我们确定彼此合适以后再上床。”

“可你……”

“只想在确定彼此不合适之前多上几次床。”

哈利大笑起来。

“我刚开始以为他只是在欲擒故纵，”她叹了口气，“这招也的确对我管用。”

“呃，就算你清楚这是一种策略？”

“当然。得不到的东西都能让我兴奋。就像当时的你。”

“我那时候都结婚了。已婚男人都能让你兴奋吗？”

“只有我得不到的那些能。那种人可不多。你忠贞到让人恼火。”

“我应该更忠贞些的。”

她给哈利泡了速溶咖啡，给自己泡了茶。“我在你喝醉又沮丧的时候勾引了你。你当时是最脆弱的时候，这让我直到现在都没法原谅自己。”

“不！”

这句话突如其来，语气尖锐，让她吓了一跳，茶也洒了出来。

---

① Montrachet，白葡萄酒特级园，位于法国勃艮第地区。

“不？”

“不，”他说，“我不会让你夺走我的内疚。这是——”他喝了一口，面容扭曲，就像是烫伤了舌头，“我唯一剩下的东西了。”

“你唯一剩下的东西？”她感觉泪水和怒意同时涌现，“侯勒姆自杀，不是因为你让他失望，哈利，是因为我。”

她几乎高喊起来，但又停了口，留意起育儿室里的动静来。她压低了声音。“他和我住在一起，他还觉得自己是幸福的父亲。是的，他知道我对你的感觉。我们没谈过这些，但他知道。他也知道——或者觉得自己知道——他可以信任我。多谢你关于分担内疚的提议，哈利，但这份内疚是只属于我的。好吗？”

哈利低头看着自己的杯子。他显然没打算吵这场架。好吧。与此同时，又有哪里不对劲。*内疚是我唯一剩下的东西了*。她是不是误解了什么？还是说他少说了什么？

“这不正是悲剧吗？”他说，“是爱害死了我们关心的那些人。”

她缓缓点头。“莎士比亚风格。”她说着，端详起他的脸来。*我们关心的那些人*。为什么用复数？

“听着，我该回酒店了，还有些事要做。”他说着，椅子腿刮擦着地板，“多谢你允许我……”他朝育儿室的方向点点头。

“谢谢。”她闷闷不乐地轻声说。

普里姆躺在羽绒被里，盯着天花板。

时间已经接近午夜，警用频道里往来的消息伴随着规律又令人安心的蜂鸣声。他仍旧无法入睡。一部分是因为他害怕明天，但大部分是因为他太兴奋了。他和她共度了时光。他现在几乎能确定了。她也爱他。他们谈论了音乐，她对此很感兴趣。对他的写作也是，她这么说过。但他们刻意避免提起那两个死掉的女孩。他们周围的人多半就在谈论这些。不过当然，没人知道他们两个对案子有多了解，要是他们知道该多好！要是她知道他知道的比她更多，那该多好。在那种诱惑下，他一度想要告诉她一切，就像站在桥上栏杆边的时候，你会感受到的那种纵身跃入深渊的诱惑——比方说在五月某个星期六的凌晨三点，你站在从大陆通往纳赛亚岛的桥上，意识到你心目中的那个“她”不想要你。但那是很久以前的事了，他已经克服了那种情绪，已经向前走了。比她走得更远；据他所知，她参与的每件事都碰了壁，包括她的婚姻在内。也许她很快就会看到关于他的报道，看到赞美他的人，然后她也许就会觉得“他本可以成为我的人”。是啊，她到时候会很后悔。

但在那之前，还有些事非做不可。

比如明天要做的那件事。

她会是第三个。

不，他并不期待。只有疯子才会期待那件事。但那是必须去做的事。他需要克服疑虑，克服在面对那种工作的时候，任何普通人都会感受到的道德阻力。说到感受，他需要记住复仇并非目的。忽略这点可能让他分心，从而导致失败。复仇只是他授予自己的奖赏，是为达到真正目标而附带的产物。等到计划完成的时候，他们就该亲吻他的脚了。总算。

27

星期六

“所以，警察在周末也要干活。”翁看着那个空包装袋说。

“一部分人要。”拉森说着，蹲坐在角落的篮子边上，挠起了那条斗牛犬一边耳朵的后面。

“希尔曼宠物。”那农夫念道，“不，肯定不是我给我的狗吃过的东西。”

“好吧，”拉森叹了口气，站起身来，“我只是需要确认一下。”

克里斯今天曾提议去松恩湖周围散步，听到拉森说要工作的时候还很恼火。因为克里斯知道这不是实话，他不是非得工作的。这种事有时候很难跟别人解释。翁把包装袋还给了拉森。

“但我之前见过这种包装。”翁说。

“你见过？”拉森惊讶地说。

“对。儿星期前，有个小伙子坐在一棵倒下的树干上，就在田那边的林子里。”翁指了指厨房的窗户，“他手里就拿着个和这个差不多的包装袋。”拉森向外看去。这儿离树林边缘起码有 百米。

“我用了这个。”翁显然注意到了拉森的怀疑，丁是拿起一副蔡司双筒望远镜，它就放在餐桌那叠汽车杂志上。

“能放大二十倍，就跟站在那家伙旁边一样。我现在能想起来，是因为包装袋上那条万能㹴，不过那会儿我还不知道这是抗寄生虫药。我是说，那家伙在吃这东西。”

“他在吃？你确定吗？”

“是啊。他吃的显然还是最后那点，因为他吃完就把包装袋团起来，丢到了地上。那个浑蛋。我想去批评他两句，可我才刚出门，他就起身离开了。我往那边走过去，可那天刮着轻快的北风，袋子肯定被吹到林子里去了。”

拉森能感觉到自己的脉搏加快了。这就是警察那种一百次里只有一次收获的工作，但真正收获也就意味着中了头奖，能解决他们迄今为止都毫无头绪的案子。他吞了口唾沫。

“这是不是代表，翁，你能给我描述一下那个人的长相？”

农夫看向拉森。然后他难过地笑了笑，摇摇头。

“可你刚才说过，就跟站在他身边一样。”拉森甚至能听出自己语气里的沮丧。

“是——啊。可那个包装袋直接挡住了我的视线，他丢开包装袋以后又戴上了口罩，我根本没来得及看清他的脸。”

“他戴了口罩？”

“对。还有墨镜和棒球帽。所以我其实没看见多少他的长相。”

“你不觉得奇怪吗？一个男人独自走在人迹罕至的森林里，却还要戴口罩？”

“是啊。可这边的林子里本来就有很多怪人，对吧？”

拉森明白翁这话是在自嘲，但他没有回以微笑的心情。

哈利站在墓碑前，感觉到来自柔软地面的雨水渗进了他的鞋子。灰色的晨光渗透了云层。他直到清晨五点都在读报告，只睡了三个小时，然后继续阅读。现在他明白调查为何陷入停滞了。目前的成果看起来充分又彻底，但其实什么都没有。半点都没有。他来这儿是为了让头脑清醒过来。他连三分之一的报告都没读完。

她的名字是刻在灰色石头上的白字。萝凯·樊科。他不清楚为什么，但此时此刻，她没有改姓这点让他很高兴。

他扫视周围。其他坟墓边也有一些人，或许比平时要多，毕竟今天是星期六，但他们离得很远，他觉得自己就算大声说话，他们也听不到。他把自己和欧雷克的通话内容告诉了她。哈利说欧雷克很好，他喜欢北方的生活，但他正在考虑申请在警察总署的职位。

“密勤局，”哈利说，“他想追寻自己母亲的脚步。”

哈利对她说，他还给小妹打了电话。她的健康出了些问题，但现在已经好转，也回到了超市的工作岗位。她希望他去克里斯蒂安桑市看望她和她的男友。

“我说我会想办法抽出时间，趁现在……现在还不算太迟。我和几个墨西哥人闹得不太愉快。他们打算杀了我和一个长相像我妈妈的女人，除非我，或者警方，能在三天之内解决这件谋杀案。”哈利笑了笑，又说，“我的一块脚指甲被真菌感染了，除此之外我一切都好。所以你看，你关心的人都很好。对你来说，他们从来都是最重要的。你自己就没那么重要了。让你自己决定的话，你甚至不会让别人为你复仇。但这由不得你，是我自己想要复仇的。这无疑让我成了配不上你的人，但就算没有对复仇的该死的渴望，我也一样配不上你。这就像性欲。就算你每次报复过后都会失望，就算你知道自己下一次同样会失望，你还是需要继续。当我感觉到它，感觉到那种可恶的冲动的时候，我觉得自己也站在了和连环杀手相同的立场上。因为那种被人抢夺以后进行报复的感受太过美妙，有时候我甚至不惜失去一些东西，失去我爱的东西，就是为了能够复仇。你明白吗？”

哈利的喉咙哽住了。她当然明白。这就是他最怀念她的地方。他的女人，萝凯，理解和接受她古怪丈夫的几乎一切。并非一切，但很多，非常多。

“当然了，”哈利说着，清了清嗓子，“问题在于你不在了，我也就没有可以失去的东西了。没有可以复仇的理由了，萝凯。”

哈利一动不动地站着，低头看着鞋子，陷入草地里的鞋子，皮革鞋面的颜色在水渗进去后显得更深了。他抬起视线。在教堂边，在台阶上，他看到了一道身影，只是站在那里注视的身影。那道身影有些眼熟，他意识到那是一位教士，那人似乎正看向哈利这边。

手机响了。是尤汗·孔恩。

“说吧。”哈利说。

“我刚接了另一个电话。可不是随便什么人，是司法部长本人。”

“这个国家可不大，所以别跟我说你是他的铁杆粉丝什么的。好吧，所以我们完蛋了？”

“在《世界之路报》的那篇文章以后，我也以为他打电话来是为了说这些。所以不用说，贝尔曼亲口告诉我的消息让我吃了一惊。这种事通常是经过官方渠道交流的。也就是说，我以为联络我的人会是——”

“倒不是说我在星期六早上忙得要命，孔恩，但我们能快进到贝尔曼的消息吗？”

“好的。他说他不认为司法部有叫停我们调查的法律依据，因此他们不会就这起案件采取任何行动。然而，鉴于似乎已经发生的越界行为，他们会密切关注我们，如果下一次再发生类似性质的事件，警方就会采取行动了。”

“呃。”

“是的，我可没夸大。我太吃惊了——我都认定他们会阻止我们了。从政治角度上，这简直是难以理解的举动，贝尔曼现在得应付他自己的手下和媒体了。你对这件事有什么头绪吗？”

哈利思索起来。既站在他们这边，又有能力对贝尔曼施压的人，他眼下只能想到一个。

“没有。”他说。

“好吧，无论如何，现在你知道我们还没有出局了。”孔恩说。

“多谢。”

哈利挂了电话，思索起来。他们可以继续查案了。他还有三天时间，却没有像样的线索。那句谚语是怎么说的来着？“生来就要上绞架的人，不会死于溺水”。

“你母亲很有才能，你知道的。”

弗雷德里克舅舅在史兰冬街狭窄的人行道上走着，对面走来的行人只有躲到路边，才能让他们通过，他却仿佛毫无察觉。此外，他今天的神志似乎是清醒的。

“所以看到她抛下事业，跳进第一个赞助人的怀抱时，我才觉得很可惜。好吧，我说是赞助人，但你的继父厌恶剧院，他只有很偶尔才会去那里露脸，因为赞助国家大剧院是罗德家的传统。是的，他只看过一次小莫在舞台上的样子。讽刺的是，她当时的角色名叫海达·高布乐[①]。小莫是个漂亮的女人，在当时小有名气，非常适合男人向外界炫耀。”

普里姆听过这故事，但还是要求他舅舅再讲一遍。与其说是想确认这些是否仍然存留于他舅舅受疾病影响的心灵里，倒不如说是他需要再听一遍，从而更坚定地认为他的决定是正确的。他不知道自己的信心为何在昨晚突然动摇，但在人生的重大时刻之前，这种情况似乎相当普遍。就像婚礼的日子快要到来的时候。说到底，这次复仇是他从小就在考虑和想象的事，所以在那一刻逐渐迫近的时候，他的想法和情绪开始捉弄他也就不足为奇了。

“他们的关系就是这样。”他舅舅说，“她依靠他，他也依靠她。她是个年轻漂亮的单身母亲，没有太高要求。他是个毫无道德可言的家伙，拥有的钱财足够给她一切，唯独不能给她最需要的东西。爱。那是她成为演员的原因，因为她和所有演员一样，最想要的就是被爱。随着时间流逝，当她无论是从他还是从观众那里都无法得到爱的时候，她就崩溃了。当然，你当时就是个好动过头又被宠坏的小浑蛋，对事态没有任何帮助。等她的赞助人终于离开你们以后，你母亲成了个消沉又疲惫的酒鬼，剩下的那点天赋也无人认可。我不觉得她爱他。但被某人抛弃——是谁根本不重

---

① 出自挪威剧作家易卜生创作的同名戏剧，该角色是个强势又骄傲的女性，不肯屈服于敲诈的威胁。

要——这件事成了封死她棺材的最后一颗钉子。你母亲的心智一向脆弱，但我必须承认，我没想到她会放火烧了那栋房子。”

“没人知道是不是她干的。”普里姆说。

他舅舅停下了脚步，挺直背脊，朝对面走来的一个年轻女人露出灿烂的笑容。“更大号的！”他大喊着，指着自己的胸口来说明，“你应该买个更大号的！”

那女人惊骇地看着他，匆忙从旁走过。

“噢是啊，”他舅舅说，“她放了火。是的，是的，火是从她卧室烧起来的，他们在她的血液里发现了高浓度的酒精——新闻报道说那场火的起因也许是她酒醉时在床上抽烟。但相信我，她放那把火，是想把你和她一起活活烧死。父母带孩子一起去死，通常是不想让他们过孤儿生活，我知道这话会让你很痛苦，但以你母亲的情况来说，她的理由是觉得你们俩都毫无价值。”

“这话不对，”普里姆说，“她那么做是不想把我交给他。”

“交给你继父？”他舅舅大笑起来，“你是傻子吗？他根本不想要你，他很乐意摆脱你们两个。”

“他想的，”普里姆说着，嗓音压得很低，被旁边地铁经过的声音盖了过去，“他想要我。但不是你想的那种方式。”

“这么说吧，他给过你什么礼物吗？”

“给过，”普里姆说，“我十岁那年的圣诞节，他给了我一本关于印第安科曼切人的拷问手段的书。他们特别擅长这个。举个例子吧，他们会把受害者倒吊在树上，在下面生火，最后煮沸他们的大脑。”

他舅舅笑出了声。“不坏。总之，道德谴责都是有局限的，无论是对科曼切人还是对你的继父。你母亲本该对他更好些，毕竟他是她的赞助人。正如作为寄生虫，人类本该对这个星球更好些。好吧，你也没必要为此惋惜。人们以为我们生物学家想要维持大自然就像一座有机博物馆一样不被改变，但似乎只有我们能理解和接受自然总在变化，万物都会死去和消失，这是很自然的事。并非物种的存续，而是它的毁灭。”

“我们该往回走吗？”

“回去？回去哪儿？”

普里姆叹了口气。他舅舅的脑子显然又开始糊涂了。“回养老院。”

“我跟你开玩笑呢。”他舅舅咧嘴一笑，“带你来我房间的那位护士，一张一千克朗的钞票，赌我星期一就能上到她。你怎么说？”

“我们每次打赌，你输了就说自己不记得了，可你只要赢了……”

“别这么不讲理，普里姆。得痴呆症总得有些好处吧。”

等这次短途步行圆满结束，普里姆也把他舅舅交还给那位护士看护以后，他便原路折返回去。他穿过史兰冬街，继续往东走，最后来到一片宽敞地带上的别墅区。这里的房子很贵，但由于有噪声，靠近三环高速公路那几栋的价格就相对合理些。老宅的废墟就在那儿。

他抬起生锈铁门的门闩，爬上那段碎石铺就的斜坡，来到桦树林前。在斜坡的另一边，被树木遮蔽的地方，伫立着一栋烧焦的别墅。正是这栋屋子被树林遮蔽的事实，让他这些年来可以使用拖延战术，阻止想要拆除废墟的委员会。他用钥匙打开房门，走了进去。去二楼的楼梯塌了。母亲的卧室就在那儿。他的卧室在底楼，也许这就是他逃过一劫的原因。距离。她不是不知道，但她可以假装自己不知道。所有非承重内墙都被烧塌了，整个底楼成了一个铺着厚厚灰烬的大房间。灰烬里到处能看到已经萌芽的植物。一片灌木丛，还有一株或许能长成树木的幼苗。他走向那张被烧坏了的铁床，那个位置曾是他的房间，后来有个无家可归的保加利亚人曾经擅自闯入并住了一阵子。要不是保加利亚人的存在会无可避免地导致邻居的投诉和关于拆除的争论，普里姆应该会允许那个可怜虫住下去。普里姆给了他一些钱，那家伙就带着仅有的几件个人财物平静地离开了，只留下一双有破洞的湿的羊毛袜，还有床上的那张床垫。普里姆换掉了前门的锁，又用新木板封住了窗户。

他把全身的重量放在脏兮兮的床垫上，让金属弹簧嘎吱作响。他打了个哆嗦。那是来自童年的声音，扎根在他脑海里的声音，就像他培育的寄生虫一样不容否认。

但讽刺的是，这张床也曾是他的救星，因为起火的时候，他就躲在床下。

但也有那么一段日子，他总会咒骂这个救星。

在慈善机构的孤独。在不同领养家庭的孤独。他逃离了那些家庭，不是因为他们不是善良又好心的人，而是因为在那些年里，他没法在陌生房间里入睡，总是在床上保持清醒，侧耳聆听。以及等待。等待火灾。等待那个家的父亲。等到再也无法忍受的时候，他就会逃跑。他很快就会被安排到新的慈善机构，弗雷德里克舅舅不时会来看望他，就像现在他看望弗雷德里克舅舅。弗雷德里克舅舅明确表示过他只是个舅舅，又是独自居住的，没有资格收养这个男孩，但他有资格照看男孩从母亲那里继承的为数不多的财产。所以普里姆几乎没见过那些财产。除此之外，母亲留下的还有地产。这也是普里姆不愿出售的理由之一——他很清楚所有收入都会消失在他舅舅的口袋里。

普里姆的身体在床上晃动。弹簧发出抗议的尖叫声，他闭上了眼睛。他回到那种声音、那种气味、那种痛苦和那种羞愧之中。他现在需要那些声音，需要它们来坚定决心。说到底，他已经跨越了所有界线，又走了那么远，为什么会再次感到犹豫？他们说第一次夺取性命的感受是最糟糕的，但他现在没那么确定了。他在床上前后摇摆，努力回想。

紧接着，记忆终于到来，那些感受如此清晰，仿佛就发生在此时此地。是的，他下定了决心。

他睁开眼睛，确认了时间。

他要回家冲个澡，换身衣服，喷上自己的香水，然后到剧院去。

28

星期六　最后一幕

这里仅有的光源来自游泳池底的那几盏灯，在半明半暗的房间里，灯光闪烁着掠过墙壁和天花板。看到她的时候，哈利的大脑终于不再纠结于报告里的细节。亚历山德拉的连体泳装仿佛比她赤裸着更能凸显她的线条。他将双肘拄在池边，看着她踏入水中。按照西弗水疗中心那位接待员的说法，池水加热到了刚好三十五摄氏度。亚历山德拉观察着他观察她的模样，露出神秘莫测的微笑：女人知道男人欣赏自己，也为此欣喜的时候，就会露出那种笑容。

她朝他游去。除了泳池另一边那对下半身没入水中的情侣之外，这里只有他们。哈利从池边的冷藏箱里拿出香槟，倒了一杯递给她。

“谢啦。”她说。

“意思是我们扯平了？”他看着她喝酒的样子，开口道。

“差得远呢。”她说，“在《世界之路报》刊登那种报道以后，如果被人发现我帮你私下做了 DNA 分析，我会倒大霉的。所以我希望你跟我说些秘密。”

“呃，比如？”

“这要看你了，”她凑近了些，“但必须来自最黑暗的深渊。”

哈利看着她。她的眼神和葛德睡前要求听《布鲁曼》的时候不无相似之处。亚历山德拉知道哈利是葛德的父亲，此时他的脑海里涌出一个疯狂的念头：他要把剩下的事也告诉她。他看了眼酒瓶。他在点这瓶酒——尽管只要了一个杯子——的时候，就已经明白这是个糟糕的主意了。就像把只有他和尤汗·孔恩知道的事告诉她一样。他清了清嗓子。

“我在洛杉矶碾碎了一个家伙的喉咙，”哈利说，“我的指节能感觉到它的断裂。我喜欢那种感觉。”

亚历山德拉瞪大眼睛看着他。“你当时在打架？”

“对。”

“为什么？”

哈利耸耸肩。“酒吧斗殴。为了一个女人。我那时喝醉了。”

“那你自己呢？你没事吧？”

“我还好。我只打了他一拳，然后就结束了。”

“你打中了他的喉咙？”

“对。凿子拳，”他抬起手掌来演示，“有个在阿富汗训练过 FSK① 的近身搏斗专家教过我。要点在于打击对手喉咙的特定区域，然后所有反抗都会瞬间停止，因为我们的大脑在那时只能思考一件事，那就是呼吸。”

“就像这样？”她说着，弯曲手指的中间关节，并将指尖贴紧指根。

“再像这样，”哈利说着，帮她将拇指伸直并推向她的食指，“然后再瞄准这儿，也就是咽喉。”他用她的食指点了点他的喉咙。

“嘿！”他大叫一声，因为她毫无预警地戳了他。

“站着别动！”她大笑着又戳了他一下。

哈利连忙躲开。“我想你还不明白。如果你打得够准，对方就有被杀掉的风险。假设这是咽喉。”他指了指自己的一边乳头。“接着你需要运用这些……”他抓住她在水下的髋部，教她旋转身体给拳头增添力道的方法。“准备好了？”

“准备好了。”

四次尝试过后，她挥出了足以让哈利呻吟的两记重拳。

泳池另一边的那对情侣安静下来，不安地看着他们俩。

---

① 挪威特种作战突击队（Forsvarets Spesialkommando）的缩写。

“你要怎么知道自己没杀了他？”亚历山德拉说着，再次做出了攻击姿势。

“我也不确定。但如果他死了，他的朋友之后就应该不会允许我活下去了。”

“你有没有想过，如果你杀了他，你就得和你整个职业生涯都在追捕的那些人坐上同一条船了。”

哈利皱起鼻子。“也许。”

“也许？为一个女人吵架——你觉得这种动机更高尚吗？”

“还是称之为‘自我防卫’吧。”

“有很多情况可以被归为‘自我防卫’，哈利。名誉杀人是自我防卫。激情犯罪是自我防卫。人们会为了维护自尊和威严去杀人。你自己也见过为了避免受屈辱而杀人的人，不是吗？”

哈利点点头。看着她。她明白了吗？她是否已经意识到，侯勒姆取走的不只是他自己的生命？不，她是在审视她自己的内心，这和她自身的经历有关。哈利正想说些什么，她却突然伸出了手。他没有动，只是站在那里，看着胜利的笑容在她脸上蔓延开来。她的手——攥成凿子的形状——几乎碰到了他喉咙的皮肤。

“你差点就没命了。”她说。

“是啊。”

“你没来得及反应？”

“没。”

“还是说你指望着我不会碾碎你的喉咙？”

他微微一笑，没有回答。

“还是……”她皱起眉头，“你根本不在乎？”

哈利笑得更欢了。他抓住身后的酒瓶，给她倒满了酒。他看了眼瓶子，想象自己把瓶口放进嘴里，后仰脑袋，听着低沉的汩汩声，让酒精充斥身体，再放下空空如也的瓶子，用手背擦嘴，看着她瞪大眼睛的模样。但他只是把近乎全满的瓶子放回了冷藏箱里。哈利清了清嗓子。

“我们去蒸个桑拿如何？”

比起莎士比亚原作的五幕，国家大剧院上演的《罗密欧与朱丽叶》由较长的两幕组成，在整点左右有一段十五分钟的幕间休息。

幕间休息的灯光亮起时，观众们蜂拥而出，塞满了休息室和酒吧雅座，那里会提供各种茶点。海伦妮加入了吧台边的队列，同时心不在焉地听着周围的对话。奇怪的是，没有任何人谈论戏剧本身，仿佛那样会显得造作又庸俗。她察觉到了什么，那是一股让她想起马库斯的芳香，于是她半转过身。有个男人站在她身后，他只来得及朝她露出笑容，然后她就匆忙转过头去了。他的笑容看起来……是啊，该怎么形容才好？但无论如何，她的心跳都加快了。她几乎忍不住大笑；想必是因为这场戏带来的心理暗示，肯定不止她一个人突然能在每个男人的脸上看到属于自己的罗密欧。因为她身后那个男人根本算不上有魅力。也许不算非常丑——至少他笑的时候露出了一口漂亮的牙齿——但很无趣。但她的心脏仍旧在狂跳，她感到一种渴望——一种暌违多年的渴望——让她想要转过身去看看他，看看究竟是什么让她想要转身。

她努力控制住了自己。她点了塑料杯装的白葡萄酒，并拿到酒吧雅座墙边的一张小圆桌那里。海伦妮看着那个男人，后者正试图用现金买一瓶水，吧台后面的那个女人却指着写有“仅限刷卡”的告示牌。她惊讶地发现，自己在考虑是否要走过去帮他付款。但他放弃了购买的尝试，而是转向海伦妮。他们四目相对，他又笑了笑。接着他朝她的桌子走来。她的心跳就像擂鼓。这是怎么回事？对她来说，面对这么直接的男人也不是第一次了。“可以吗？”他说着，一手按在桌边的空椅子上。

她朝他投去短促而且——她自己觉得是——轻蔑的笑容，同时她的大脑在命令她的嘴说“我希望你别坐”。

“当然可以。”

“谢谢。”他坐了下来，身体前倾，就像是正在和她长谈。

“我没打算破坏气氛，”他用近乎耳语的音量说，“但她饮下了毒药，即将死去。”

他的脸离得那么近，她能嗅到他用的古龙水。不，它的气味更强烈，和马库斯用过的那种完全不同。“如果我没记错，她要在最后一幕才会喝下毒药。”海伦妮说。

“所有人都是这么想的，但她已经中了毒。相信我吧。”他笑了笑。一口白牙。就像捕食者。她很想献出自己，感受那口牙齿咬破她的皮肤，同时将指甲埋进他的背脊。天哪，这是怎么了？一部分的她想要逃跑，另一部分的她则想扑到他身上。她的双腿换了个交叉的姿势，注意到——这可能吗？——她已经湿了。

“你以为我不熟悉这部戏。”她说，“既然如此，又为什么要破坏我对结局的想象？”

“因为我希望你做好准备。死亡，那是件令人不快的事。”

“是啊，没错。”她说着，目光不离他的双眼，“但如果你要为死亡做准备，那么不快的总量只会增加，不是吗？”

“这可未必。”他靠向椅背，“知道生命不会永远持续，便能增加生的喜悦。”

他依稀给人一种熟悉感。他去过屋顶平台的那个派对吗？还是去过丹妮尔餐馆？

“死亡警告。”她说。

“对。但我现在必须得喝水了。”

“我注意到了。”

“你叫什么名字？”

“海伦妮。你呢？”

“叫我普里姆吧。海伦妮？”

“什么事，普里姆？”她笑着说。

“你愿意陪我去个有饮用水供应的地方吗？”

她大笑起来，抿了一口葡萄酒。她正想说这儿也有水，她可以付钱。还有更好的选择，他可以借走她的杯子，去卫生间的水龙头接水，奥斯陆的自来水比瓶装水要好多了，除此以外也更环保。

“你有什么想法吗？”她问。

“这重要吗？”

“不。”她不敢相信自己的耳朵。

“很好，”他合拢手掌，“那我们就走吧。”

“现在？我还以为你要等到最后一幕结束。”

“我们已经知道结局了。”

特斯阿克托餐馆位于碧悠维卡，显然新近开张，以高端市场的高端价格供应西班牙小吃。

“好吃？”亚历山德拉问。

“非常。”哈利说着，用纸巾擦了擦嘴，试图不去看她的酒杯。

“我以为我了解奥斯陆，但我从没听说过这地方。是赫尔格推荐我们来这里订位子的。男同性恋知道什么餐馆最好。”

“同性恋？我没感觉到。”

“那是因为你失去了你的魔力。”

“你的意思是，我曾经有过？”

“你？太明显了。当然了，你的魔力并不是对所有人都有影响。说实话，其实没那么多，”她思忖着歪了歪头，“现在想来，也许只影响了我们之中的几个。”她大笑起来，拿起自己的酒杯，和他的水杯碰了碰。

“所以，你觉得特里·沃格失去了信源，现在走投无路，开始编造故事了？”

哈利点点头。“他能知道那种事的唯一办法，就是和凶手本人有直接联系。我没发现那种联系。”

“如果他就是自己的信源呢？”

“呃，你是说，沃格就是凶手？”

“我看过一条新闻，说有个中国作家谋杀了四个人，写在了几本书里，又在二十多年后被判有罪。”

“刘永彪[①]。”哈利说，“还有理查德·克里克哈默，他在妻子失踪不久后写了一部小说，内容是一男子如何杀死妻子，又把她埋在了花园里。警方就是在他们家的花园里找到她的。我猜你应该是这个意思，但这两个家伙杀人不是为了写书，对吧？”

“对，但沃格也许就是这么做的。国家元首发动战争，为的是重新当选或者被载入史册。一个记者就不能为了成为山岭之王而加以效仿吗？你应该去查查他有没有不在场证明。”

“好。说到查东西，你说过你了解奥斯陆。你听过一个叫作‘但丁宅第’的地方吗？”

亚历山德拉大笑起来。“噢，当然。你想去瞧瞧你那种魔力还在不在吗？不过我怀疑他们不会放你进去，就算你穿着最近这身衣服。”

“这话什么意思？”

“那是个……该怎么说呢……非常高档的男同性恋俱乐部。”

“你去过？”

“没有，你说什么疯话，我有个男同朋友，彼得。他其实是罗德的邻居，还邀请过我去那次屋顶平台派对。”

“有人邀请过你？”

“不是正式邀请，更像是作为那种派对爱好者一起带去的人。我本打算带赫尔格一起去，给他和彼得安排一场约会，但我那天晚上有工作。不过我跟彼得去过几次‘斯皮男’。”

---

① 刘永彪，安徽省南陵县人，曾为中国作家协会会员。刘永彪于一九九五年参与一起抢劫杀人案，致四人死亡，二〇一七年被抓获，二〇一九年被执行死刑。

"'斯皮男'？"

"你也太不懂行了，哈利。全名是'斯堪的纳维亚皮衣男'，是一家针对大众的男同性恋俱乐部。你需要符合那里的着装要求，那儿有昏暗的房间，地下室里还有些奇形怪状的东西。我猜那些对但丁宅第的成员来说有点粗野了。彼得跟我说过，他试过去弄但丁宅第的会员资格，但这根本不可能。你必须是内部圈子的内部成员，就像男同版本的主业会[①]。这似乎是那儿的风格。就像《大开眼戒》里那样。但丁宅第每个星期只开一晚，举办只有穿昂贵西装的男同性恋参加的假面舞会。所有人都会戴着动物面具四处走动，再搭配绰号，互相之间彻底匿名。他们会做出各种各样的越轨行为，那里的服务员也……这么说吧，都是年轻男人。"

"超过法定年龄了吗？"

"现在也许超过了吧。在这家俱乐部还叫'星期二'的时候，就是因为这个原因关门的。有个十四岁大的工作人员指控其中一名宾客强奸。我们拿到了精子样本，不过当然了，和数据库里那些完全对不上。"

"为什么是'当然'？"

"'星期二'的顾客可不是那种会有前科的人。总之，现在它用'但丁宅第'这个名字重新开张了。"

"但似乎没有任何人听说过它。"

"但丁宅第的经营很低调，也不需要宣传。所以彼得这样的人才会一心想要弄到入内的资格。"

"你说它从前叫'星期二'。"

"对，他们在每星期二晚上开张。"

"现在也是吗？"

"你想知道的话，我可以去问彼得。"

"呃，要是我想进去，你觉得我需要些什么？"

---

① Opus Dei，一个隶属天主教会的自治社团。

她大笑起来。“法院的命令，还有搜查令，大概吧。顺带一提，我在此授予你今晚进入我家的资格。”

片刻过后，哈利理解了她的意思。他扬起一边眉毛。

“没错，”她说着，举起酒杯，“按顺序来。”

“你住在这儿？”海伦妮问。

“不。”那个自称普里姆的男人说。他驾驶车子穿行于崭新又现代化的商业大楼之间——那些大楼点缀着道路两边平坦开阔的风景——朝斯纳若亚半岛的尖端驶去。“我住在市中心，但我习惯等傍晚机场关闭后来这儿遛狗。那时候这里什么人都没有，我可以让狗自在奔跑。就在那儿。”他指指西面的大海，又从装着薯片或者是装着天知道什么东西的袋子里拿了些什么吃，他无论如何都不肯和她分享。

“可那里是湿地禁猎区，”海伦妮说，“你不怕狗袭击在那里筑巢的鸟类吗？”

“当然，这种事也发生过几次。我努力安慰自己，对自己说这是大自然的规律，我们不能出手妨碍。不过当然了，这不是事实。”

“不是吗？”

“不是的。人类同样是大自然的产物，也并不是唯一尽最大努力去摧毁这颗行星的有机体。但就像自然母亲赋予了我们能做出集体自杀行为的智慧那样，她还赋予了我们反省的能力。也许这点可以拯救我们。希望可以。无论如何，我都妨碍了自然之道，因为我开始使用这东西了。”

他指向她那边车门上方的安全把手，海伦妮这才发现，那里有一条伸缩式狗绳，狗绳的一头连着扣环项圈。

“他是条好狗。”他说，“我可以坐在车里，只开着迎宾灯，再打开窗户，而它自由奔跑，但仅限于方圆五十米内。狗——以及人类——只需要这么多。很多人觉得这样就足够了。”

海伦妮点点头。“尽管如此，有一天他们还是会不满足，想要跑去更远的地方。到那时候，狗主人又会怎么做？”

“我也不知道，我的狗从来都很满足。”他离开大路，来到一条林间道路上，“你会怎么做？”

“放它自由。”海伦妮说。

“即使你知道它在外面没法独自生存？”

“我们都一样。”

“的确。”他说。

他放慢车速。道路到了尽头。他关掉引擎和车头灯，他们周围转为漆黑。她能听到风吹过草丛的沙沙声，在林木之间，他们能看到海面，还有岛屿以及更远处的海岬的灯光。

“我们在哪儿？”

“就在湿地边上，”他说，“那片海岬是贺维古登，那两座岛分别是博罗亚岛和奥斯托亚岛。自从他们开始在这儿盖房子，这里就成了散步的热门地点。在白天，这里到处都是阖家出游的人。但此时此刻，这里只属于你和我，海伦妮。”

他松开安全带，转向她。

海伦妮深吸一口气，闭上眼睛，静静等待。“这太疯狂了。”她说。

“疯狂？”

“我是个已婚女人。现在的……时机太糟糕了。”

“为什么？”

“因为我正准备离开我丈夫。”

“在我听来是个绝佳的时机。”

“不，”她摇摇头，但没有睁开眼睛，“不，你不明白。如果在我和马库斯谈论离婚协议之前，他就发现这件事……”

“那你就会少拿到几百万。”

“对。我现在的行为简直蠢透了。”

“那你觉得你干吗还要这么做？”

“我也不知道，”她用双手按住太阳穴，“就像是有什么人或者什么东西接管了我的大脑。”紧接着，她突然想到了另一件事。“你为什么会知道他拿得出几百万？”她睁开眼睛，看着他。是啊，他身上有些熟悉的地方，他的眼神有些特别之处。“你去过那个派对？你认识他？”

他没有回答，只是微微一笑，打开了音乐。有个带有戏剧腔的颤音唱着和可怕怪物有关的歌词。她听过这首歌，但记不清是谁的了。

“那杯马丁尼。”她突然断言，“你去过丹妮尔餐馆。送我那杯酒的人也是你，不是吗？”

“你这么认为的理由是？”

“排队时站在我身后，又走到我身边坐下，这可不是普通人会在幕间休息时做出来的事。这不是巧合。”

他用手梳理自己的头发，看着镜子。

“我坦白，”他说，“我观察你有一阵子了。我想要和你独处。所以我来了。所以，我们该做什么呢？”

她深吸一口气，解开了座椅上的安全带。“我们做爱。”她说。

“这不公平，对吧？”亚历山德拉说。他们吃完了晚餐，回到了酒店的吧台边。“我一直想要孩子，却一直没有。而你从来都不想要孩子……”她在自己那杯白色俄罗斯鸡尾酒上方打了个响指。

哈利喝了一小口自己那杯水。“生活本来就少有公平。”

“而且还很无常，”她补充说，“毕尔·侯勒姆送DNA来确认自己是不是那孩子的父亲——那孩子叫什么来着？”

“葛德。”

亚历山德拉能从哈利的表情上看出来，他不想谈这个话题。但她还是——也许是因为她喝得稍微有点多了——说了下去。

“结果他不是。而且就在之后不久，我做了一次DNA分析——后来我才发现分析的是你的血液——又误把它和亲子鉴定的整个数据库做了比对，随后发现你是葛德的父亲。要不是因为我——”

“这不是你的错。”

“什么不是我的错？”

“没什么。当我没说。”

“你是说毕尔·侯勒姆自杀的事？”

“我是说他……”哈利停了口。

亚历山德拉看到哈利面容扭曲，就像在忍受痛楚。他有什么没告诉她的事？他有什么不能告诉她的事？

“哈利？”

“嗯？”他的目光似乎固定在酒保身后架子里的酒瓶上了。

“是一个性犯罪者杀了你老婆，对吧？叫芬内。”

“问他吧。”

“芬内已经死了。如果不是他，那……”

“那？”

“你就是嫌疑人了。”

哈利点点头。“我们向来会怀疑配偶，而且往往是对的。”

亚历山德拉喝了一大口酒。“是你干的吗，哈利？你杀了你老婆？”

“那边那个，要双份。”哈利说，片刻过后，亚历山德拉才明白他不是在跟她说话。

“这瓶？”酒保指着一个倒放在支架里的方酒瓶。

“是的，麻烦你。”

哈利保持沉默，直到装着金棕色液体的杯子放在他面前。

“是的。”他说着，拿起杯子。他就这么停顿片刻，仿佛在畏惧它。“是我杀了她。”然后他一口喝完了那杯酒，没等杯子回到台面上，他就要求再来一杯。

海伦妮缓过气来，但仍旧坐在他身上。

她之前把他推到了副驾驶那边，放下椅背，等他打开车顶灯和戴上安全套。然后她骑在他身上，就像骑着自己的马，只是没有同样的掌控感。他高潮的时候悄无声息，但她能感觉到他肌肉的抽搐和松弛。

她同样达到了高潮。不是因为他很擅长，而是因为她在脱下裤子之前就已经欲火焚身，怎样的过程都能满足她。

她能感觉到他软了下去。

“所以你为什么要跟踪我？”她低头看着他，他平躺在被放平的座椅上，和她同样不着寸缕。

“你觉得是为什么？”他说着，双手枕在脑后。

“你爱上我了。”

他笑了笑，摇摇头。“我没有爱上你，海伦妮。”

“没有？”

“我是爱上了一个人，但不是你。”

海伦妮能感觉到自己的恼火。“你在跟我耍花招？”

“不，我只是在告诉你事实。”

“那你在这儿和我做什么？”

“我在给你你想要的东西。确切地说，是你的身体和心灵想要的东西。也就是我。”

“你？”她嗤之以鼻，“你凭什么断定别的男人都不行？”

“因为是我给你植入了那种渴望。如今它就在你的身体和心灵里缓缓蠕动。”

“只对你一个人的渴望？”

“是的，对我。或者更确切地说，是在你身体里蠕动的东西渴望进入我的肠道。”

“你的嘴真甜。你的意思是，我想要把你绑起来，然后上你？我丈夫刚和我开始约会时就希望我这么做。”

那个自称普里姆的男人摇摇头。“我是说小肠和大肠。让菌群繁殖。至于你丈夫，我还是刚知道他希望被人‘走后门’。我还小的时候，他是走我

‘后门’的那个。”

海伦妮低头看着他。她疑惑不解，却明白自己没听错。

“你这话什么意思？”

“你不知道你丈夫会跟男孩做爱？”

“男孩？”

“小男孩。”

她吞了口唾沫。她当然有过“他喜欢男人”这种想法，但从未和他对质过。就算马库斯是双性恋，或者更可能是深柜，那也算不上是性变态。但令人作呕的是，马库斯·罗德——这座城市里最富有、最有权势的男人之一，一个曾被媒体指控贪婪、逃税、品位差和其他更加不堪的罪名的男人——不敢向全世界承认那么一个能让他呼吸更自由的人性特征。他反而成了教科书般的恐同者、自我厌恶的自恋狂，以及行走的悖论。可小男孩？孩子。不可能。但与此同时，在直面这一点并仔细思考过后，一切都显得那么合乎逻辑。她发起抖来。另一个念头钻进了她的脑海：这件事也许能在签离婚协议的时候派上用场。

“你是怎么知道的？”她说着，保持坐姿寻找起她的短裤来。

“他是我的继父。从我六岁起，他就虐待我。我说六岁，是因为我印象里他最早做出那种事，就是在他送我自行车的同一天。每个星期三次。他每个星期操我的小屁股三次。年复一年。”

海伦妮改用嘴巴呼吸。车内的空气充斥着性爱的味道与那种不寻常的麝香的气味。她吞了口唾沫。“你的母亲，她知道……？”

“那种情况很常见。我猜她怀疑过，但完全没打算去确认。她是个失业的酒鬼，害怕失去他。这就是事实。”

“最后被抛下的，从来都是害怕被抛下的人。”

“你就不怕吗？”

“我？我为什么要怕？”

“现在你明白你和我来到这儿的原因了。”

是她弄错了，还是他又在里面硬了？

“苏珊·安德森？”她终于问出了口，“是你干的？”

他点点头。

“还有贝婷？”

他又点点头。

也许他是在吹牛，也许不是。无论如何，海伦妮都明白自己应该害怕。可她为什么不怕？为什么她开始扭动臀部了？起先缓慢，然后更加剧烈。

“别……”他说着，脸色突然苍白起来。

但她又骑在了他身上。就好像她的身体有自己的意志，她上上下下的动作充满了活力。她感受他的腹部绷紧，听到他模糊不清的呻吟，觉得他即将再次高潮。紧接着，她看到他的嘴里喷出了黄绿色的呕吐物。那些呕吐物落在他的胸膛上，洒在座椅上，顺着他的腹部流向了她。那种气味如此刺鼻，让她感觉自己的胃开始翻搅，她用拇指和食指捏住鼻子，屏住呼吸。

“不，不，不。”他呻吟着，在原地摸索起他们下方的地板来。他找到了衬衫，开始用它擦拭身体。“是因为那边那个鬼东西。”他说着，指了指中控台上那个像是袋薯片的东西。海伦妮能看到上面写着“希尔曼宠物”。

“我需要吃它来调节体内寄生虫的数量，”他说着，用衬衫擦拭腹部，“但要找到平衡很困难。如果我吃得太多，我的胃就会受不了。希望你能理解，或者同情。”

海伦妮既不理解也不同情，她捏住鼻子，一心只想着不要呼吸。她感觉自己也发生了奇怪的变化，就好像那些欲望和渴望逐渐平息，取而代之的是另一种情绪：恐惧。

苏珊。然后是贝婷。现在轮到她了。

她得离开，逃跑，就现在！

他打量着她，仿佛感觉到了她的恐惧。她竭尽全力露出笑容。她的左手空着，可以打开车门，下车逃跑。跑向他们刚才经过的连排别墅，那里是林间道路的另一头，离这儿最多不过三四百米。很好，四百米跑是她最擅长的项目，她光着脚比穿鞋跑起来更快。此外，她猜他跟来之前应该会犹豫，毕竟他们都赤身裸体，这足够给她需要的领先优势了。他也来不及让车子掉头来追她，就算他这么做了，她也可以直接钻进树林。她只需要让他稍微分个心，然后用她的左手找到门把手。她正准备放开鼻子，假装满怀喜爱地用右手掩住他的眼睛时，另一个念头钻进了她的脑海：她发现变化发生在她没有喘气和吸气的时候。她发现两者存在某种关联。

“我明白，”她讨好地低声说，“这种事是免不了的。你现在干净了。我们再来点黑暗吧。”她努力避免吸入空气，又希望他不会听到自己嗓音里的颤抖。“车顶灯在哪儿？”

“谢了。”他凄凉地笑了笑，指了指车顶。

她找到了开关，关掉车灯。在黑暗里，她用左手在副驾驶门的内侧摸索。她找到了门把手，轻轻打开，又用力推开了门，感受到夜晚冰冷的空气吹在了皮肤上。她双腿发力，想要下车。但他反应太快了。他的双手箍住了她的喉咙，越掐越紧。她用双手拍打他的胸口，但箍住她喉咙的手愈发用力。她在座椅上单膝撑起身体，用另一边膝盖撞了过去，想要踢中对方的腹股沟。她没有命中目标的感觉，但他放开了手，于是她下了车，感受到碎石摩擦着她赤裸的脚。她摔倒在地，但随即爬起身，开始逃跑。她难以呼吸，就好像仍旧被对方掐着脖子，但她必须忽视这种感受，必须逃走。现在她稍微能呼吸了。她能看到主干道那边的灯光。肯定只有不到四百米远，对吧？是的，甚至不到三百米。应该没问题。她加快了脚步，开始飞奔。他不可能追上她，除非——

就好像有人出现在她前方的黑暗里，狠狠打了她的喉咙一拳，她被打倒在地。她仰天倒下，脑袋狠狠落在碎石上。

她肯定是昏迷了几秒钟，因为睁开眼睛的时候，她已经能听到踩着碎石走来的脚步声了。她试图尖叫，脖子却仿佛被勒得更紧了。

她的手指伸向喉咙，摸索起来。

狗绳。

他把那条狗绳系在了她的脖子上。他放任她逃跑，让她拽出那条伸缩式狗绳，又平静地等待她抵达自由的边界。五十米远。

当手指找到扣环时，她已经听不到脚步声了。她按压扣环，挣脱了束缚。狗绳的束缚。她来不及爬起身，就又被重新推倒在碎石上。他站在黑暗里，一只脚踩住她的胸口，赤裸的身体仿佛在发着白光。她凝视着他右手里的东西。闪闪发亮的金属反射着这里微弱的光线。那是一把刀。一把长长的刀。但她不觉得害怕。至少没有在车里屏息时那样害怕。这倒不是说她不怕死，但她的欲望似乎更加强烈。她实在想不到别的解释。

他蹲了下来，把刀放在她的喉咙边，并前倾身体，在她耳边低声说："如果你大叫，我就直接切下去。如果你明白，就点点头。"

她无声地点头。他后仰身子，仍旧保持蹲坐的姿势。她也仍旧能感觉到抵住脖子的冰冷钢铁。

"抱歉，海伦妮，"他的嗓音似乎带着哽咽，"这不公平，但你必须死。你什么都没做，你不是我的目标。你只是非常不幸地成了必要手段。"

她咳嗽着说："什……什么的必要手段？"

"羞辱和摧毁马库斯·罗德。"

"因为他……"

"对，因为他操过我。其他时候，我得吮吸他丑陋的老二，换取晚饭和早饭，有时是午饭。你能理解吗，海伦妮？我和你的区别在于，我没得到过任何附带的好处。除了那辆自行车。当然，还有他不抛弃我母亲。很病态，不是吗？我害怕他会离开我们。我不知道他是嫌我还是我母亲太老了，总之最后他离开了，换了个有个更年幼的儿子的年轻女人。这些都发生在他和你结婚前很久，所以我不觉得你听说过。"

海伦妮摇摇头。她仿佛能从第三者的视角看到自己：赤裸着躺在碎石路上，一动不动，有把刀抵着她的喉咙。她能感觉到那些石头陷入皮肤里。她找不到出路，也许这就是她人生的结局。可她却想留在这儿，想要他。

她疯了吗？

“我母亲彻底陷入了消沉，”他用颤抖的嗓音说，她能看出他也冷得厉害，“直到她走出那种情绪，才有精力做她在喝醉后答应过我很多次的事。她自寻了断，还打算带上我一起。消防队把那场火灾归为事故，说是因为她在床上抽烟。我和她弟弟——弗雷德里克舅舅，都觉得没必要告诉他们或者保险公司她不抽烟这件事，他们找到的那包烟是马库斯·罗德留下的。”

他陷入沉默。某种温热之物落在她的胸口。一滴眼泪。

“你现在要杀了我吗？”她问。

他颤抖着吸了口气。“就像我说的，我很抱歉，但寄生虫的生命周期必须完整。为的是繁殖，你明白的。想要感染新的个体，我就需要新鲜的寄生虫。你理解吗？”

她摇摇头。她想要抚摸他的脸颊，感觉就像吃了摇头丸，她此时的爱意仿佛无所不包。但那不是爱，而是性欲，她又感觉欲火焚身。

“当然了，还因为死人不会说话。”他说。

“当然。”她说。她的呼吸更沉重了，就好像她知道这会是她最后的呼吸。

“但告诉我，海伦妮，我们做爱的时候，你有那么一小会儿感觉到被爱了吗？”

“我不知道。”她说着，露出疲惫的微笑，“是啊，我想是的。”

“很好。”他说着，用空出的那只手抓住她的一只手轻轻揉捏，“这是我在你死前想给你的礼物。因为这才是唯一重要的事，不是吗？感觉到被爱，对吧？”

“也许吧。”她轻声说着，闭上了眼睛。

“记住这点，海伦妮。告诉你自己：‘我被爱着。’”

普里姆俯视着她。看到她的嘴唇翕动，组成话语。*我被爱着*。紧接着，他抬起刀，刀尖对准她的颈动脉，普里姆前倾身体，压上全身的重量，让利刃陷入其中。温热的血液喷洒在他冰冷的皮肤上，欢欣与惊恐令他全身发抖。

他紧紧抓住刀柄。那种震颤让他明白，生命正在离开她的身体。鲜血第三次喷出后，开始缓慢流淌。几秒钟过后，那把刀告诉他，海伦妮·罗德已经死去。

他抽出刀，坐在她身边的地面上。擦干眼泪。寒意、恐惧和紧张情绪的释放令他身体颤抖。他没觉得轻松，反而比以前更难熬了。这些都是无辜的人。有罪的人还在。那一次会截然不同。夺走马库斯·罗德的性命会让他喜悦。但首先要让那个杂种受尽折磨，觉得死亡是一种解脱。

普里姆在皮肤上感觉到了什么。小小的雨点。他抬起头。漆黑一片。预报说今晚有雨。雨水会冲刷掉大部分的痕迹，但他仍然有工作要做。他看着手表，那是他唯一没有脱掉的东西。九点半。如果他效率够高，就能在十点半的时候回到城里。

29

星期六　　反光膜

还差一小时到午夜，潮湿的小路在皇家庭园的灯光下闪闪发亮。

哈利愉快地麻醉了自己，让现实也得到了适当的扭曲。简而言之，他的醉意刚好处在最美妙的程度，让他能意识到那种欺骗本身，却不用承受心灵的痛楚。他和亚历山德拉正步行穿过公园。他们遇见的一张张面孔从旁飘过。为了扶他，她被迫让他搂住自己的肩膀，再用自己的手臂环住他的腰。她还在生气。

“我们被拒绝服务是一回事——”她没好气地说。

“是我被拒绝服务。”哈利说着，他的措辞比他的步子稳定得多。

“我们被赶出门又是另一回事。”

“是我被赶出门，”哈利说，“我发现酒保不喜欢顾客脑袋靠着吧台睡觉。”

“一回事。重点是那种方式。”

“那可不是最糟糕的方式，亚历山德拉。相信我。”

“噢，是吗？”

“噢，是的。和我从前被赶出店门的那些方式相比，这次比较圆滑。我觉得它有机会入选我评选的‘最让人愉快的五种驱逐方式’。”

她大笑起来，脑袋靠在他的胸口上。后果就是哈利偏离小路，走到了皇家庭院的草坪上，那里有个牵着伸缩式狗绳、让狗小便的年长男子正怒视着他们。

她扶稳哈利的身体。“我们去洛瑞餐馆喝杯咖啡。”她说。

“再加一杯啤酒。”哈利说。

“咖啡。除非你想再吐一次。”

哈利思考了一会儿。“好吧。”

洛瑞餐馆人很多，但他们在正门左数第三个卡座和两个说法语的男人拼了桌，服务员很快端来了热气腾腾的大杯装咖啡。

“他们在谈论谋杀案。”亚历山德拉小声说。

“不，”哈利说，“他们在谈论西班牙内战。”

午夜时分，他们离开了洛瑞餐馆，又因为只喝了咖啡，醉意也少了些。

“是回我那儿还是回你那儿？”亚历山德拉问。

“我有别的选择吗？”

“没有，”她说，“回我那儿。我们走过去。呼吸些新鲜空气。”

亚历山德拉的公寓在马库斯瑟兰路的一栋大楼里，位于圣赫根公园和亚历山大柯兰斯广场之间。

“你搬过家，”哈利站在卧室里，身体轻轻摇晃，而她试图帮他脱下衣服，“不过看来床还是老样子。”

“想起了美好回忆？”

哈利顿了顿，思考起来。

“傻瓜。”亚历山德拉说着，把他推到床上，自己跪在地上，开始解他裤子的纽扣。

“亚历山德拉……”他说着，一手按住她的手掌。

她停下动作，抬头看向他。

“我不行的。”他说。

“你是说醉得太厉害了？”

“可能也有这个原因。但我今天去过她的坟墓。”

他以为会看到她恼羞成怒、冷淡，还有轻蔑。但他在她的眼里只看到疲惫与听天由命。她把穿着裤子的他推到被子下面，关掉电灯。跟着她爬上床，依偎在他身旁。

“还会痛苦吗？”她问。

哈利努力思索另一种描述那种感受的方法：空虚、失落、孤独、恐惧，甚至是恐慌。但她确实一语中的，那种包罗万象的感受就是一种痛苦。他点点头。

“你很走运。”她说。

“走运？”

“能爱一个人那么深，所以才会那么痛苦。”

“呃。”

“抱歉，也许有点太陈腐了。”

“不，你没错。我们的感情都很陈腐。”

“我的意思不是爱别人很陈腐，或者想要被爱很陈腐。”

“我也不是。”

他们拥抱了彼此。哈利注视黑暗，接着闭上了眼睛。他还有一半报告没读。答案也许就在里面。如果不在，他就只能尝试他本已放弃、却在和楚斯谈话过后再三浮现于脑海的那个孤注一掷的计划。他渐渐睡去。

他骑着一头机械牛。它朝四面八方甩动他的身体，他则在固定身体的同时试图点一杯酒。他试图把视线聚焦在吧台后面的酒保身上，但那种甩动太过剧烈，他看到的五官模糊不清。

“你想要什么，哈利？”是萝凯的声音，“把你想要的告诉我吧。”

真的是她吗？*我想这头牛停下，我想要你回到我身边。*哈利试图喊出这句话，却发不出任何声音。他按下这头牛后脖颈上的按钮，但摆动和旋转的程度和速度反而都增加了。

他听到了像是刀割开血肉的声音，然后她尖叫起来。

机械牛的速度放慢了。最后彻底停下。

哈利看不到有任何人在吧台后面，但鲜血却顺着镶着镜子的壁架、酒瓶和酒杯流下。他感觉到某种坚硬之物贴在太阳穴上。

“我看得出你欠了债。”耳语般的声音在他身后响起，“是的，你欠我一条命。”

他抬头看向镜子。在从高处照射来的锥形光线里，他看到了自己的脑袋，一把手枪的枪管，还有一只扣住扳机的手。拿枪那个男人的脸藏在黑暗里，但哈利能看到某种东西在闪烁着白光。是那个男人裸着身体吗？不，那是个白色的衣领。

“等等！”哈利说着，转过身去。不是电梯里那个男人。也不是科迈罗车的染色玻璃后面的那个男人。那是毕尔·侯勒姆。是他的红发同事用手枪对准自己的太阳穴，随后扣下了扳机。

“不！”

哈利发现自己从床上坐了起来。

“天哪！”有个声音咕哝道，随后哈利看到了旁边那只白色枕头上的黑发，“出什么事了？”

“没事，”哈利嗓音沙哑，“只是个梦。我现在要走了。”

“为什么？”

“我还有报告要读。而且我答应过今早要和葛德去公园散步。”他费力地爬下床，在椅子上找到他的衬衣，穿在身上，开始扣纽扣。哈利感受着涌现的反胃感。

“你迫不及待想见他？”

“我只是想准时到。”他弯下腰去，亲吻了她的额头，“好好睡吧，多谢你带给我的美好夜晚。我自己出门就好。”

等哈利来到大楼内庭的时候，反胃感已经无法抑制。他勉强在胃拧成一团，呕吐物拍打在肮脏的鹅卵石上之前赶到了墙边的两只带轮垃圾桶之间。就在他站在那里回神的时候，看到庭院另一侧墙边的黑暗里，有什么东西在闪烁红光。那是猫的眼睛。反光膜，露西尔这么对他解释过。那是眼球后方的一层薄膜，此时它正在反射从底楼一扇窗户照射过来的光线。更确切地说，等哈利的双眼适应黑暗以后，他发现吸引猫注意的不是他，而是他们之间的一只老鼠。那只老鼠从带轮垃圾桶这边缓缓朝猫移动。这一幕似曾相识，正如他在多希尼大道边那栋小屋里度过最后一个早晨时所见到的。老鼠长而光滑的尾巴拖在身后，就像一个死囚被迫将自己的绞索拖向绞架。猫略微前倾身子，以迅捷老练的动作将牙齿埋进那只啮齿类动物的颈背。哈利又吐了一次，他用墙壁支撑身体，那只猫则将已经死去的老鼠丢在他面前的地上。那双发亮的眼睛看着哈利，就像在期待掌声。这就是一座剧院，哈利心想，一座该死的剧院，在那么一小段时间里，我们都只是在扮演某人为我们创作的角色。

30

星期日

阿清来到蒙斯宠物店的时候，早晨的太阳已经烤干了被雨水打湿的街道。

她没带宠物店的钥匙。今天是星期日，这里只是她要照看的狗的交付地点。那是个新客，昨天才打电话过来。人们很少在周末求助于她的看狗服务，通常来说，他们周末有时间自己照看宠物。按照阿清的预想，她需要带狗散个步，于是她穿上了运动服，以防狗想要跑一段。她和她母亲昨天一整天都在准备食物。她父亲从医院回了家，尽管医生给出了严格的指示，要他别吃太多，并且避免辛辣食物，他却热切地吃完了她端上的每一盘菜，这让她母亲欣喜不已。

阿清看到一个带狗的男人穿过西区跳蚤市场碎石铺就的地面，朝这边走来。那条狗是拉布拉多犬，从步态判断，它有髋关节发育不良的问题。他们靠近以后，她发现那是两天前来过店里的那个警察。她的第一反应是——也许是因为他穿着西装——他要去参加星期日礼拜或者坚信礼。但她第一次见到他的时候，他也是这身装束，也许这就是他的工作服。这样的话，她庆幸自己没带钥匙，毕竟他可能打算说服她放他进店。

“嘿，”他笑着说，“我叫拉森。”

“阿清。”她说着，摸了摸狗，后者晃起了尾巴。

“阿清。它的名字是卡斯帕罗夫。我该怎么付款？”

“Vipps[1] 就好，如果你装了这个应用的话。如果你需要，我可以给你开

---

① 挪威使用的移动支付系统。

发票。”

“你的意思是，你不能帮警察避个税？”他大笑起来，“抱歉，这笑话不太合适。”见她没有跟着笑，他又说：“介意我跟你走一段吗？”

“当然可以。”她说着接过狗绳，注意到卡斯帕罗夫的项圈是威廉·沃克牌的。这牌子的项圈很贵，但很柔软，不会伤到狗的脖子。她想过在店里备几条，但乔纳森不同意。

“我平时都是在维格兰雕塑公园遛狗的。”她说。

“好的。”

他们先朝北走，接着转入富勒赫格塔路，朝公园的方向前进。

“我看到你穿了运动服，但卡斯帕罗夫能奔跑的日子恐怕早就过去了。”

“我也发现了。你考虑过手术吗？”

“是的，”他说，“考虑过好几次。但兽医反对。不过我觉得，它正走在好转的道路上，只要吃合适的食物，以及——在状况不佳的时期——吃止痛药和消炎药就好。”

“听起来你很关心你的狗。”

“是的。你自己也养狗吗？”

她摇摇头。“我更喜欢萍水相逢的关系。就像和卡斯帕罗夫这样。”

他们一起大笑起来。

“恐怕我那天和你老板相处得不太融洽，”拉森说，“他总是这么闷闷不乐的吗？”

“我不知道。”阿清说。那个警察安静下来，她明白他是在等她解释。当然了，她没必要解释，但类似的无言停顿会强调不愿多说的态度，就好像有什么可疑的内幕一样。

“我也没那么了解他。”她说。虽然这话就像在说，她想要和乔纳森划清界线，这也许会让他的形象显得不太好，这当然不是她所希望的。

“这就怪了，”那警察说，“店里只有你们两个，你们互相却不了解。”

“是啊。”她说。在基克凡路的一处人行横道线前面，他们停下来等待红灯过去。“也许是有那么点奇怪。但你想问我的是他有没有偷运货物入境。这点我不知道。”

她用眼角余光发现他在打量她，等红灯变成绿灯以后，她快步向前，留下站在人行道上的拉森。

拉森匆忙跟在那个宠物店的女孩身后。

他很恼火。话题显然毫无进展，她已经有了防备，不打算多说。今天又浪费了一天，他昨天和克里斯吵的那一架对他的情绪更是雪上加霜。

有个卖花的小贩站在维格兰雕塑公园巨大的正门边，向游客们展示他那些可悲的花。

“给美丽的爱人送一枝玫瑰吧。”

那个小贩靠近了一步，挡住了拉森和阿清要去的那扇相对矮小的侧门。

“不了，谢谢。”拉森说。

小贩用蹩脚的挪威语重复了那句推销的说辞，仿佛认定拉森刚才听错了。

“不了。”拉森说着，跟在阿清和卡斯帕罗夫身后，他们已经绕过了那个男人，走进了侧门。

但那个小贩跟了过来。

“给美丽的——”

“不！”

那人显然从拉森的衣着判断他买得起，又觉得拉森和阿清是一对情侣，毕竟他们看起来都是亚洲人。当然了，这种假设算不上不合理。换作另一个日子，拉森也不会在意，他很少——如果真的有过的话——允许自己被这种先入为主的偏见激怒，这只是人们面对复杂世界的一种方式而已。事实上，那些过于以自我为中心、无时无刻都觉得受到冒犯、认为就连最无害的偏见也是在针对自己的人，往往更能惹怒拉森。“给美丽——”

“我是同性恋。”

那小贩停了口，茫然地盯着拉森看了一会儿。接着他润了润嘴唇，递出一枝塑料包装的了无生气的花。

“给美丽的——”

“我是同性恋！”拉森大吼道，“你听不懂吗？最同性恋的那种同性恋！”

那个小贩后退几步，拉森看到进出大门的行人开始转头看向他们。阿清也停下脚步，脸上露出震惊的表情。卡斯帕罗夫短促地吠叫一声，它拉扯狗绳，想要来解救它的主人。

“抱歉，”拉森说着，叹了口气，“给你。”他接过花，递给小贩一张一百克朗的纸币。

“我没有零——”小贩开口道。

“没关系。”拉森朝阿清走去，把那枝玫瑰递给了她。

她起先只是惊讶地看着他。接着她笑出声来。

拉森迟疑片刻，随后意识到了这一幕的可笑之处，同样大笑起来。

“我爸说，送花给爱人主要是欧洲传统。”阿清说，“像古希腊、中世纪的法国和英国。”

“是啊，但玫瑰原产于我们那个大洲。”拉森说，“在我的出生地，韩国的三陟市，就有个非常著名的玫瑰节。而且木槿花，也就是‘沙漠玫瑰’，正是韩国的国花。”

“是啊，但木槿花严格来说算是玫瑰吗？”

在他们来到生命之柱之前，话题就从花朵转到了宠物。

“我不清楚乔纳森是不是真有那么喜欢动物。”等他们站到公园最高处，俯瞰远处的斯科延街区的时候，她说，“我觉得他只是碰巧入了这一行。这家店也完全可能是杂货店，或者电子产品商店。”

“但你不清楚他在进口禁令颁布之后，还有没有囤积过‘希尔曼宠物’这个牌子的商品？”

“你为什么断定有这回事？”

“我去店铺的时候，他非常紧张。”

“也许他是在害怕……”

“什么？”

“不，没什么。”

拉森深吸了一口气。“我不是海关官员。我不会以非法进口的罪名指控他。我只是在努力追踪线索，希望能以迂回的方式帮忙逮捕那个杀死了两个女孩的男人，也防止更多人死去。”

阿清点点头。她似乎犹豫了片刻，然后下定决心。“我只见过一件乔纳森做的违法的事，那就是他答应接收某些人从伦敦带来的一只狐狸幼崽——似乎有狐狸生活在那座城市里。当然了，把狐狸带到这个国家是违法的，我想那些人意识到这件事的时候很害怕。他们没法找兽医杀死它，自己也下不了手，所以只好把狐狸幼崽交给了乔纳森。毫无疑问，为了摆脱这个麻烦，他们给了他一笔慷慨的补偿。”

“会有人做这种事？”

“这都不算什么了。像狗主人到时间不来接狗，直接凭空消失的情况，我都遇到过两次了。”

“那你是怎么做的？”

“把它们带回家。但我们家没多少地方，所以最后我只能送它们去动物收容所。太让人伤心了。”

“那只狐狸幼崽最后怎样了？”

“我不知道，我也不确定自己想知道。我喜欢那只小狐狸。”拉森能看到她的双眼逐渐湿润。“突然有一天，它不见了。他也许把它冲进了马桶……”

“马桶？”

“不，当然不可能。但就像我说的，我不知道他是怎么处理小尼的。”他们继续散步，阿清向他讲述了她为成为兽医的梦想所做的计划。拉森静静听着。你很难不喜欢这个女孩。而且，她很聪明，他没理由继续假装自己真的想找她照看狗，所以他陪她走完了全程。他最后毫无收获，但他有了安慰自己的理由:至少陪他共度时光的这个人和他同样欣赏四条腿的朋友。

“噢,”等他们再次来到蒙斯宠物店附近时，阿清说，“乔纳森来了。”

店门开着，有辆沃尔沃旅行车停在外面。有个男人坐在副驾驶座上，倚着打开的车门。他多半听不到他们的话，毕竟他的真空吸尘器还开着。他脚边放着一桶水，泡沫从桶边溢出，车身湿漉漉的，正在闪闪发亮。躺在沥青碎石路上的水管仍在滴水。

拉森接过卡斯帕罗夫的狗绳，思索他该不该悄然离开，让阿清自己决定要不要把这次碰面的事告诉乔纳森。但还没等他拿定主意，那位店主就挺直背脊，转向了他们这边。拉森看到那人的双眼燃起怒火，他无疑领会并且正确解读了目前的情况。

“在教堂礼拜的时间洗车，是不是有点违反教义了。”没等其他人有机会说些什么，拉森就开口道。

那人眯起了眼睛。

“我们只是去公园里散了个步,”阿清迅速补充道，“我在做看护狗的工作。”

拉森希望她的语气别这么急，就好像现在是他们需要为自己辩护，而不是那位店主。

那人一言不发地把吸尘器和水管拿回店里，随后再次出现，拿起水桶，把里面的东西倒在了路面上。肥皂沫和脏水在拉森的手工制鞋子周围汇聚成了水洼。

拉森没在意，只是盯着那个拎着空桶走进店铺的男人。拉森在他身上看到的愤怒，仅仅是因为有警察找他麻烦吗？还是因为他其实在害怕？拉森不清楚自己触动了那个男人的哪根神经，但他的确触动了什么，这点可以确信。那人再次走出店铺，锁上店门，接着朝车子走去，看都没看他们一眼。拉森看到，从轮胎流向井盖的水里残留着几团泥土。

“开车去了森林？”拉森问。

“找错了对象？[1]”那位店主答道，随后坐到驾驶座上，用力关上车门后发动了引擎。

拉森看着那辆沃尔沃在星期日安静的街道上加速远去。

“他的后备厢里放着什么？”

“一只笼子。”阿清说。

“一只笼子。”拉森重复了一遍。

“噢。”卡翠娜低声说着，抽走了挽住哈利胳膊的那条手臂。

“怎么了？”他问。

她没有答话。

“接（怎）么了，妈咪？”抓着哈利手的葛德问。

“我只是觉得好像看到了什么人。”卡翠娜说着，眯眼看着生命之柱后面那片地势较高的区域。

“又是拉森？”哈利说。卡翠娜告诉过他，她和葛德在大门口等待的时候，看到拉森和一个女孩进了公园。

卡翠娜没打算和他打招呼，她不怎么希望那位同僚看到她和哈利同行。在那种意义上，在明媚的星期日来维格兰雕塑公园是个很有风险的选择，公园里面的人本来就很多了，甚至还有那么些人坐在草地上——尽管在昨晚的降雨过后，那里肯定还是潮湿的。

“不，我想那是……”她迟疑起来。

“你的约会对象？”哈利问，这时身穿防雪童装的葛德拽了拽哈利的袖子，要求哈利叔叔再把他抱起来转一圈。

“也许吧。如果你最近在想什么人，那么无论去到哪儿就都能看到他们的脸，你明白吧？”

---

① 原文为 barking up the wrong tree，指狗追的猎物上了树，且跳到了另一棵树上，而狗还在对着错的树吠叫。

“你是说你在那边看到他了？”

“不，那不可能是他，他今天有工作。但我无论如何都没法挽着你走路了，哈利。如果我们撞见同僚，他们看到我们两个……”

“我明白。”哈利说着，确认了时间。还剩下两个整天。他和卡翠娜解释过，他只有几个小时的空闲，然后就要回酒店去工作。但他知道这只是为了让他感觉自己在做事，希望在报告里找到线索是不切实际的，必须得发生点什么才行。

“不是拿（那）边，是介（这）边！”葛德说着，拖着哈利离开小路，来到林木间那条通往游乐场和福隆纳城堡的小径，后者是一座木头造的微缩城堡，供孩童攀爬和在里面玩耍。

“你说它叫什么来着？”哈利装起了傻。

“佛沃闹（福隆纳）城包（堡）！”

哈利强忍着不让自己笑出声，他看到了卡翠娜警告的眼神。他究竟是怎么回事？他听说过睡眠不足会导致精神病——他已经到那种程度了吗？

他的手机响了，他确认了屏幕上的信息。“这电话我得接。你们两个先走。”

“多谢，我昨晚很愉快。”等他们走到听不到的距离后，他才对着手机说。

“不，是我该感谢你，”亚历山德拉说，“但我打电话来不是为了这个。我在工作。”

“在星期日工作？”

“既然你能在大半夜离开和一个女孩子一起在她的床上的那份温暖，我肯定也有权做点工作吧。”

“言之有理。”

“其实我是为了来赶论文的，但我发现你要的那张厨房用纸的 DNA 分析已经完成了，所以我觉得你会想立刻知道结果。”

“嗯。”

“它的 DNA 图谱和我们在苏珊·安德森乳头周围发现的唾液相同。”

哈利疲劳过度的大脑一点点消化这份情报，心跳也不断加快。他刚刚才指望发生点什么，现在就如愿以偿了。有时候皈依宗教就是这么简单。但他也同时想到，他不该太惊讶的。说到底，他对苏珊乳房上唾液的归属本就抱有强烈的怀疑，所以才会用欺骗手段从马库斯·罗德那里弄到 DNA 样本。

“多谢。”说完，他挂断了电话。

来到游乐场的时候，他发现卡翠娜趴在城堡前方的沙地里。她发出马嘶声，而葛德坐在她的背上，脚跟蹬着她身侧的沙。她趴着解释说，葛德看了一部关于骑士的电影，所以坚持要骑着马来到城堡前面。

“从苏珊身上发现的唾液属于马库斯·罗德。”哈利说。

“你是怎么知道的？”

“我弄到了罗德的 DNA，送去了亚历山德拉那里。”

“妈的。”

“妈咪……”

“对，妈咪不该说脏话的。但如果是用那种方式弄到的，就不符合规定，我们也没法用在法庭上。”

“方式不符合警方的规定，是的，但这正是我要说的。没有规定能阻止你和你的人使用他人获取的信息。”

“你能不能……？”她朝身上那位骑士点点头。哈利不顾葛德的抗议把他抱了下来，她也站起身来。“罗德的妻子仍然能给他提供不在场证明，但这个证据应该足够让我们逮捕他了。”她说着，拍掉裤子膝盖部位的沙子，看着葛德，后者跑向从城堡塔楼的侧面延伸到地面的滑梯。

“呃，我想关于不在场证明，海伦妮·罗德恐怕不会那么坚定了。”

“哦？”

“我和她谈过。不在场证明是她的筹码，会用在即将到来的签署离婚协议的谈判里。”

卡翠娜皱起眉头，拿出她响起的手机，看着屏幕。

“布莱特。”

是她工作的语气，哈利心想。而且从她面部表情的变化，他能猜出其余的部分。

“我马上就到。”她说着挂断了电话，抬头看向哈利，“发现了一具尸体。在利勒普拉森。”

哈利思索片刻。是在斯纳若亚半岛尖端的那片湿地里吗？

“好吧，”他说，“但有必要急着让调查员都赶过去吗？你们不是应该专心逮捕罗德吗？”

“还是同一件案子。一个女人，而且被人砍了头。”

“见鬼。”

“这段时间你能陪他玩吗？”她朝葛德的方向点点头。

“你今天都会忙到脱不开身，”哈利说，“包括晚上。罗德需要——”

“这是大门和公寓的钥匙。”她从钥匙串上滑下两把钥匙，“冰箱里有吃的。别用那种怀疑的眼神看我，毕竟你是他父亲。”

“呃，看起来在方便你的时候，我就成了父亲。”

“没错，现在你的口气就像那些总爱抱怨的警察配偶。”她把钥匙交给他，“我们之后会去抓罗德的。我会和你保持联络。”

“那当然。”哈利说着，咬了咬牙。

他看着卡翠娜走向滑梯，和葛德说了几句话，并抱了抱他。然后哈利目送她跑出公园，她的手机就放在耳边。他感觉有什么拽了拽他的手，他低下头看着葛德仰起的脸。

“哈维。”

哈利笑了笑，假装没听到。

“哈维！”

哈利的笑容更灿烂了些，他低头看着自己的西裤，知道自己要输了。

31

星期日　大型哺乳动物

时间刚到上午十一点。阳光温暖，但太阳才刚刚躲到一朵云背后，卡翠娜就发起抖来。她站在树林边，眺望一片长有高大黄色沙茅草的海滩，以及远处波光粼粼的海洋，有帆船来往其上。她转过身去。放着那具女性尸体的担架正被送往停在路上的救护车，拉森则从路边朝她走来。

“如何？”他说。

“她躺在海边高大的草丛里，”卡翠娜重重叹了口气，“状况相当差，比另外两个都差。早上来这里散步的大都是带着年幼儿童的家庭，所以不用说，发现她的正是其中一家人。”

“天哪，”拉森摇了摇头，“身份方面有头绪吗？”

“她赤身裸体，头还被砍掉了。没有人报告失踪。暂时还没有。但我猜她年轻又漂亮，所以……”

她没有把话说完。她没说“要不了多久”，也没说“根据经验，年轻漂亮的人总是最早被人发现失踪的”。

“我猜没有留下脚印。”

“没有，行凶者很走运，昨晚下了雨。”

一阵狂风突然吹来，令拉森打了个寒战。“我不觉得这是运气，布莱特。”

“我也一样。”

“我们能主动查明这具尸体的身份吗？”

“可以。我在考虑打电话给《世界之路报》的莫娜·达亚，给她独家报道的机会，作为回报，要他们朝我们希望的方向努力宣传。别太多，也别太少。其他媒体会迅速引用她的文章，事后再抱怨这种差别对待。”

“这主意不算坏。光是为了抢先沃格一步，达亚都会欣然接受。”

“我也是这么想的。”

他们默不作声地看着犯罪现场的技术人员，后者继续在封锁起来的搜查区域里拍照和仔细搜寻。

拉森原地晃了晃身体。“我觉得她是被车子带来这儿的，就像贝婷那样，你说呢？”

卡翠娜点点头。“这边没有公交线路，我们确认过的出租车公司也说昨晚没有来这儿的乘客，所以没错，十有八九。”

“你知道附近有没有石子或者泥土路吗？”

卡翠娜盯着他。“你想找轮胎印？我在这附近只看到了沥青碎石路。但就算有轮胎印，恐怕也会被那场雨冲走。”

“当然，我只是……”

“你只是？”

“没什么。”拉森说。

“那我就打电话给《世界之路报》了。”卡翠娜说。

还差一刻钟到十二点。普里姆缓缓展开他面前的那张防油纸。

一股全新的怒意在冲刷他的身体。自从他看到那两人在一起以后，怒意就不时涌现。就像一对爱情鸟。她，他爱的那名女子，和那家伙。当一男一女像那样在公园里散步的时候，情况就几乎毋庸置疑了。他在追求她，而且他也是个警察！普里姆还来不及想出赶走竞争对手的计划，但他很快就能想到了。

那张防油纸被摊开放在他面前，其中央是一颗眼球。

普里姆感觉口干舌燥。

但他必须这么做。

他用两根手指拿起那颗眼球，反胃感随之涌现。他不能呕吐，那样太浪费了。他把它放回纸上，试图平静地深呼吸。他在手机上再次确认。终于出现了！在《世界之路报》上。文章在头条的位置，配有一张湿地的大号图片。在莫娜·达亚的署名下面，他看到这篇文章说，有人在斯纳若亚半岛的利勒普拉森发现了一具不明身份的女性尸体，且又是一具没有头颅的尸体，《世界之路报》敦促那些知道遇害女子可能身份的民众及昨晚去过那片地区的所有人联络警方，无论是否看到或者听到了什么。莫娜·达亚在文章中说，警方目前拒绝对这场谋杀是否与苏珊·安德森和贝婷·贝蒂尔森遇害的案件有关发表评论，但这无疑就是事实。

普里姆盯着那篇文章。它被安排在好几条新闻的上方，高于某位政客偷税漏税的消息，高于当天博多格林特队和莫尔德队那场至关重要的比赛的情况，还高于东方的战事。

这种置身于舞台中央，担任主角的体验让他有种奇怪的陶醉感。当妈咪对着那些屏息静气、目眩神迷的剧院观众挥舞叙事的魔杖之时，是否也有同样的感受？是她的基因和激情终于在他体内苏醒了吗？

他拿出另一部手机，一部预付费手机，是他在易贝网上买的，搭配一张用假名注册的拉脱维亚电话卡。随后他输入了《世界之路报》的爆料热线号码。他表示自己有和利勒普拉森附近那个死去女子有关的信息，要求转接莫娜·达亚。

她接起电话的时候，口气就像在命令。

“我是达亚。”

普里姆努力让嗓音透出低沉，根据经验，他知道这么一来就没人能辨认出他的声音了。“我的身份无关紧要，但我非常担忧。我今天本该和海伦妮·罗德在福隆纳公园见面。她一直没出现，也没接手机，而且也不在家。”

“你是——”

普里姆挂了电话。他低头看着那张防油纸，拿起那颗眼球仔细打量，然后放进嘴里，咀嚼了起来。

十二点半刚过，尤汗·孔恩开始拨打哈利·霍勒的号码。

孔恩从阳台走进了房间，他妻子还端着一杯咖啡坐在阳台，面对着太阳。她说她不相信天气预报说的，也就是“温暖的天气还会持续一段时间”。等待哈利接听的时候，他扣上了外套纽扣。终于，他听到了哈利气喘吁吁的声音。

“抱歉，我打扰你锻炼了吗？”

“不，我在玩。”

“玩？”

“我是一条龙，正在袭击城堡。”

“我懂了，”尤汗·孔恩说，“我打来电话，是因为我刚刚接到了马库斯的来电。他的助理刚刚告诉他，法医研究所联络了那边，他们希望他去辨认一具尸体。”他深吸了一口气，“他们觉得死者可能是海伦妮。”

“呃。”

尤汗·孔恩说不清霍勒的语气算不算惊讶。

“我觉得你也许会想陪同他一起去。然后你也可以看到尸体。无论那是不是海伦妮，凶手恐怕都是同一个人。”

“好的，”霍勒说，“你能来照看一个三岁孩子几分钟吗？”

“三岁孩子？”

“如果你能假扮成动物，他会很高兴的。最好是大型哺乳动物。”

尤汗·孔恩第二次按下那枚写着“法医研究所”的呼叫按钮。

“今天是星期日——你确定有人上班？”

“他们说让我尽快过来，然后按门铃就好。”马库斯·罗德说着，抬头看向这栋房子的外墙。

最后，他们看到一个身穿绿色外科手术服的人在里面朝玻璃门走来，打开了门。“抱歉，我的同事今天下班了，”他透过外科口罩说，“我是赫尔格，验尸技术员。”

“尤汗·孔恩。”律师本能地伸出手，但那位技术员只是摇摇头，抬起自己戴着手套的手。

“难道死人还能被传染吗？”罗德在后面讽刺地问。

“不能，但死人可能传染给活人。”那位验尸技术员说。

他们跟着他穿过一条空荡荡的走廊，来到有一扇窗户的房间，孔恩猜想窗户那边就是解剖室。

“你们之中的哪一位来识别身份？”

“他。”孔恩说着，朝马库斯·罗德点点头。

那人递给罗德一副口罩、一件外科手术服和一顶手术帽，和他自己那身一样。

“我能问问你和死者可能的关系吗？”

有那么一瞬间，罗德露出了失落的表情。“夫妻。”他说。那种讽刺的语气不见了，就好像他才刚开始接受海伦妮真的躺在那里的可能性。

“在戴上口罩之前，我希望你喝一杯水。”那位验尸技术员说。

“谢谢，但没有必要。”罗德说。

“经验表明，在面对这种情况的时候，体内存在液体会比较好。”那位验尸技术员用玻璃水瓶倒了些水，“相信我，等我们进去以后，你会明白的。”

罗德看着他，简单点了点头，随后喝光了那杯水。

验尸技术员推开门，随即和罗德一同走了进去。

孔恩走到窗边看。赫尔格和罗德站在一辆手推车的两边。看轮廓，车上盖着白色床单的是位女性，只是少了头部。解剖室里面显然有扩音器，孔恩能通过窗户上方的扬声器听到他们的声音。

“准备好了吗？”

罗德点点头，那位验尸技术员掀开了床单。孔恩从窗边退开了几步。

他在职业生涯中见过尸体，但从没见过这样的。验尸技术员的声音通过扬声器传来，显得生硬又不带感情。

“很抱歉，但行凶者似乎对她使用了极端的暴力。其中一部分是现在你所看到的，她全身有刀伤，腹部被劈开，但最糟糕的恐怕是肛门周围的区域。我们可以看到，行凶者肯定动用了刀或其他双手以外的手段，对她造成了严重伤害。她的整个直肠都被撕开，伤口向上延伸，所以他肯定用了管子、粗树枝或者类似的东西。如果我给出的信息超出了你想听的限度，我向你道歉，但解释她所受到的暴力的程度是必要的，这样你才能明白，她已经不是你认识或者习惯见到的那名女子了。所以慢慢来，尽可能看看伤势之外的地方吧。”

因为那副口罩，孔恩看不到罗德的面部表情，但他的确能看到他的身体在颤抖。

“他——他做这些的时候……她还活着吗？”

“我也希望我能说‘我们确信她那时已经死了’，但我没法断言。”

“所以她受到了折磨？”罗德的嗓音显得微弱无力，又带着哭腔。

“我说过了，我们不知道。我们能判断有一部分伤势的造成是在她心脏停搏以后，但不能判断全部。很抱歉。”

罗德发出一声呜咽。在他们的往来中，尤汗·孔恩从未同情过马库斯·罗德，哪怕一秒钟都没有——他这位客户的品性太过卑劣，配不上同情。但此时此刻，他对他感到怜悯，也许是因为有那么一瞬间，他无可避免地把自己的妻子代入了手推车上的那个人，又把自己代入了罗德。

“我知道这让人很痛苦，”那位验尸技术员说，“但我必须要求你抓紧时间。好好观察她，尽你所能确认她是不是海伦妮·罗德。”

孔恩猜想，此时她的名字终于和那具残缺的尸体联系在了一起，这导致罗德情绪崩溃，开始抽搐和哭泣。

孔恩听到身后的门被打开了。

那是哈利·霍勒，有一名深色头发的女子陪着他。

霍勒短促地点点头。“这位是亚历山德拉·斯图尔扎。她在这儿工作。我顺道捎上了她。”

“尤汗·孔恩，罗德的律师。”

“我知道，”亚历山德拉说着，朝洗手池走去，开始清洗双手，“我今天早些时候还在，但现在我显然错过了这场活动。她的身份得到确认了吗？”

“他们正在辨认，”孔恩说，“这不是那种特别……呃，简单的工作。”

霍勒来到孔恩所在的窗边，看向房间里。

“愤怒。”他简短地说。

“抱歉，你说什么？”

“他对她的所作所为，和他对另外两个所做的不一样。这是愤怒和憎恨。”

孔恩努力润湿口腔。“你的意思是，凶手是个憎恨海伦妮·罗德的人？”

“有可能。又或者他恨她代表的东西，或者恨他自己，再或者是恨爱她的某个人。”

作为律师，孔恩听过类似的说辞。在关于暴力和性谋杀的案件里（上一次的案子除外），这种“憎恨爱着受害者的某人”的说法，或多或少是法庭心理学家惯用的描述。

“是她。”罗德耳语般的话声透过扬声器传来，让解剖室外的三人沉默下来。

那个深色头发的女人关掉水龙头，转身看向观察窗。

“很抱歉，但我需要问你是否确定。”那位验尸技术员说。

罗德发出又一阵颤抖的啜泣声。他点点头，指了指她的一边肩膀。

“那道疤。我们去过印度的金奈市，那是她在那里的海滩上骑马的时候留下的。我租了一匹比赛用马，它本来是要在第二天参加比赛的。他们在一起的时候很美。但那匹马不习惯在沙滩上跑步，没注意到潮水留下的水坑。他们曾经那么美丽……”他的话语哽在了喉咙里，双手捂住了脸。

“那肯定是一匹特别好的马，所以他才这么伤心。”深色头发的女人说。孔恩难以置信地转头看向她，对上她冰冷的视线，他把那句谴责咽了回去。孔恩恼火地转头看向哈利。

“她分析过罗德的DNA材料，”哈利说，“它和苏珊·安德森乳房上的唾液一致。”

在说这句话的同时，哈利也在端详尤汗·孔恩的脸。他觉得自己看到的是纯粹的惊讶，就好像这位律师真的相信自己客户的无辜。但律师和警察相信什么并不重要，研究表明，当需要看穿他人谎言的时候，个人能力的影响很小，甚至是没有，至于职业就更不用提了，或者换句话说，所有人在这方面都和约翰·拉森的测谎仪一样蹩脚。但哈利还是很难相信孔恩的惊讶或者罗德的眼泪是演技。当然了，一个人可以为他杀死的女人而悲伤，无论是他亲手杀还是雇用了杀手去杀。哈利见过很多有罪的丈夫哭泣，或许是出于内疚、失恋、嫉妒、懊恼的情绪的交织，也正是后两种情绪导致了察觉真相时突如其来的暴力与谋杀。天哪，他在醉意朦胧的时候，不也曾相信是自己亲手杀死了萝凯吗？但马库斯·罗德不像是那种会谋杀躺在他面前的那名女子的男人，虽然哈利说不清理由或是凭据。只是不知为何，那些眼泪看起来太纯粹了。哈利闭上了眼睛。眼泪太纯粹？他叹了口气。让这些晦涩的胡言乱语见鬼去吧，证据就摆在那儿，整件事不言自明。拯救他和露西尔的奇迹即将发生，所以为何不张开双臂去欢迎它呢？

房间里响起蜂鸣声。

“大门那边有人。”亚历山德拉说。

“也许是警察。”哈利说。

亚历山德拉离开房间，开门去了。

尤汗·孔恩看着他。“你叫他们来的？”

哈利点点头。

罗德走进房间，脱下外套、口罩和手术帽。“我们能把她搬去殡仪馆吗？”他对孔恩说，对哈利视而不见，“我讨厌看到她这样。”他嗓音沙哑，双眼湿润发红。“还有她的头。我们得给她制作一颗头颅。我们有很多照片。找个雕塑家来，要最好的，孔恩。必须是最好的。”他又哭了起来。哈利退到房间角落，仔细观察起罗德来。

他观察到了对方脸上的困惑与震惊，因为房门打开，三名男警官和一名女警官走了进来，两人抓住罗德的两边手臂，第三人给他铐上了手铐，第四人则解释了他被捕的原因。

在离开的路上，罗德转过头去，仿佛想最后看一眼躺在窗后房间里的那名女子的尸体，但他转头的幅度只够他看到哈利。

他投来的眼神让哈利想起了自己在铸造厂工作的那年夏天：融化的金属被倾倒在模具里，仅仅几秒就从滚烫而通红的流质，转变为冰冷而灰白的坚硬之物。

然后他们离开了。

那位验尸技术员走进房间，摘下口罩。“嘿，哈利。”

“嘿，赫尔格。我有事想问你。”

“嗯？”他挂起手术帽。

“你见过有罪的人像那样痛哭吗？”

赫尔格思忖着鼓起双颊，又缓缓呼出那口气。“经验主义的问题在于，我们不是总能得到谁有罪、谁又无罪的答案的，不是吗？”

“呃，有道理。我能不能……”他朝解剖室的方向点点头。

他看到赫尔格犹豫起来。

“就三十秒，”哈利说，“我不会告诉别人的。至少不会告诉那些会找你麻烦的人。”

赫尔格笑了笑。“好吧。那就快点，趁还没人来。还有，什么都别碰。”

哈利走了进去。他低头看着两天前才和他说过话的那个活泼女子的残骸。他对她颇有好感，她也一样，他能察觉到对方好感的情况不多，但每次都不会判断错。如果换成另一段人生，他也许会邀请她出去喝杯咖啡。他仔细观察了伤口和斩首处的切割痕迹。他嗅到了某种近乎无法分辨的微弱气味，让他想起了什么。由于他的嗅觉倒错导致他没法察觉尸体的臭味，这气味肯定是因为别的什么。当然——是那种麝香味，让他想起了洛杉矶。哈利挺直背脊。时间——不管是对他还是对海伦妮·罗德而言——已经用尽了。

哈利和赫尔格一起走出门去，刚好看到那辆警车驶离。亚历山德拉背靠着研究所的正墙，抽着烟。“真是两个可爱的小伙子。”她说。

“多谢。”哈利说。

“不是你们俩，是那边两个。”她朝停车场的方向点点头，那里有一辆放着出租车标识的旧梅赛德斯，车前面站着一个基思·理查兹的克隆体，有个三岁孩子骑在他的肩上。那个克隆体抬起一条胳膊，假装是他鼻子的延长部分，同时发出某种哈利猜测是大象叫的噪声，又以哈利希望是有意为之的方式摇摇晃晃地走着。

“是啊，”哈利说着，努力梳理一片混乱的思绪、疑虑和印象，“真可爱。”

“爱斯坦问我明天要不要去妒火酒吧，一起庆祝他和你解决了案子。”她说着，把那支烟递给哈利，“我要去吗？”

哈利长长地吸了一口。“你要去吗？”

“是的，我要去。”她说着，把那支烟抢了回来。

32

星期日　　猩猩

新闻发布会在下午四点开始。

卡翠娜扫视整个假释厅。这里人头攒动，气氛热烈。受害者和被拘留者的名字显然已经流传开来。肯杰尔斯基向在场人士介绍案情进展的时候，她忍住了一个哈欠。这个星期日本来就够漫长的了，现在离结束还早得很。她发了条短信给哈利，问他那边情况如何，他答复说："葛德和我去喝了一杯。可可饮料。"她回复了"哈哈"和一个板起脸的表情符号，然后努力不去想他们，给头脑腾出空间，留给她需要专心考虑的那些事。

肯杰尔斯基完成了介绍，给了到场记者提问的机会。问题来得迅速而密集。

"NRK①，请说。"肯杰尔斯基说，他在试图维持秩序。

"我们都知道马库斯·罗德拒绝接受 DNA 测试，所以你们是怎么掌握对马库斯·罗德不利的 DNA 证据的？"

"警方没有进行 DNA 测试，"卡翠娜说，"DNA 材料是警方之外的个人所获取，此人进行了分析，进而确认与犯罪现场找到的 DNA 一致。"

"这位'个人'是谁？"有个声音穿透了大厅里嘈杂的话语声。

"一位私家侦探。"卡翠娜说。

嘈杂的交谈声戛然而止。在那段短暂的寂静中，她说出了他的名字，随后享受那一刻。因为她知道博迪尔·梅林——无论她会有多么痛恨

① 挪威广播公司。

她——没法因为她说出了哈利·霍勒实际上为他们解决了案件的事实，就来找她麻烦。

“罗德为什么杀死苏珊·安德森和贝婷——”

“我们还不清楚。”拉森打断了那个记者的话。

卡翠娜瞥了他一眼。他们的确还不知道，但他们抽空讨论过，也正是拉森提到了，在从前有件谋杀案里——同样是哈利·霍勒破获的案子——有个满心嫉妒的丈夫在杀死自己的妻子以外，还随机谋杀了数名男女，让案件看起来就像连环杀人案，从而转移了警方的注意力。

“《世界之路报》。”肯杰尔斯基说。

“如果哈利·霍勒帮你们解决了案子，他为什么没有到场？”莫娜·达亚问。

“这是警方发言人召开的新闻发布会，”肯杰尔斯基说，“你们可以自己找霍勒去谈。”

“我们试过联系他，可他没有答复。”

“我们不能——”肯杰尔斯基开口道，但卡翠娜打断了他的话。

“那样的话，他或许是有别的事要忙。我们也一样，所以如果没有更多和案件有关的问题……”

喧闹的抗议声在大厅里响起。

时间是晚上六点。

“一杯啤酒。”哈利说。

服务员点点头。

葛德的目光离开他那杯可可饮料，放开吸管。“奶奶说合（喝）比（啤）酒的人上不了天堂。那样他们就遇不到我爹地了，因为他死了。”

哈利看着男孩，有个念头突然冒了出来。如果一杯啤酒就能送自己下地狱，他就会在那里遇见毕尔·侯勒姆。他四下张望。好几张桌子旁边都坐着那种顾客：孤零零的男人，只有半升啤酒充当唯一的同伴和谈话对象。

他们不记得他，他也不记得他们，尽管他们早就在施罗德酒馆扎了根，就像禁烟法令实行了一个世代后，他仍旧能在这里的墙壁和家具上依稀闻到烟味那样。当时他们就比他年长，但他们的额头上仿佛印着罗马卡布钦地下墓室里那些骸骨上方的铭文：现在的你是过去的我们；现在的我们是将来的你。因为不用说，哈利始终清楚，酗酒问题可以沿着他的血统向前追溯，这一传统就像一只小小的恶魔般的血吸虫蹲坐在他的身体里，尖叫着要求糖果和灵魂，而且必须得到满足。这种该死的寄生虫会通过基因传播。

手机响了。是孔恩。他的语气与其说是愤怒，不如说是听天由命。

“祝贺你，哈利。我在电子报纸上看到，马库斯被捕是因为你。”

“我可提前警告过你们了。”

“用的是警方没法用的手段。”

“这也是你们雇我的理由。”

“好吧。合同要求，必须有三位警方律师认为罗德很可能被定罪。”

“这条件明天就能满足。到时候那笔钱也该打过来了。”

“说到这个，我拿到的那个开曼群岛的户头……”

“这事可别问我，孔恩。”

一阵停顿。

“我要挂电话了，哈利。希望你睡得着觉。”

哈利把手机放回罗德外套的内袋里。他将注意力转向葛德，后者此时的注意力大都放在他的可可饮料和墙上那些旧奥斯陆的大幅画作上。等服务员带着那半升啤酒回来的时候，哈利付了钱，又让他拿回去。那位服务员显然不是第一次遇到悬崖勒马的酒鬼，他一言不发，不动声色地拿着啤酒消失不见。哈利看着葛德，思考血统的事。

“奶奶说得对，”他说，“啤酒不适合所有人。记住这句话。”

“好吧。”

哈利笑了。男孩这句“好吧”是和哈利学的。他只希望这孩子别学到太多别的。他可不想看到按照自己形象塑造的后代，不如说他想看到的恰恰相反。他对桌对面这个孩子所有自然而然的温柔和爱意，只是因为希望他能快乐，比过去的他自己要快乐。吸管发出刮擦的声音，与此同时，哈利的手机振动起来。

卡翠娜的短信。

到家了。你们俩在哪儿？

“该回家见妈咪了。”哈利说着，输入短信，说他们在路上了。

“你夭（要）去拿（哪）儿？”葛德踢着桌腿问。

“我要去酒店。”哈利说。

“不——”男孩将温暖的小手按在他的手上，“我睡觉的时候，你夭（要）给我唱拿（那）首歌。关于印料的。”

“饮料？”

“可口饮……”葛德唱了起来。

哈利很想大笑，却感觉喉咙哽住了。活见鬼。这究竟是怎样的情绪？这就是史戴所说的“启动”效应吗？哈利会有这种感觉，只是因为他确信自己是这孩子的父亲吗？还是说是某种物理学或是生物学方面的因素，某种血脉方面的呼应，让两个人不由自主地相互亲近？

哈利站起身来。

“你使（是）什么动物？”葛德问。

“猩猩。”哈利说着，把葛德从椅子上抱了起来，同时做了个芭蕾舞脚尖旋转的动作，赢得了另一位孤单顾客的喝彩。

他放下葛德，他们手拉手走向门口。

时间是晚上十点，普里姆喂过了“老板”和“丽莎”。他坐在电视前，再次看起了新闻，为了再次欣赏他表演的结果。尽管警方没有直接说出口，但他能从他们那套陈词滥调中判断出来，他们在现场没能找到任何证据。海伦妮下车的时候，他做出了正确的选择，他必须在碎石路上杀死她。留下 DNA 是不可避免的——比如头发、皮屑或者汗水——他也明白他没法在可能出现目击者的道路上进行彻底清理，因此他必须确保警方不会把碎石路当作案发现场。所以他必须把尸体带到车上，丢弃在半岛尽头。他相当确定秋日夜晚的那里空无一人，他可以在高大草丛的遮掩下完成工作。他也相当确定，第二天来到这片区域的家庭和孩子们会发现海伦妮的尸体。首先，他割下了她的头，然后划伤她的全身，又清洗和刮去自己留在她指甲里的DNA，毕竟她在车里骑着他的时候，指甲埋进了他的大腿。他必须谨慎，因为尽管他从未被定罪，他们的数据库里仍旧存有他的DNA图谱。

电视上那位女性新闻播报员在和一位男性警方律师通电话，与此同时，屏幕的右上角显示出律师的照片和名字，克里斯·欣诺伊。他们在谈论罗德被拘留的事。他们的讨论角度逐渐趋向无趣和平淡，但这也难怪，毕竟大部分新闻频道一整天都聚焦于马库斯·罗德的被捕和他妻子的遇害，就连博多格林特队险胜莫尔德队的结果都只有寥寥无几的报道。电子报纸也一样，一切都和马库斯·罗德有关。也就是说，一切都以间接的方式和他，也就是普里姆有关。诚然，网络编辑放出了许多马库斯·罗德的照片，而哈利·霍勒的照片也开始频繁出现。他们在文章里说，是他——局外人，私家侦探——把马库斯·罗德的DNA和苏珊乳房上的唾液联系在了一起。就好像这有多了不起一样。就好像警方早八百年前不该查到这种关联一样。这个哈利·霍勒真的开始让他恼火了。这个人凭什么成为公众瞩目的中心？这个舞台本该专属于这件案子，这个谜团。他的谜团。他们应该更加关注那个事实：马库斯·罗德，一个拥有特权的男人，一个觉得自己高于法律的男人，如今令人愉快地遭到曝光，又身陷囹圄。人们喜爱这种故事，普里姆当然也一样，它就像喂养灵魂的蜜糖。但公众看到的有点多过头了。他希望自己的继父现在也能看到报纸，希望他有充分的机会去承受折磨，希望自己安排的这些公开羞辱对他而言堪比浸泡酸液。马库斯·罗德肯定感到了困惑、绝望和恐惧。他会不会已经打算自寻了断了？普里姆思索起来。不，自杀的诱因，将他母亲推向自杀的因素，是彻底的无望，他的继父仍旧有希望。他有尤汗·孔恩为他辩护，而警方掌握的唯一证据只有少许唾液。他们需要用这点来证明，海伦妮为马库斯所做的不在场证明是虚假的。但刚才电视上那位警方律师说的话让普里姆心烦意乱。

这位克里斯·欣诺伊解释说，明天会有一场预审，法官无疑会给警方常规的四个星期的拘留时间，并且——考虑到证据和犯罪性质的严重程度——在必要情况下可延长。按照挪威法律，一个人被拘留的时长没有限制，所以原则上长达数年都很正常。警方有充分的理由进行关押，这点是非常重要的，若非如此，拥有权势与手段的人就能运用他们的金钱或是影响力去毁灭证据、干扰证人，是的，甚至有他们尝试影响调查人员的例子。

"比如哈利·霍勒？"那位采访记者问，就好像这两件事扯得上关系一样！

"是罗德雇的霍勒，"那位警方律师说，"但他在挪威警察机构内部受过教育和训练，显然具备我们希望警方人员——无论是过去还是现在的——所具备的操守。"

"多谢你的说明，克里斯·欣诺伊……"

普里姆调低了音量。他咒骂一声，开始思考问题。如果这位警方律师说的没错，马库斯·罗德就可能受到没有期限的关押，安全地待在他没法触及的拘留室里。这和他的计划不符。他努力思考。

他的计划——宏大的计划——需要修改吗？

他看向茶几上那条粉色的蛞蝓，看着它在半小时的努力后留下的那条黏滑的痕迹。它要去哪儿？它有什么计划？它在猎捕什么？还是说它在逃跑？它是否知道，蛞蝓同类相食，它们迟早会找到这些痕迹，开始追赶？它是否知道停下就代表死亡？

普里姆用手指按住两边太阳穴。

哈利在奔跑，感觉自己的心脏在向身体不断输送血液，同时看着那位新闻播报员感谢欣诺伊。

几个小时前，哈利和尤汗·孔恩联络了三位警方律师——克里斯·欣诺伊就是其中之一——请他们对马库斯以现有证据被判有罪的可能性提供主观且非官方的评估。其中两人想立刻给出答复，但孔恩却要求他们考虑一晚，等明早再说。

博多格林特队的教练在新闻里接受采访，哈利的目光则从连着跑步机的屏幕转到他前方的镜子上。

酒店小小的健身房里只有他一个人。他把外套挂在自己的房间里，换上了酒店的浴袍，后者此时挂在他身后的挂钩上。他前方的镜子遮住了整面墙。哈利跑步时穿着短裤，一件T恤，还有他那双手工制作的约翰·洛布鞋，这双鞋作为跑步鞋也惊人地合适。当然了，他这身打扮很滑稽，但他不在乎。下楼的路上，他甚至穿着这一身去了前台，说他在酒吧里遇见过一位和蔼可亲的教士，却忘了他的名字。那位黑人女性点点头，笑了笑。“霍勒先生，他不是酒店的客人，但我知道您说的是谁。因为他也来这里打听过您。”

“真的？什么时候？”

“就在您入住后不久，我不记得确切时间了。他问您的房间号，我告诉他说，我们不能给出那种信息，但我可以打电话去您的房间。他说不用，然后就走了。”

“呃，他说过有什么事吗？”

“没，只说他很……好奇。”她说最后两个字的时候，用的是英语。然后她又笑了笑。“人们总喜欢跟我说英语。”

“但他是美国人，对吧？”

“也许吧。”

哈利调快了跑步机的速度。他仍旧能跟上。但他跑得够好吗？他最后真的能跑赢一切吗？把一切甩在身后，把那些追赶他的人甩在身后？国际警察能查阅全世界所有酒店的客人名单，那些水准不差的黑客也一样。假设那位教士是来这里监视他的，假设两天后最后期限到了，账却没能还清，他就是负责解决哈利的那个人，那又如何？在收账的可能性彻底落空之前，收账人都不会杀死债务人，就算到了那种时候，也是为了警告其他债务人。现在罗德已经被捕。唾液留在了受害者的乳头上，不存在比这更有力的法医证据了。到了明天早上，三位警方律师就会给出同样的回答，钱会打过去，债务可以清偿，他和露西尔也能获得自由。所以他为何还这么心烦意乱？是因为他觉得还有另一些需要甩开的东西，而且和这案子有关吗？

哈利放在跑步机水瓶架上的手机响了。屏幕上没有出现首字母提示，但他认出了号码，于是接了电话。

“说吧。”

他听到对方回以大笑。然后是个温和的声音：“真不敢相信，你的说话方式还跟我们当初共事的时候一样，哈利。”

“呃，真不敢相信，你还在用同一个手机号。”

米凯·贝尔曼再次笑了起来。“罗德的事要恭喜你了。”

“哪部分？”

“噢，工作和逮捕的事都要恭喜。”

“你有什么事，贝尔曼？”

“好了好了，”他再次大笑，那种迷人又热情的笑声很容易让人们相信他是个热心又真诚的人，是他们可以信任的人，“我得承认，司法部长这个身份会带来不太好的习惯：你总觉得自己要赶时间，却觉得和你说话的那个人慢条斯理。”

“我不赶时间。现在不用赶了。”

随之而来的沉默持续了好一会儿。等贝尔曼再次开口时，那种热情听起来就有点生硬了。

“我打电话来，是为了感谢你对这件案子所做的一切，这是正直的体现。我们工党人比起法律更在乎平等，所以我今天早些时候才会给这次逮捕开绿灯。向外界传达那种信号是很重要的：在正常的法治国家，富人和名人没有任何优势。”

“也许事实恰恰相反。”哈利说。

“抱歉，你说什么？”

“我都不知道逮捕命令必须由司法部长授权。”

“这可不是普通的逮捕行动，哈利。”

“我就是这个意思。有些逮捕比别的更重要。让别人看到工党攻击有钱浑球的场面，对他们来说也肯定不是坏事。”

“我想表达的重点，哈利，在于我好言劝说了梅林和温特尔，然后他们愿意支持你继续进行调查。在我们提出控告之前，还有些工作要做。既然你的雇主已经被捕，我想你应该失业了。你的贡献对我们很重要，哈利。”

哈利将跑步机减慢到步行速度。

“罗德明早接受讯问的时候，他们希望你能到场。”

对你来说重要的是，让别人觉得眼下最出风头的英雄是你这边的人，哈利心想。

“好了，你怎么说？”

哈利思索片刻，感觉到了贝尔曼始终会带给他的厌恶和不信任感。“呃，我会到场的。”

“很好。布莱特会帮你熟悉情况的。我还有事要忙。晚安。”

哈利又跑了一个小时。等他意识到自己没法甩开烦扰他的念头时，他才坐在健身房的一把椅子上，任由汗水浸湿坐垫套。他打给了亚历山德拉。

“想我了？”她柔声说。

“呃，那个俱乐部，星期二……”

“怎么？”

“他们每星期二都会开放。你朋友是不是说过，但丁宅第延续了这个传统？”

33

星期一

总编奥勒·索尔斯塔德用老花眼镜一边的眼镜腿挠了挠下巴。他看向桌子对面——桌上堆满了沾有咖啡渍的文件——的特里·沃格。沃格无精打采地坐在访客椅上，羊毛外套和猪肉派帽仍旧穿戴在身上，仿佛希望这次会议很快就能结束。多半也会的。因为索尔斯塔德此时忧心忡忡。他真该听他在沃格老东家那边工作的同事的话，后者引用了电影《冰血暴》里的台词："我可不会为他担保。"

索尔斯塔德和沃格关于罗德被捕大致交流了几句。沃格当时咧嘴一笑，说他们抓错了人。索尔斯塔德能在他的脸上看出自信，但每个骗子恐怕都这样，他们欺骗自己的水平几乎和欺骗他人一样高明。

"所以，我们决定不再采纳你提供的内容，"索尔斯塔德说着，清楚自己要小心避免"开除"、"终止"或者"解雇"之类的用词，无论是口头还是书面上。尽管沃格只签了自由供稿合同，优秀的律师却能以"事实解雇"为理由去劳动仲裁法庭控告他们。索尔斯塔德现在的措辞只代表他们不会刊登沃格写的文章，但与此同时，他没有排除沃格被分配到合同涵盖的其他工作的可能性，比如帮助其他记者做研究。《挪威日报》的律师明确告诉过他，劳动法是很麻烦的。

"为什么？"沃格说。

"因为过去几天的事件导致人们对你最近的文章产生了怀疑。"然后索尔斯塔德又补充了一句，毕竟最近有人告诉过他，如果能带上对方的名字，谴责总会更有效果，"沃格。"

这句话才说出口，索尔斯塔德就意识到，训诫恐怕不是什么合适的策略，毕竟他的目标不是让沃格承诺改过自新，而是以麻烦最小的方式摆脱对方。另一方面，他需要让沃格明白，他们采取这种激进措施也是在为《挪威日报》的信誉考虑。

“你能证明吗？”沃格说着，眼睛都没眨一下，是的，甚至还做出了强忍哈欠的动作。直白又幼稚，但仍旧令人恼火。

“真正的问题在于，你能否证明自己所写内容的真实性。这些看起来、闻起来和听起来都像是编造的。除非你能告诉我你的信源——”

“天哪，索尔斯塔德，作为这份报纸的编辑，你肯定知道我需要保护——”

“我不是让你广而告之，只告诉我就行。告诉你的总编，告诉为你写下的和我们刊登的东西负责的人。明白了吗？如果你把信源告诉我，我就有义务去保护信源，和你一样。这仍在法律允许的隐匿权的范围内。你明白吗？”

特里·沃格发出一声长长的呻吟。“你明白吗，索尔斯塔德？那样一来，我就会去别的报纸，比方说《世界之路报》或者《晚邮报》，把我在《挪威日报》做过的事重来一遍，你明白吧？也就是说，让他们成为犯罪线报道方面的领头羊。”

奥勒·索尔斯塔德和其他编辑在一致同意对沃格做出这个决定的时候，当然也考虑过这方面的情况。沃格的读者比他们其他记者的都要多——他的点击量就是这么高。索尔斯塔德也很不乐意看到那些数字转移到竞争对手那边。但正如编辑团队的某人所说，如果他们能给外界留下谨慎的印象，用特里·沃格上次被解雇时相似的理由赶走他，那么沃格对《挪威日报》的竞争对手的吸引力，恐怕就堪比兴奋剂丑闻后的兰斯·阿姆斯特朗[1]对美

---

① Lance Armstrong，美国前职业公路自行车赛车手，一九九八年加入美国邮政自行车队，一九九九年起连续七次获得环法自行车赛冠军，后因被查出曾服用违禁药物被取消一九九八年后的所有成绩并终身禁赛。

国邮政自行车队那些竞争对手的吸引力了。这是焦土政策，他们焚烧的对象是特里·沃格。在这个对真相的尊重日渐衰弱的时代，《挪威日报》这样的古老堡垒必须树立榜样。如果事实证明——尽管可能性很小——沃格是清白的，他们也可以道歉。索尔斯塔德正了正眼镜。“我祝你在我们的竞争对手那边一切顺利，沃格。你要么是个特别正直的人，要么恰恰相反，我们不能承受后一种可能性的风险。希望你能理解。”索尔斯塔德在办公桌后站起身来，“除了你上一篇文章的酬劳以外，编辑团队想给你一小笔奖金，感谢你总体的贡献。”

沃格同样站了起来，索尔斯塔德努力解读对方的身体语言，以此推测自己伸出的手会不会被拒绝。沃格无力地咧嘴一笑。“你就用这笔奖金去擦屁股吧，索尔斯塔德。然后再擦擦你的眼镜。因为除了你以外的所有人都知道，你的镜片上沾满了屎，难怪你屁都看不见。”

奥勒·索尔斯塔德站在那儿，盯着被沃格甩上的房门看了几秒钟。接着他摘下眼镜，仔细看了看。屎？

哈利站在那间小型讯问室旁边的房间里看着马库斯·罗德，后者坐在玻璃墙的另一侧。讯问室里还有另外三人：主要讯问者和他的助手，以及尤汗·孔恩。

今早很是忙碌。哈利在八点钟和孔恩在罗森克兰茨街的办公室碰了头，他们在那里致电给三位警方律师，律师们都断言罗德“很有可能”在法庭上被判有罪，附带条件是“不出现其他重大因素”。孔恩没怎么表态，但表现得非常专业。他没有出言反对，而是立刻联络了银行，运用先前被授予的代理权，指示他们将合同上的数目汇入开曼群岛的银行账户。按照银行的说法，收款方会在当天收到这笔钱。他们得救了——也就是说，哈利和露西尔得救了。所以他为什么还站在这儿？为什么他没有跑去酒吧，继续他在造物酒吧没能完成的计划？好吧。为什么人们发现自己不喜欢一本书，却还要读完？单身的人又为什么要铺床？早上醒来的时候，他发现昨晚是他几个星期以来第一次没有梦见母亲，没有梦见她站在教室门口的模样。他和那段回忆和解了。真是如此吗？取而代之的是，他梦到自己还在奔跑，只是双脚踩到的一切都变成了跑步机的输送带，而他根本无法逃离……逃离什么？

“责任。”那是他祖父的声音。那是个和蔼的酒鬼，会在曙光中呕吐，随后将划艇推出船库，把哈利抱到船上，而哈利会问，为什么爷爷都生病了，他们还要去收网？但哈利已经没有什么需要逃离的该死的责任了。有吗？他显然觉得自己有。无论如何，他都来到了这儿。哈利感到一阵头疼，努力甩开那些念头。他选择专注于他能理解的那些简单又具体的事。比如尝试解读罗德坐在那里回答问题时脸上的表情和身体语言。哈利试图在不听回答的情况下判断，他是否觉得马库斯·罗德有罪。有时候，哈利觉得他这辈子作为警探积累的全部经验都毫无用处，他看穿别人的能力只是一种假象。另一些时候，直觉是他唯一可以确认的东西，是他唯一能始终相信的东西。他有多少次在没有物证和其他旁证的情况下看透了真相，且事实也证明他是正确的？还是说那些只是认知偏误和证真偏差？他看穿真相的次数，会不会和他犯了错又忘掉的次数一样多？为什么他会那么确信马库斯·罗德没有杀死那些女子，却仍旧断定他并不无辜？会不会是马库斯·罗德买凶杀人，以确保自己有不在场证明，又对自己雇来的哈利和其他人能证明他的无辜有十足的信心？如果真是这样，他为何不给自己安排个比“案发当晚和妻子两人在家”更好的不在场证明？现在他甚至连不在场证明都没了，马库斯·罗德声称海伦妮遇害当晚他独自在家。但如果上了法庭，唯一能拯救他的人证就是她。这不合情理。然而……

“他说了什么吗？”哈利旁边有个压低的嗓音响起，是卡翠娜。她走进了昏暗的房间，站到哈利和拉森之间。

“说了，”拉森小声说，“‘不知道。’‘不记得。’‘不。’”

“好吧。想到什么了吗？”

“我在努力。”哈利说。

拉森没有回答。

“拉森？”卡翠娜说。

“也许是我弄错了，”拉森说，“但我觉得马库斯·罗德是个深柜，是同性恋。‘深柜’这个词要重读。”

另外两人看向他。

“你这么认为的理由是？”卡翠娜问。

拉森歪嘴笑了笑。“理论说起来会很长，但就这么说吧：因为一长串潜意识细节的总和，我注意到了，但你们没有。不过当然，我也可能是错的。”

“你没错。”哈利说。

这下轮到另外两人看着他了。

他清了清嗓子。“还记得吗？我问过你知不知道‘但丁宅第’。”

卡翠娜点点头。

“它其实是个俱乐部，从前叫‘星期二’，只是换了个名字重新开张了。”

“听着耳熟。”她说。

“那是几年前的一家高档俱乐部。”拉森说，“它被关闭的原因是，有个未成年男孩在那里被强暴了。然后它就被称作‘54俱乐部’，你们知道的，就是纽约的那家同性恋酒吧。因为它们俩开张的时间刚好都是三十三个月。”

“这下我想起来了，”卡翠娜说，“我们叫它‘蝴蝶案’，因为那个男孩说强奸犯戴着蝴蝶面具。但他们关门不是因为那里的服务员都未满十八岁吗？”

“严格来说，是的。”拉森说，“法庭不接受俱乐部活动是私人活动的说法，因此判他们违反了特许经营的法规。”

“我有理由相信，马库斯·罗德是但丁宅第的常客。”哈利说，“我在这件外套里找到了一张会员卡和一个猫面具。他的外套。”

拉森扬起一边眉毛。“你穿着……呃，他的外套？”

“你想说明什么，哈利？”卡翠娜语气尖锐，目光严厉。

哈利深吸一口气。他现在还来得及停口。

“但丁宅第似乎还会在星期二晚上开放。如果罗德像你认为的那样害怕暴露同性恋倾向，他在苏珊和贝婷遇害的晚上恐怕是有不在场证明的，但不是他给我们的那份。”

“你想说的是，”卡翠娜语速缓慢，哈利却觉得她的目光仿佛要在他脑袋上钻出洞来，“我们逮捕的这个人有比‘和妻子在一起’更像样的不在场证明。因为他当时在同性恋俱乐部。但他不希望任何人知道？”

“我只是说有这种可能。”

“你想说的是，罗德宁愿背负入狱的风险，也不想暴露他的性取向？”她语气单调，却因为哈利能猜到的某种情绪而颤抖。那是毫不掺假的愤怒。

哈利看向拉森，后者点点头。

“我见过比起出柜宁可去死的人，”拉森说，“我们也许以为这方面的情况已经得到了改善，但很不幸，事实并非如此。羞愧、自我厌恶、受到的非难，这些没有成为过去。尤其是和罗德同一个世代的人。”

“再加上他的家族背景。”哈利补充说，“我看过他祖先的画像，他们看起来恐怕不会把家族生意的缰绳交给和男人上床的人。”

卡翠娜的目光仍旧不离哈利。“所以告诉我，你为什么这么做？”

“我？”

“是的，你。你告诉我们这些是有理由的，对吧？”

“噢，”他把手伸进口袋，拿出一张字条递给她，“我要趁这次讯问的机会，问他两个问题。”

他看着卡翠娜阅读那张字条，同时继续听着孔恩透过扬声器传来的声音。“……超过一个小时了，我的客户回答了你们的所有问题，大部分都回答了两三遍。要么我们现在就结束，要么就请把我的抗议记录在案吧。”

主要讯问者和他的同事对视一眼。

“好吧，”主要讯问者说着，抬头看了看墙上的钟，发现卡翠娜打开了讯问室的门。他走了过去，接过那张字条，听卡翠娜说了几句话。哈利能看到孔恩疑惑的目光。接着那位主要讯问者坐了回去，清了清嗓子。

“最后两个问题。苏珊和贝婷遇害的时候，你是不是在‘但丁宅第’这家俱乐部？”

罗德和孔恩交换了眼色，然后才回答说：“我从没听说过那家俱乐部，我要重复一遍，我当时和我妻子在一起。”

“谢谢。另一个问题是问你的，孔恩。”

“问我？”

“对。你是否清楚，海伦妮·罗德希望离婚，如果她在相关协议中的要求没有得到满足，她就准备撤回她为丈夫在谋杀案发生当晚所做的不在场证明？”

哈利看到孔恩涨红了脸。“我……我不认为自己有回答的理由。”

“连个简单的‘不’都不能说？”

“这种问题太不正规了，我想讯问应该到此结束了。”孔恩站起身来。

“这就很有说服力了。”拉森说着，摇晃起脚来。

哈利转身想走，卡翠娜却拉住了他。

“可别跟我说在我们逮捕罗德之前，你根本不知道这些事，”她低声愤怒地说，“好吗？”

“他声称的不在场证明已经无效了，”哈利说，“那是他唯一的凭据。我们只要指望但丁宅第里没人能证明他去过就好。”

“你究竟想要什么，哈利？”

“和以往一样。”

“也就是？”

“让罪孽最深重的人落网。”

在从警察总署到格兰斯莱达街的山坡上，哈利被迫迈开大步，这才追上了尤汗·孔恩。

“是你提示他们问我最后那个问题的？”孔恩皱着眉说。

“你为什么会这么想？”

“因为我很清楚海伦妮·罗德和警方说过什么，她说的可不多。而且我安排你和海伦妮谈话的时候，又蠢到告诉她，你是可以相信的。”

“据你所知，她拿不在场证明要挟过马库斯吗？”

“没有。”

“可你的确收到了她律师的那封信，她在信里要求忽视婚前协议，平分家产，而且她推断出了什么。”

“她手里也许有另一些和此案无关的筹码。”

“比如帮他出柜？”

“看起来我们没什么可谈的了，哈利。”孔恩试图招呼一辆经过的出租车，但没能成功。一辆停在街对面的出租车却来了个 U 形转弯，停在他们所在的人行道旁边。驾驶座的窗户摇了下来，出现了一张棕色的笑脸。

“要我们捎你一程吗？”哈利问。

“不了，谢谢。”孔恩说着，沿着格兰斯莱达街大步离开。

爱斯坦看着那位律师走开。“他有点生气？”

时间是晚上六点，在厚实的低空云层的遮盖下，房屋里的灯光已经开始亮起。

哈利看着天花板。他躺在地板上，旁边是史戴·奥纳的病床。在床的另一边，爱斯坦用相似的姿势躺在那儿。

“所以你的直觉告诉你，马库斯·罗德既有罪又无辜。”奥纳说。

“对。”哈利说。

“举例解释一下。”

“好吧，比如他是雇人行凶，没有自己下手。又或者前两场谋杀是同一个性侵犯者干的，罗德趁机模仿那个连环杀手杀了他老婆，这样就没人觉得他有罪了。”

“尤其是他还有前两场谋杀案的不在场证明。”爱斯坦说。

“你们俩相信这种理论吗？”奥纳问。

“不。”哈利和爱斯坦异口同声。

“这太莫名其妙了。”哈利说，“从一方面来看，罗德有动机杀死他老婆，前提是她在要挟他；另一方面，考虑到她没法在法庭上宣誓确认之前的说法，他的不在场证明又被严重削弱了。”

“噢，那也许沃格是对的，”爱斯坦发话的同时，病房的门被打开了，“虽然他已经被炒鱿鱼了。有个食人者外加连环杀手尚未落网，句号。”

“不，”哈利说，“沃格描述的那种连环杀手不会谋杀参加同一个派对的三个人。”

“沃格是在编故事，”楚斯说着，把三只大号比萨盒放在桌上，撕开盒盖，“《世界之路报》都写在网站上了。他们有信源表示沃格已经被《挪威日报》开除，原因是他捏造报道。我早该告诉他们的。”

“你早就知道？”奥纳惊讶地看着他。

楚斯只是咧嘴笑了笑。

“噢，闻着像是意大利辣香肠和人肉。”爱斯坦说着，站了起来。

“吉布兰，你得帮我们吃点！”奥纳对隔壁病床大声说，那位兽医就戴着耳机躺在那儿。

其他人围在桌边的时候，哈利坐在地板上，背靠墙壁，阅读《世界之路报》的网页，并且思考。

“顺带一提，哈利，”满嘴比萨的爱斯坦说，“我跟法医研究所的那姑娘说了，我们今晚九点在妒火酒吧碰头，可以吧？”

“好的。克里波的圣旻·拉森也会来。”

“你呢，楚斯？”

“我什么？”

“来妒火酒吧。今天是‘一九七七日’。”

“啊？”

“一九七七日。只放一九七七年最好的歌。”

楚斯咀嚼的同时皱起眉头，怀疑地看着爱斯坦。就像是不确定对方是在捉弄他，还是真的在邀请他出去玩。

“好吧。”他最后说。

“太棒了，我们会成为梦之队的。这边的比萨消耗得很快，哈利。总之，我们现在该做什么？”

“收网。”哈利头也不抬地说。

“啊？”

“我在考虑该怎么帮马库斯·罗德弄到他不想要的那个不在场证明。”

奥纳走到他身边。“你好像松了口气，哈利。”

“松了口气？”

“我不会打听，但我猜这和你不想谈的那件事有关。”

哈利抬起头笑了笑，点点头。

“很好，”奥纳说，“很好，那我也稍微有点放心了。”他拖着脚步走向病床。

七点的时候，英格丽德·奥纳到了。爱斯坦和楚斯去了食堂，等史戴去上厕所的时候，就只剩下英格丽德和哈利坐在房间里了。

“我们这就要走了，让你们两个能清静一会儿。”哈利说。

英格丽德是个矮小壮实的女子，有青灰色的头发、坚定的目光和努尔兰口音，她此时坐直身体，深吸一口气。“我刚从首席顾问医生的办公室过来。他收到了护士长表达担忧的报告，她表示有三个男人探望的次数频繁，时间又太长，让史戴·奥纳精疲力竭。由于病人往往觉得这种话很难说出口，他想问我能不能劝你们从现在起缩短探望的时间，毕竟史戴的病已经进入末期了。”

哈利点点头。“我理解。你是这么希望的吗？”

“当然不是。我告诉那位医生，说你们需要他。而且……”她笑了笑，“他也需要你们。我告诉他，我们需要为之而活的理由，有时候是为之而死的理由。医生说这些话很有智慧，我对他说这不是我说的，是史戴自己说的。”

哈利回以笑容。“那位医生还说了什么吗？”

她点点头，目光转向窗户。

“还记得你那次救了史戴的命吗，哈利？”

“不记得了。”

她短促地笑了笑。“史戴曾经让我救他的命。他真是这么说的，那个傻瓜。他让我拿起一支注射器。他暗示我给他注射吗啡。”

在随后的沉默里，房间里只剩下睡着的吉布兰平稳的呼吸声。

“你愿意听他的吗？”

“我愿意。”她说，她的双眼满是泪水，嗓音也变得沙哑，“但我不觉得我能做到，哈利。”

哈利一手按在她的肩上，感觉到她在微微颤抖。她的嗓音就像耳语。

“而且我知道，这件事会让我内疚一辈子。”

34

星期一　　环欧快车

普里姆又读了一遍《世界之路报》网站上的文章。

它没有直接表示沃格的故事是伪造的，但潜台词就是这样。尽管如此，如果他们没有直接说出口，肯定就代表他们没有证据。只有他，普里姆，可以证明这点，告诉他们究竟发生了什么。出乎意料的是，这又一次给他带来了那种温暖又令人陶醉的控制感，纯粹是额外收获。

自从今早看到《挪威日报》关于特里·沃格被调离犯罪线新闻部门的小块布告以后，他就一直在思考这些。普里姆立刻就理解了原因。不只是沃格被调走的原因，还有《挪威日报》选择大张旗鼓而非悄无声息的原因。他们明白自己必须主动和沃格保持距离，而且要赶在其他报纸拿他们刊登的那些有关"食人"和"文身被人割下，又缝了回去"的谎言质问他们之前。

有趣的是，现在可以利用沃格这件事来解决新的问题。那就是马库斯·罗德安然躲在普里姆无法触及的监狱里，而且期限无法预测。普里姆没有时间，因为生命会走到尽头，自然周期也有自己的节奏。但这个决定很重大，和原始计划有很大的偏差，过去的即兴发挥已经证明，这么做意味着代价。所以他必须仔细思考。他再次回顾起细节来。

他低头看着那部预付费手机，还有写着特里·沃格手机号的笔记，那是他通过电话号码查询服务弄到的。他此时的紧张就像时间所剩无几的棋手需要落子时的感受，他清楚这一步会决定输赢，却又迟迟无法移动棋子。普里姆又想了一遍可能发生的意外，以及绝对不能发生的意外。他提醒自己，他可以随时抽身，不留下任何指向他的痕迹。如果他不犯任何错误的话。

接着他输入了号码。他有种自由落体的感觉，以及一阵兴奋而美妙的颤抖。

对方在第三声铃响后接了起来。

“我是特里。”

普里姆仔细聆听沃格的嗓音，试图找出沃格此时的绝望。落入谷底的人；没人需要的人；别无选择的人；也曾成功翻盘，现在不惜一切想要卷土重来，再次夺回宝座的人。为了向那些人证明。普里姆吸了口气，努力让嗓音显得低沉。

“苏珊·安德森在做爱的时候喜欢被人打耳光，我猜你可以找她的前男友确认。贝婷·贝蒂尔森有汗臭味，就像男人。海伦妮·罗德的肩膀上有一道伤疤。”

在随后的停顿里，普里姆能听到沃格呼吸的声音。

“你是哪位？”

“在拘留室外，只有一个人能知道所有这些。”

又一阵停顿。

“你想要什么？”

“拯救一个无辜的人。”

“谁是无辜的？”

“当然是马库斯·罗德。”

“因为？”

“因为杀了那些女孩的人是我。”

特里·沃格知道当屏幕上出现“未知呼叫号码”字样的时候，他就该按下拒接键的，但就像以往那样，他没能忍住，都怪他该死的好奇心——相信突然会有好事发生，比方说，相信他的梦中情人有一天会突然打电话给他。他怎么就学不到教训呢？今天的几个电话分别来自希望他对解雇自己的《挪威日报》发表意见的记者，还有几个支持者告诉他，他们觉得这非常不公平，其中包括一个在电话里嗓音动听的女孩，但他找到了她的Facebook[①]页面，发现她比听起来老很多，还丑得要命。现在又是这通电话，又一个疯子。为什么不能有正常人打过来，比如他的朋友？也许是因为他已经没有朋友了？他的母亲和姐姐还会联系他，但他的父亲和哥哥都不会。确切地说，他父亲打来过一次——也许是觉得他在《挪威日报》上的成功某种程度上弥补了那次丑闻让家族姓氏蒙受的羞辱。在过去这一年里，还有几个女孩联系过特里。他引人注目的时候，这种女孩总会突然冒出来。他还是音乐线记者的时候就这样。乐队成员的艳遇显然更多，不过他还是比调音台后面的那些家伙要强。最佳策略是紧跟在乐队周围——几次正面评价总能让他赢得后台通行权——还可以指望滴流效应[②]带来的好处。次佳策略则恰恰相反：批评乐队，收获信誉。作为犯罪线记者，现场演出不再是他的猎场，但他有身为音乐线记者时培养出的怪诞风格作为弥补：他置身于故事里，成了街头的战地记者。再配上署名和一张照片，就不时会有女人打他电话。这才是他始终给出号码的理由——不是为了让人每天二十四小时用各种愚蠢的爆料和故事来烦他的。

接听这个匿名来电是一回事，不挂断就完全是另一回事了。他为什么要挂电话？也许不是因为那人的话，那番他才是杀死女孩的凶手的说辞。是他说话的方式。不带丝毫炫耀，只是平静地陈述。

特里·沃格清了清嗓子。“如果你真的杀了那些女孩，不是应该庆幸警方在怀疑别人吗？”

“的确，我不想被捕，但让一个无辜男人替我偿还罪孽，不会令我感到愉快。”

“罪孽？”

---

① 美国最大的社交网站之一。

② 经济学术语，大意指给予上层的好处会有少部分流入下层。

“诚然，我的用词有点太像《圣经》里的了。我打来是因为，我觉得我们可以互相帮助，沃格。”

“是吗？”

“我希望警方明白自己抓错了人，然后立刻释放罗德。你想要夺回你的领头羊地位，哪怕动用歪门邪道。”

“你又是怎么知道的？”

“你想重回巅峰只是我的猜测，但你的上一篇文章，我知道那是编造的。”

沃格思索起来，同时目光扫过这间往好听了说能叫“单身公寓”，往难听了说则是“狗窝”的屋子。在过去一年里，凭借《挪威日报》给他的薪酬，他曾想象自己能搬去更宽敞、有更多空气和阳光的地方，一个灰尘也没现在这么大的地方。达格妮娅，他的拉脱维亚女友——至少她觉得自己是——会来这边过周末，到时候她会帮他打扫一下。

“首先，我当然得去确认你声称的那些事。”沃格说，“假设那些都是真的，你的提议是？”

“我觉得说是‘最后通牒’更合适，毕竟每个细节都必须符合我的要求，否则就当这事没发生过吧。”

“继续。”

“明天晚上在歌剧院屋顶的南侧跟我碰头。我会拿出证据，证明我就是杀了那些女孩的人。九点整。不许把我们碰头的事告诉任何人，而且你当然得一个人来。明白了吗？”

“明白。你能稍微跟我说说——”

沃格盯着手机。那人挂了电话。

这他妈究竟怎么回事？这事疯到不像是真的。而且他看不到来电号码，没法去查对方的身份。

他看了看时间。晚上七点五十五分。他觉得自己应该出去喝一杯啤酒。

不能去史多不雷森[1]或者类似的酒吧，得找个他不会撞见同行的地方。他怀念自己参加过的那些新曲发布会，唱片公司会向记者们分发啤酒漏斗[2]，希望能得到正面评价，年轻女艺人抱着同样的目的来争取他的支持，也不能算闻所未闻。

他再次看向手机。太疯狂了。还是说，没那么疯狂？

时间是晚上九点半，鲍勃·马利和哭泣者乐队的《拥挤》从人满为患的炉火酒吧的扬声器传来。基努拉卡区的中年嬉皮士似乎全都来了这里喝啤酒，并且对歌单提出了自己的意见。每次新播放一首歌，他们不是喝彩就是喝倒彩。

"我刚才就说哈利错了！"爱斯坦对楚斯和拉森吼道，"《活着》不比《环欧快车》好，就这么简单！"

"比吉斯乐队对发电站乐队。"哈利为亚历山德拉翻译。他们五人喝着四杯半升装的啤酒和一杯矿泉水。他们坐到预订好的卡座里，这里的乐声相对低一些。

"能和你们共事真是太好了，"拉森说着，举起杯子来祝酒，"也要恭喜昨天成功逮捕。"

"虽然哈利打算明天就想办法撤销逮捕。"爱斯坦说着，和其他人碰了碰酒杯。

"抱歉，你说什么？"

"他说他会帮罗德弄到他不想要的不在场证明。"

拉森看向桌对面的哈利，后者耸耸肩。

"我会想办法混进但丁宅第，找证人来证明罗德在苏珊和贝婷遇害的那

① Stopp Pressen，意为"停止印刷"，奥斯陆一家新闻从业人员常去的酒吧，墙上贴有各种新闻照片。

② beer bong，一种用来快速饮酒的装置，通常由管道和漏斗组成。

两个星期二的晚上去了那儿。如果能找到这种证人，肯定比过世妻子的声明有价值多了。”

“你为什么要自己去？”亚历山德拉问，“为什么不能让警方搞个突击检查，直接问话？”

“因为，”拉森说，“首先，我们需要法院命令，而且我们没法指望拿到，毕竟我们没理由怀疑那家俱乐部里发生了犯罪。其次，我们不可能让那里的人站出来作证，毕竟但丁宅第的最大卖点就是完全匿名。我想知道你要用什么方法弄到入场资格，再找到愿意开口的人，哈利。”

“好吧。第一，我不是条子了，也不需要关心什么法院命令。第二，我有这些。”哈利把手伸进外套口袋，拿出一个猫面具和一张但丁宅第的会员卡，“另外，我有罗德的外套，我们身高相同，戴着同样的面具……”

亚历山德拉大笑起来。“哈利·霍勒打算跑去同性恋性爱俱乐部，还冒充成……”她拿过那张卡，读了出来，“‘猫男’？那样的话，你需要先记住几个要点才行。”

“我其实希望你能考虑一起来。”哈利说。

亚历山德拉摇摇头。“你不能带女人一起去男同性恋俱乐部，这是违反原则的，那样就没人会跟你说话了。唯一的办法恐怕是我假装在男扮女装。”

“那可没戏，亲爱的。”拉森插嘴说。

“听着，你到时候会遇到这些情况。”亚历山德拉说，她的坏笑引得其他人凑近去听。她解说的时候，他们的反应就在倒吸凉气和难以置信的大笑之间切换。等亚历山德拉说完以后，她看向拉森，向他求证。

“我不怎么去那种俱乐部，亲爱的。我很好奇你是从哪里知道这么多的。”

“‘斯堪的纳维亚皮衣男’每年都有一天可以带女性入场。”她说。

“你还想去吗？”爱斯坦说着，戳了戳哈利的肋部。楚斯发出咕哝似的笑声。

“比起‘插入焦虑’，我的‘表现焦虑’反而更多点。”哈利说，“我很怀疑会有人强暴我。”

“没有人会被强暴，你这种将近两米的‘老爹’肯定不会，”亚历山德拉说，“但也许会有‘小鲜肉’看上你。”

“‘小鲜肉’？”

“可爱又瘦弱、想被人征服的男孩子。但就像我说的，留神虎背熊腰的那种，在昏暗的房间里也要当心。”

“再来一巡？”爱斯坦说。他看到三个人举起了手。

“我帮你一起拿。”哈利说。

他们挤到吧台边，站到队伍里的时候，大卫·鲍伊《英雄》里的那段即兴吉他演奏响了起来，引发了周围的阵阵欢呼。

“米克·龙森就是神。”爱斯坦说。

“是啊，但还有罗伯特·弗里普呢。”哈利说。

“没错，哈利。”有个声音在他们身后说。他们转过身。那个男人戴着平顶帽，胡楂留了好几天，还有一双温暖又略显伤感的眼睛。“所有人都觉得弗里普用了电子琴弓，但那只是录音机的效果而已。”他伸出手来，“我是阿尔内，卡翠娜的男友。”他的笑容迷人。就像多年老友，哈利心想。只是这家伙起码比他们年轻了十岁。

“啊哈。”哈利说着，和他握了手。

“狂热粉丝。”阿尔内说。

“我们也是。”爱斯坦说着，徒劳地想要吸引忙碌的酒保们的注意。

“我说的不是鲍伊，是你。”

“我？”哈利说。

“他？”爱斯坦说。

阿尔内笑了起来。“别这么震惊。我觉得你作为警察为这座城市做出了很大的贡献。”

“呃，卡翠娜跟你说过那些事？”

“不，不，听着，我在遇见她以前就知道哈利·霍勒了。我十七八岁的时候就在报纸上读到过你的事。要知道，我甚至因为你申请过警察学院。”阿尔内的笑声欢快又活泼。

“呃，可你没能入学？”

“他们打电话让我去参加入学考试。但我当时已经被大学录取了，而且我觉得那个专业也许能帮助我以后当上警探。”

“我懂了。卡翠娜和你一起来的？”

“她也来了？”

“我不知道，她发了短信，说她也许会过来看看，但这儿人很多，她也许撞见了别的熟人。顺带一提，你是怎么认识她的？”

“她说过是我主动和她结识的？”

“不是吗？”

“只是猜测？”

“有根据的猜测。”

阿尔内假装严肃地看了哈利一会儿。随即他的脸上便露出那种孩子气的笑容。“当然，你说得对。我第一次见到她是在电视上，但别告诉她，拜托。就在不久后，她碰巧来了我工作的地方。于是我找到她，说我在电视上见过她，说她看起来棒极了。”

“就和你现在差不多。”

又一阵活泼的笑声。“我明白，你觉得我就和那些粉丝一样，哈利。”

“不是吗？”

阿尔内似乎思考起来。“是啊，你又说对了，我觉得我是。虽然你和卡翠娜不是我最喜欢的偶像。”

“让人松了口气。那你最喜欢的偶像是谁？”

“恐怕你不会感兴趣的。”

“也许不会，但不妨一试。”

“好吧。鼠伤寒沙门菌。”阿尔内的话语缓慢又虔诚，咬字也很清晰。

“呃，沙门菌，就是那种细菌？”

“没错。”

“这是为什么？”

“因为鼠伤寒沙门菌很了不起。它能在任何条件下和任何地方生存，甚至是在太空里。”

“可你为什么对它感兴趣？”

“这是我工作的一部分。”

“你的工作是？”

“搜寻粒子。”

“是我们体内的还是体外的？”

“都一样，哈利。塑造生命的材料，也是塑造死亡的材料。”

“什么？”

“如果我把你身体里的所有微生物，包括细菌和寄生虫，全都收集起来，你猜猜一共会有多重？”

“呃。”

“两公斤，”爱斯坦把两杯半升装啤酒递给哈利，“我在《科学画报》杂志上面读到过。够吓人的。”

“是啊，但要是它们不在了，那就更吓人了，”阿尔内说，“那样我们就活不下去了。”

“呃，你说它们在太空也能存活？”

“有些微生物甚至不需要接近恒星，或者接触氧气。事实上，恰恰相反。他们在太空站上做过研究，发现鼠伤寒沙门菌在那些环境里甚至比在地表上更加危险和高效。”

“你看起来很了解这类东西……”爱斯坦吸了口手里那杯酒的泡沫，“只有下雨的时候才会打雷，这是真的吗？”

阿尔内看起来有点摸不着头脑。“呃……不是。”

“完全正确，”爱斯坦说，“听着。”

他们侧耳聆听。弗利特伍德·马克乐队的《梦想》到了副歌部分，史蒂维·尼克斯唱着“雷电只在雨中到来”的歌词。他们三个大笑起来。

“都是林赛·白金汉的错。”

“不，”哈利说，“那首歌实际上是史蒂维·尼克斯写的。”

“好吧，无论怎么说，它都是有史以来最好的双和弦歌曲了。”阿尔内说。

“不，这头衔属于涅槃乐队，”爱斯坦迅速反驳，“《重重阻碍》。”

他们看向哈利。他耸耸肩。“简的嗜好乐队。《简说》。”

“你有进步，”爱斯坦说着，咂了咂嘴，“那史上最差的双和弦歌曲呢？”

他们看向阿尔内。“噢，”他说，“《生于美国》也许不是最差的，但肯定是最被高估的。”

爱斯坦和哈利认同地点点头。

“你要来我们这桌吗？”爱斯坦问。

“谢了，但我那边还有个朋友要陪。下次吧。”

他们双手拿着酒杯，小心翼翼地互碰指节，然后各自走开。没等阿尔内消失在人群里，哈利和爱斯坦就朝自己的卡座走去。

“是个好小子，”爱斯坦说，“我想布莱特这次运气很好。”

哈利点点头。他的大脑在搜寻什么：某种登记在册，但未被关注过的东西。他们拿着四杯酒来到桌边，由于其他人都喝得很慢，哈利也只抿了一口。然后又一口。

等到性手枪乐队的《天佑女王》终于响起时，他们都在卡座里站了起来，和其他人一起蹦蹦跳跳。

午夜时分的炉火酒吧依旧人头攒动，哈利也喝醉了。

“你很高兴。”亚历山德拉在他耳边轻声说。

“是吗？”

“是的，自从你回家以后，我就没见过你这样了。而且你也很好闻。”

“呃，那我猜应该是真的。”

“什么是真的？”

“在不欠债的时候会比较好闻。”

“我没听懂。但说到回家，你要跟我去走走吗？”

“送你回家还是跟你回家？”

“我们到路上再决定吧。”

和其他人拥抱道别的时候，哈利才意识到自己醉得有多厉害。拉森身上有清晰的薰衣草——或者类似的东西——的香味，他祝哈利在但丁宅第好运，但又补充说，他会装作没听过哈利那些不太得体的计划。

也许是因为提到了债务的气味，还有拉森的薰衣草香水的提示，总之在走向酒吧门口的路上，哈利明白自己没能想起的细节是什么了。气味。他在今晚的某个时刻，在这里，在这家酒吧里闻到了那种气味。他打了个哆嗦，转身扫视人群。麝香的气味。和他在海伦妮·罗德所在的解剖室里闻到的气味一样。

“哈利？”

“来了。”

普里姆穿行于奥斯陆的街道。他思绪的车轮不断转动，仿佛在试图磨碎那些痛苦的念头。

那个警察去了炉火酒吧，这点让他怒不可遏。他本该直接离开，避免和他接触，但他仿佛被吸引了过去，就好像他是老鼠，那个警察是猫。他也寻找过她，但她也许去了那儿，也许没去，那里挤了太多的人，大多数人都站着，让他很难看清整个场地。他约好了明天要和她见面。他该问问她去了没有吗？不，她愿意的话自己会提的。他现在有太多的事要考虑，他必须把这件事推到脑海深处，他需要为了明天保持头脑清醒。他继续步行。诺尔达布伦斯街。索尔奥森街。弗雷登堡路。他的脚踝有节奏地敲打沥青碎石路面，同时哼唱着大卫·鲍伊的《英雄》。

35

星期二

气温在星期二骤降。在歌剧院街和尤菲米娅王后街一带，风越刮越大，放在餐馆和服装店外人行道上的广告牌都被风吹倒在地。

早上九点零五分，哈利从格陵兰街区的干洗店拿回他那套衣服，又问他们能否熨烫他身上这套，他可以直接在店里等。柜台后面那位亚洲女子遗憾地摇摇头。哈利说那太可惜了，因为他今晚要去参加假面舞会。他看得出她稍微有些犹豫，然后附和他的笑容，说他肯定能过得很愉快。

“Xièxie（谢谢）。”哈利说着，微微鞠躬，然后转身想走。

“你的发音不错，”没等他的手按在门把上，那位女子就开口道，“你是在哪儿学的汉语？”

“在香港。我只会讲一点点。”

“在香港的外国人大都一句都不会讲。把你那身衣服换下来吧，我帮你快速熨烫一下。”

九点一刻的时候，普里姆站在公交车站边，盯着路对面的铁路广场。他在打量那边的人，那些正在穿过广场的人，还有四处闲逛的人。其中有警察吗？他身上有可卡因，所以在确定没有警察之前，他可不敢踏入广场。但这种事没法确定，你必须做出判断，再把恐惧抛到脑后。就这么简单。也无比困难。他吞了口唾沫。他穿过街道，走进广场，走到老虎雕像那边，挠挠它的耳后。就这样抚摸恐惧，和它交朋友。他深吸一口气，拨弄起口袋里的可卡因来。台阶边有个男人在盯着他。普里姆认出了他，从容地走了过去。

“早上好啊，先生。”普里姆说，“我这儿有些东西，你也许想试试看。”

白昼的光线早早地暗淡了下去，等特里·沃格穿过歌剧院街，踏上卡拉拉大理石的时候，天色已经仿佛夜晚。当歌剧院在碧悠维卡的海滨被修建时，这种意大利板材的选择引发了热议，但批评的声音逐渐消失，附近的居民竟发自内心地接受了它。即使在九月的夜晚，游客也在这里云集。

沃格确认了时间。还有六分钟到九点。当音乐线记者的时候，他习惯了比那些艺人预定登台的时间至少晚半小时才到。不时会有些奇怪的乐队在宣传的时间登台，那他就会错过前面几首歌，但那样的话，他会直接问看起来像是粉丝的人开场歌是哪首，听众的反应如何，然后再略加润色。这招屡试不爽。但他今晚不能冒那种险。特里·沃格已经下定了决心：从现在开始，他不会再迟到，也不会再编造故事。他选择了歌剧院侧面的台阶，而非像这里的大部分年轻人所做的那样，顺着倾斜光滑的大理石屋顶直接往上走。

因为沃格已经不年轻了，他没法承受滑倒的后果。来到顶层以后，他走到南侧，就像那家伙在电话里要求的那样。他站在两对情侣之间的墙边，眺望峡湾，风将远处的海面吹成白色。他扫视周围，打了个寒战，然后确认了时间。他意识到有个男人走出了昏暗，朝他靠近。那人拿起了什么，对准他，他绷紧了身体。

“抱歉。”那人说，听起来像是德国口音，于是沃格让到一旁，方便他拍照。

那个男人按下快门，相机发出一声低沉的“嗡”，他谢过了沃格，随即消失不见。沃格又打了个寒战。他在边缘探出身子，看着踩在下方大理石板上的那些人，又看了看表。九点零二分。

但丁宅第的窗户透出灯光，风吹得德拉门路两旁的栗树沙沙作响。哈利指示爱斯坦把他送到和但丁宅第稍有些距离的位置，尽管乘出租车去那儿不会太引人注目，毕竟把自己的车停在宅第前面等同于主动透露身份。

哈利打了个哆嗦，后悔没穿外套来了。离那座宅第还有五十米的时候，他戴上了猫面具，还有从亚历山德拉那里借来的贝雷帽。

在那栋高大的黄色砖屋的入口边，两支火把在风中摇曳。

“新巴洛克风格的建筑，搭配新艺术派的窗户，”他们在谷歌上找到图片的时候，奥纳如此评论道，“要我说的话，它建造于一九〇〇年左右。建造者也许是个船主、商人或者相似类型的人。”

哈利推开房门，走了进去。

有个身穿无尾礼服的年轻男人站在小小的柜台后面，朝他露出微笑，于是哈利把会员卡拿给他看。

“欢迎，猫男。安娜贝拉小姐会在十点钟开始表演。”

哈利沉默地点点头，朝走廊尽头敞开的那扇门走去。音乐从那里传来，是马勒的曲子。

哈利走进一个由两盏大号水晶枝形吊灯照亮的房间。吧台和家具用的都是淡棕色木材，或许是洪都拉斯桃木。房间里有三四十个人，全都戴着面具，身穿黑色西服或者无尾礼服。没戴面具的年轻男性穿着紧身的服务员装束，端着放有饮品的托盘来往于桌间。但和亚历山德拉描述的不同，这里没有男性舞者，也没有赤身裸体被关在地板上的笼子里的男人，双手被反绑在背后，蜷缩在一起，任凭宾客去戳、踢或者用其他方式羞辱。从宾客手里的酒杯来看，他们习惯喝的都是马丁尼或者香槟之类的酒。哈利润了润嘴唇。今早从亚历山德拉家回去的路上，他已经去施罗德酒馆喝了一杯啤酒，又向自己保证了今天只喝这些。几个宾客转过身，看了他几眼，然后就把注意力放回对话上了。只有一个除外，那是个明显年轻又柔弱的男人，身材纤瘦，就这么看着哈利朝吧台边一张没人的座位走去。哈利希望这并不代表他的伪装已经暴露了。

“老样子？”酒保问。

哈利感觉到那个小鲜肉落在他背上的视线。他点点头。

酒保转过身，哈利看着他拿出一只高脚杯，倒了些绝对伏特加，加了些塔瓦斯科辣酱和伍斯特酱，还有些像是番茄汁的东西。最后，他在杯子里放进一根芹菜，放到哈利面前。

“我今天只带了现金。”哈利说，然后他看到那位酒保露齿而笑，就好像他说了句俏皮话。他也同时意识到，在这样的地方，现金很可能是唯一流通的货币，毕竟这里讲究匿名。

哈利身体僵住了，因为他感觉到一只手滑过他的背脊。他早就有所准备。亚历山德拉说这种事通常开始于眼神接触，接下来是身体接触，而且往往在开口交谈之前就会发生。再之后可能发生的情况就多到数不清了。

“好久不见，猫男。你从前可不留胡子，对吧？”

是那个小鲜肉。他的音调很高，高到哈利怀疑他是装出来的。他的面具想要刻画的动物不怎么明显，但肯定不是老鼠。面具是绿色的，从鳞片的图案和细长的眼部来看，是蛇的可能性更大一些。

“是啊。”哈利说。

那个小鲜肉举起酒杯，在哈利犹豫时向他投去询问的眼神。

“受够恺撒鸡尾酒了？”

哈利缓缓点头。恺撒鸡尾酒在洛杉矶的丹·塔纳餐馆是最受同性恋欢迎的饮品，它似乎是从加拿大流传过去的。

“那也许，我们应该做点提神的事？”

“比方说？”哈利问。

那小鲜肉歪了歪头。“你变样了，猫男。不只是胡子，你的声音和——”

“咽喉癌。”哈利说，这是爱斯坦的建议，“放射疗法。”

“天哪，”小鲜肉的语气听起来兴致缺缺，“好吧，那我明白你戴着那顶丑兮兮的帽子，还有你瘦了那么多的原因了。要我说，肯定很严重吧。”

“你没说错。”哈利说，“我们认识都有多久了？”

“你说呢，一个月，还是两个月？时光飞逝，你肯定有阵子没来了。”

“如果我没弄错的话，我五个星期前的那个星期二才来过，不是吗？再前面那个星期二也来了。”

小鲜肉的脑袋在双肩之间稍稍后仰，就像要从稍远的距离审视他一样。“为什么提起这个？”

哈利听出了他口气里的怀疑，意识到是自己操之过急了。“因为肿瘤，”他说，“医生说它压迫了脑子，导致了部分记忆丧失。抱歉，我只是想复现过去几个月的事。”

“你确定你还记得我？”

“一点点吧，”哈利说，“但不是全部。抱歉。”

那个小鲜肉受冒犯似的哼了一声。

“你能帮帮我吗？”哈利问。

“如果你也帮我的话。”

“帮什么？”

“这么说吧，你用比平常高那么一点的价钱买下我的货，”小鲜肉从外套口袋里把某个东西掏出半截，哈利看到了那个装着白色粉末的小塑料包，“我就用和上次一样的方式给你。”

哈利点点头。亚历山德拉告诉过他，在她去过的那些同性恋俱乐部里，毒品——可卡因、快速丸[①]、芳香剂[②]、埃玛[③]——或多或少都在公开买卖。

“你要怎么像上次那样给我？”哈利问。

“天哪，我还以为你能想起来呢。我把它们吹进你可爱又紧实的那里，就用这个……”那个小鲜肉拿起一根短小的金属吸管，“我们要下楼去吗？”

---

① speed，冰毒的别称。

② poppers，一种吸入式毒品。

③ Emma，吗啡的别称。

哈利考虑了亚历山德拉关于昏暗房间的警告。在那种房间里，任何东西和任何人都会成为猎捕对象。

“好。”

他们站了起来，穿过房间。动物面具后面的一双双眼睛看着他们。到了房间的另一边，那个小鲜肉打开一扇门，哈利跟着他步入黑暗，又走下一段陡峭狭窄的楼梯。在走到一半的时候，他听到了声音。那是呻吟和哭泣，以及——等他走进地下室的时候——肉体碰撞的声音。墙上有小小的蓝灯，等他的眼睛终于习惯了近乎黑暗的环境，他也能看到周围究竟在发生什么了。男人在以各种各样的方式性交，有些全裸，有些半裸，还有些只拉开了裤子拉链。他听到那些小隔间的门后传来相同的声音。哈利的视线和一个戴着金色面具的男人相交。那人高大又肌肉发达，正伏在一个弯腰趴在长凳上的人的身上。金色面具后面的瞳孔又大又黑，圆睁的眼睛盯着哈利。他露出牙齿，目光带着仿佛捕食者的恶意，让哈利本能地后退半步。哈利让视线向前游移。房间里的那股气味让他几乎想吐。这里混杂的气味除了漂白剂、性爱和睾酮之外，还有一股像是汽油的刺鼻味道。他说不清那究竟是什么，直到他瞥见一个赤裸的男人打开一只又粗又矮的黄色小瓶闻了闻。不用说，那是“芳香剂”的气味。当哈利还是二十出头的年纪的时候，这种兴奋剂在他常去的奥斯陆俱乐部里就很流行。他们当时称之为“狂热”，因为这就是它的作用，让你的心跳在几秒钟之内快得要命，短暂增加血液循环速度，提高所有感官能力。后来他才知道，那些男同性恋——接受方——会用它来增加肛门的快感。

“嘿。”那个戴着金色面具的男人说。他悄然来到哈利身边，一只手放在哈利的胯部上。他那种捕食者的笑容更加灿烂，气息也落在了哈利脸上。

“他是我的。”那个小鲜肉尖声说着，抓住哈利的胳膊，拖着他往前走。哈利听到那个肌肉男在他们身后大笑起来。

“看起来隔间全都有人，”小鲜肉说，“我们要不……？”

“不，”哈利说，“去私密的地方。”

那小鲜肉叹了口气。“也许前面还有空房间。走吧。”

他们经过一个房间敞开的门，里面传来液体泼溅声，就像有人在冲淋浴。哈利经过的时候看了一眼：两个裸体男人坐在浴盆里，张开嘴巴，而另一些男人——其中有些穿着衣服——站在周围，朝他们撒尿。

哈利又穿过一个装着闪光灯的大房间，房间里的扬声器在大声播放快乐小分队乐队的《她失控了》。房间中央有个秋千，用铁链连着天花板，上面有个男人摆出彼得·潘飞翔的姿势，身体向外弹出，在一群男人组成的圆圈中央来回摆荡。他们轮流使用他，仿佛他是一根被不断传递的烟卷。

哈利和那个小鲜肉走进一条有好几个隔间的走廊，和之前一样，滑门后面传来的声音让他们明白发生了什么。两个男人走出某个隔间，小鲜肉匆忙走进去占位。哈利跟着他走进去，小鲜肉推上了门。房间的尺寸大约是两米见方。那小鲜肉毫无征兆地开始解哈利的衬衣纽扣。“也许一点点癌症也没那么糟糕，猫男，你现在比熊还壮了，像个运动员。”

“等等。”哈利说。他背对着他，把手伸进外套口袋里。重新转过来的时候，他一只手拿着钱包，另一只手拿着手机。

“你想卖给我一些可卡因，对吧？”

对方笑了笑。“如果你付钱的话。”

“那我们就先完成交易吧。”

“噢，这样才更像从前的你，猫男。‘可卡因男’。”他笑着拿出一包粉末。

哈利接过那个小包，递出钱包。“现在我从你手里拿到了可卡因，你可以从我钱包里拿走你该拿的那笔钱。”

小鲜肉面具后面的眼睛怀疑地盯着他。“你今天真够小心的。”接着他打开钱包，看向里面，随后拿出两张一千克朗的钞票。

“现在这些应该够了。”他说着，把钱包放回哈利的外套口袋里，开始解开哈利的裤子纽扣，“你想我吸你的‘熊屌’吗？抱歉，你的‘运动员屌’？”

“不了，谢谢，我来这儿的目的已经实现了。”哈利说着，把那只没拿手机的手放到对方的脑袋后面，仿佛要抚摸他，却突然拽下了他的蛇面具。

“活见鬼，猫男！这样……好吧，好吧，对我来说没什么大不了。”小鲜肉继续解哈利的裤子，但哈利却阻止了他，并重新扣上。

“噢，我懂了，先吸粉。”

“不完全对。”哈利说着，摘下贝雷帽和自己的面具。

“你是……金发。”小鲜肉惊讶地说。

“更重要的是，”哈利说，“我是个警察，刚刚录下了你卖给我可卡因的音频和视频。对应的刑罚最高可达十年。”

在蓝色的灯光里，他看不出对方的脸色有没有发白，所以哈利不确定自己的虚张声势是否有效，直到他听见了对方声音里的啜泣。

“妈的，我就知道你不是他！你走路的姿势不像他，你有东奥斯陆口音，我摸到的屁股也没他的那么软。我真够蠢的。去你的！还有猫男！”

那个小鲜肉抓住滑门想要出去，但哈利把他拽了回来。

“你要逮捕我吗？”

从那个小鲜肉的语调和抬头看他的动作来看，哈利不禁怀疑这种困境反而让对方来了兴致。

“这可不是玩闹，”哈利从小鲜肉的衣服内袋里抽出那张卡，“菲利普·谢斯勒。”

菲利普双手掩面，开始哭泣。

“只不过，我们也有办法解决这个问题。”哈利说。

“你是说？”菲利普抬起被泪水打湿的脸颊。

“我们可以马上离开这儿，找个宜人又安静的地方，你再把你对猫男所知的一切都告诉我。如何？”

特里·沃格再次确认了时间。九点三十六分。没人联络过他。他重新阅读了手机上的那条信息，得出了和之前相同的结论，那就是时间和地点都没有什么模棱两可的地方。他多等了那家伙半个多小时，就像他从前会晚半个小时到场那样。但四十分钟就太久了。这家伙不会来了。他只是虚张声势，也许是恶作剧。也许有人站在下面那层的游客之间，此时正对着他窃笑，笑这个名誉扫地、被人轻视、比起记者更像江湖骗子的人。也许这就是惩罚。他把身上的羊毛外套拉紧了些，开始朝屋顶斜坡走去。操他们，操他们所有人！

普里姆踩在歌剧院底层的大理石板上，穿行于游客之间。他看到特里·沃格到了，他凭借在网上找到的署名照片和其他影像认出了他，看着他站在屋顶上等待。普里姆没看到有人跟着沃格，也没有像是警察的人提前守在那里。他私下走动，留意来到这里的大部分人，半个小时过后，他得出了结论：他来时看到的那些面孔都不在了。九点四十分的时候，他看到沃格从屋顶走了下来，他放弃了。但现在普里姆能肯定了。特里·沃格是一个人来的。

普里姆最后看了一眼周围，然后朝家的方向走去。

36

星期三

“他在这儿做什么？”马库斯·罗德指着哈利，唾沫横飞地说，“这家伙收了我的一百万美元，却把无辜的我送进了监狱！”

“我告诉过你了，”孔恩说，“他来这儿，是因为他其实不觉得你有罪，他觉得你——”

“我听到他觉得什么了！可我没去过什么该死的……同性恋俱乐部。”

他恶狠狠地吐出最后几个字。哈利感到一滴唾沫飞溅到他的手背上，于是看向尤汗·孔恩。他们三人这次会面用的房间，实际上是给囚犯家人用的探望室。这里有扇窗户，晨间的太阳在玫瑰图案的窗帘和铁栏后面闪耀光芒，还有一张盖着绣花桌布的桌子、四把椅子和一张沙发。哈利绕过沙发，发现孔恩也一样，他也许知道那上面沾满了绝望而迅速的性爱留下的液体。

“你能说明一下吗？”哈利说。

“好。”孔恩说，“菲利普·谢斯勒说，在苏珊和贝婷被杀的那两个星期二，他和那个戴着这个面具的人在一起。”

孔恩指着桌上放在会员卡旁边的那个猫面具。“那个人的昵称是‘猫男’。这两样东西都在你的外套里，马库斯。体格描述也与你相符。”

“是吗？他跟你说了什么显著特征？文身还是伤疤？还是胎记？或者身体方面奇怪的畸形？”罗德的目光扫过他们两人。

哈利摇摇头。

“怎么？”罗德愤怒地笑了笑，“什么都没说？”

“他不记得类似的事了，”哈利说，“但他相当确定只要碰到你，他就能认出你。”

“噢，天哪。”罗德说着，做出一副要呕吐的样子。

“马库斯，”孔恩说，“这是不在场证明。我们能利用它让你立刻被释放，如果他们仍然决定起诉，我们也能用它作为无罪的证据。我明白，你担心这种不在场证明会影响人们对你的印象，但——”

“你明白？”罗德咆哮起来，“明白？不，你他妈根本不明白蹲在这里，背上谋杀妻子的嫌疑是什么感觉。然后又要被安上这种肮脏的名声。我根本没见过这个面具。你知道我是怎么想的吗？我觉得是海伦妮从某个长得像我的同性恋那里弄来了面具和会员卡，然后再交给你，作为在离婚时对付我的证据。至于那个叫菲利普的家伙，他跟我毫无关系，他只是觉得有机会挣点快钱。所以弄清他想要多少，把钱付给他，再确保他把嘴巴闭紧。这不是建议，孔恩，这是命令。”罗德重重地打了个喷嚏，然后说了下去：“而且你们两个是受合同上的保密条款约束的。如果你们和别人提到哪怕一个字，我就告到你们屁滚尿流。”

哈利清了清嗓子。“这不是为了你，罗德。”

“什么意思？”

“有个凶手还在逍遥法外，他有能力和意愿，也很有可能再次犯案。只要警方相信他们已经将犯人——你——逮捕归案，他的日子就会好过很多。如果我们隐瞒你去过但丁宅第的情报，等他杀死下一个受害者的时候，我们就会成为共犯。”

“‘我们’？你不会真以为你还在我手下干活吧，霍勒？”

“我打算履行合同，而且我不认为案子已经解决了。”

“是吗？那就把钱还我！”

“只要还有三位警方律师认为你会被定罪，那就不行。现在重要的是让警方改变注意力的方向，这就代表我们要把这份不在场证明交给他们。”

“我跟你们说过了，我没去过那儿！警察干不好本职工作，又他妈不是我的责任。我是无辜的，他们会用更直接的方式查个清楚，不是靠这种……同性恋谎话。现在没有恐慌或者鲁莽行事的理由。”

“你这白痴，”哈利说着，叹了口气，仿佛他光是要说明这点都显得很可悲，“恐慌的理由可太多了。”他站起身来。

“你要去哪儿？”孔恩问。

“通知警方。”哈利说。

“我看你敢！”罗德吼道，“你真要那么做了，我就把你和你关心的一切都送去地狱里烂掉。别以为我做不到。还有，也许你觉得那笔转到开曼群岛电子账户的款是两天前付的，现在已经没法取消了，那么你错了。”

哈利身体里有根弦绷断了，然后是熟悉的自由落体的感觉。他朝罗德的椅子迈出一步，没等他自己反应过来，他的手掌就攥住了那个地产大亨的喉咙，开始用力。罗德在椅子里抽搐着后仰，双手抓住哈利的前臂，试图拉开，他的脸也因为血液流动不足而涨红。

“你敢那么做，我就杀了你。”哈利低声说，“杀了。你。”

“哈利！”孔恩站了起来。

“坐着别动，我会放开的。”哈利嘶声说着，盯着马库斯·罗德向外凸出、透出恳求之意的双眼。

“快放开，哈利！”

罗德发出嗒嗒的声音，双脚踢打，但哈利把他按在了椅子里。哈利攥得更加用力，感受到那股力量，那种刺激，仿佛他随时能把这个披着人皮的怪物攥出汁来。是的，刺激，还有那种自由落体的感觉，就像他在戒酒数月后第一次拿起酒杯的时候。但他已经感觉到那股刺激在消退，他抓握的力量在衰落。因为这次自由落体没有任何好处，除了最初几个瞬间的自由感，而且只会通往一个方向。向下。

哈利放开了手，罗德喘息了好一会儿，接着前倾身体，连连咳嗽。

哈利转身看向孔恩。“我猜这下我被开除了？”

孔恩点点头。哈利抚平领带，离开了房间。

米凯·贝尔曼站在窗边，渴望地眺望城市中心，他能分辨出政府区的高楼大厦。更近一些的是古尔豪格大桥，他能看到桥边上的树梢在摇曳。风速据说还会加快：很多人说今晚也许会有强风。天气预报还提到了另一件事：据说星期五会有月食。这些事件似乎并不相关。他抬起胳膊，看着他的经典款欧米茄海马表。两点差一分。在大半天的时间里，他都在脑海里和自己讨论警察署长带给他的两难处境。从原则上说，这样的个案肯定不该被送到司法部长的办公桌上，但贝尔曼先前的插手导致他和它扯上了关系，没法就这么置之不理。他咒骂起来。

薇薇安轻轻敲了敲门，然后打开。他雇她当私人助理，不只是因为她有政治学方面的硕士学位，在巴黎当过两年模特所以会说法语，而且愿意做从泡咖啡到迎客，再到给他抄写演讲稿的一切工作。她很漂亮。在当今世界，外貌的作用有很多值得讨论之处，也有过太多相关的讨论了。因此有一件事是可以确定的：外貌从前很重要，现在也一样。他本人就是个英俊男子，他也不会幻想这点在他的职业发展里没有发挥任何作用。尽管当过模特，薇薇安的身高却没有超过他，因此他可以带她去参加会议和晚宴。她有个同居男友，但在他看来，这不是缺点，更像是挑战，事实上，这反而是优点。他已经安排好在冬天去拜访几个南美洲国家了，主要目的是讨论人权问题，换句话说，这纯粹是一次观光旅行。而且就像他告诉过自己的那样，司法部长要面对的闪光灯和护送可比首相少多了。

“警察署长找您。”薇薇安柔声道。

“让他进来吧。”

“是在 Zoom 上找您。”她说。

“噢？我还以为他要来——”

“是的，但他刚打电话过来，说他来不及赶来尼德兰区，因为他之后在市中心还有个会要开。他发来了链接——我可不可以……？”

她走到书桌和电脑前，用动作飞快——远比他要快——的手指敲打键盘。“好了。”她笑了笑，然后补充了一句，仿佛是要缓和他的恼火，“他已经在等您了。”

“谢谢。”贝尔曼继续站在窗边，直到薇薇安离开房间。然后他又等了一会儿。直到受够自己的幼稚以后，他才走过去，坐在那台个人电脑前面。警察署长看起来晒成了褐色，多半最近去过国外度假。但这没什么用，毕竟摄像机的角度不幸对准了他的双下巴。他显然只把笔记本电脑放在办公桌——贝尔曼还是警察署长时用过的那张——的桌面上，没在下面再垫一摞书。

“和你那儿相比，我这边几乎没有车流，”贝尔曼说，“我二十分钟就能回到我在赫延哈尔的家。你也应该试试。”

“抱歉，米凯，他们打电话让我参加一场紧急会议，是关于下个星期的国事访问的。”

“好的，我们直接说正事吧。顺带问一下，你那边是一个人吗？”

“就我一个，说吧。”

米凯再次感觉到了那种恼火。称呼和敬语方面的省略——比如这句“说吧”——本该是司法部长的特权。尤其是现在警察署长的六年任期即将结束，决定谁能连任、谁又不能的不再是国家警察总长，而是议会之王，也就是司法部长。从政治角度来说，贝尔曼把那个职位交给博迪尔·梅林也不会有什么损失。首先是因为她是女人，其次是因为她懂政治，明白谁才是管事的。

贝尔曼深吸一口气。“我们能互相理解就好。关于该不该释放被拘留的马库斯·罗德这个问题，你想要寻求我的建议，而且你认为两个选项都有道理。”

“是的，”警察署长说，“霍勒找到了一个目击证人，声称在前两个女孩遇害当晚和罗德在一起。”

“可信的证人吗？”

“在这件事上可信，他和海伦妮·罗德正相反，这个相关人士没有特意为罗德提供不在场证明的明显动机。不那么可信的地方在于，按照缉毒组的说法，此人在他们那份‘奥斯陆贩卖可卡因人员’的名单上。”

“但没有被定罪？”

“他的买卖很小，随时可能被人取代的那种。”

贝尔曼点点头。他们总会允许自己能掌控的毒贩继续活动。熟悉的魔鬼总比不熟悉的要好。

“可是？”贝尔曼说着，看了眼他的欧米茄表。它不实用又笨重，但能发出合适的信号。此时此刻，这种信号是让警察署长说快点，让他知道今天忙碌的人并不只有他。

“另一方面，苏珊·安德森的乳房上的确有马库斯·罗德的唾液。”

“如果要继续拘留他，我想这个理由也相当充分了。”

“是的。当然有一种可能是，他和苏珊当天早些时候见过面，上了床——要追溯她的所有行动是不可能的。但如果真是这样，罗德早先没提到就很奇怪了。他反而否认和她有过任何亲密接触，还声称派对过后就再也没见过她。”

“换句话说，他在撒谎。”

“是的。”

贝尔曼的手指敲打着桌面。打个比方，首相只有在国家“收成好”的情况下才能连任。他的顾问们反复强调过，作为司法部长，系统下层的状况导致的责难或者赞誉总会分给他一部分，无论做出错误或者正确决定的是不是在上一届政府中担任相同职位的人。如果选民觉得罗德这种富有且具备特权的讨厌鬼能轻易逃脱惩罚，贝尔曼无论如何都会受到影响。他拿定了主意。

“有精液作为证据，我们完全有理由继续拘留他。”

“是唾液。”

“是啊。我也相信你同意这点：如果由哈利·霍勒决定罗德什么时候该被捕，又什么时候该被释放，我们会颜面无光的。”

“是的，我同意。”

“很好。那么我想，你明白我的建议了——”贝尔曼拖长语调，试图回想警察署长的名字，但不知为何，他没能想起来，而他起头的这句话又需要收尾，于是他补上了“对吧？”。

“是的，当然。非常感谢，米凯。”

“感谢你，警察署长。”贝尔曼说着，笨拙地摸索鼠标，切断了通话，随后靠向椅背，低声说：“即将离职的警察署长。”

普里姆看着弗雷德里克·斯泰纳坐在床上。弗雷德里克的双眼就像孩童那样清澈，目光却很茫然，仿佛拉上了眼球内侧的窗帘。

“舅舅，”普里姆说，“你能听到吗？”

没有回应。

无论他说什么，他舅舅都听不进去。因此也不会有任何回应。至少不是以任何人能相信的方式回应。

普里姆关上走廊的门，重新坐在病床上。“你很快就要死了。”他说着，享受这些字眼带给他的愉快。他舅舅的表情不变，注视着只有自己能看到的、似乎相距遥远的某个东西。

“你要死了，我想在某种意义上，我应该伤心的。我是说，毕竟我是你——”他看向房门，以防万一，“生物学上的儿子。”

他能听到的只有从养老院某条檐槽里传来的低沉风声。

“但我不觉得伤心。因为我恨你。和我恨他的方式不一样。那个人接手了你的麻烦，接手了妈妈和我。我恨你，因为你知道我继父的目的，知道他对我做了什么。我知道你质问过他，那天晚上我听到了。听到你威胁要揭发他，也听到他威胁说他也会揭发你。然后你们就没再提过这件事。你牺牲了我来保全自己。保全你自己、妈妈和整个家族的名声。剩下的名声——说到底，就连你也没用过了。”

普里姆把手伸进袋子里，拿出一块饼干，用牙齿咬碎。

“现在你要死了，寂寂无闻，独自一人。你会被人遗忘，然后消失。至于我，你不想要的孩子，你欲望的罪恶果实，会看着自己的名字在天堂闪耀。听到了吗，弗雷德里克舅舅？听起来很有诗意，对吧？我把这些全写在我的日记里了，总得给传记作家准备些可以加工的素材，对吧？”

他站起身来。

“我恐怕不会回来了。所以该道别了，舅舅。”他走到病房门边，又转过身来，“当然，我不希望你一路顺风。我只希望你去地狱的这段旅行特别难熬。”

普里姆关上了身后的门，对朝他走来的那位护士笑了笑，随后离开了养老院。

护士走进老教授的房间。他坐在床边，面无表情，泪水却顺着他的脸颊流下。人年纪大了都这样，情绪容易失控。特别是老态龙钟的那些。她吸了吸鼻子。他尿裤子了吗？不，只是这里的空气有点不新鲜，有股体味和……麝香味？

她打开窗户，给房间通风。

时间是晚上八点。特里·沃格听着内庭传来的金属呜咽声，那是越发强烈的风让公用旋转式晾衣绳开始转动的声音。他重新启用了罪案报道博客。有很多可写的东西。但即便如此，他还是坐在那里，盯着电脑屏幕上的空白页面。

手机响了。

也许是达格妮娅，他们昨晚吵了一架，她说她周末不会来了。现在她恐怕在后悔，一如既往。他发现自己很希望是她打来的。

他看向手机。未知号码。如果是昨天那个骗子，他就不该接听，只要你回应疯子一两次，就很难摆脱对方了。有那么一次，在他写完那篇关于毒品战争乐队无论是论现场表演还是论唱片都是全世界最无趣的乐队的大实话以后，他蠢到回应了一个愤怒的歌迷，结果那个讨厌鬼开始给他打电话，给他发送电子邮件，甚至是在演唱会现场强行拦住他跟他说话，他视而不见了整整两年才摆脱对方。

手机还在响。

特里·沃格又看了眼空荡荡的屏幕。随后他接听了电话。

"喂？"

"多谢你昨天独自前来，又在屋顶上等到了九点四十。"

"你……也去了？"

"我在观察。我希望你明白，我必须确信你不会试图欺骗我。"

沃格犹豫片刻。"是啊，是啊，好吧。但我没时间再玩捉迷藏了。"

"噢，你有的，"沃格听到一声轻笑，"但这话题先放一边，沃格。事实上，你要把所有事都放到一边……马上。"

"你这话什么意思？"

"你要去科尔索斯地区一条名叫托帕斯维恩的道路的尽头，越快越好。我还会打给你，我不会告诉你时间，也许是两分钟以后。如果我听到忙音，这就是我们最后一次联络了。听懂了吗？"

沃格吞了口唾沫。"是的。"他回答。因为他明白。明白这是为了阻止他联络别人，比如警方。明白这家伙不是没脑子的神经病。是的，他很疯狂，但不是神经病。

"带上手电筒和相机，沃格。如果你想安心点，就带上武器。你会找到自己和凶手对过话的实际证据，确凿无疑的那种，之后你可以随意写下来。也包括这场对话。因为我们希望民众这次能相信你，对吧？"

"会发生——"

但那人已经挂了电话。

哈利躺在亚历山德拉的床上，赤脚伸出床尾。

亚历山德拉同样赤身裸体，横躺在床上，脑袋枕着他的肚子。

他们去妒火酒吧的那天晚上就做了爱，现在又来了一次。这次比上次更愉快。

他在思考马库斯·罗德的事。思考对方奋力呼吸时，眼里那种恐惧和恨意。其中恐惧更加强烈。但等罗德恢复呼吸以后，那种情绪还在吗？如果不在——如果罗德没有取消转账——他们就肯定已经释放了露西尔。他得到的指示是，在还清债务前不要尝试寻找或者联络她，所以他之前决定等个一两天再给她打电话。她没有他的手机号或者详细资料，所以他没收到任何消息也不足为奇。他在网上查找过露西尔·欧文斯的信息，找到的却只有《洛杉矶时报》关于电影《罗密欧与朱丽叶》的旧文章。没有她失踪或者被绑架的新闻。然后他意识到了他们的共同点，他们之间的联系。不是停车场那件事以后共同面对的外在威胁，也不是因为他在露西尔身上看到了他母亲的影子，觉得她就是那个站在教室门口或者坐在医院病床上的女子，而他这次得到了全新的拯救她的机会。而是那种孤独。他们两个就算从地表消失，也不会有任何人察觉。

亚历山德拉把他们分享的那支烟递给他，哈利吸了一大口，看着烟雾盘绕着升向天花板，与此同时，床头柜上那台小小的几内亚产音箱传来《嘿，这不是道别该有的方式》的歌声。

“听起来是讲我们的。”她说。

“呃，分手的情侣？”

“对。科恩还说不要谈论爱或枷锁[①]。”

哈利没有答话。他捏着香烟，盯着烟雾，但也能意识到她仍旧躺在床上，面对着他。

“顺序错了。”他说。

---

① 来自《嘿，这不是道别该有的方式》的歌词，大意为“但让我们不要谈论爱或枷锁，还有我们无法放手的事”。

“因为我们见面的时候，萝凯已经进入你的人生了？”

“我只是想到了一个女人对我说过的话。她说作者改一下语句的顺序，就能骗过我们。”他又吸了一口烟，“不过，是啊，也许萝凯的事也一样。”

又过了一会儿，他感觉到了她的泪水落在他腹部的暖意。他自己也很想哭。

窗户嘎吱作响，仿佛外面有什么东西想要进到屋里，到他们身旁。

37

星期三　　反射

托帕斯维恩路[1]有些名不副实。这条路蜿蜒穿过别墅区，朝高处又延伸了好一段路，但道路的尽头离科尔索斯山的顶部仍有不小的距离。特里·沃格把车停在路边。他的头顶上有座森林。在黑暗里，他能分辨出高处的某种明亮之物，他知道那是颇受登山者和另一些傻瓜欢迎的岩壁。

他摆弄着身边那把刀的刀鞘，又看向手电筒和副驾驶座上的尼康相机。几秒钟过去。几分钟过去。他俯视下方黑暗里的灯光。罗森维尔德中学就在那里的什么地方。他知道这些，是因为他发掘吉妮的时候，她还只是个学生。正是他——特里·沃格——的功劳，是他动用自己作为乐评人的影响力，把她和她毫无才能的乐队从地下抬到了灯光下，让他们进入主流圈子，进入市场。她当时十八岁，在那儿上学，他开车来过几次，因为他对学校环境下的她很好奇。这又有什么错？他只是逗留在校园外，想要看一眼他打造的明星，甚至连照都没拍过，尽管这么做毫无难度。他带在身边的长焦镜头本可以拍下吉妮的清晰照片，而且是那样纯真，和她在舞台上危险又充满诱惑力的形象截然不同。但如果像那样在校园周围转悠，一旦被人发现就很容易遭到误解，所以他那两次都选择了放弃，转而去演唱会上寻找她的身影。

他正要确认时间的时候，手机响了。

“喂？”

---

① Toppåsveien，在挪威语中意为“山顶之路”。

“看来你就位了。”

沃格扫视周围。停在路上的车只有他这辆，他也没看到有人站在路灯下。那家伙是在林子里观察他吗？沃格的手握紧了刀柄。

“带上你的手电筒和相机，沿着林间小路一直走，越过分界线，注意观察左手边。大约一百米后，你会看到树干上的反光油漆。离开小路，沿着反光油漆往前走。懂了吗？”

“懂了。”沃格说。

“等到了位置后，你会明白的。到了以后，你有两分钟时间拍照。然后你再往回走，坐上车，直接开回家。如果你在一百二十秒后还没走，我就会来找你。明白了吗？”

“明白。”

“那么，是时候收获你的奖赏了，沃格。抓紧时间。”

电话挂断了。特里·沃格深吸一口气，有个念头冒了出来。他可以转动车子点火装置里的钥匙，直接离开这儿。他可以去史多不雷森酒吧喝一杯啤酒，告诉所有愿意听的人，说他和那个连环杀手通过话，他们原本打算见面，但特里在最后一刻退缩了。

沃格听到了自己的干笑声，他抓起相机和手电筒，走出了车子。

也许这里是山坡的背风面，因为这里的风不知为何没有地势更低的市中心的风那么强烈。他发现了那条离大路几米远的林间小路。他越过分界线，最后一次转身看向路灯，随后打开手电筒，继续深入黑暗。树梢上方传来飒飒的风声，脚下的碎石嘎吱作响，他计算着步数，用手电筒来回照亮地面和左侧的树干。在走到第一百零五步的时候，他看到第一块反光油漆在手电筒的光束里闪闪发亮。他在森林更深处看到了第二块。

他又摸了摸外套口袋里的刀鞘，随后将相机带子挎在肩头，跳过沟渠，走向林木之间。这是一片松林，树木之间的空隙很宽，他在穿行时不用费太多力气，还能保证一定的可见度。油漆涂在和眼睛齐平的高度，两根被选定的树干之间相隔十米到十五米。地势渐渐陡峭起来。在途中某处，他停下脚步来平复呼吸，同时用一根手指划过树上的油漆。他看了看手指。油漆新涂上去不久。他站在一层厚厚的松针上，高大的松树围绕着他。来自树梢的沙沙声那么遥远，反而让树干以几乎无法察觉的幅度摇曳时发出的嘎吱和噼啪声明显起来。这些声音来自四面八方，就好像这里正在发生一场对话，就好像它们正在讨论该如何处理这位夜游的宾客。

沃格继续向前。

林木的密度逐渐增加，可见度变差，油漆块的间距也缩短了，此时地面格外崎岖又陡峭，再计算步数也失去了意义。

紧接着，他突然踏上了平坦的地面，森林也开阔起来。手电筒射出的光束照入一小片空地，随后照亮了又一片油漆。这次可不是一小块，而是字母“T”的形状。他靠近了些。不，那是个“十”字。在这片空地的中央，他抬高了手电筒。除了这个“十”字以外，他看不到别的反光油漆。他的旅程抵达了终点。他屏住了呼吸。他能听到某种声音，就像两根木棍互相敲打的声音，但他什么都看不到。

接着，就像要帮助他那样，月亮出现在掠过的云彩之间，让这片空地沐浴在柔和的黄色光芒里。然后他看到了。

他发起抖来。他首先想到的是比利·霍利迪的一首老歌《奇异果实》。因为那东西——那两颗挂在树枝上的人头——的确给他这种印象。两颗脑袋的长发在风中摇摆，在彼此碰撞时发出空洞的声响。

他立刻想到，那肯定是贝婷·贝蒂尔森和海伦妮·罗德。不是因为他认出了那两张仿佛面具的僵硬脸孔，而是因为一个是黑发，另一个则是金发。

他心跳加速，拿起背后的相机，再次开始计数。这次并非步数，而是秒数。他一次又一次按下快门，闪光灯不断明灭，月亮也在此时消失于云层后。他数到了五十，靠近了些，重新聚焦，继续拍照。他的兴奋要多过惊惧，不再把那两颗头颅当成不久前还活着的人，而是证明。证明马库斯·罗德是无辜的。证明他——特里·沃格——不是骗子，而是真的和凶手说过话。证明他是挪威最好的犯罪线记者，值得所有人的尊敬：他的家人的、索尔斯塔德的、吉妮和她那个垃圾乐队的。还有——最重要的是——莫娜·达亚的敬佩和赞赏。被解雇以后，他把那个念头赶出脑海，不愿面对自己在她心目中的地位一落千丈的事实。但现在事态有了翻天覆地的变化，所有人都喜欢翻身的咸鱼。他迫不及待要和他们再见面了。不，他真的等不下去，所以他必须确保会和他们碰面，他也向自己保证，等达格妮娅回拉脱维亚以后，他就会立刻安排。

九十。他还剩下三十秒。

我就会来找你。

就像民间传说里的巨魔。

沃格放下相机，用手机拍摄起来。他把相机对准自己，好证明在场拍照的就是他本人。

是时候收获你的奖赏了，那家伙是这么说的。这就是沃格看到树上的人头时，联想起比利·霍利迪那首歌的原因吗？那首歌描述的是美国南方对黑人的私刑和杀害，但不是……这样。那人说“收获”，意思是他能带走那两颗头颅吗？沃格朝那棵树靠近了一步，停了下来。他疯了吗？这是那个杀人凶手的战利品。而且时间用完了。沃格把相机挎回身后，将双手抬到空中，向森林里观察的视线证明，他已经完工，准备离开。

返回的旅程更加艰难，毕竟他没有反光油漆能指路，即使他加快了脚步，也花了将近二十分钟才找到那条林间小路。等他回到车里发动引擎的时候，有个念头浮现于他的脑海。

就算他不带走那两颗头颅，也该带走点什么的。比如一绺头发。事实上，他拍下的那两颗头颅，就算是看过贝婷·贝蒂尔森无数照片以及海伦妮·罗德不少照片的他，都没法断定就属于那两人，又或者是不是真正的人头。该死！要不是楚斯·班森辜负他的信任以后，他耍了点花招又被人揭穿，人们肯定二话不说就相信这些实实在在的图像证据。现在他要承受被人认为再次编造谎言的风险，后果则是彻底完蛋。他要不要直接报警？

他们能在杀人凶手逃脱前赶来吗？

驾驶车子在托帕斯维恩路上行驶的时候，他回想起了那家伙的话。坐上车，直接开回家。

那家伙担心沃格会等着自己出现。为什么？也许离开森林的道路只有这一条。

他放慢车速，按下手机屏幕。他一边留意路况，一边打开来时用过的地图网页。查阅之后，他得出了结论：如果那家伙是开车来的，能停车的位置就只有两条路。沃格驱车来到托帕斯维恩路的尽头，来到了另一条道路上。这一条路的尽头就是那条林间小路开始的位置。两条路上都没有车辆停靠。好吧，也许那人是从主干道一路走过来的。在路灯下穿过安静的街区，承受住户的目光，背包里放着两颗人头和一罐油漆。也许真是这样。也许不是。

沃格又研究了一会儿地图。先爬到山顶，再从背面绕到主干道的这段路，以步行而言陡峭又费力，他在地图上也没找到别的林间小路。但地图上显示了那片适合攀登的岩壁，其底部还有一条小路。在那里，靠近西边的地方，有条小路通向一片住宅区和一座足球场。在那里，你可以开车经过科尔索斯购物中心，前往主干道，完全不需要靠近托帕斯维恩路。

沃格思索了片刻。

如果那家伙去过森林里，且在相同的位置，沃格就十分确定他会选择哪条撤退路线了。

哈利惊醒过来。他没打算睡着的。是什么声音吵醒了他吗？也许是一阵狂风吹倒了庭院里的什么东西，或者是一场梦，一场他好不容易才挣脱的噩梦。他转过身，在昏暗之中，他分辨出了那颗背对他的脑袋，还有倾泻在白色枕头上的黑发。萝凯。她动了动，也许是同一个声音吵醒了她，也许是她感觉到他醒了，她每次都能感觉到。

“哈利。”她睡意蒙胧地嘟哝。

“嗯。”

她转过身来。

他抚摸她的头发。

她伸手去摸床头灯。

“别开。”他轻声说。

“好吧。我要——”

“嘘。安静……一会儿就好。一小会儿。”

他们沉默地躺在黑暗里，他用一只手拂过她的脖子、肩膀和头发。

“你在假装我是萝凯。”她说。

他没有回答。

“你知道吗？”她说着，轻抚他的脸颊，“没关系。”

他笑了，亲吻了她的额头。“谢谢。谢谢，亚历山德拉。但已经足够了。烟？”

她的手伸向床头柜。她通常抽的是另一个牌子，但今天买了一盒骆驼牌的，因为那是他习惯的牌子，她又没什么特别偏好。床头柜上有东西亮了起来。她把手机递给他，他看向屏幕。

“抱歉。这电话我得接。”

她疲惫地笑了笑，点着了打火机。“你就没有不用接的电话，哈利。你应该偶尔试试不接，也没什么坏处。”

“孔恩？”

“呃……晚上好，哈利。是罗德的事。他想修改证词。”

“哦？”

“他现在声称自己早些时候在另一间公寓里见过苏珊·安德森，就是托马斯·赫夫蒂路的那间，说他们在那里上了床，他还亲吻了她的乳房。他说他之前不想提起这件事，最主要的原因是他担心会和谋杀扯上关系，也是为了向他妻子隐瞒。他说他明白这样做等于给出虚假陈述又被揭穿，所以他担心修改证词会显得更加可疑。此外，他既没有证人，也没有其他支持性证据能证明这件事。因此他之前愚蠢地坚称自己没见过她，指望你或是警方能找到犯人或者其他证据，为他洗清罪名。他是这么说的。”

“呃，是拘留室里的煎熬软化了他的态度吗？”

“你要问我的话，我会说是你。我觉得被人攥住喉咙就像是叫醒服务。他发现‘惩罚’这种事是存在的。他也能看出案情毫无进展，他也无法忍受长达四个星期的拘留。”

“你是说四个星期不碰可卡因吧？”

孔恩没有回答。

“他对但丁宅第是怎么说的？”

“他还是不肯承认。”

“好吧，”哈利说，“警方不会放过他的。他没有证人，而且他的看法没错，改变说法只会让他像是一条想要挣脱鱼钩的蠕虫。”

“我同意，”孔恩说，“我只是想告诉你最新情况。”

“你相信他的话吗？”

“这重要吗？”

“我也不信。但他撒谎的水平相当高明。多谢你及时告知。”

他们挂了电话。哈利躺在那里，拿着手机，注视着黑暗，试图把线索拼凑起来。因为线索总能拼凑在一起，从不例外。所以问题在于他，不在线索本身。

“你在做什么？”亚历山德拉说着，吸了一大口烟。

“我在努力看，但眼前一片漆黑。”

“你什么也看不见？”

“噢，能看见一点，但我分辨不出那是什么。”

“在黑暗里看东西的诀窍是，不要直视它，视线要往边上偏那么一点。这么一来，你反而能看得更清楚。”

“是啊，我也是这么做的。但那东西好像原本就在那儿。”

“在边上？”

“对。就好像我们要找的那个人就在视野里。就好像我们见过他，却不知道要找的就是我们见过的那个人。”

“这该怎么解释？”

“这件事——”他叹了口气，“我自己还没能理解，所以不会尝试解释。”

“是那种‘不知怎么就是知道’的事？”

“其实没什么神秘的，只是大脑通过拼凑已知信息计算出了一些东西，却忘了告诉我们细节，仅仅提供了结论。”

“是啊，”她轻声说着，再次深吸一口，把烟递给他，“就像我知道是毕尔·侯勒姆杀害了萝凯那样。”

哈利手里的烟落到了被子上。他拾起烟叼在嘴里。

“你知道？”他说着，吸了一大口。

“知道。也不算知道。就像你说的。大脑在你没有经过有意识尝试，甚至没那个打算的情况下评估了信息。然后你得出了答案，但没有计算过程，你只能用结果倒推，确认你的大脑趁着你思考另一件事的时候想到了什么。”

“你的大脑想到了什么？”

“想到了侯勒姆发现你才是孩子父亲的时候，他需要设法复仇。他谋杀了萝凯，让证据指向你。你说过是你杀了萝凯。因为你觉得这是你的错。”

“是我的错。就是我的错。”

“毕尔·侯勒姆想让你感受和他一样的痛苦，不是吗？失去最爱的那个人，并且感到内疚。我有时候会想，你们两个当时肯定很孤独。两个不再是朋友的朋友。因为……发生的那些事分道扬镳，然后又都失去了自己爱的女人。”

“嗯。”

“很痛苦吗？”

“很痛苦，”哈利狠狠地吸了口烟，“换成我，也会和他一样。”

“和他一样轻生？”

“我宁愿称之为‘自尽’。我的人生已经没什么可重视的了。”

亚历山德拉接过那支烟。那支烟已经快烧到过滤嘴了，于是她把烟丢进烟灰缸，依偎在他怀里。“如果你想要的话，我可以多当一会儿萝凯。”

特里·沃格试图忽略升降索在风中不断拍打旗杆的恼人噪声。他把车停在低调且不张扬的科尔索斯购物中心前方。店铺都已关门，所以这儿停的车不多，但足够藏起他的车，以免被从住宅区驶来的少数车辆发现。他已经在这儿等了半个小时，看到的路过车辆的总数不过四十。他没用闪光灯，就这么拍下了每一辆车驶入路灯范围的画面，距离他所在的位置只有四五十米。照片的清晰程度足够他看清车牌了。

已经有将近十分钟没有任何车辆经过了。天色已晚，人们在这种天气多半会尽量留在家里。沃格听着升降索的声音，断定自己等得够久了。另外，他还有照片要发表呢。

他还有那么点时间，可以考虑发表照片的具体方式。如果使用他自己的平台和博客，无疑能再次带来热度。但如果他想让博客运转起来，而不只是重回原状，他就需要大型媒体的协助。

想到索尔斯塔德那天早上被咖啡呛着的样子，他不禁笑了起来。

然后他转动点火装置里的钥匙，打开储物柜，拿出一张有划痕又老旧的很久没播放过的 CD，放进那台上了年纪的播放器里。把吉妮带着鼻音的可爱歌声调高，再把脚踩在油门上。

莫娜·达亚不敢相信自己的耳朵。不相信他的说法，也不相信发话的那个人。但她相信自己的眼睛。所以她现在开始重新考虑对特里·沃格那些故事的看法。他打过来的时候，她几乎是在无意中接起的电话，却也因此不必忍受伊莎贝尔·梅在电视剧《1883》里那段做作的独白。她把安德斯留在沙发上，自己进了卧室。她怀疑安德斯迷上了那位女演员，因此梅的智慧箴言更加令她恼火。

但她现在把那些全都抛到了脑后。

她盯着沃格发来佐证他的说法和提议的照片。他用了闪光灯，所以就算现场光线昏暗，那两颗头颅又在风中摇摆，照片依旧非常清晰。

“我把视频也发来了，所以你能看到拍照的人就是我。”沃格说。

她打开视频，也不再有丝毫怀疑。就算是特里·沃格，也没疯到去布置这么离谱的谎言。

“你应该报警。”她说。

“我已经报了，”沃格说，“他们在路上了，他们会找到那些反光标记，我不觉得他来得及清理干净。据我所知，他应该把那两颗头颅也留下了。无论他们找到什么，都会公之于众，这就代表你和你的报纸没多少时间决定要不要报道了。”

“你的开价是？”

“我会跟你的编辑谈。就像我说的，你只能用我标记为‘有点失焦’的那一张照片，提及我的博客的句子也必须放在开头，就在导言过后。你还必须明确表示，博客上有更多照片和一段视频。你觉得可以吗？噢，对了，还有一件事。署名是你，也只有你，莫娜。我现在是个局外人。”

她又看了看那些照片，发起抖来。不是因为她看到的东西，而是因为他念出她名字的方式。一半的她很想大喊“不！”，然后挂断电话。但现在当班的是另外半个她。她什么也做不了。而且归根结底，需要做决定的人不是她，那是编辑的责任，谢天谢地。

“好的。”

“很好。让编辑在五分钟之内回我电话，好吗？”

莫娜挂了电话，在联络人里找到了朱莉娅的名字。在等待朱莉娅接听的时候，她感觉自己的心脏在狂跳。也听到那十个字在脑海里回荡。*署名是你，也只有你，莫娜。*

38

星期四

亚历山德拉用放大镜一毫米又一毫米地扫过海伦妮·罗德的头颅。今早来到研究所以后，她就在这么做，现在已经快到午餐时间了。

“你能来一下吗，亚历？”

亚历山德拉暂时停下了搜寻线索，走向工作台的另一边，赫尔格正在那里忙着研究贝婷·贝蒂尔森的头颅。除了他以外，她不允许任何人把她的名字简略成那种性别模糊的称呼，也许是因为从他嘴里说出那几个字显得那么自然，近乎深情，就好像她是他的姐妹一样。

“怎么了？”

“这里。”赫尔格说着，按下贝婷头颅上正在腐烂的下唇，又将放大镜举在下颚的牙齿前方，“这里，看着像皮肤。”

亚历山德拉凑近了些。在肉眼下几乎看不见，在放大镜下却毋庸置疑。一块干瘪的白色薄片从两颗牙齿之间伸出。

“天哪，赫尔格，”她说，“的确是皮肤。”

还差一分钟到十二点。卡翠娜扫视假释厅里的听众，得出了结论：就像上次那样，媒体全体出动了。她看到特里·沃格坐在莫娜·达亚身边。考虑到他为《世界之路报》送上的那份大礼，这也没什么奇怪的。但她还是觉得达亚看起来有些不安。卡翠娜的视线向后排游移，注意到她先前没见过的一名男子，判断他肯定来自教会杂志，或者某个基督教报社，因为他佩戴着牧师领。他坐在那儿，背脊挺得笔直，直视着她，就像个期待又专心的学童。他的脸上始终带着笑容，双眼一眨不眨，让她想起了腹语表演者的手偶。在房间的最后方，她看到哈利背靠墙壁，双臂交叠。然后新闻发布会开始了。

肯杰尔斯基概述了情况，说警方根据记者特里·沃格提供的信息赶到了科尔索斯山顶部，在那里发现了贝婷·贝蒂尔森和海伦妮·罗德的头颅。又说沃格发表了声明，警方目前也不打算起诉该记者在案件中的行为。他说他们当然没法排除两人或更多人合作实施谋杀的可能性，但按照目前的情况，马库斯·罗德会被释放。

随后，就像昨晚的回音那样，询问的风暴席卷而来。

博迪尔·梅林也坐在讲台前，负责处理性质一般的问题。她还特意让卡翠娜回答关于哈利·霍勒的一切问题。

“我认为最好的情况是，你在回答里完全不要提到霍勒。”总警司是这么说的。也不要提及罗德全新的不在场证明——他在两起谋杀案发生时去了针对男性客人的俱乐部——毕竟这份信息的获取方式非常不光彩。最初的几个问题都和头颅的发现有关，卡翠娜回以标准措辞，说自己无法回答，或者不能发表评论。

“这是否代表你们在犯罪现场没能找到法医证据？”

“我说的是‘我们不能就此发表评论’，”卡翠娜说，“但我认为我们可以肯定地说，科尔索斯在我们看来并非最初的犯罪现场。”

有些较为老练的记者轻笑起来。

一名技术人士提问了几次后，有人提出了第一个尴尬的问题。

“在拘留马库斯·罗德的四天后就释放他，会让警方觉得丢脸吗？”

卡翠娜看了眼博迪尔·梅林，后者点点头，表示想要自己回答。

“就像其他案件那样，警方只能用手头的工具进行调查，”梅林说，“工具之一就是拘留那些由于技术性或战术性的间接证据而背负嫌疑的个人，这是为了将犯人逃亡和篡改证据的风险降到最低。这不代表警方认定犯人已经落网，或者误以为关于拘留原因的进一步调查不再有必要。根据我们在星期日得到的信息，对我们来说，类似的情况还会发生。所以不，这没什么丢脸的。”

“但发现信息靠的不是调查，而是特里·沃格。”

“有给民众提供信息的方便、公开的线路也是调查的基本元素之一。调查工作的一部分就是筛查这些信息，事实上，我们认真看待沃格的来电，这正是我们做出正确判断的例证。”

“你的意思是，你们很难判断该不该认真看待沃格的来电？”

“无可奉告。”梅林简略地说，但卡翠娜看到了那一丝笑意。

此时，各种问题纷至沓来，但梅林的回答冷静又自信。卡翠娜不禁怀疑自己误解了这名女子，也许她不只是个阴郁的野心家。卡翠娜趁这段时间审视起观众席上的人们，看到哈利拿出手机看了看，然后大步走出大厅。

等梅林回答完一个问题，轮到肯杰尔斯基安排的队列里的下一位记者对讲台上的众人提问的时候，卡翠娜感觉到外套口袋里的手机振动起来。下一个问题仍旧是问向梅林。卡翠娜看到哈利重新走进大厅，对上她的目光，又指了指自己的手机。她理解了他的意思，于是在台下悄悄拿出手机。是哈利发来的短信。

法医研究所找到了 DNA，百分之八十一致。

卡翠娜又读了一遍。这里的“百分之八十”，不代表 DNA 图谱有百分之八十一致——那样的话，所有人类和所有包括蜗牛在内的动物都能得出这种结果。这句话里的“百分之八十一致”，代表有百分之八十可能找到了那个人。她感觉自己的心率在飙升。那位记者说得对，他们在科尔索斯山顶的那棵树周围没能发现任何证据，所以这真的太棒了。百分之八十和百分之百不同，但那毕竟是……百分之八十。再考虑到现在还只是中午，他们应该来不及获取完整的 DNA 图谱，所以在今天过去之前，这个数字还有可能升高。但也许会降低？说实在的，亚历山德拉解释 DNA 分析的各种细节时，她没能全部理解。但无论如何，她现在只想站起来冲出门外，而不是坐在这里给秃鹫喂食，毕竟他们终于掌握了线索，掌握了犯人的名字！这个人就在他们的数据库里，或许有过前科，至少是他们逮捕过的人。某个……

有个念头掠过她的脑海。

别是罗德！噢，天哪，可别又是罗德，她没法再面对那种冗长又复杂的流程了。她闭上眼睛，发觉周围安静了下来。

“布莱特？”那是肯杰尔斯基的声音。

卡翠娜睁开眼睛，道了歉，又请求那位记者重复一遍问题。

“新闻发布会结束了，”尤汗·孔恩说，“《世界之路报》上是这么写的。”

他把手机递给马库斯·罗德。

他们坐在一辆SUV的后排，正在从拘留所返回奥斯陆峡湾区那套公寓的路上。他们获准从警察总署的地下通道离开，绕开了群集在出口的记者。孔恩从一家名叫“守护者”的保安公司租了车和人员，罗德以前就用过他们的服务。这是哈利·霍勒的建议，他的依据也很简单。有六个人一度待在同一间房间里，面对几排绿色的可卡因。在那些人里，三个都被那个似乎越来越像是疯狂连环杀手的人杀害。在剩下的三个人里，其中之一就是下一个受害者的可能性算不上极高，但也有充分理由暂时躲在难以突破的配备保镖的公寓里了。在一番思索过后，罗德同意了。孔恩怀疑前排座位上那两个粗脖子男人在服装、墨镜和锻炼计划方面都受过美国特勤局的影响。他不确定他们身上的黑色成品西服显得如此紧身，究竟是因为他们肌肉发达，还是因为里面有防弹背心。但他确定罗德得到了妥善保护。

“哈！”罗德惊呼道，“听着……”

孔恩当然读过了达亚的专栏，但他能忍受再听一遍。

“‘梅林声称马库斯·罗德的释放并不丢脸，她说得对。他的羁押候审才是丢脸的地方。正如诈骗缉查处几年前不顾一切地猎捕那些高知名度的商业领袖和产业带头人，意图给自己的帽子上增添羽毛，反而玷污了自己的声誉，梅林的部门也落入了相同的陷阱。你们可以喜欢马库斯·罗德，也可以不喜欢他，你们可以宣誓在法律面前人人平等，但竭力针对埃比尼泽·斯克鲁奇而非鲍勃·克拉特基特[①]并不会显得更公平。警方浪费在狩猎‘大熊’上的时间，完全可以用来猎捕那个具有明显特征的家伙：精神紊乱的连环杀手。’”

罗德转头看向律师。

“你觉得关于‘熊’的这段会不会是双关语[②]，暗指我……”

“不会的，”尤汗·孔恩笑了笑，“你现在打算做什么？”

“好问题，我该做什么呢？”罗德说着，把手机还给孔恩，“出狱的囚犯通常会做什么？当然是举办派对了。”

“我要提出反对，”孔恩说，“现在全国人的视线都放在你身上，而且海伦妮……”他的声音小了下去。

“她的尸体还没凉呢，你是这个意思吧？”

“差不多吧。另外，我希望人越少越好。”

“什么意思？”

“意思就是你留在公寓里，且公寓里只有你和你这两位新朋友。至少暂时这样。你可以在公寓里工作。”

“好吧，”罗德说，“但我需要一点东西……来振作精神。希望你理解我的意思。”

“我想我理解，”孔恩叹了口气，“但这种事不能再等等吗？”

罗德大笑起来，一手按在孔恩的肩头。“可怜的老尤汗。你没什么恶习，可多半也没什么乐子可找。我保证不会冒险。我的确想要保住这颗漂亮又独一无二的……”他在自己的头顶画了个圈。

---

① 均为查尔斯·狄更斯《圣诞颂歌》里的角色，斯克鲁奇是看不起圣诞节的冷酷吝啬鬼，鲍勃是他手下备受剥削的职员。

② “熊”是男同性恋圈中的隐语，多指体形较大且体毛旺盛的同性恋者。

“很好。”孔恩说着，看向窗外，看着让奥斯陆步入新世纪的那些条形码大楼[1]严谨却不失趣味的设计。他打消了短暂浮现于脑海的那个念头：如果马库斯·罗德被人砍掉脑袋，他应该不会哀悼太久。

“麻烦把门关上。”博迪尔·梅林说着，从办公桌后走了出来。

卡翠娜关上她和哈利身后的房门，坐到桌边，拉森已经在那里落座了。

“我们掌握了什么？”梅林说着，坐在桌子一头。

她直视着卡翠娜，卡翠娜却朝哈利点点头，后者才刚坐进椅子里。

“好吧。”哈利说着，停顿了片刻，直到换到他喜欢的半躺式坐姿为止。卡翠娜看到了总警司脸上的不耐烦。“法医研究所打电话给我，还——”

“为什么是你？如果他们有东西可以汇报，就该打电话给带领调查的警探。”

“也许是吧，”哈利说，“总之，他们说——”

“不，我想首先弄清楚这件事。他们为什么没有联络首席警探？”

哈利面露苦相，忍住一个哈欠，又看向窗外，仿佛这问题无关紧要。

“形式上也许不对，”卡翠娜说，“但他们联络的是实际上带领调查的个人，如果把‘带领’解读为站在最前列的话。我们能继续往下说吗？”

两名女子四目相对。

卡翠娜很清楚她的话和她说出口的方式可以被理解为挑衅。也许就是。那又怎样？现在不是搞办公室政治和无意义竞争的时候。也许梅林也明白。不管怎么说，她朝卡翠娜短促地点了点头。

“好吧，布莱特。继续说，霍勒。”

哈利朝窗户的方向点点头，就好像和窗外的某人进行了一场无声的对话，这才转头看向其他人。

---

① 指奥斯陆碧悠维卡区于二〇一六年建成的“条形码项目”，由多栋不同高度的高层建筑组成，形似条形码。

“呃，病理学家在贝婷·贝蒂尔森的齿缝里找到了一块皮肤。按照验尸技术员的说法，那块皮肤卡得很松，只要她漱过口或者刷过牙就会消失，所以他们有理由假设，它是在死前不久被卡进去的。比方说她咬过那个凶手。初步得出的DNA图谱和数据库中的某份图谱有很大可能一致。”

“犯罪数据库？”

“那人没有被定罪，但没错。”

“可能性有多高？”

“高到可以逮捕他的程度。”哈利说。

“那只是你的看法。我们承受不了再次抓错人的后果，毕竟媒体——”

“凶手就是他。”哈利低声说，但那几个字仿佛在房间里不断回荡。

梅林的视线转向卡翠娜，后者点点头。

“你呢，拉森？”

“根据病理学家提供的最新信息，可能性有百分之九十二，”拉森说，“凶手就是他。”

“很好，”梅林说着，拍了拍手，“行动吧。”

他们站起身来。

离开的时候，梅林把卡翠娜单独留了下来。

“你喜欢这间办公室吗，布莱特？”

卡翠娜看着梅林，犹豫着说：“是的，这儿看起来不错。”

梅林用手轻轻抚摸其中一把会客椅的椅背。“我这么问你，是因为我还没得到正式通知，但我应该会搬去另一间办公室，也就是说，这里会空出来。”梅林的笑容带着卡翠娜从未见过的温暖，“那我现在就不耽误你了，布莱特。”

39

星期四　观赏用羽衣甘蓝

哈利走进那座公墓。格兰斯莱达街的那家花店推荐他在墓前放观赏用羽衣甘蓝。不是因为它就像一朵漂亮的花，而是因为它的颜色在秋日骤降的气温里只会愈发美丽。

他捡起一根肯定是在昨晚风暴中被折断，如今半搭在墓碑上的树枝，放到树干旁边，转身返回，再用双手把那盆盛开的羽衣甘蓝埋进泥土里。

“我们找到他了，”哈利说，“我觉得你会想知道的，因为我猜你很关注这件案子。”

他抬头看着清新的蓝色天空。“我的看法是对的，凶手曾经出现在本案的边缘地带，是我们见过却视而不见的人。至于其余的一切，我都弄错了。我一直在寻找动机，你知道的，我相信动机会把我们引向正确的方向。当然了，动机也始终存在。但它并不总是闪闪发亮到可以充当北极星的，对吧？至少动机被锁在疯狂的黑暗深处的时候，它就没法发光了。于是我放弃去追究‘为什么’，专注于‘怎么做’。还是之后让史戴和他的同行去研究那个病态的‘为什么’吧。”哈利清了清嗓子，又说：“别再拐弯抹角，直接考虑‘怎么做’？好吧。”

下午三点的时候，爱斯坦·艾克兰走进铁路广场。一个半星期之前，他就是在这里和哈利见面的。感觉就像是很久以前的事了。他经过老虎雕像，看到阿尔弯下腰去，一手扶着旧中央车站大楼的墙壁。

“最近如何，阿尔？”爱斯坦说。

“尝了点垃圾货色，”阿尔说着，又干呕了一声，这才站直身子。他用那件派克大衣的袖子擦了擦嘴。“除此之外挺好的。你呢？好久——”

“是啊，我最近在忙些别的事。”爱斯坦说着，低头看向那摊呕吐物，“还记得我问过你马库斯·罗德的那个派对吧？我跟你说过，那是因为我想知道另一个卖货的家伙是谁。”

“他其实是免费发放的，不过没错，他怎么了？”

“我也许应该告诉你，我跟你打听这事，是因为我在替一个私家侦探工作。”

“噢？”阿尔那双蓝眼睛盯着爱斯坦，“来过这儿的那个条子，哈利·霍勒？”

“你知道他是谁？”

“我也看报的！”

“真的？我可没想到。”

“不那么常看，但自从你告诉我派对上那两个女孩的事以后，我就开始关注那件案子了。”

“是吗？”爱斯坦四下张望。这座广场看起来一如既往。同样的客户群。看起来像游客的游客，看起来像学生的学生，看起来像买家的买家。他现在该住口了。本该住口的，或者说，本该立刻离开的。他为什么总要做过头，为什么就不能遵守基思关于适度的劝诫？他本来只打算在人群里指认出阿尔，再稍稍分散他的注意力。但不行，他必须……

“还是说你真正做的，比关注案子要稍多那么一点，阿尔？”

“什么？”阿尔的眼睛仿佛变圆了。眼白此时格外明显。

“他在派对上结识了那些女孩，或者给她们提供过可卡因，”哈利对墓碑说，“我想他喜欢她们。或者恨她们，谁知道呢。也许那三个女孩也都喜欢他，他长相不错，又有某种魅力。孤独的魅力。这是爱斯坦的说法。所以没错，也许这就是他诱惑她们的手段。又或者是靠可卡因。今早突击搜查他公寓的时候，他不在家里——按照爱斯坦的说法，他在正常工作时间总是在铁路广场。他看起来是单身，但那张床铺得很整齐。他们找到了各种有趣的东西。各种刀。硬核色情片。就在我们对话的时候，法医正在检查他的车。他的床头挂着一张查尔斯·曼森[①]的海报。还有一颗金色的鼻烟子弹，上面刻着首字母'B.B.'，我猜认识贝婷·贝蒂尔森的人会指认那东西属于她。里面装着绿色的可卡因。听着不错，对吧？但你听好了。那张床底下有八公斤的白色可卡因，他们说看起来非常纯。注意，那是八公斤。稍微掺上一点杂质，在街头就能卖到一千万克朗以上。他没有前科，但被捕过两次。一次是轮奸案。他似乎根本不在场，但他的DNA就是这么被存进数据库里的。我们没时间仔细调查他的过去，或者他的童年了，但从他最后长成那种烂人来看，恐怕也好不到哪儿去。所以就是这样。"他确认了时间，又说："我猜他们眼下正要逮捕他。他警惕到近乎成了偏执狂的程度，这点是出了名的，'收藏刀具'和'广场上挤满了人'这两个因素加在一起，也就代表他们要用爱斯坦来分他的心。要我说的话，让外行人参与是个坏主意，但这似乎是上头的命令。"

"你他妈究竟什么意思？"阿尔说。

"没什么意思。"爱斯坦说着，始终留意阿尔深埋在派克大衣口袋里的双手。

他突然想到，他此时或许有危险。所以他为什么还要站在这里拖延时间？他看向阿尔的手。他的口袋里放着什么？在那一刻，爱斯坦意识到这种情况正是他喜欢的，意识到他终于成了关注的中心，也意识到此时此刻，无线电通信里多半在抱怨说"他怎么还杵在那儿？""他有点怯场了""该死的，他还吹自己冷静呢！"。

① Charles Manson，美国邪教组织曼森家族的领导人，美国历史上最著名的连环杀手之一。

爱斯坦看到两颗红色的光点出现在阿尔那件派克大衣的胸口。

他出风头的时间结束了。

“祝你今天过得开心，阿尔。”

爱斯坦转过身，朝大路和公交车站走去。

一辆红色的公交车刚好经过他的前方，借着窗户里一闪而过的倒影，他看到广场上有三个人同时开始移动，又各自将一只手伸进衣服里。

他听到了阿尔的尖叫声，刚好看到他们将他扭倒在地，其中两个用手枪抵在阿尔的背上。就在这时，那辆公交车开走了，他抬头看向皇宫方向的卡尔约翰街，看着朝他涌来，又逐渐远去的人流，短暂地回想了他这辈子遇见又离开的所有人。

哈利用僵硬的膝盖站起身来，低头看着那朵淡粉色的花，就像卷心菜。他抬起目光，看着墓碑上的名字。毕尔·侯勒姆。

“现在你知道来龙去脉了，侯勒姆。我也知道你长眠的地方了。也许我还会回来。顺带一提，妒火酒吧的人也很想你。”

哈利转过身，朝他走进公墓的那扇门走去。他拿出手机，再次拨打了露西尔的号码。

这次仍旧无人接听。

米凯·贝尔曼站在窗边，薇薇安把警方在铁路广场成功逮捕的简短报告递给了他。

“多谢。”他说着，目光一如既往地找出了重点部分，“事实上，我打算发表声明，召开一场新闻发布会，赞扬警方的不懈努力，还有他们在处理疑难案件时的职业道德和专业精神。你能帮我起草一份稿子吗？”

“当然。”她说。他能听出她语气里的热情。这是他第一次委托她从零开始撰写文章。但他也察觉到了忧虑。

“怎么了，薇薇安？”

“您不担心这样会被人理解为有罪推定吗？”

“不。”

“不？”

贝尔曼转头看向她。她那么漂亮、那么聪明，但也那么年轻。他开始倾向于稍微年长些的对象了吗？比起伶俐更喜欢智慧了吗？

“用致敬全国所有警察的口气来写就好，”他说，“司法部长不会对个别案件发表意见。如果有人想把这篇声明和这起案件的解决联系在一起，那就随他们的便吧。”

“但所有人都在谈论这起案件，所以大多数人都会把它们联系在一起吧？”

“希望如此。”贝尔曼笑了笑。

“这样不就会被理解为……？”她不确定地看着他。

“你知道有人在冬季奥运会上夺得金牌的时候，为什么首相会通过电报道贺？因为这些电报会刊登在新闻上，这么一来，首相就能沾上一点光，并且提醒民众是谁创造了各种便利条件，让这么个小国有能力摘得这么多枚金牌。我们的新闻发布会不但很合适，还能展示我和民众有多合拍。我们会把一个推销毒品的连环杀手关进拘留室，这样甚至比关进去一个有钱人更好。我们赢下了金牌。明白了吗？”

她点点头。“我想是的。”

40

星期四　　恐惧的缺失

特里·沃格抬起椅子——只到臀部高度，他没法抬得更高了——然后砸向墙壁。

“操，操，操！”

定位经过科尔索斯购物中心的那些车辆的所有者并不困难。你只需要登录车辆登记号网，输入车牌号，然后——付一定费用后——就能拿到所有者的姓名和地址。他花了超过两千克朗和几个小时，最后拿到了一份有五十二个名字和地址的完整名单，正打算开始拨打电话。但此时在《世界之路报》的网站上，他看到那家伙已经被捕，就在铁路广场上！

那把椅子甚至没有翻倒，就这么顺着倾斜的地板朝他滑了回来，仿佛在示意他坐下来，冷静地评估状况。

他双手掩面，试图按照椅子的提议去做。

他的计划是挖出有史以来最大的独家新闻，甚至超越他在科尔索斯拍下的那些头颅的照片。他打算凭一己之力找出那个凶手，随后——这里是计划里最天才的部分——要求就那些谋杀案对行凶者进行独家的深度采访，他给对方的回报则是彻底的信源保护。沃格会对他解释说，公布采访内容会更加巩固信源的保密性，让他们双方都无须面对警方或是其他官方机构的控告。然而，他不会提到这种对信源的保护——正如特定职业的机密信息和保密义务那样——是有限的，必然无法在生命受到威胁时维持下去。因此，等到采访刊载后，沃格就会立刻将杀人凶手的下落告知警方。他是个记者，没人能因此指责他，他只是在做本职工作而已，尤其是因为他，特里·沃格，正是找到凶手的那个人！

可现在，有人抢在了他前头。

妈的！

他浏览了其他报纸的网站。没有那家伙的照片，没有名字。这是常规做法，毕竟那个人不是什么高知名度人物，比如马库斯·罗德。这就是斯堪的纳维亚人典型的纵容手法，保护那些杂种，让你想要移民去美国，或者另一些更能让记者施展拳脚的地方。好吧。就算他能找到名字，又能怎么样？他只能怪自己没能早点找出凶手，然后打电话过去。

沃格重重叹了口气。他这个周末的心情都好不起来了。达格妮娅也会受他影响。可她也只能忍着了，毕竟她的机票钱有一半是他出的。

六点钟的时候，奥纳小组的所有人都聚集在了 618 号病房。

爱斯坦带来了一瓶香槟，以及几个塑料杯子。

“我是在警察总署拿的，”他说，“大概是作为谢礼。我想他们肯定也留了几瓶。我从没见过那么多快活的条子。”

爱斯坦拔出软木塞，给杯子倒上酒，楚斯分发给所有人，包括面带微笑的吉布兰·塞西。他们举杯祝酒。

“我们就不能继续像这样碰头吗？”爱斯坦说，“用不着非得解决案子。我们可以讨论……比方说，谁是全世界最被低估的鼓手。顺带一提，正确答案是林戈·斯塔尔。最被高估的鼓手是谁人乐队的基思·穆恩，最好的鼓手当然是齐柏林飞艇的约翰·博纳姆。”

“听起来这种碰面的时间长不到哪儿去。”楚斯说，所有人都大笑起来，尤其是楚斯本人，因为他发现自己的话确实很好笑。

“好了好了，”等笑声平息后，奥纳在病床上说，“我想是时候总结了。”

“对。”爱斯坦说着，靠向椅背。

楚斯只是点点头。

他们三人期待地看向哈利。

“呃，”哈利摆弄着塑料杯，还没喝上哪怕一口，“我们还不清楚所有细节，还有些疑问没能解答。但我们可以在那些点之间画几条线，看看能否得出清晰的画面。如何？”

“说得好。”爱斯坦说着，赞同地跺了跺脚。

“我们有个动机不清楚或者无法被理解的杀人凶手，”哈利说，“希望讯问能多给我们一些信息。另外，我觉得整件事显然是从罗德住处的那个派对开始的。你们应该记得，我认为我们应该追捕那个可卡因贩子，但我必须承认，在两个可卡因贩子中，我关注错人了。毕竟那个戴着口罩、墨镜和棒球帽的家伙很容易被当成坏人。在说凶手之前，我们先来回顾一下对这个毒贩的了解吧。我们知道这家伙是个外行人，手里有来自最近那次毒品查没的绿色可卡因样品。我们就叫他‘新手’吧。我的猜测是新手是毒品被送去分析的途中某个环节的工作人员，比如海关官员，或者在警方仓库工作的人。他发现这批货的质量很离谱，觉得这就是他中头彩的机会。在偷走那么多查没品以后，他需要做的就是把整批货卖给某个理解它的质量，又买得起那么大一批货的人。”

“马库斯·罗德。”爱斯坦说。

“完全正确。所以新手才会那么坚持让罗德尝一口。他就是目标。”

“背锅的人却成了我。”楚斯说。

“但我们暂时忘记新手这号人吧。”哈利说，“马库斯朝桌子打了喷嚏，也彻底毁掉那个可怜鬼的计划以后，是阿尔给马库斯提供了可卡因。或许还有那两个女孩，尽管她们已经尝过了那种绿色的。女孩们喜欢阿尔。他也喜欢她们。于是他引诱她们去森林里散步。我从这部分开始就没法理解了。他是怎么做到的？他是怎么让苏珊自愿跨越大半个城市，在那种人迹罕至的地方和他见面的？光拿些普通品质的可卡因在她鼻子下面晃荡就行了吗？不太可能。贝婷在她所认识的女孩刚失踪不久的时候，又怎么会自愿和他在森林里碰面？在那两场谋杀过后，他究竟又是用什么法子说服海伦妮·罗德自愿跟他在《罗密欧和朱丽叶》的幕间休息时结伴离开的？”

“最后这件事能确定吗？”奥纳问。

“是的，”楚斯说，“警方和售票处进行了核对，找到了他们送给罗德的戏票的座位号，还有坐在她身边的人。他们也说坐在旁边的女人在幕间休息以后就没回来。衣帽间的服务人员也记得有位女士来取走了外套，当时有个男人站在稍远处，背对着她。她记得这件事，因为在那场戏的休息时间离开的只有他们。”

“我和海伦妮·罗德谈过话，”哈利说，“她是个聪明的女人，能照看好自己。她会在戏剧中场休息时自愿和不熟悉的毒贩一起离开，这在我看来真的不合情理。尤其是考虑到之后发生的一切。”

“‘自愿’这个词你提起好多次了。”奥纳说。

“是啊，”哈利说，“她们应该……害怕才对。”

“继续说。”

“是的，应该惊恐。”哈利用的不再是平时那种无精打采的坐姿，而是坐在椅子边缘，身体前倾，“这让我想起我在洛杉矶的时候，有天早上醒来，我看到了一只老鼠。它直接走到了家猫面前。不用说，那只猫杀掉了它。几天前，我在奥斯陆看到了同样的事。我不知道这两只老鼠出了什么问题，也许它们都被下了药，失去了恐惧的本能。”

“恐惧是好事，”爱斯坦说，“至少有一点点恐惧是好事。比方说，对陌生人的恐惧。‘排外’这个词带有相当大的负面含义，而且没错，有很多非常糟糕的坏事可以归咎给它。但我们生活的这个世界讲究弱肉强食，如果你对陌生的事物没有该有的惧怕，那你迟早得遭殃。你觉得呢，史戴？”

“的确，”奥纳说，“当我们的感官把某些事物识别为危险的时候，杏仁核就会分泌谷氨酸之类的神经递质，让我们害怕。它就是人体通过进化形成的烟雾报警系统，没有了它……”

“我们就会被烧成灰。”哈利说，“所以这些受害者出了什么问题？那两只老鼠呢？”

他们四个面面相觑，沉默不语。

“弓形虫病。”

他们转头看向房间里的第五人。

“老鼠得了弓形虫病。”吉布兰·塞西说。

“那是什么？”哈利问。

“那是一种能感染老鼠，然后阻断其恐惧反应，再用性吸引力取而代之的寄生虫。老鼠靠近猫，是因为它受到了性吸引。”

“你肯定在开玩笑吧。”爱斯坦说。

吉布兰笑了笑。“不，那种寄生虫叫作弓形虫，也的确是全世界最常见的一种寄生虫。”

“等等，”哈利说，“它只能在老鼠体内找到？”

“不，它能存活在几乎所有温血动物体内。但它的生命周期会在被猫视为猎物的那些动物的体内进行，因为寄生虫需要回到主要宿主的肠内繁殖，而主要宿主必须是猫科动物。”

“所以从理论上来说，这种寄生虫也可以存在于人类体内？”

“不只是理论上。在世界上的某些地区，人类感染弓形虫病是相当常见的情况。”

“然后他们就会觉得猫，呃……有性吸引力？”

吉布兰大笑起来。“我倒是没听说过这种事。也许我们的心理学家知道？”

“我熟悉这种寄生虫，所以我早该想到的。”奥纳说，“这种寄生虫会攻击大脑和眼睛，有研究表明，感染后，从前没有心理问题的人会开始做出异常行为。倒不是说他们会和猫发生性关系，但他们的确会出现暴力行为，主要针对他们自己。据说有许多起自杀都该被归咎于这种寄生虫。我在一篇研究论文上读过，感染弓形虫病的人反应速度会降低，卷入交通事故的可能性是普通人的三到四倍。有一项有趣的研究表明，患有弓形虫病的学生更可能成为生意人。他们推断说，这是因为缺失对失败的恐惧。”

“缺失恐惧？”哈利说。

“对。”

“但没有性吸引力？”

“你的想法是？”

“我想的是，那些女孩不只是自愿离开的，她们还跨越城区，或者抛下自己喜爱的戏剧作品，就为了和凶手在一起。没有发现强奸的迹象，森林里的脚印也表明他们走路时挽着手臂，就像恋人。”

“被感染的老鼠会被猫和猫尿的气味吸引。”吉布兰说，“想象一下吧，那种寄生虫会啃食老鼠的大脑和眼睛，与此同时，它又知道自己必须回到猫的体内，因为只有猫的肠道才是有助于它繁殖的环境。所以它会改变和修改那只老鼠的大脑，让它觉得猫的气味有性吸引力。这么一来，老鼠就会主动帮助寄生虫回归猫的肠道。”

“活见鬼。”楚斯说。

“是的，让人毛骨悚然，”吉布兰承认，“但这就是寄生虫的运作方式。”

“呃，这么说吧：如果凶手让她们感染了寄生虫，那么他是否就能扮演猫的角色？”

吉布兰耸耸肩。“如果是某种突变的寄生虫，或者有人能够培育出需要人类的肠道来繁殖，以人类作为主要宿主的弓形虫，那么这就是完全合理的。我是说，在这个时代，就连生物专业的学生都能做到细胞层面的基因操控。但你最好找一位寄生虫学家或者微生物学家打听一下。”

“谢了，但我们首先要听听阿尔是怎么说的。”哈利确认了时间，“卡翠娜说等他和安排给他的律师谈过以后，他们就会尽快审问他。”

在拘留所，几乎没人敢和值班官员格罗特打听他那种习惯性的坏情绪和坏脾气的由来。打听过的人都走人了，格罗特的痔疮却没有离开。它们存在的时间和他在拘留所的履历一样长——二十三年。他在电脑上玩纸牌接龙的中途被人打断，此时一边在椅子上痛得面容扭曲，一边看着面前那个男人放在台面上的那张身份证明。那人做了自我介绍，说他是早先在铁路广场被捕的那个犯人的律师。格罗特不怎么喜欢身穿昂贵套装的律师，但更讨厌律师像这样自降身份:套着飞行员夹克、头戴码头工人那种平顶帽。

“你希望警官在场吗，贝克斯特罗姆？”格罗特问。

“不了，谢谢，”那律师说，“门口也别有人偷听。”

“他杀了三个——”

“只是有嫌疑。”

格罗特耸耸肩，按下按钮，打开了全高十字转闸。“里面的看守会给你搜身，然后再把拘留室的门打开。”

“多谢。”那律师说着，拿起他的身份证明，走了进去。

“白痴。”格罗特说。他甚至懒得从电脑屏幕上抬起目光，确认那律师听见了没有。

四分钟过后，他发现这局纸牌接龙显然是无解的。

格罗特咒骂一声，就在这时，他听到有人清了清嗓子，看到一个戴口罩的男人站在那道全高十字转闸后面。格罗特先是吓了一跳，然后才认出那顶平顶帽和那件飞行员夹克。

“这谈话够短的。”格罗特说。

“他很痛苦，只知道痛哭和哀号，”那律师说，“你们得给他安排医疗帮助。我回头再来。”

“噢，医生才来过不久，可他在那家伙身上找不到任何问题。那家伙吃了止痛药，我相信他的哭闹很快就会停下了。”

“他尖叫个没完，就像快要死了一样。”那律师说着，走向出口。格罗特目送他离开。有哪里不对劲，格罗特说不清。他按下呼叫按钮。

“斯韦恩，14 号房的情况怎样？他还在大叫吗？”

“我开门让律师进去的时候，他就在叫，但我开门让律师出去的时候，他已经不叫了。”

“你看过里面的情况吗？”

“没。我该看吗？”

格罗特犹豫起来。他这一行的工作内容，就是放任犯人尖叫、号哭和大喊，而他不能太把这些当回事——这是他的经验之谈。他们能用来伤害自己的东西都被没收了，如果他们每次才抱怨两声你就跑过去，那他们很快就会明白，这样可以得到关注，就像哭闹的婴儿那样。他面前那个盒子里放着 14 号房的犯人进来时身上的随身物品，格罗特下意识地开始寻找能给出答案的东西。证物部门和查没部门已经收走了装有可卡因和钱物的袋子，他能看到的只有家钥匙、车钥匙和一团揉皱的戏票，上面写着“罗密欧与朱丽叶”。没有药物包装袋、处方或者其他一切能给出提示的东西。他在椅子里扭动身体，感到一阵剧痛传来——他的动作压到了其中一颗痔疮——于是发出低声的咒骂。

“看不看？”斯韦恩说。

“看吧，”格罗特粗声粗气地说，“看看那个讨厌鬼的情况。”

在镭医院除他们外几乎空无一人的食堂里，奥纳和爱斯坦坐在一张餐桌边。楚斯去上厕所了，哈利站在食堂外面的露台上，手机放在耳边，嘴角叼着一支香烟。

“你是这方面的专家，”爱斯坦说着，朝哈利的方向点点头，“他的烦恼是什么？”

“烦恼？”

“让他这么紧赶慢赶的。他一干起活就停不下来，就算凶手已经被抓，他拿不到更多酬劳了。”

“噢，你说那个。”奥纳说，“我猜他是在寻求秩序，寻求答案。当你人生里的其余一切都混乱又似乎缺乏意义的时候，这种需要往往会变得强烈。”

“好吧。”

“好吧？你听起来不怎么相信。那你觉得原因是什么？”

“我？好吧。就像有人问鲍勃·迪伦说，为什么他早就成了百万富翁，嗓子的状况也一塌糊涂，却还要坚持巡回演出？他说：‘我就是这样的人。’”

哈利靠着扶手，左手拿着手机，吸着他允许自己从亚历山德拉那盒骆驼牌香烟里抽出的唯一一支。也许适度原则也适用于吸烟。在等待对面接听的时候，他看到一个人站在照明不足的停车场里。那人抬头看着哈利。在这么远的距离很难分辨，但他脖子上有个白色的东西。刚洗好的衬衣领子，或者是颈托，或者是牧师领。哈利努力把那个坐在科迈罗里的男人的形象赶出脑海。他已经拿到钱了，为什么还要来找哈利？另一个念头浮现在哈利的脑海。当亚历山德拉问他说，他觉得被他打中喉咙的那个男人有没有死掉的时候，他说的话是“如果他死了，他的朋友之后就应该不会允许我活下去了”。之后。在他们确定拿回欠款以后。

“我是赫尔格。”

哈利猛然回过神来。“嘿，赫尔格，我是哈利·霍勒。我从亚历山德拉那里拿到了你的号码，她说你应该在法医研究所里改你的博士论文。”

“她没说错，”赫尔格说，“顺带一提，逮捕犯人的事恭喜了。”

“呃，我想请你帮个忙。”

“说。”

“有一种名叫弓形虫的寄生虫。”

“对。”

“你熟悉吗？”

“它很常见，我又是个生物工程师。”

“好吧。我想问的是，你能否确认一下死者有没有感染那种寄生虫，或者它的突变版本。”

“我懂了。我也希望我可以，但那种寄生虫主要集中在大脑里，而我们没有她们的大脑。”

“对，但我听说，那种寄生虫也可能存在于眼睛里，凶手又留下了苏珊·安德森的一颗眼球。”

“确实，它们也会聚集在眼球里，但已经迟了。苏珊的遗体已经被送去火化，应该是今天早些时候的事了。”

“我知道，但我查过了，葬礼的确在今天举行，但尸体还躺在火葬场里。火化要排队，所以她明天之前都得等着。我打电话弄到了法庭的口头指令，所以我现在就会过去。我拿到那颗眼球，然后过去找你。这样可以吗？”

赫尔格发出难以置信的笑声。“好吧，但你打算怎么摘除眼球？”

“你说到点子上了。有什么提议吗？”

哈利耐心等待。直到他听见赫尔格叹了口气。

“严格来说，这可以被视为验尸工作的一部分，所以我最好过去亲手完成。”

“这个国家欠你一份情，”哈利说，“我们三十分钟后在那里碰头。”

卡翠娜尽可能迅速地穿过拘留所。拉森紧跟在她身后。

“开门，格罗特！”她大喊道，那个值班官员二话不说地照做了。仅限这一次，格罗特脸上的震惊要多过暴躁，但这种安慰微不足道。

卡翠娜和拉森从十字转闸正在转开的金属栏杆边挤过。一名看守打开了那扇通往拘留室的走廊的门。

14 号拘留室的门开着。就算站在走廊里，她也能闻到呕吐物的气味。

她停在了门口。越过两位医疗人员的肩膀，她看到了躺在地上的那个人的脸。确切地说，那本该是一张脸，但此时鲜血淋漓。那人额头的前方是鼻骨的碎片，此时是红色的模糊血肉里唯一的白色。就像一轮……卡翠娜也不知道自己在哪儿听过这个词，“血月”。她的目光移动到显然是被那人的脑袋撞过的砖墙。他肯定是刚刚才这么做的，因为半凝固的血液仍旧在顺着墙壁流淌下来。

“我是布莱特警探，”她说，“我们刚刚收到消息。他是不是……？”

医生抬起头来。“是的。他死了。”

她闭上双眼，暗自咒骂。“能看出可能的死因吗？”

那医生冷冷地笑了笑，又疲惫地摇头，就好像那是个蠢问题。卡翠娜感觉怒意在心中沸腾。她在他的外套上看到了“无国界医生”的标志，他多半是那种在某个战区待过几个星期，然后这辈子都要扮演坚定犬儒主义者的人。

“我问——”

“小姐，”他语气尖锐地打断道，“你也看到了，我们甚至没法判断他的身份。”

“闭嘴，让我把话说完，”她说，“然后你再开口。好了，他究竟——”

那个无国界医生大笑起来，但她能看到他的脖子青筋凸起，脸上的红色也更加明显。“你也许是个警探，但我是医生，而且——”

“而且刚刚宣布我们的犯人死了，所以你的工作到此结束。病理学家会负责剩下的工作。你要么回答我的问题，要么找个旁边的拘留室住进去。如何？”

卡翠娜听到拉森在旁边轻咳了一声。她没有理会这声的含意是“说过头了”的谨慎劝诫。该死，他们的派对泡汤了，她已经能想象报纸的头条新闻了——谋杀案嫌疑人在拘留中死亡。她经手的最大的谋杀案恐怕永远无法彻底解决，毕竟核心人物已经没法开口了。受害者家属永远没法知道究竟发生了什么。现在这个傲慢自大的医生却想跟她装酷？

她深吸一口气。吐出。再深吸一口。拉森当然是正确的。刚才那个是从前的卡翠娜·布莱特，是卡翠娜想要永远埋藏在深处的那个自己。

“抱歉，”那医生叹了口气，抬头看向她，“是我太幼稚了。只是他看起来痛苦了很久，却完全没人管他，所以我……我有点情绪化，开始怪罪你们了。抱歉。”

“没关系的，”卡翠娜说，“我也正准备道歉呢。你能说说死因吗？”

他摇摇头。“也许是因为那个。”他朝白色墙壁上的血迹点点头，“但我没见过有人能用撞墙的方式成功自杀，所以也许可以让病理学家也检验一下那些。”他指指地板上那摊淡黄绿色的呕吐物，“我听说他一直很痛苦。”

卡翠娜点点头。“还有别的可能性吗？”

“噢，”那医生说着，站起身来，“也许是有人杀了他。”

41

星期四　　反应速度

时间是晚上七点，法医研究所只有实验室里还亮着灯。哈利先是盯着赫尔格手里的手术刀，又看向其中一只玻璃盘里的眼球。

“你真的要……？”他问。

“是的，我必须确认内部。”赫尔格说着，切了下去。

“噢，好吧，”哈利说，“我猜葬礼都结束了，她的家人也不会再去看她了。”

“噢，实际上，他们明天会去的，”赫尔格说着，把他切下的那一片放到显微镜下，“但那个殡仪馆的家伙已经给她放了一颗玻璃眼球，只需要再放一颗就好。瞧这个。”

“你看到了？”

“对。弓形寄生虫。至少是类似的东西。你看……”

哈利前倾身体，看向显微镜里。那是他的想象，还是他真的嗅到了一股几乎无法察觉的麝香味？

他问了赫尔格。

“也许是从眼球里散发出来的，”他说，“那样的话，你的嗅觉应该非常出色。”

“呃，我有嗅觉倒错的问题，我闻不到尸体的气味。但也许这代表我对别的气味更敏感，就像盲人听力好，你知道吧？”

“你相信这种说法？”

“不。但我相信，那个凶手也许就是用这种寄生虫让苏珊失去恐惧感，又觉得他有性方面的吸引力。”

“不可能。你是说，他让自己成了主要宿主？”

“对。为什么不可能？”

“没什么，只是这跟我努力想拿到博士学位的那个领域相距不远。在理论上是可能的，但如果他真的做到，就该拿奥迪勒·巴安奖了。呃……差不多是寄生虫学的诺贝尔奖。”

“呃，恐怕他只会被判无期徒刑。”

“是啊，没错。抱歉。”

“还有一件事，”哈利说，“老鼠会被猫的气味吸引，我是说任何猫。可那些女孩为什么只会被一个特定的男人吸引？”

“你自己说过了，”赫尔格说，“关键在于寄生虫用来指引感染者的那种气味。也许他带着某种东西，能让女人闻到气味。也可能是他直接涂在了身体上。”

“什么样的气味？”

“噢，最直接的做法，就是寄生虫能够在里面繁殖的那种肠道的气味。”

“你是说排泄物？”

“不，他会用排泄物来传播寄生虫。但想要吸引被感染的人，他也许会用小肠内的肠液和酶，或者胰腺和胆囊的消化分泌物。”

“你的意思是，他用他自己的粪便传播寄生虫？”

“如果他创造了属于自己的寄生虫，他恐怕就是唯一合适的宿主，所以他自己必须确保寄生虫的生命循环能正常进行，免得它们灭绝。”

“他该怎么做到呢？”

“和猫一样。比方说，他可以设法用他的粪便污染受害者喝的水。”

“或者他们吸的可卡因。”

“对，或者他们吃的食物。寄生虫需要一段时间才能抵达受害者的大脑，然后他再加以操控。”

“需要多久？”

“呃……如果非要我猜需要多久能在老鼠身上生效，我会说两天。也许三四天。重点在于，人类的免疫系统通常能消灭那种寄生虫，就在几个星期或者一个月以后，所以如果他想维持寄生虫的生命循环，时间不会太宽裕。”

“所以，他需要等上几天，但不能太久，然后就要杀死她们。”

“对。然后他必须吃掉受害者。”

“吃掉受害者身体的全部？”

“不，只需要吃准备好繁殖的寄生虫最集中的部位就够了。也就是大脑……”赫尔格突然停口，又看向哈利，仿佛刚刚醒悟了什么。他吞了口唾沫。“或者眼球。”

“最后一个问题。”哈利嗓音沙哑。

赫尔格只是点点头。

“为什么寄生虫不会接管主要宿主的大脑？”

“噢，它们会的。”

“真的？会有什么影响？”

赫尔格耸耸肩。“差不多一样。他会失去恐惧感。考虑到在这件案子里，他还会不断补充寄生虫的数量，他的免疫系统就没法摆脱它们，他会面临一些风险，比方说变迟钝，反应速度变慢，以及精神分裂症。”

“精神分裂症。”

“对，最近的研究证明了这点。除非他能控制自己身体里的寄生虫数量。”

“要怎么做？”

“好吧。这我就不清楚了。”

“驱虫剂呢？比方说‘希尔曼宠物’？”

赫尔格若有所思地盯着空气。“我不熟悉那个牌子，但从理论上说，是的，合适剂量的驱虫剂就能创造出某种程度的平衡。”

“呃，所以，体内寄生虫的数量很重要？”

“是的。如果你给某人服用大剂量高浓度的弓形虫，就能在几分钟里阻断对方的大脑，让他动弹不得。他会在一小时内死去。”

“但仅仅吸过一排被感染的可卡因是不会致命的？”

“也许一小时之内不会，但如果含量够高，它们就能在一两天内轻易杀死你。抱歉……”赫尔格拿起自己响起的手机。“什么事？好吧。”他挂了电话。“抱歉，我现在要开始忙了，他们要从拘留所送一具尸体过来，我需要负责初步验尸。”

“好的，”哈利说着，扣上他的西装外套，“多谢你的帮助，我自己找路出去就好。祝好梦。”

赫尔格冲他无力地笑了笑。

哈利才刚走出实验室的门，就立刻转身走了回去。

“你刚才说，他们要送谁的尸体过来？”

“我不知道他的名字，就是他们今天在铁路广场逮捕的那家伙。”

“该死。”哈利低声说着，拳头轻轻敲了下门侧柱。

“出什么问题了？”

“是他。”

“谁？”

“主要宿主。”

圣旻·拉森站在拘留所的柜台后面，低头看着那只装有死者财产的盒子。房门钥匙倒是不着急，毕竟他们已经破门而入，搜查了死者的家，但有位法医正要过来拿走车钥匙，他们在铁路广场附近的一座立体停车场找到了那辆车。拉森把那张戏票翻转过来。他和海伦妮去看了同一场表演吗？不，这张票上的日期更早。但也许他提前去了国家大剧院踩点，好安排对海伦妮·罗德的诱拐和谋杀。

他的手机响了。

“我是拉森。”

“我们到贝克斯特罗姆的家了，但只有他老婆在家。她说她以为他在工作。”

拉森困惑不已。贝克斯特罗姆的办公室也没人知道这位辩护律师去了哪儿。贝克斯特罗姆是关键证人，毕竟他是最后一个看到活着的嫌犯的人。找到他是当务之急。恐怕不出几个小时，记者就会听到拘留所里有人死亡的风声，到那时候，他们就会开始大肆抨击了。

“格罗特，”拉森对靠着柜台另一侧的那位当值负责人喊道，“贝克斯特罗姆出来的时候是个什么样子？”

“不太一样。”格罗特没好气地说。

“怎么个不太一样？”

格罗特耸耸肩。“也许是因为他戴上了口罩，也可能是犯人难受的样子让他很痛苦。总之，他眼球充血，和他来的时候完全不一样。也许他就是那种感性的人，我又哪里知道呢？”

“也许吧。”拉森说着，目光在那张戏票上徘徊不去，同时为脑海里响起的警钟拼命寻找理由。

尤汗·孔恩输入了公寓的房间号，又看向公寓入口上方的摄像机，此时已经快到晚上九点。过了一会儿，他听到了一个不属于马库斯·罗德的低沉嗓音。“你是哪位？”

“尤汗·孔恩。今天早些时候在车里的那位律师。”

“好的。进来吧。”

孔恩乘电梯上去，有个粗脖子的安保人员带他进了公寓。罗德似乎很烦躁，此时在客厅里坐立不安，他来来回回地走，就像孔恩小时候在哥本哈根动物园看过的脏兮兮的老狮子。他的白衬衫敞着，腋下满是汗水。

“我带来了好消息。”孔恩说。看到客户面露喜色，他又干巴巴地补充说：“是消息，不是可卡因。”

孔恩看到对方的脸上燃起怒火，于是匆忙设法熄灭。“谋杀案嫌疑人已经被捕了。”

“真的？”罗德难以置信地眨眨眼，接着他大笑起来，“是谁？”

“他叫凯文·塞尔默。”孔恩看得出来，罗德对这名字没什么印象，“哈利说他是你的可卡因供应者之一。”

孔恩隐约期待罗德反驳这句指控，说没人给他供应过可卡因，但他却像是在试图回忆那个名字。

“他就是来过派对的那个人。”孔恩说。

“噢！我不知道他的名字，他没告诉过我。他说我可以直接叫他‘K’。我只以为他不会拼写，而用这个字母代表……好吧，你也许猜到了。”

“我猜到了。”

“所以是 K 杀了他们？简直莫名其妙。他肯定是疯了。”

“是的，我想这种假设很合理。”

罗德看向窗外的屋顶平台。有个邻居背靠着火灾逃生梯旁边的墙壁，正在抽烟。“我真该把他的公寓，还有另外两间都买下来的。”罗德说，“我没法忍受看着他们站在那儿，就像是拥有……”他没把那句话说完。“好吧，至少我能离开这座监狱了。”

“对。”

“很好，那我知道自己要去哪儿了。”罗德大步走向卧室。孔恩跟在他身后。

“不能去派对，马库斯。”

“为什么不能？”罗德从大号双人床边走过，打开其中一只嵌入式衣柜。

“因为你妻子遇害才没几天。想想别人的反应吧。”

“你错了，”罗德说着，继续浏览那些西装，“他们会明白，我是在庆祝杀害她的凶手被捕。嘿，我上次穿这件是很久以前了。”他拿出一件海军蓝色的双排扣西服夹克——纽扣是金色的——然后穿在身上。他摸了摸口袋，拿出什么东西，丢在床上。“哇，这都放里面多久了？”

孔恩看到那是个黑色的化装舞会面具，形状就像蝴蝶。

罗德看着一面金框的镜子，同时整理起那件夹克来。

“孔恩，你确定不一起来找点乐子吗？”

“相当确定。”

“也许我可以把保镖也带去。我们付了他们多久的费用？”

“他们工作的时候不能喝酒。”

“也对，那样当伴儿就很无聊了。”罗德走进客厅，用带着笑意的嗓音喊道：“伙计们，听到了吗？你们可以走了！”

孔恩和罗德一起乘电梯下了楼。

“打电话给霍勒，”罗德说，“他喜欢喝酒。告诉他，我要在尤菲米娅王后街来一场酒吧巡游，从东到西。全部酒水由我买单。我马上就能祝贺他了。”

孔恩点点头，在心里问出了那个永恒的问题：如果他早知道作为律师，他需要花费很大一部分人生去面对他非常厌恶的人，他还会选择这一行吗？

“造物酒吧。”

“嘿。是本吗？”

“对，你是？”

“哈利。高个子，金发——”

“嘿，哈利，好久不见。怎么了？”

哈利站在艾克柏街区，俯瞰下方的城市，后者就像繁星点点的天空倒转了过来。

“是露西尔的事。我在挪威，用电话联系不上她。你最近见过她吗？”

“上次是……大概一个月前？”

“嗯。你知道的，她是独居，我担心她可能出了什么事。”

“所以？”

“如果我给你一个多希尼大道的地址，你能帮我去确认她怎么样了吗？如果她不在，或许你应该联络警方。”

一阵停顿。

“好的，哈利，我在记。”

打完电话后，哈利走到停在那座旧德军地堡后面的梅赛德斯旁边，和爱斯坦并排坐在引擎盖上，点起一支烟，继续刚才的话题。听着从两扇敞开的车窗里传出的音乐，谈论他们认识的其他人，还有他们如今的境遇，谈论他们始终没能追到的女孩，谈论并未粉碎、却逐渐淡去的梦想，就像一首只能算半成品的歌，或者没什么笑点的冗长笑话。谈论他们选择，或者选择了他们的人生，这两者是一回事，毕竟你——爱斯坦是这么说的——拿到什么牌就得打什么牌。

“真暖和。”一阵沉默过后，爱斯坦说。

“旧引擎散发的热量是最棒的。”哈利说着，拍了拍引擎盖。

“不，我是说天气。我以为暖和的日子已经过去，可它又回来了。明天就是鲜血蚀月的日子了。”他指了指天上那轮苍白的满月。

哈利的手机响了。“说吧。”

“所以传闻是真的，”拉森说，“你真是这么接电话的。”

“我看到是你打来的，所以想尽量满足你的期待。”哈利说，“怎么了？”

“我在法医研究所。说真的，我完全不知道发生了什么。”

“是吗？媒体找你们打听过嫌犯死亡的事了？”

“还没有，我们打算在公之于众前拖延一点时间。直到确认他的身份为止。”

“你是说，他是否真的名叫凯文·塞尔默？这边的爱斯坦叫他‘阿尔’。”

“不，我们要确认在14号拘留室里的那个人，是不是我们带进去的那一个。”

哈利将手机更加用力地贴住耳朵。“你这话什么意思，拉森？”

“他的律师失踪了。他在拘留室里和凯文·塞尔默独处过，在五分钟过后就离开了。如果那真的是他的话。离开的那个男人戴着口罩，穿着律师的衣服，但拘留所的当值负责人觉得那家伙看起来不太一样。”

“你觉得是塞尔默……”

“我不知道我觉得什么，”拉森说，“但是，塞尔默有可能逃脱了。他有可能杀了贝克斯特罗姆，砸烂了他的脸，换上他的衣服，就这么走了出去。我们面对的这具尸体有可能是贝克斯特罗姆，不是塞尔默。那张脸彻底无法辨认，我们也找不到足够熟悉凯文·塞尔默，能辨认出他的朋友或者亲属。最重要的是，贝克斯特罗姆踪影全无。”

“呃，听起来有点牵强，拉森。我认识达格·贝克斯特罗姆，他多半是情绪失控了。你听说过‘审判者达格’吗？”

“呃，没有。”

“贝克斯特罗姆有相当冲动的名声。如果哪件案子让他心神不宁，他就会出去喝酒，然后就会变成‘审判者达格’，开始评判所有人。有时候持续好几天。这次多半就是这种状况。”

“噢，希望如此吧。我们很快就会弄清楚的，贝克斯特罗姆的妻子正在过来的路上。我只想事先提醒你一下。”

“好的。多谢。”

哈利挂了电话。他们沉默地坐在那儿，听着鲁弗斯·温赖特的《哈利路亚》。

“我觉得我对莱昂纳德·科恩可能评价过低了，”爱斯坦说，“又对鲍勃·迪伦评价过高了。”

“这很正常。把烟灭了，我们该走了。”

“出什么事了？”爱斯坦说着，跳下引擎盖。

“如果拉森是对的，马库斯·罗德就可能有危险。”哈利转身坐到副驾驶座上，“你去灌木丛里小便的时候，孔恩给我打过电话。罗德要来一趟酒吧巡游，想找我陪他。我拒绝了，但也许我们还是得去找他。在尤菲米娅王后街。”

爱斯坦转动点火装置里的钥匙。“你能说一句‘有多快开多快’吗，哈利？”他发动了引擎，“拜托。”

“有多快开多快。”哈利说。

马库斯·罗德朝侧面踉跄了一下，他迈出一步来站稳脚跟，又盯着面前那张桌子上的玻璃杯。

里面有烈酒，他很清楚这点。他不太确定杯子里剩下的都有什么，但颜色看起来很漂亮。杯子里和酒吧里的颜色都很漂亮。虽然他不知道这家酒吧的名字。其余顾客都比他年轻，又在悄悄——虽然也没那么悄悄——打量他。他们都知道他是谁。不，他们知道的是他的名字。他们见过他在报纸上的照片，尤其是最近，也对他产生了某种印象。选这条街来做酒吧巡游就是个错误。真该好好瞧瞧奥斯陆最新的街道命名的矫饰风格：尤菲米娅王后街。哎哟！真够娘娘腔的。于是就有了这么一条该死的同性恋街。他真该去那些老地方。那里如果有个资本家站起身来，宣布下一轮他请，人们就会蜂拥来到吧台边上，欣然接受他的款待。在他今晚前面去的两家酒吧里，他们只是目瞪口呆地看着他，就好像他脱掉裤子，朝他们露出了屁股。其中一家的酒保甚至让他坐下，就好像他们不需要收入似的。那些地方不出一年就得关门，等着瞧吧。只有那些老手，那些熟悉游戏规则的人才能活下来。而他——马库斯·罗德——熟悉规则。

他的上半身开始向前倾斜，黑发垂向杯子。他勉强在最后一刻站直了身子。一头浓密的头发。真头发，不需要每星期都去染色的那种。自己想象一下吧。

他紧紧抓住杯子，抓住他能抓的东西。一饮而尽。也许他应该喝慢一点。在前两家酒吧之间的路上，他在穿过这条路——抱歉，这条大街——的时候，听到了有轨电车尖锐的铃声。他当时的反应很迟钝，就像是在烂泥里行走一样。他在第一家酒吧喝的酒肯定很烈，因为他不但反应能力变差，而且似乎也失去了所有的恐惧感。电车当时在很近的距离经过，他能感觉到空气拍打背脊，他的脉搏却几乎没有加快。现在他也想重活一次了！他在拘留所里问孔恩借领带的那段记忆显得那么遥远。他借领带不是为了穿得体面，而是想要上吊。孔恩当时说，警方不允许他移交任何东西。那个蠢货。

罗德扫视周围。

他们全都是蠢货。他父亲教过他，用暴力教会了他：所有人——除了姓罗德的人——都是蠢货。就像球场上碰到打空门的机会，你要做的只是每次轻轻把足球碰进去。你必须这么做。不要同情他们，不要觉得你拥有的已经够多了，你必须继续。增加财富，继续向前，拿走出现在你面前的东西，再拿走更多。该死的，他在家族里也许不是最有学习天赋的那个，但和其他人不同，他总能完成他父亲的要求。所以他有权偶尔放纵一下，对吧？吸点粉。拍拍几个男孩紧实的屁股。就算他们还没到那个愚蠢的“法定年龄”，那又如何？别的国家和文化的那些人更能看清全局，他们知道这样对那些男孩没坏处，他们会长大成人，继续生活，成为可靠又体面的公民，而不是作秀的行家和酷儿。小时候被成年男人上过，这不是什么有传染性或者危险的事，你还有救。他经常看到他父亲打人，但只见他父亲大发雷霆过一次。当时马库斯上五年级，他父亲走进他的卧室，发现马库斯和隔壁家的男孩在床上扮演妈咪和爹地。天哪，他曾经那么恨他父亲。他那么害怕他，又那么爱他。奥托·罗德的一句称许，就能让马库斯·罗德感觉自己就像世界的主人，无可匹敌。

“所以你在这儿呢，罗德。”

马库斯抬起头来。站在桌子前面的那个男人戴着口罩和平顶帽。他的模样有些眼熟，他的声音也是，但马库斯醉得厉害，一切都模糊不清。

“有给我的粉吗？”马库斯本能地发问，又在同时思索自己为何会问出口。也许是因为内心的渴望。

“没人会给你粉，”那人说着，坐在桌边，“你也不该来酒吧喝酒。”

“我不该吗？”

“对。你应该在家里，为你可爱的老婆痛哭流涕。为苏珊和贝婷痛哭流涕。现在又有一个人死了。可你却坐在这里，期待派对。你这头毫无价值又该死的猪猡。”

罗德缩了缩身子。不是因为那人提到了那些女人。戳中他痛处的是“毫无价值”这几个字。那是一段来自童年的回音，还有那个站在他身前，嘴角泛着白沫的男人。

“你是谁？”罗德含混不清地说。

“你看不出来吗？我从拘留所来。铁路广场。凯文·塞尔默。想起来了吗？”

“我该想起什么吗？”

“对，”那人说着，摘下了口罩，“你现在认出我了吗？”

“你长得像……”马库斯口齿不清地说，“我父亲。”他依稀觉得自己应该害怕。但他不害怕。

“死刑。”那人说。

也许是迟钝和恐惧感的缺失，导致马库斯看到那人抬起手的时候，没能抬起自己的手来自卫。又或许那只是下意识的动作，是当一个男孩知道父亲有权揍他时的条件反射。那人手里拿着什么东西。那是……锤子？

哈利走进那家酒吧，它的名字——如果门上面的红色霓虹灯拼写出的就是酒吧名字——就叫“吧”。这是他来的第三家酒吧，和另外两家没多少区别：浮华，或许时髦，但无疑收费颇高。他扫视一圈，看到罗德坐在一张桌子边上。坐在他面前的是个戴着平顶帽的男人，他背对哈利，抬起了手。他手里拿着什么东西。哈利看到了那东西，立刻明白接下来会发生什么。可他已经来不及阻止了。

拉森和赫尔格站在那个女人身边，后者低头看着尸体。

她看起来六十来岁，发型、穿着和妆容都像个嬉皮士。拉森猜想她是会出现在由二十世纪七十年代的老歌手组成的音乐节上的那种人。他们为她打开法医研究所的大门时，她就已经在哭了，赫尔格给了她几张纸巾，此时正被她用来擦拭泪水和流下的睫毛膏。

在赫尔格洗去所有凝固的血迹以后，拉森发现死者的脸比他原本以为的要完整。

“不着急，贝克斯特罗姆夫人，”赫尔格说，“您希望我们先出去等吗？”

“没必要，”她吸了吸鼻子，“没有任何疑问。”

“吧”里嘈杂的响声突然平息，那声音让顾客们转过头来。那声巨响就像手枪击发的声音。店里有一半人陷入了震惊，他们看着那个头戴平顶帽的男人站起身来；还有一些人意识到了桌边的另一个人是那个地产巨头，是死在斯纳若亚半岛的那个女人的丈夫。在寂静中，他们听到一个男人如同钟鸣般清晰的声音，看到他抬起了拿着武器的那只手。

“我说死刑！我宣判你死刑，马库斯·罗德！”

然后是另一声巨响。

人们看到一个身穿西装的高个子男人快步走向那张桌子。就在那个戴帽子的男人第三次抬起手的时候，那个高个子男人夺走了他手里的东西。

“不是他，”贝克斯特罗姆夫人啜泣着说，“不是达格，感谢上帝。但我不知道他在哪儿。每次他像这样失踪，我都会心烦意乱。”

“没事的，”拉森说着，思索该不该把手按在她的肩头，“我们肯定会找到他的。这人不是您的丈夫，也让我们松了口气。抱歉让您经历这些，贝克斯特罗姆夫人，但我们必须弄清情况。”

她无声地点点头。

“够了，审判者达格。”

哈利把贝克斯特罗姆推回椅子里，把那只小木槌放进自己的口袋。两个醉汉——罗德和贝克斯特罗姆——傻乎乎地张口对视，仿佛都刚刚醒来，正在思索究竟发生了什么。桌子的玻璃台面上有一条宽大的裂缝。哈利坐了下来。“我知道你今天很难熬，贝克斯特罗姆，可你应该联系你妻子。她去了法医研究所，是去看看凯文·塞尔默的尸体是不是你。”

那位辩护律师盯着哈利。“你没看到他的样子，”他低声说，“他痛苦到没法忍受了。他跟他们说过，他的胃和头都很痛，可医生只给了他一些轻度止痛药，又因为药物没有效果，也没人来帮忙，他只能用脑袋撞墙，想把自己撞昏过去。他就是有那么痛苦。”

“我们不知道。”哈利说。

“是啊。”贝克斯特罗姆说着，双眼如今满是泪水，“我们知道，因为我们见过这种事。可他这种人——”他将一根颤抖的手指对准罗德，后者坐在那儿，下巴靠着胸口，“根本不在乎任何人或者任何东西，他们只想赚钱，而在赚钱的路上，他们会践踏和剥削社会上所有比他们弱小的人，所有未曾含着他们的银汤匙长大的人。但总有一天，日头要变为黑暗，大而可畏的——”

“审判日，审判者达格？”

贝克斯特罗姆怒视哈利，看起来正在努力保持头脑的清醒。

“抱歉，”哈利说着，　手按在他的肩上，“下次再说吧。现在，我想你应该打电话给你妻子，贝克斯特罗姆。”

达格·贝克斯特罗姆张嘴想说些什么，但又闭上了。他点点头，拿出手机，起身离开了。

“你处理得很好，哈利。”罗德的嗓音带着明显的醉意，手肘落下的时候差点没撑上桌子，“我能请你喝一杯吗？”

“不了，谢谢。”

“不了？你不是已经解决案子和一切了吗？或者说几乎一切……”罗德示意服务员再来一杯，但后者没有理会。

“你说‘几乎’是什么意思？”

“我是什么意思？”罗德说，“噢，不如你来告诉我。”

“有话就说。”

“不然呢？”罗德伸出舌尖，面露笑容，嗓音也变成了沙哑的低语，“否则你就掐我的脖子？”

“不。”哈利说。

“不？”

“如果你告诉我，我就掐你的脖子。”

罗德大笑起来。“终于有个懂我的人了。只不过既然案子已经解决，我有那么点秘密需要坦白。我说我和苏珊在她被杀的那天上过床，这是谎话。我根本没见到她。”

“没有吗？”

“没有。我这么说只是为了给警察合理的解释，因为我的唾液出现在了她的身体上。这是他们想听到的话，也会给我省去很多麻烦。你可以称之为‘阻力最小的路线’。”

“呃。”

“这事你知我知，好吗？”

“为什么？案子已经解决了。你是不想让人知道，你背着妻子和另一个女人上床吗？”

“噢，”罗德说着，笑了笑，“我担心的不是这个。有……另一些流言要考虑。”

“有吗？”

罗德转动手里的空酒杯。“你知道的，哈利，我父亲去世的时候，我伤心欲绝，同时也如释重负。你能理解吗？如果你无论如何都不想让一个人失望，那么等到你能摆脱他的时候又会有多么轻松。因为你知道你不得不让他失望的那天迟早会来，他会知道你究竟是个怎样的人。所以你会期待救命铃声响起的那一刻。我就是这样。”

“你很怕他？”

“对，”罗德说，“我怕他。我想我也很爱他。但最重要的是……”他把空杯子贴在额头上，“我希望他能爱我。要知道，如果我知道他爱我，就算要死在他手上，我也心甘情愿。”

42

星期五

特里·沃格眨了眨眼。他没睡好，心情也很差。不管怎么说，没人喜欢早上九点开始的新闻发布会。也或许是他错了，假释厅里的其他记者都活泼到了烦人的程度。就连莫娜·达亚——他来的时候，她旁边的座位已经被人占了——也显得非常清醒又充满活力。他试图和她对视，却只是徒劳。他进门的时候，其他记者也完全没有关注他。倒不是说他期待他们起立鼓掌，但如果你冒着碰到连环杀手的风险，在深更半夜跑进森林，你也会觉得自己有资格得到少许钦佩。尤其是在你活着回来，且把带来的照片卖给了多家媒体，还传遍了世界的情况下。就像俗话说的，幸福总是短暂的。那场独家采访本该让他得到真正的胜利，但机会在最后一刻溜走了。所以是的，比起其他人来，他今天更有理由状况不佳。此外，达格妮娅昨晚打电话来，说她周末终究还是来不了了。她说来不了——尽管他不相信她真的不能来——的时候，他理所当然地更希望她能来，所以试图劝说她，结果就是一场争吵。

"凯文·塞尔默，"卡翠娜·布莱特在讲台前说，"我们选择公布这个名字，是因为嫌犯已死，因为罪行的严重性，也是为了让接受警方审查的其他人不再遭受公众的怀疑。"

特里·沃格看着其他记者开始记笔记。凯文·塞尔默。他在脑海里搜寻起来。他家里的电脑上有车主的清单，却一下子想不起有人叫那个名字。但他的记忆力也不比从前，过去他能滔滔不绝地列举所有的知名乐队、乐队成员、唱片及其发布日期，范围从一九六〇年到……呃，二〇〇〇年？

“我现在把发言权交给法医研究所的赫尔格·福方。”信息部门的主管肯杰尔斯基说。

特里·沃格有些困惑。法医科学家出席新闻发布会，是不是有点不太寻常？警方通常只会引用他们的报告，不是吗？福方的发言也让他大惑不解：至少一名受害者感染了一种突变的或被人为操纵的寄生虫，证据显示凶手要为此负责；凶手本人也被感染了。

“昨晚对凯文·塞尔默验尸后，我们发现了高浓度的弓形寄生虫。浓度高到我们能在很大程度上确定，他的死因就是它，而非他对自己头部和脸部的自残。尽管只是推测，但凯文·塞尔默看起来充当了这种寄生虫的主要宿主，他一度有能力控制寄生虫的数量，方法或许是使用驱虫剂，但我们同样无法断定这一点。”

警方允许现场提问的时候，特里·沃格起身离开。他已经弄清了自己需要知道的事。他不再困惑了。他只需要赶回家去确认。

圣旻·拉森穿过食堂，来到露台上。他一直很羡慕警察总署的员工，他们能在这座玻璃宫殿的顶端欣赏风景。至少是在这样的日子里，当奥斯陆沐浴在阳光下，气温也意外飙升时的风景。他走向卡翠娜和哈利，他们俩站在栏杆边，各自抽着一支烟。

“我都不知道你抽烟。”拉森说着，对卡翠娜笑了笑。

“我其实也不知道。”她说着，回以笑容，“我刚从哈利那儿讨了一支，作为庆祝。”

“你是个坏榜样，哈利。”

“没错。”哈利说着，递出一盒骆驼牌香烟。

拉森犹豫了片刻。“有何不可？”他说着拿出了一支烟，哈利为他点上。

“你们打算怎么庆祝？”卡翠娜问。

“让我想想。”拉森说，“我约了人吃晚餐，你们呢？”

“我也是。阿尔内让我去福隆纳斯顿餐馆和他碰头。”

“那家餐馆在森林边缘，能看到山下的风景。听起来很浪漫。”

“当然，”卡翠娜说着，一时间入迷地看着从自己鼻孔里呼出的烟，“我只是没那么喜欢惊喜。你打算纪念一下吗，哈利？”

“是的。亚历山德拉邀请我到法医研究所的屋顶去。她和赫尔格打算分享一瓶葡萄酒，观赏月食。”

“噢，血月，”拉森说，“看起来今晚会很愉快。”

“但是？”卡翠娜说。

“谁知道呢，”哈利说，“有些坏消息。史戴的妻子打电话给我。他的病情有变，希望我去看望他。我恐怕要在那边等到他睡着为止。”

“该死。”

“是啊。”哈利长吸了一口烟。

他们站在那里，沉默了一会儿。

“你看到司法部长本人今天对我们的赞扬了吗？”

卡翠娜的语气透出讽刺。

另外两人点点头。

“我走之前，还有一件事，”哈利说，“罗德昨晚告诉我，苏珊遇害的那天没和他见过面。我相信他的话。”

“我也是。”拉森说。因为手里拿着那支烟，他的手腕扭了一下，还好没有受伤。

“为什么？”卡翠娜问。

“因为他明显比起女人更喜欢男人，”拉森说，“我猜他和海伦妮的性生活更像是一种义务性质的运动。”

“呃，所以我们都倾向于相信他。那罗德的唾液是怎么出现在苏珊的乳房上的？”

“确实，”卡翠娜说，“罗德说‘那天上过床，唾液就是这么来的’的时候，我就有点困惑。”

“噢？”

“你觉得我今晚去见阿尔内之前会做什么？这种准备也适用于我所有的约会，甚至是不打算上床的那些。”

“你会冲个澡。”拉森说。

“正确。我觉得苏珊在坐地铁去斯库莱鲁之前没冲澡这点很奇怪，尤其是在她打算上床的情况下。”

“所以，我重复一遍问题，”哈利说，“那唾液是哪儿来的？”

“呃……她被杀以后沾上去的？”拉森说。

“理论上有可能，”哈利说，“但可能性很低。回想一下这三场谋杀的安排有多么一丝不苟吧。我认为是凶手特意把罗德的唾液放在了苏珊身上，其目的就是误导警方。”

“也许。”拉森说。

“我觉得很合理。”卡翠娜说。

“当然，我们也没法知道答案了。”哈利说。

“是啊，我们没法知道所有的答案。”卡翠娜说。

他们在那里站了一会儿，闭眼对着太阳，仿佛已经知道这会是今年最后的温暖日子。

在店快打烊的时候，乔纳森开口询问了。他当时站在兔笼前面，至于那个问题——问阿清晚上有没有安排——也特意用的是随意的口气。

如果阿清有所警惕，她自然就该回答说“有”。但她没起疑心，所以诚实地回答说她没有。

“好的，”他说，“那我希望你陪我去个地方。”

“去个地方？”

“我会在那地方给你看点东西。但这是秘密，你绝对不能告诉别人，好吗？”

“呃……”

“我会去你家接你。”

阿清感觉到了涌现的恐慌。她哪里都不想去，而且肯定不想和乔纳森一起去。的确，他已经不再为她和那个警察和警察的狗散步的事生气了。昨天他甚至给她买了一份大杯咖啡，这是他从来没做过的事。但她还是有点怕他。他是个很难看透的人，而她觉得自己还是很擅长看人的。

但现在，她让自己陷入了困境。她当然可以说她忘记了自己有约在先，但他肯定不会相信，她说谎的水平也很烂。而且说到底，他是她的上司，她也需要这份工作。当然，没到不计代价的地步，但还是愿意付出一定代价的。她吞了口唾沫。

“你想给我看什么？”

“你会喜欢的东西。”他说。他口气这么暴躁，是因为她没有直接同意吗？

“是什么？”

“是个惊喜。晚上九点可以吗？”

她需要做出决定。她看着他，看着她畏惧的这个古怪又自我封闭的男人。她试图和他眼神交汇，仿佛这样就能得到答案。接着她瞥见了先前没发现的某件事。不是什么大事，只是他在尝试微笑，表情却似乎走了样，就好像在那副严肃的外表下，他其实很紧张。他在害怕她拒绝吗？也许这就是她突然觉得他没那么可怕的理由。

“好的，”她说，“就九点。”

她话音刚落，他就似乎恢复了自控力。但他笑了。是的，他笑了，她怀疑自己从没见他这么笑过。那笑容很迷人。

但在坐地铁回家的路上，她又有了疑虑。她不太确定自己答应下来是否明智。还有件事她觉得有点怪，虽然也可能算不上怪，他说会去接她，却没问她住在哪儿，她也不记得自己告诉过他。

43

星期五　　不在场证明

拉森从浴室出来的时候，看到放在床边充电的手机响了。

“喂？”

“下午好，拉森。我是《世界之路报》的莫娜·达亚。”

“晚上好，达亚。”

“噢，你是说已经很晚了？如果你已经下班了，很抱歉，我只想引用几句调查相关人士的发言。关于整个过程，还有最终解决案子的感受。我是说，你和克里波的人肯定觉得如释重负，毕竟苏珊·安德森在八月三十日失踪的时候，你们就已经牵扯进来了。”

“我觉得你是个优秀的犯罪线记者，达亚，所以我会简短回答你的几个问题。”

“太感谢了！我的第一个问题是关于——”

“我指的是你刚才问的那些。是的，现在是傍晚，我已经下班了。不，我没什么要评论的，你应该打给负责本次调查的卡翠娜·布莱特，或者我的上司奥勒·温特尔。而且不，克里波一开始没有卷进来，毕竟苏珊·安德森的失踪是在……呃……”

“八月三十日。”莫娜·达亚重复了一遍。

“多谢。我们当时还没加入。真正加入要等到两人失踪，且明确是谋杀案以后了。”

“再次抱歉，拉森，我明白自己太强求了，但这就是我的工作。总之，能不能请你评论一句，宽泛的那种就好，再让我用一张你的照片？”

拉森叹了口气。他大致能猜到她的目的。多样化。她想要一张警官的照片，而且不是五十来岁又是异性恋的挪威人的。他完全符合这些要求。倒不是说他对媒体的多样化有什么意见，但他知道一旦打开那扇门，那么要不了多久，他就会坐在电视演播室的沙发上，回答电视节目主持人关于“在警察系统里当同性恋是什么感觉”的问题了。他对此没什么意见，这种事总得有人来做。但他不愿意。

他拒绝了，莫娜·达亚说她理解，然后再次道了歉。她人还不错。

等到挂断电话以后，他坐在那里，盯着空气。他的身体僵住了。他此时赤身裸体，但这不是原因。是因为他头脑里响起的警钟，就像他在拘留所的时候那样。它又响了起来。这次不是因为格罗特说贝克斯特罗姆离开时就像变了个人，而是另一件事，某件截然不同——而且非常明显——的事。

特里·沃格盯着电脑屏幕，再次确认了名字。

也许只是个巧合——归根结底，奥斯陆只是个小镇子。他用了几小时才决定该怎么做。是去找警方，还是实施原本的计划。他甚至考虑过打给莫娜·达亚，把他的方案告诉她，然后——如果他没有怀疑错人，他们也足够走运——把报道刊登在这个国家最具影响力的报纸上。他们两个一起冒险，这样难道不好吗？但不行，她太正派了，她会坚持通知警方，他可以肯定。他盯着手机，看着他已经输入的号码，他需要做的就只是按下拨打键。他内心的辩论已经结束，胜出的论点如下：也许只是巧合。他没有确凿的证据能告诉警方，所以继续独自挖掘肯定是没问题的。所以他还在等什么？他怕了？特里·沃格轻笑起来。太他妈对了，他确实怕了。他的食指坚定地按了下去。

在等待接听的铃声中，他能听到自己凌乱的气息拍打在手机上的声音。有那么短暂的一瞬间，他希望没人会接听。或者就算接听，也不是那个人。

“喂？”

他同时感到了失望和释然。但主要是失望。不是他。不是沃格前两次在手机里听过的那个声音。特里·沃格深吸了一口气。他事先就已经决定，无论如何都要实施整个计划，以免留下任何疑问。

“我是特里·沃格，”他说着，努力压抑嗓音的颤抖，“我们之前通过话。但趁你还没挂电话，你要知道我没有联络警方。现在还没有。我不会那么做，前提是你愿意和我谈谈。”

电话那边沉默不语。这代表什么？那边的人是想判断对方是个疯子，还是朋友在开玩笑吗？然后有个截然不同的声音响起，语气平静，语速缓慢。

“你是怎么发现的，沃格？”

是他。是他用隐藏的号码——恐怕用的是没注册的手机——打给沃格时的那种低沉又粗声粗气的嗓音。沃格发起抖来，却不清楚其中有多少是因为喜悦，又有多少是因为纯粹的恐惧。他吞了口唾沫。

“我在两天前的晚上看到你开车经过科尔索斯购物中心。在我离开你挂着头颅的地方的二十六分钟之后，你从那里经过了。我拍下的照片都有时间戳。”

一阵长长的停顿。

“你想要什么，沃格？”

特里·沃格深吸一口气。“我要你的故事，整个故事。不只是杀人的过程，而是在这背后的那个人的真实写照。在这件事上，有太多人受到了影响，不只是认识受害者的那些。他们需要得知真相，整个国家都需要得知真相。希望你明白，我不打算把你刻画成怪物。”

“为什么？”

“因为怪物是不存在的。”

“是吗？”

沃格又吞了口唾沫。“我当然可以保证，不会暴露你的姓名。”

一阵短暂的嗤笑声。“我凭什么相信你的话？”

“因为，”沃格说着顿了顿，努力控制自己的语气，“因为我是新闻界的弃儿。因为我被困在了一座荒岛上，你又是我唯一的救星。因为我没什么可以失去的了。”

又一阵停顿。

“如果我不给你采访的机会呢？”

“那我的下一个电话就会打给警察。”

沃格等待片刻。

“好吧。我们在蒙克博物馆后面的韦斯餐馆碰头。”

“我知道那儿。”

“六点整。”

“今天？”沃格确认了时间，“离现在只差三刻钟了。”

“如果你到得太早或者太迟，我都会离开。”

“好的，好的。六点见。”

沃格放下手机，颤抖着吸了几口气，然后他开始笑。他把脑袋靠在键盘上，手掌用力拍打桌子。操你们！操你们所有人！

哈利和爱斯坦坐在床的两边，这时门轻轻打开，楚斯溜了进来。

“他怎么样了？”楚斯低声说着，找到一张座位，看着史戴·奥纳躺在那儿，脸色苍白，双眼紧闭。

“你可以直接问我。”奥纳突然开了口，睁开眼睛，“我还过得去。是我让哈利过来的，但你们两个在星期五晚上就没有更好的安排了吗？”

楚斯和爱斯坦面面相觑。

“没有。”爱斯坦说。

奥纳摇摇头。“你刚才说到哪儿了，艾克兰？”

“对，”爱斯坦说，“所以，我接过一个从奥斯陆到特隆赫姆的活，五百公里，那家伙当时放了一盘磁带，是排箫版的《无心快语》，到了多夫勒山脉中段的时候，我实在忍不住了，把磁带弹出来，摇下车窗……”

哈利的手机响了。他本以为是亚历山德拉想问他来不来得及去看晚上十点三十五分的月食，但他发现那是拉森打来的。他快步来到走廊上。

“喂，拉森？”

“不对。应该是‘说吧’。”

“说吧。”

“我会说的。因为这说不通。”

“什么说不通？”

“凯文·塞尔默。他有不在场证明。”

“哦？”

“我去过拘留所，那是我亲眼看到的。塞尔默那张《罗密欧与朱丽叶》的戏票。如果我大脑运转的效率再高上一点点，我当时就该反应过来的。换句话说，我的大脑想要告诉我，可我没听。直到莫娜·达亚在电话里亲口告诉我。”

拉森停顿了片刻。

“在苏珊·安德森失踪的当天，凯文·塞尔默去了国家大剧院看《罗密欧与朱丽叶》。我追查了那张票，那是送给马库斯·罗德的几张赞助商票之一，和海伦妮用的戏票是同一种。”

“对。她跟我说过，她在派对上分发了几张。也许塞尔默就是这么拿到的。我猜他就是这么知道海伦妮也会去那家剧院的——她的票就贴在冰箱门上。”

“但凶手不是他。除非他和杀死苏珊·安德森的凶手不是同一个人。因为剧院的售票处联络了当晚坐在塞尔默邻座的人，他们确认说旁边那个男人符合他的外貌描述，也记得他穿着那件派克大衣坐在那儿，也没有趁着幕间休息突然消失。”

哈利很惊讶。主要原因是，他发现自己其实没那么惊讶。

“我们又回到起点了，”哈利说，“是另一个家伙。那个新手。”

“抱歉？”

“凶手就是带去绿色可卡因的那个外行。到头来还是他。见鬼，见鬼！”

“你听起来……呃，很肯定。”

“我很肯定，但如果我是你，我不会相信像我这样错了这么多次的人。我需要打电话给卡翠娜。还有孔恩。”

他们挂了电话。

卡翠娜接起电话的时候正好在哄葛德睡觉，于是哈利迅速告诉了她案子的最新进展。之后他打电话给孔恩，说明了那些意味着案子尚未解决的迹象。“把罗德软禁起来。我不知道这家伙在盘算什么，但他从头到尾都在骗我们，所以我们要做好一切预防措施。”

“我会打电话给守护者公司，”孔恩说，“多谢。”

44

星期五　　采访

普里姆确认了时间。

六点差一分。

他坐在韦斯餐馆一张靠窗的座位上。从他坐的地方，他能看见面前刚倒满的那两杯半升装的啤酒、窗外西沉的夕阳映照下的蒙克博物馆，还有他擅自闯入的那场屋顶平台派对所在的大楼。

六点差半分。

他的视线四处游移。这里的顾客看起来那么愉快。他们成群结队地站在那里，微笑，闲聊，又大笑着轻拍彼此的肩膀。他们都是朋友。看起来真好。能有人陪伴真好。有她陪伴。然后他们会一起喝啤酒，她的朋友也会和他交朋友。

有个戴着猪肉派帽的男人走了进来。是特里·沃格。他停下脚步，扫视餐厅，同时关上了身后的滑门。起初他没注意到谨慎地朝他挥手的普里姆，他的眼睛无疑需要适应光线昏暗的环境。但他随即短促地点点头，朝普里姆的桌子走来。那位记者面色苍白，气喘吁吁。

“你就是……”

“是的。坐下，沃格。”

“多谢。”沃格脱掉了帽子。他的额头闪烁着汗水的光。他朝桌上放在自己那边的啤酒点点头。

“是给我的吗？”

“我打算等泡沫比杯口低的那一刻就离开。”

沃格回以傻笑，举起杯子。他们喝了酒。他们放下杯子，各自用手背擦去嘴唇上的白沫，动作近乎一致。

“所以我们终于见面了，”沃格说，“坐在这里喝酒，就像一对老友。”

普里姆明白沃格的目的。活跃气氛，获取信任，用最快的方式对他产生影响。

“就像他们？”普里姆朝吧台边那些喧闹的客人点点头。

“噢，他们是坐办公室的。星期五晚上喝的这顿酒是他们一星期里的高光时刻，然后他们就得回家去过沉闷的家庭生活。你知道的：和孩子们一起吃塔可，哄他们上床，再和同一个女人看电视，直到各自觉得无聊，然后睡着为止;接着早上起来，继续面对孩子们的吵闹，再带他们去游乐园玩。我想你的生活应该不是这样吧？”

不，普里姆心想，但这恐怕和我预想的生活相差不远，和她一起的生活。

沃格知道，等他拿出笔记本以后，恐怕就没那么多喝酒的机会了，于是他喝下了一大口。天哪，他真的很渴。

“你对我的生活有什么了解，沃格？”

沃格看向对方，试图理解他。这是不是代表抗拒？自己这么快就单刀直入是个错误吗？人物访谈往往就像一场微妙的舞蹈。说到底，沃格希望受访者感到安全，把自己看作能理解他们的朋友，然后开诚布公，说出他们原本不会透露的事。或者说得更准确些：说出会让他们后悔的话。但有时候，沃格会有点操之过急，意图也过于明显了。

“略有了解，”沃格说，“如果你知道该去哪儿找，有时候网上能找到的东西会让你不敢相信的。”

他注意到对方的声音和在电话里不同。他也闻到了某种气味，那气味让他想起童年假日，想起他叔叔的谷仓，还有那些沾满汗水的马具。沃格感觉自己的胃传来微弱的刺痛。也许是早就存在的溃疡在向他问好，一如那段充满压力又沉溺于坏习惯的日子。他喝酒太猛的时候也会痛，比如现在。他推开杯子，把笔记本放到桌上。

“告诉我，一切是怎么开始的？”

普里姆不记得自己讲述了多久，但他此时已经讲到他舅舅也是他生物学上的父亲，只不过他是在母亲死于火灾以后才知道的。

“最初的近亲交配未必是多么不幸的事，恰恰相反，它的结果也许非常出色。持续的近亲交配才会导致缺陷被遗传的概率上升。我发现我和弗雷德里克舅舅有几个共同的显著特征。有的是细节，就像我们都会在思考的时候把中指放到嘴角边。还有的更明显，比如我们都有非常高的智商。但直到我开始潜心研究动物和育种，我才怀疑这种联系，于是把我们的DNA一起送去测试。在那之前很久，我就有了复仇的念头。我打算羞辱我的继父，就用他羞辱我的那种方式，而且他要间接为我母亲的死亡负责。但那时候，我发现有两个人该为此负责，弗雷德里克舅舅同样抛弃了陷入困境的我和我母亲。所以我送了他一盒巧克力，作为圣诞礼物。弗雷德里克舅舅爱吃巧克力。我往其中注射了广州管圆线虫的一个亚种，一种鼠肺蠕虫，尤其喜爱人类大脑，只出现在卡帕塔山蛞蝓的黏液中。它会导致人随着愈发严重的痴呆而缓慢且痛苦地死去。但我看得出你听烦了。那我们就长话短说吧。我耗费多年来培育自己的弓形虫亚种，等到准备好以后，我的计划也逐渐成形。事实证明，首先也是最大的问题就是如何接近马库斯·罗德，好把那种寄生虫植入他的体内。接触有钱人的方法很少，接近他们很难，你作为记者应该很清楚，你也试过让摇滚明星开口，对吧？最后的解决方案或多或少是出于偶然。我不是那种经常去市中心的人，但我听说罗德住的那栋大楼的屋顶要举行一个派对。就在那里……”普里姆指着窗外，“与此同时，在工作中，我碰巧经手了一批绿色的可卡因，我明白自己可以‘揩油’。你对这个说法熟悉吗？对，然后我把我的弓形虫朋友混了进去。没那么多，但足够让罗德吸了以后达到预期的效果。我的计划是在派对后等个几天，然后再去拜访他一次。这样可以让他闻到我——主要宿主——的气味，也因此无法拒绝我。不如说恰恰相反，他会完全按照我的要求去做，因为从那时起，他的脑海里就只有一个念头：得到我。我也许没有了他渴望的小男孩的身体，但大脑里有弓形虫的人是抵挡不了主要宿主的。”

奥纳小组再一次聚集在 618 号房的病床边。

哈利向他们说明了这起案子全新的变化。

“见鬼，这不可能是真的。”爱斯坦惊呼道，“贝婷的齿缝里有塞尔默的一小块皮肤，这又是从哪里来的？难道是她失踪当天跟他上过床？”

哈利摇摇头。“是新手栽的赃。就像他把罗德的唾液沾到苏珊的乳房上一样。”

“怎么做到的？”楚斯问。

“我不知道。但他肯定这么做了，为了误导我们，而且成功了。”

“理论上没问题，”爱斯坦说，“但要跑来跑去用 DNA 栽赃，哪个浑蛋能做出这种事？”

“嗯。”哈利若有所思地看着爱斯坦。

“不幸的是，派对上的情况偏离了计划，”普里姆叹了口气，“我在玻璃桌上排那几条可卡因的时候，另一个毒贩——我后来看报纸才知道，他叫凯文・塞尔默——说他从没吸过绿色的可卡因，只是听说过。当那几条排好的时候，他的眼睛就亮了起来，还冲过去想吸第一条。我抓住他的胳膊把他拉开——毕竟，我要确保留给罗德的足够多。我挠伤了他……”普里姆看了看自己的手掌，“指甲里留下了他的血迹和皮肤。后来，等我回家以后，我把它们从指甲里挑出来，又保存好。你永远想不到这种东西什么时候能派上用场。总之，派对上的麻烦还在继续。罗德坚持要他的两位女性朋友各吸一条。我不想冒险反对，但至少这两个女孩足够有礼貌，只吸了我排好的三条里比较细的两条。等轮到罗德的时候，他的妻子海伦妮走了进来，开始责骂他，也许这让他有了压力，导致他打了喷嚏，也把可卡因吹跑了。这太糟糕了，我身上只有这么多。所以我跑去厨房的操作台，找到一块抹布，把桌上和地板上的可卡因聚拢起来。然后我把抹布拿给罗德，告诉他这些还足够一条的量。可他不听我的，说里面全都是该死的鼻涕和口水，又说 K 已经给过他货了，K 就是凯文。凯文对我很生气，所以我告诉他，也许他下次还能尝尝。他说他很乐意，说他平时不吸，但新东西总得试一试。他不肯把名字或者住址告诉我，但如果我想用自己的可卡因和他交换的话，可以在正常工作时间去铁路广场找他。我说当然可以，我觉得自己再也不会见到他了。不管怎么说，那次派对简直是一场惨败，等我回到厨房操作台边，想要洗干净抹布再放回去的时候，我注意到了冰箱门上的东西。一张《罗密欧与朱丽叶》的戏票。就是罗德的妻子在屋顶平台上分发给我们几个人的那种。我把自己拿到的那张塞进了口袋，完全没打算用，而且我看到凯文也拿到了一张。总之，当我站在那里的时候，大脑就开始策划第二套方案了。而且我头脑运转的速度很快，沃格。当你承受压力的时候，大脑能够预想到的未来远到你不敢相信的地步。而且我的大脑——就像我之前说过的——运转很快，又在承受压力。我不知道自己在那里站了多久，比一分钟多不了多少，也许是两分钟。然后我把那块抹布塞进口袋，走近那两个女孩。先是一个，然后是另一个。因为我给她们的可卡因，她们对我态度友好，于是我向她们尽可能盘问了信息。不是什么私人信息，而是帮助我判断能在哪里找到她们的那种。苏珊好奇我为什么还戴着口罩。贝婷还想要可卡因。但在这两次对话中都有别的男人介入，比起我这样的人来，她们明显对那些男人更感兴趣。然而，我回家的时候很高兴；毕竟我知道要不了多久，那些寄生虫就会抵达她们的大脑，然后她们一闻到我的气味，就会像看到男子偶像团体的小女孩那样在内心尖叫。”普里姆大笑起来，朝沃格举起杯子。

“所以问题在于，”哈利说，“我们该从哪里开始寻找这个人？”

楚斯哼了一声。

“怎么，楚斯？”

楚斯又哼哼了几声，然后才开了口。“如果他能弄到那种绿色可卡因，我们就该调查它被送去化验前出现在它附近的人。我的意思是机场的人，还有物证保管室的人。是的，包括我，以及从加勒穆恩机场开车送它去警察总署的那些家伙。但还有把它从物证保管室送去鉴识中心的人。”

“哇，”爱斯坦说，“但我们还不确定那些查没品是不是流入这个国家的唯一的一批绿色可卡因。”

“楚斯说得对，”哈利说，“首先调查明面上的人。”

“和我猜测的一样，我再也没能找到接近罗德的机会。”普里姆说着，叹息一声，“我把手头所有的寄生虫都混入了那天的可卡因，在我身体里的那些又被我的免疫系统和略微过量的驱虫剂杀光了。所以，为了感染罗德，我需要得到那两个女孩体内的寄生虫，赶在她们的免疫系统动手之前。换句话说，我需要吃掉那两个女孩一部分的大脑和眼球。我选择了苏珊，因为我知道她运动的那家健身房。考虑到人类的嗅觉几乎和老鼠一样强，我必须稍稍增加点自己的吸引力。于是我从自己的排泄物里提取出了肠液，然后涂在自己身上。”

普里姆笑容灿烂地抬起头。沃格没有回以笑容，只是看向他，脸上的表情像是难以置信。

“我在健身房外面等她，感觉很兴奋。我在通常会回避人类的动物——比如狐狸和鹿——的身上测试过这种寄生虫，它们也都被我吸引，尤其是狐狸。但我不确定这对人是否有效。她走了出来，我立刻看出她被我吸引了。我和她说好在斯库莱鲁那条林间小路边上的停车场碰头。当时她没有准时露面，我担心自己犯了错，担心她在闻不到我肠道的气味的时候找回了理智。但她随后就出现了，相信我，我当时简直在狂喜。”

普里姆喝了一大口自己的啤酒，仿佛要一头扎进啤酒杯似的。

“我们挽着手臂走进森林，在离大路有一小段距离的地方，我们离开林间小路，做了爱。然后我划开了她的脖子。”普里姆感觉到泪水就要涌出，不得不清了清嗓子，“我很清楚，你也许想听我讲述更多这方面的细节，但我恐怕必须隐瞒一部分。总之，我还带了一小瓶罗德的唾液，涂抹在她的乳房上。我给她的上半身穿上衣服，免得在警察找到她之前，唾液就被雨水冲走。涂抹唾液在当时看起来是个好主意，但结果反而让事态复杂化了。”他喝了一小口啤酒。“至于贝婷那次，情况就很相似了。我在她自称常去的那家酒吧见到了她，然后说好和她在格雷夫森科伦碰头。她是开车来的，当我让她留下手机，坐我的车和我来一场大冒险的时候，她没有丝毫犹豫，只有纯粹的欲望。她带来了她称之为‘鼻烟子弹’的东西，那是一种袖珍的研磨器，可以直接吸里面的可卡因。她劝我吸一口。我说我想从后面上她，还要用皮带缠住她的脖子。不用说，她以为那只是某种性爱游戏，于是放任我这么做了。勒死她的时间比我想象的要久一点。不过她最后还是停止了呼吸。”

普里姆重重叹了口气，摇摇头。擦去一滴眼泪。

“我必须指出，我对于消除警方可能找到的痕迹这点非常小心，所以我拿走了她的鼻烟子弹，里面可能有我鼻子里的DNA。当时我还不知道之后它能派上用场。顺带一提，我当时吸取了教训，知道比起杀死某人再拿走大脑和眼球，直接把整个脑袋带回家要高明多了。”

普里姆在桌下活动了一下双脚，它们就像要睡着了似的。

“在接下来的几个星期里，我一点点吃掉她们的人脑和眼球。我需要让那种寿命短到烦人的寄生虫持续繁殖，同时等待接近罗德的机会。我曾多次坐在这张桌边，考虑是否顺道去拜访他，再要求和他对话。可他从来都不在家，我只看到海伦妮来了又走。也许他住在另一个地方，但我始终没找到那里。在此期间，我吃光了大脑，寄生虫全都死了，所以我需要一只新的‘老鼠’。海伦妮·罗德。我觉得如果从马库斯·罗德身边夺走她，就会令他痛苦，至少是在一定程度上痛苦。我知道两个能接近她的场所。冰箱门上的那张票上有日期，在那一天，她会去国家大剧院。还有一个名叫‘丹妮尔餐馆’的地方。我问起苏珊的时候，她说她当初就是在那里遇见马库斯·罗德的。她还说她不明白海伦妮·罗德为什么还要在星期一去那里吃午餐——毕竟她已经钓到自己的‘大鱼’了。于是我在星期一去了那儿，果不其然，海伦妮·罗德出现了。我点了我在派对上见她喝过的那种饮品，一杯脏马丁尼，然后往里面加入了适当分量的弓形虫汁。接着，我叫来服务员，给了他一张两百克朗的钞票，让他把那杯酒送去她的桌上。我让他说是另一个人送的，说这是朋友之间开的玩笑。我等到亲眼看见她喝下才走。我查到了《罗密欧与朱丽叶》的幕间休息时间，到时候只要一张票就能进入礼堂，然后，任何人都能在幕间休息时走过去，混进观众里。于是，我用了当时我已经相当熟悉的手法:径直走进去，开车带她离开，然后……”普里姆面露苦相，因为他踢出一只脚，但不知道自己是踢到了桌腿还是沃格的腿，“第二天她被人发现，罗德就被拘留了。然后我才意识到，我搬起石头砸了自己的脚。我原本想让他被关进去受苦，但他们后来说，他可能会在那儿安全地待上几个月。所以，我必须解决这个问题。幸好我还有它……”

普里姆抬起一根手指，轻敲自己的额头。

“我运用头脑，找到了另一个能取代罗德的无辜者。可卡因贩子凯文。毕竟他一直很想尝尝绿色可卡因。他是完美的人选。”

45

星期五　　收藏品

普里姆看向那群正在庆祝星期五的办公室员工，同时缓缓转动自己的杯子。

“我还留着那一小块皮肤。来自凯文·塞尔默前臂的皮肤。我拿到过组织样本的对象不止他一个；那些都是我收藏的东西，有时候能用在培育完美寄生虫的计划里。我用一根牙签把那一小块皮肤嵌入了贝婷头骨的两颗牙齿之间。接着再确保证据落在警方的手里。但我猜他们迟早会发现那些尸体里存在弓形虫的变种。如果有人理解其中的关联，他们就会开始搜寻主要宿主。我能否让凯文看起来既是凶手，又是主要宿主呢？如果这话听起来有点卖弄，很抱歉，但解决方法既绝妙又简单。我准备了一份绿色可卡因和弓形虫的混合物，剂量保证致命，然后放进贝婷的鼻烟子弹里，再去铁路广场找凯文，进行我在派对上和他说好的交易。他很激动，听说我要附送鼻烟子弹的时候就更激动了。我只能想象他临死前胃有多痛，我毫不怀疑如果是我同样会拿脑袋撞墙，好让自己失去知觉。”

普里姆喝光了杯子里剩下的酒。

“这段独白够长的，所以我的事就说到这里吧，特里。你感觉怎么样？”普里姆的身体越过桌子，“我是认真的。你有……身体麻痹的感觉吗？因为你喝的那杯啤酒里含有那么高浓度的弓形虫，甚至比凯文那次还要浓，生效会非常快。再过几分钟，你就连一根手指都抬不起来，也发不出任何声音了。但我看得出来，你还在呼吸。事实上，心力衰竭，呼吸困难，都是最后才会发生的事。噢，当然，大脑也会停止运作。所以我知道你能听到这番话。我会拿走你家的钥匙，去那儿带走你的个人电脑，把它和你的手机一起丢进峡湾。”

普里姆看向窗外。日光开始暗淡了。

“看，我继父的公寓有灯亮起来了。他应该独自在家。你觉得他会愿意见客吗？”

六点半刚过一点的时候，马库斯·罗德听到了门铃声。

“你知道来的是谁吗？”两名保镖里年长的那个问。

罗德摇摇头。那保镖从客厅走向门廊和对讲机。

等他离开以后，罗德趁机开了口。

“如果你不当保镖了，有没有什么想转去的行当？”

那个年轻人看着罗德。他有长长的睫毛和柔和的棕色眼睛。那种天真幼稚的神态弥补了他发达到毫无必要的肌肉。只要加上少许善意和想象力，完全可以把他当成年轻个五六岁的人。

“不知道。”他说着，开始让目光扫过客厅。也许是他们的课程里教过的东西：不和客户进行非必要对话，持续检查周围环境，就算此时是坐在锁上门的舒适住宅里。

“你知道吗？你可以来为我工作。”

年轻人瞥了罗德一眼，罗德看到了某种像是轻蔑和厌恶的情绪。然后那年轻人没有回答，只是再次开始扫视房间。罗德暗自咒骂了一句。该死的狗崽子，他不明白报酬会有多丰厚吗？

“是个自称认识你的人。”门廊那边传来保镖的喊声。

“是孔恩？”罗德喊了回去。

“不。”

罗德皱起眉头。他想不到有谁会不打招呼就找过来。

他走向门廊，那名保镖叉开腿站着，指着对讲机屏幕。有个年轻人抬起头来，看着街上入口大门上方的摄像头。罗德摇了摇头。

“我这就让他离开。”保镖说。

罗德盯着屏幕。就在不久前，他是不是见过这家伙？他当时是不是认出了什么阔别已久的东西，却抛到脑后，觉得那只是又一张勾起回忆的脸？但现在这家伙就站在那儿，或许……

“等等。”罗德说着，伸出了手。

保镖把听筒递给他。

“回去吧。”罗德说。

保镖犹豫了片刻，然后听从了指示。

“你是谁，你有什么事？”罗德朝对讲机说。他的语气比自己预想的更不友好。

“嘿，爸。我是你的继子。我只想跟你谈谈。”

罗德喘息起来。毫无疑问。出现在那么多场梦里的那个男孩，还有那么多次被人发现真相的噩梦带来的恐惧。不，不是那个男孩，但的确是他。都过去这么多年了。谈谈？听起来不妙。

“我有点忙，”罗德说，“你应该提前知会我的。”

“我知道，”那个男人对着摄像头说，“我本来没打算联系你，我是今天刚做的决定。你看，我明天就要出门去长途旅行了，也不知道几时能回来。我不想留下没能解决的问题，爸。到了该宽恕的时候了。我必须最后见你一面，面对面，说出我的心里话。我觉得这样对我们俩都有好处。总共也要不了几分钟，如果不说的话，我们都会后悔，这点我可以肯定。”

罗德侧耳聆听。他没听过那种低沉的嗓音，当时没有，最近也没有。这时他想起了最后在古斯达那栋屋子里度过的几天，还有那个男孩刚刚开始变声的嗓音。他当然想过对方也许有天会出现，给他制造麻烦。到时候双方都是一面之词，唯一能证明所谓性虐待确实存在的人已经葬身火海。但就算是没有证据的指控，一旦出现也会损害他的名誉。就像这个国家的人那种充满轻蔑的说法：给门面泼上脏水。因为在挪威这个国家，类似“家族荣耀”的概念早已被该死的社会民主主义侵蚀，现在国家就是大多数人的家族，那些渺小的个人的行为不需要对上级负责，而是对那些和他们地位平等的人，社会民主主义下的灰色民众负责。那些毫无传统可言的人。如果你姓罗德，情况就不一样了，但普通公民永远无法理解这一点。他们不会理解那种宁可自寻了断，也不能让家族姓氏陷入泥潭的想法。所以他该怎么做？他必须做出决定。他的继子重新露面了。罗德用空出的那只手擦拭额头，然后惊讶地发现他并不害怕。就像那辆有轨电车差点撞到他的那种感觉。既然他曾经那么害怕的事终于发生了，他为什么反倒不害怕了？他们谈个话又能怎样？如果他的继子心怀不轨，这次谈话也不可能让情况更加恶化。最好那个男孩真的是为了原谅而来。忘记一切，感谢，然后道别，也许他今晚甚至能睡得更好些。他需要当心的只有一件事，那就是什么也别说，不要直接或者间接承认任何能用来针对他的事。

“我可以给你十分钟，”罗德说着，按下打开大门的按钮，“坐电梯来顶楼。”

他把话筒放了回去。那小子会不会打算录音？他回到客厅里。“你们会给访客搜身吗？”他问那两名保镖。

“向来都会。”年长的那个说。

“很好。检查他身上有没有贴着话筒，在他离开前保管他的手机。”

普里姆坐在电视房里一把柔软的扶手椅上，看着马库斯·罗德。保镖们站在门外，门没有关严。

看到保镖让他很意外，但这其实无关紧要。重要的是在房间里和罗德独处。

当然了，他本可以选择更简单的手段。如果他想要杀死马库斯·罗德或者对他造成人身伤害，恐怕也不会太难；毕竟他现在才有保镖陪同，在奥斯陆这样的城市里，居民们天真地相信自己的安全，没人会觉得在街上遇到的人也许在外套下面藏了武器，这种事太少见了。这也不是马库斯·罗德将会面临的下场。光是这样可不够。是的，一枪打死罗德会简单很多，但只要他为继父安排的这场复仇能带给他想象中的喜悦的一小部分，那他所有的努力就都值得了。因为普里姆构想的复仇就像一首交响曲，正随着渐强音趋近高潮。

“对于你母亲的遭遇，我很抱歉。”马库斯说。音量足够让普里姆清楚听见，又让走廊上的保镖听不清。

普里姆看得出来，那个坐在椅子里的高大男人很不自在。他的手指在拨弄裹住扶手的面料，鼻孔张大。这是他捕捉到肠液气味的确凿迹象。他放大的瞳孔告诉普里姆，那种气味的信号已经抵达了他的大脑，渴望繁殖的寄生虫好几天前就在那里就位了。如果要他说的话，这是一件小小的艺术品的结果。在派对上感染自己继父的原计划出岔子的时候，普里姆被迫临时构思了一个全新的计划，而且他完成了。他当着所有人的面感染了马库斯·罗德——当着律师、警方，甚至是哈利·霍勒的面。

马库斯·罗德看了看手表，打了个喷嚏。“我不想催促你，但我说过的，我还有事要忙，所以得长话短说。你要去的是哪个国家——”

“我想要你。”普里姆说。

他的继父在椅子里吓了一跳，下巴都颤抖起来。

“抱歉，你说什么？”

“我这些年来总会幻想你。那毫无疑问是虐待，可我……好吧，我猜我学会了喜爱那种事，也想再试试看。”

普里姆直视着马库斯·罗德的眼睛。看到他被寄生虫感染的大脑在后面运转，得出了错误的结论：我就知道！这小子很喜欢，他只是装哭。我没做错任何事——恰恰相反，我只是把我喜欢的事教给了他！

“而且我觉得，我们应该尽可能还原从前的环境。”

“还原？”马库斯·罗德说。他的喉咙已经因为兴奋而绷紧。这就是弓形虫病的自相矛盾之处，性冲动——本质上是繁殖的欲望——会遏制对死亡的恐惧，忽视危险，让受感染的生物陷入令人欣喜却又绝望的隧道般的视野，而那条隧道直通猫的嘴里。

“那栋屋子，”普里姆说，“它还在。但你必须一个人来，你必须甩开你的保镖们。”

“你是说……”马库斯吞了口唾沫，“现在？”

“当然。我看得出你……”普里姆身体前倾，一只手放在对方的胯下，“很想要？”

罗德的下巴不受控制地上下活动起来。

普里姆站起身。“你还记得地方吧？”

马库斯·罗德只是点点头。

“你会一个人来吧？”

又一次点头。

普里姆知道，他用不着告诫马库斯·罗德别让任何人知道他要去哪儿，又打算去见谁。弓形虫病会让受感染的人欲火中烧又无所畏惧，但不会让他们变蠢。不会变蠢，也就意味着他们不会做出妨碍他们实现脑海里唯一目标的事。

“我会给你三十分钟。”普里姆说。

较为年长的保镖本尼在这一行已经干了十五年。

开门的时候，他看到那位访客戴着口罩。年轻保镖给那人搜身的时候，本尼在一旁看着。除了一串钥匙之外，那人身上没有任何能充当武器的东西。他既没有钱包，也没有任何身份证件。他自称为卡尔·阿尔内森，尽管这名字听起来就像现编的，罗德却只是简单地点点头，表示确认。那位访客按照罗德的要求交出了手机，本尼又坚持要求将电视房的门略微打开。

仅仅五分钟过后——至少本尼事后给警方的证词是这么说的——这位年轻的“阿尔内森”就离开电视房，拿上手机，离开了公寓。罗德在电视房里大声说他想一个人待着，然后就关上了门。又过了五分钟，本尼敲门对罗德说尤汗·孔恩想找他谈谈。但本尼没听到回答，等他开门的时候，房间里已经空无一人，通往阳台的门开着。他的视线落在通往火灾逃生梯的门上，从那里可以走到下方的街道上。这也算不上什么不解之谜；毕竟在过去的一小时里，客户曾三次暗示说，如果本尼或是他的同僚愿意去市场街或者铁路广场弄些可卡因来，他们会得到非常丰厚的酬劳。

46

星期五　　血月

马库斯在车道尽头的铁门边下了出租车。

他坐上奥斯陆峡湾区的这辆出租车的时候，司机问他的第一个问题就是带没带钱。考虑到马库斯身上只有衬衣，没穿外套，脚上又是拖鞋，这问题也很合理。但他像往常那样带着信用卡——不管怎么说，没带信用卡会让他觉得就像没穿衣服。

他打开门的时候，铰链发出尖锐的响声。他顺着那条碎石铺就的私人车道向前走，来到最高处，有些震惊地看着那栋烧剩一半的屋子伫立在薄暮里。自从离开莫莉和那个小名很蠢——叫普里姆——的男孩以后，他就再也没来过这儿。他在报纸上读到过她的死讯，也参加了她的葬礼，但不知道这栋屋子损坏得如此严重。这么说吧，他只希望里面的"舞台背景"保存得足够完好，让他们能以可信的方式重演那一场戏。重现他们做过的事，还有他们当时的关系。虽然他对那男孩究竟做过什么，就只有天知道了。

罗德开始走向那栋屋子的时候，看到有个身影走出了正门。是他。罗德在电视房里坐在男孩对面时感受到的欲望是那么势不可当，几乎令他失去控制，就那么扑上去。他在一生中那么做过许多次，又都成功地逃脱了惩罚。如今他的欲望得到了控制，足够让他进行理性思考——他觉得足够。但渴望仍在，那么多年来对普里姆的回忆不断积淀，如今已经强烈到任何事都无法阻止。

他走向那个年轻人，后者伸出手来欢迎，面露微笑。罗德直到现在才发现，男孩那对让他仿佛啮齿动物一般的门牙不见了，现在是一排漂亮又整齐的牙齿。从方便幻想的角度来说，他更喜欢那对童年的门牙，但在走上前去又被领进屋里以后，他很快把这个念头抛到脑后。

又一次小小的震惊。走廊，客厅，一切都是焦黑的。隔断墙消失不见，让整栋屋子变开阔了。那个男人——那个男孩——领着罗德直接来到底楼那片曾是他自己房间的区域。伴随着喜悦的颤抖，罗德意识到自己不需要照明，他曾经那么多次走下楼梯，在夜晚的黑暗里来到男孩的房间，所以就算闭上双眼，他也不会走错。

"脱掉衣服，躺在那儿。"男孩说着，打开了手机的照明功能。

罗德盯着那块脏兮兮的床垫，还有烧得焦黑的铁床架。

他照做了，把衣服挂在床头板上。

"全脱了。"男孩说。

罗德脱掉了内裤。自从男孩握住他的手开始，他的勃起幅度就在增加。罗德喜欢掌控，而非被人掌控。至少在这一刻之前都是。但现在，他享受那种命令式的语气，那种让他起鸡皮疙瘩的寒气，还有男孩衣着整齐，他却全身赤裸的羞辱感。床垫散发出尿味，贴着他后背的部分又湿又冷。

"把这些套上。"罗德感觉自己的双臂在被向后拉扯，有什么东西箍住了他的手腕。他抬起头。在男孩手机的光线下，他看到自己的双手被皮绳固定在床柱上。然后是他的双脚。他现在成了男孩刀俎上的鱼肉。就像男孩曾经任凭他摆布那样。

"来吧。"罗德低声说。

"我们需要再亮点。"男孩说。他从挂在床头板上的衣服里拿出了罗德的手机。"密码是？"

"眼球识——"罗德才刚开口，手机屏幕就出现在他的面前。

"多谢。"

两个光源让罗德一时间看不清男孩在做什么，然后才在两部手机之间分辨出对方的身影。他意识到那两部手机肯定是被放在两个与人的头部差不多高度的支架上。男孩长大了。变成了男人，但仍旧年轻到让罗德想要他。显然如此。罗德的勃起已经不可收拾，嗓音的颤抖一半是因为兴奋，另一半则是因为寒冷，他低声说："来吧！来我这边，孩子！"

"先说说你想让我对你做什么吧。"

马库斯·罗德润了润发干的嘴唇，然后告诉了他。

"重复一遍，"男孩说着，脱下裤子，手掌放在他仍旧软垂的阴茎附近，"这次别提我的名字。"

罗德有些困惑。但这也很合理，星期二俱乐部里就有不少人会因为这种非人称代词而兴奋，他们更喜欢做那件事，而不喜欢具体的人。幸好如此。他再次列举了自己的各种愿望，没有提及任何名字。

"告诉我，你对小时候的我做过什么。"光源之间的那个男孩说着，正在手淫。

"过来这边，让我在你的耳边小声说——"

"告诉我！"

罗德吞了口唾沫。这就是他想要的。直接、粗鲁、严厉的语气和耀眼的强光。很好。罗德只需要把自己接收和发送的"电波"调整到相同波段就好。天哪，只要能得到他，他什么都愿意做。罗德犹豫起来，起初试图回避问题，但过了一会儿，他开始讲述。告诉那个男孩。毫不掩饰。巨细靡遗。也找到了那种波段。他自己的话语以及话语勾起的回忆让他兴致勃勃。他讲述了来龙去脉，用了"强奸"之类的词，既是因为那就是事实，又是因为这进一步增加了他和那个男孩的兴奋，不管怎么说，后者也在呻吟。尽管没人能看见，他还是退后几步，躲进光源背后的黑暗里。罗德把一切都告诉了他，包括自己是如何用他的羽绒被擦拭阴茎，然后再蹑手蹑脚地离开的。

"多谢！"男孩说着，语气尖锐。一处光源被关闭了，他走到另一道光里。他已经穿上了裤子，衣着整齐。他手里拿着罗德的手机，正在输入什么。

"你……你在做什么？"罗德呻吟着说。

"我在把你最后的视频分享给你所有的联系人。"男孩说。

“你……录下来了？”

“就在你的手机上。想看看吗？”男孩把手机拿到罗德面前。罗德在屏幕上看到了自己，一个六十多岁的大块头男人，皮肤在强光下失色，近乎白色，躺在脏兮兮的床垫上，勃起，稍稍偏右。这次没戴面具，没有能掩饰他身份的东西。他的嗓音因兴奋而略显粗哑，与此同时又清晰如钟鸣，渴望对方能听到他的话。他注意到这段视频经过剪裁，让人看不到他的双手和双脚都被固定在床柱上。

“我发送的时候附带了一条事先准备好的短信，”男孩说，“听着。你好，世界。我最近思考了很多，我觉得没法再忍受自己过去的所作所为了。所以我打算烧死自己，就在莫莉自焚的那栋屋子里。再见了。你觉得如何？算不上有诗意，但清晰明了，对吧？我会延迟发送给你的联系人名单里的所有人，让他们能在午夜过后刚好收到。”

罗德张开嘴想说些什么，却一个字也说不出来，因为有东西被塞到了他的嘴里。

“很快，你认识的每个人都会发现，你是一头多么变态的猪猡。”普里姆说着，把那个保加利亚人留下的一只羊毛袜塞进罗德的嘴里，再贴上一条胶带，“再过一天左右，剩下的全世界也都会知道。你觉得如何？”

没有回答。只有一双瞪圆的眼睛，还有顺着脸颊流下的泪水。

“好了，好了，”普里姆说，“就让我给你一点小小的安慰吧，父亲。我不打算实施原本的计划了，也就是揭发你然后自杀，让你在公众的羞辱中活下去。因为我终究还是想活着。你看，我找到了我爱的女人。今晚我就会求婚。看看我为今天给她买了什么吧。”

普里姆从裤袋里拿出那只酒红色的丝绒盒子，然后打开。支架上的手机放射光芒，令戒指上的小小钻石熠熠生辉。

“所以我决定度过长久而幸福的人生，但这么一来，我就需要避免暴露身份了。这也代表那些知道真相的人必须代替我去死。你必须死，父亲。

我明白死亡本身就很难了，更别提是在知道家族名誉会完蛋的情况下去死。妈妈跟我说过这事对你有多重要。但至少你不用带着那种羞辱活下去。这样很好，不是吗？”

普里姆用食指擦去罗德的一滴眼泪，舔了舔。文学作品里总会写到“苦涩的泪水”，可所有眼泪不都一个味道吗？

“坏消息是，我打算慢慢杀死你，作为你不用面对羞辱的补偿。好消息是，我杀死你的速度也不会太慢，毕竟我不久后还和我的挚爱有约。”普里姆确认了时间，又说：“哎呀，我得回家洗澡换衣服了，所以我们最好现在就开始吧。”

普里姆用双手抓住床垫。用力拉扯了两三次以后，他成功把床垫从罗德身下拽了出来，铁制的弹簧承受了罗德的体重，发出一声尖鸣。普里姆走到焦黑的砖墙边，拿起油罐旁边的野营炉。他把野营炉放到床下的地板上，就在他父亲头部的正下方，然后打开煤气，点着了火。

“我不知道你记不记得，但这是你送我的圣诞礼物，就是那本关于科曼切人的书里提到的最佳拷问手段。把头颅当作锅。你的大脑很快就会开始冒泡和沸腾。值得安慰的是，那些寄生虫会死在你前面。”

马库斯·罗德开始扭动和挣扎。几根铁制弹簧刺破了他的皮肤，让血滴洒在灰尘覆盖的地板上。接着汗水同样开始从他背后滴落。普里姆看着马库斯·罗德的脖子和额头青筋凸起，后者还在努力用被羊毛袜塞满的嘴巴尖叫。

普里姆看着他。等待着。吞着口水。因为他的内心毫无变化。确切地说，变化是有的，但和预想中不同。是的，他早就准备好面对复仇可能不如想象中甜美的情况，但他没想过会是现在这样。尝起来就像他继父的泪水那样苦涩。比起失望，这种感受更让他震惊：他在同情躺在这里的这个男人。这个男人毁了他的童年，又该为他母亲的自杀负责。他不想有这种感觉！是她的错吗？是因为她给他的人生带来了爱吗？《圣经》里说过，爱是最伟大的。爱真的比复仇更伟大吗？

普里姆开始哭泣，而且停不下来。他走向烧焦的楼梯，找到那把半埋在灰烬里、沉重老旧的铲子。他拿起铲子，回到铁床边。这不符合计划，他的目的是漫长的折磨，不是怜悯！他高高举起了铲子，看到了马库斯·罗德眼里的绝望。他的脑袋来回晃动，想要躲开扁平的铲面，仿佛宁愿在痛苦中多活几分钟，也不想快点死掉。

普里姆瞄准了目标，然后挥下铲子。一次。两次。三次。擦去飞溅出来的落到他眼睛里的血，然后弯下腰去，留意呼吸的声音。接着站直身体，再次将铲子高举过头。

之后，他做了个深呼吸。再次确认了时间。剩下的就只有消除全部的痕迹了。希望铲子的拍打没在罗德的头盖骨上留下痕迹，让人怀疑他并非自杀。火焰很快会消除其余的一切。普里姆解开皮绳，塞进口袋里。他剪辑掉了罗德手机上那段录像的头尾部分，这么一来，谁都不会怀疑当时有另一个人在场，看起来就像是罗德在发送前自己编辑了录像。接着他标记了罗德联系人列表里的所有人，把预定发送时间设置为零点三十分，然后按下发送键。他想象了被屏幕照亮的、惊恐又难以置信的每一张脸。接着他擦去自己留在手机上的指纹印，把手机塞进罗德的西装外套里，注意到罗德有八个未接电话，其中三个来自尤汗·孔恩。

他把汽油倒在尸体上，等待它渗入其中，就这么重复了三次，直到他能确定尸体已经浸泡充分，然后再把汽油浇在剩下的横梁和尚未倾塌又可以燃烧的墙壁上。他四下走动，将其点燃。他没忘记把打火机放到床边，这么看起来，他继父所做的最后一件事就是点燃自己。他走出自己童年家园的空壳，站在碎石车道上，抬头看向天空。

丑陋结束了。月亮已然升起。它很美，而且很快就会更加美丽。暗沉下来，覆上血色。一颗为他的挚爱升起的天体。他会把这句话一字不差地说给她听。

47

星期五　布鲁曼

“布鲁曼，布鲁曼，我的老朋友，想想你的小男孩。”

卡翠娜几乎悄无声息地唱出最后一个音符，又努力从葛德的呼吸判断他是否睡着了。是的，他的呼吸低沉又均匀。她把被子往上拉了拉，准备离开。

“哈维叔叔在拿（哪）儿？”

她看向他睁大的蓝眼睛。侯勒姆怎么会看不出这双眼睛继承自哈利？还是说他看出来了，在分娩室的那天就知道了真相？

“哈利叔叔在医院陪一个生病的朋友。不过奶奶在家。”

“尼（你）要去拿（哪）儿？”

“去一家叫作‘福隆纳斯顿’的餐馆。它差不多就在森林里，在小山上。也许我们哪天可以去那里转转。”

“还有哈维叔叔。”

她笑了笑，同时也感觉心脏传来戳刺般的痛苦。“也许还有哈利叔叔。”她说着，希望自己没在说谎。

“拿（那）里有凶（熊）吗？”

她摇摇头。“没有熊。”

葛德闭上了眼睛，很快就睡着了。

卡翠娜看着他，几乎无法抽身离去。她看了看钟。八点半。她真的该走了。她亲吻了葛德的额头，然后离开了房间。听到客厅里她婆婆的缝衣针微弱的咔嗒声，于是探头进去。

“他睡了，”她小声说，“我要走了。”

她婆婆点点头，笑了笑。“卡翠娜。”

卡翠娜停下了脚步。“怎么了？”

“你能答应我一件事吗？”

“什么？”

“答应我玩得愉快。”

卡翠娜对上那位年长女子的视线，也明白她想说什么。她儿子早已死去和入土，生活总得继续。她，卡翠娜，总得继续。卡翠娜感觉喉咙像被什么堵住了。

“谢谢，奶奶。”她低声说。这是她第一次叫她“奶奶”，她能看到对方眼里的泪水。

卡翠娜快步走向国家大剧院旁边的地铁站。她没怎么特意打扮。暖和的外套加上实用的鞋子，正如阿尔内的建议那样。这代表他们会在那家餐馆的室外部分吃饭，在露台加热器下欣赏四周的风景吗？头顶只有天空？她抬头看向月亮。

她的手机响了。又是哈利。

“尤汗·孔恩打来了电话，”他说，“只是想告诉你一声，马库斯·罗德甩掉了他的保镖。”

“算不上太意外，”她说，“他是个瘾君子。”

“保安公司派人去了铁路广场。那里没有他的踪影。他没有回去，也没接电话。他当然可能去了别的地方‘进货’，然后去庆祝他重获自由了。我只是觉得应该告诉你。”

“多谢。我打算在不需要想起马库斯·罗德，只需要关心我喜爱的人的地方度过今晚。史戴怎么样了？”

“对一个离死神这么近的人来说，他的状况好得出奇。”

“真的？”

“他觉得这是死神欢迎他的独特方式，想让他自愿跨过前往死后世界的门槛。”

卡翠娜忍不住笑了起来。“听起来就是史戴的风格。他的妻子和女儿还好吗？”

“她们很坚强，还应付得来。”

“好的。替我转达问候。”

“我会的。葛德睡了吗？”

“是的。我觉得他提到你的频率有点高。”

“呃，从没见过的新叔叔总是让人兴奋的。好好享受你的餐馆约会吧。现在吃饭有点迟了，不是吗？”

“这也没办法，鉴识中心那边的工作负荷有点太大了。拉森本来要和他的伴侣出去吃晚餐，他知道——”

“知道，罗德的事我跟他说了。”

“多谢。”

卡翠娜走进地铁站的时候，他们挂了电话。

哈利低头看着手机。他和卡翠娜通话的时候有个未接电话。是本的号码。他回了电话。

“早上好，哈利。我和一个朋友去了多希尼大道。恐怕露西尔不在那儿。我报了警。他们也许想跟你谈谈。”

“我明白。把我的号码给他们吧。”

“我给了。”

“好的。谢谢你。”

他们挂断了电话。哈利闭上眼睛，无声地咒骂起来。他自己该报警吗？不，如果露西尔还在那些有着蝎子文身的家伙手里，这么做就可能导致他们杀死她。他现在除了等待什么都做不了。所以他必须暂时把露西尔清出脑海，因为他受限于人类的大脑，同时只能专注于一件事，有时候甚至一件都不行，而且此时此刻，他需要这颗大脑去阻止一个杀人犯。

哈利回到618号病房的时候，吉布兰下了床，和爱斯坦以及楚斯一起坐在奥纳的床边。被子中央放着一部手机。

“霍勒刚刚进来了。”奥纳对着手机说，然后转头看向哈利，“吉布兰认为，如果那个凶手培育了一种新的寄生虫，他就肯定做过某种微生物学方面的研究。”

“法医研究所的赫尔格也这么认为。”哈利说。

“有这种背景的人可不多，”奥纳说，“我们致电的对象是洛肯教授，他是国立医院微生物学系的研究主管。他说他只知道一个人研究过突变弓形虫。洛肯教授，您刚才说他叫什么？”

“斯泰纳，”被子那边传来一个沙哑的声音，“弗雷德里克·斯泰纳，寄生虫学家。他在以人类为主要宿主的弓形虫变体的研究上取得了长足进展。虽然他的一名亲属试图延续他的研究，但那名亲属失去了资金支持和这里的研究场所。”

“您能解释一下原因吗？”奥纳问。

“根据我的记忆，有人提到了不道德的研究方法。”

“什么意思？”

“我不清楚，但考虑到这件案子的情况，我相信它和活体实验有关。”

“我是哈利·霍勒，教授。您是指他用寄生虫感染了别人吗？”

“一切都未经证实，但没错，的确有这种传闻。”

“这个人的名字是？”

“我不知道，那是很久以前的事了，项目也直接中止了。这种情况屡见不鲜，甚至未必需要真的出现问题，有时候只是项目取得的进展不够充分。我们通话的时候，我搜索了姓斯泰纳的研究人员，不只是我们的医院的，而是整个斯堪的纳维亚半岛的。不幸的是，我能找到的只有弗雷德里克。如果有必要，我可以找当时研究寄生虫学的人打听一下。”

“可以的话，我们会很感激。”哈利说，“这位亲属对研究的参与有多深？”

“不太深，否则我会听说的。”

“你们有时间听听一个白痴的疑问吗？”爱斯坦问。

“这种问题往往最能问到点子上，”洛肯说，“尽管问吧。”

“你们究竟为什么要资助这种研究，让他们培育或者训练能把人类当成宿主的寄生虫？这不是只有负面作用吗？”

“我刚才说了‘问到点子上’对吧？”洛肯轻笑起来，“人们听到‘寄生虫’这个词往往会心生畏惧。这也可以理解，毕竟许多寄生虫都很危险，而且对宿主有害。但还有许多寄生虫能为宿主发挥在医学上有价值的作用，因为尽可能维持宿主的生存和健康对它们有利。考虑到它们为动物发挥的作用，为人类做到同样的事也并非不可想象。虽然在斯堪的纳维亚，像斯泰纳这样研究培育有益寄生虫的人寥寥无几，但在国际上，这个领域从多年前就得到了重视。其中有人获得诺贝尔奖只是时间问题。”

“或者帮我们制造出终极生物武器？”爱斯坦问。

“我记得你说过自己是个白痴，”洛肯回答说，“是的，你的评价没错。”

“我们回头再考虑拯救世界的事吧，”哈利说，“眼下我们的兴趣在于拯救杀人犯名单上的下一个人。我们清楚时间现在已经是星期五晚上，但您的确说过如果有必要……”

“我现在明白它的必要性了。我在报纸上读到过你的事，霍勒。我这就去打几个电话，然后回复你们。”

他们挂断了通话。

然后面面相觑。

“有人饿了吗？”奥纳问。

另外四人摇摇头。

“你们都有阵子没吃东西了，”他说，“是那种气味让人倒胃口吗？”

“什么气味？”爱斯坦问。

“来自我肠道的气味。我对此无能为力。”

“史戴博士，”爱斯坦说着，拍了拍奥纳放在被子上的手，“就算有什么味道，那也是因为我。”

奥纳笑了。他的眼泪是因为疼痛还是感动，没人说得清。哈利看着他的朋友的时候，思绪从他脑海中飞驰而过。说得更准确些，就好像他在自己的脑海里飞驰，搜寻着某个念头。他知道自己有所疏漏，也需要找出那种疏漏之处。他知道和察觉到的只有一点，那就是事态紧急。

“吉布兰。”他缓缓地说。

也许是从他语气里听出了什么，其他人也转头看向他，仿佛觉得他要说的事很重要。

“肠液闻起来是什么样的？”

“肠液？我不知道。从胃食管反流病患者的口气来判断，也许闻起来很像臭鸡蛋。”

“呃，所以和麝香味不像？”

吉布兰摇摇头。“我只知道在人类的肠子里不像。”

“你说‘在人类的肠子里不像’，是什么意思？”

“我解剖过有明显麝香味的猫类的胃部。那种气味来自肛门腺。许多动物会用麝香味来标记领地，或者在交配季吸引伴侣。按照古伊斯兰传统的说法，麝香的气味就是寄生虫的气味，或者说死亡的气味，这取决于你看待它的方式。”

哈利盯着他。但他在脑海里听到的却是露西尔的声音。我们听到的是这样，也觉得作者写下句子的顺序和他思考的顺序完全一样。这也难怪，毕竟人们倾向于相信“正在发生的事”是“已经发生的事”导致的，而不是反过来。

挪用，怀疑，披露货物被稀释的事实。这是他们下意识接受的事件发生的顺序。但有人——那位“作者”——改换了顺序。哈利现在明白了，明白他们被人愚弄了，也明白他或许确实闻到了那位“作者”的气味。

“楚斯，我们能出去说句话吗？”

另外三人看着哈利和楚斯走出门去。两人来到走廊里。

哈利转身看向他。

“楚斯，我知道你告诉过我，挪用可卡因的人不是你。我也知道你完全有理由在这件事上说谎。我不在乎你以前做过什么，我也觉得你信任我。所以我要再问你一遍。是你或者你认识的什么人干的吗？在回答前先思考五秒钟吧。”

楚斯垂下头去，就像一头粗暴的公牛。但他点点头，一言不发。他深呼吸了五次。张开嘴，又再次闭上，仿佛想到了什么。接着他开了口。

“你知道贝尔曼为什么没有叫停我们的调查吗？”

哈利摇摇头。

“因为我去了他家，说如果他这么做了，我就把他在亚纳布区的一家摩托俱乐部杀死一个毒贩的事公之于众。我当时帮他藏匿了尸体，就埋在他在赫延哈尔那栋新房子阳台的混凝土里。如果你不相信我，只要把尸体挖出来就行。”

哈利盯着楚斯看了很久。“你干吗告诉我这个？”

楚斯哼了一声，额头仍旧有些发红。“因为这应该能证明我信任你，对吧？我交给你的证据足够把我关上好些年了。为什么我能承认这种事，却不承认自己挪用了分量最多只会让我蹲一两年牢的可卡因？”

哈利点点头。“我懂了。”

“那就好。”

哈利搓了搓颈背。“和你一起去没收毒品的另外两个人呢？”

“不可能的，”楚斯说，“是我自己带着毒品一路从机场海关到车上，再开车送到查没部门的。”

“很好。”哈利说，“我之前说过，我觉得挪用者是某个海关官员或者查没部门的人。你觉得呢？”

“我不知道。”

“呃，但你怎么想？”

楚斯耸耸肩。“我认识在查没部门经手这批毒品的人，他们都不是黑警。我觉得他们只是把重量搞错了。”

“我觉得你是对的。因为还有我没考虑过的第三种可能性——我真是太蠢了。回里面去吧，我很快就来。”

哈利打给了卡翠娜，对方却没有接听。

“怎么？”等哈利回到病房，又坐在病床边以后，爱斯坦说，“我们一起经历了那么多，你们却还有不能让我们听见的事？”

吉布兰笑了。

“我们被顺序欺骗了。”哈利说。

“什么意思？”

“查没的可卡因送到鉴识中心的时候，根本没被人挪用。就像楚斯说的，他们称重的时候有那么一点点不准确，所以这种偏差很小。挪用是发生在这之后的。是鉴识中心分析可卡因的人干的。”

其他人难以置信地看着他。

“想想看吧，”哈利说，“你在鉴识中心工作，有人送来了一批几乎没有杂质的可卡因，因为查没部门怀疑有人给它掺入了杂质，并把多出来的那部分重量偷走。你发现事实不是这样，它很纯净，没有人对这批毒品动过手脚。但你看到查没部门已经有了怀疑的对象，所以你发现了机会。你拿走一点点纯可卡因，加入一些左旋咪唑，再把那批毒品发回去，附上结论确认说，是的，有人在毒品被送到鉴识中心之前对它进行了稀释。”

“精彩！”爱斯坦用快速颤音唱道，“如果你没猜错，那肯定是个很他妈狡猾的男人。”

“也可能是女人。”奥纳说。

“是男人。”哈利说。

“你怎么知道的？”爱斯坦说，“鉴识中心难道没有女性员工吗？”

“有，但你记不记得在炉火酒吧找我们搭话的那家伙？他说他申请过警校，但又放弃了，因为他想学习另一些东西？”

“你说布莱特的男友？”

“嗯。我当时没多想，但他说他选了那么个专业，最后也许还是能从事调查方面的工作。今晚的早些时候，卡翠娜无意中告诉我说，他们要在福隆纳斯顿餐馆吃饭，等到这么晚是因为鉴识中心那边的工作太多了。但有那么多工作要做的人不是她，而是他。楚斯，你听说过鉴识中心有个叫阿尔内的人吗？”

“那里现在有很多新成员，我又不喜欢到处……”他晃了晃脑袋，仿佛在寻找合适的词汇。

“……结交新朋友？”爱斯坦建议道。

楚斯朝他投去警告的眼神，但点了点头。

“我能理解嫌疑人可能在鉴识中心工作，”奥纳说，“可你为什么对此这么肯定，又为什么是卡翠娜的这位男友？你想起了肯珀吗？”

“是的。”

“你好，”爱斯坦插嘴说，“你们俩在说什么呢？”

“埃德蒙·肯珀，”奥纳说，“二十世纪七十年代的一个连环杀手，喜欢和警官搞好关系。这是不少连环杀手的典型特征。他们会找到自己预想中会调查他们的警察，有的在作案前，有的在作案后。肯珀同样申请过入学警校。”

“这些是他们的相似之处。”哈利说，“但最重要的是那种刺鼻的气味。麝香味。就像潮湿或者热的皮革。海伦妮·罗德说她在派对上闻到过。海伦妮·罗德躺在停尸间里的时候，我也闻到了。我们切开苏珊·安德森的眼球时，我同样闻到了。我们那晚在炉火酒吧遇见那个阿尔内的时候也一样。”

“我什么都没闻到。”爱斯坦说。

“确实有。”哈利说。

奥纳扬起一边眉毛。“你在上百个汗流浃背的人里察觉了这种气味？”

“那种该死的气味很特别。”哈利说。

“也许你也感染了弓形虫，”爱斯坦摆出一副假惺惺的关心表情，“你是不是觉得很饥渴？”

楚斯发出一声哼笑。

哈利突然有种令人痛苦的似曾相识的感觉。毕尔·侯勒姆在谋杀萝凯以后，同样一丝不苟地清理了痕迹。“这也能解释我们在犯罪现场或者尸体上为何找不到证据，”他说，“清理痕迹的那个人是专业的。”

“这就对了！”楚斯说，“所以如果我们找到他的DNA……”

“工作和谋杀现场或者尸体有关的人，DNA图谱都存在数据库里。”哈利补充道，“所以我们可以看看，是否有人找到了头发，却发现是某个工作人员不小心留下的。”

“如果真是这个阿尔内，”奥纳说，“他今晚就要和卡翠娜出去约会了。在福隆纳斯顿。”

“基本上就在森林里了。”爱斯坦说。

“我知道，我刚才就想打电话给她，”哈利说，“可她没接。你觉得情况严重吗，史戴？”

奥纳耸耸肩。“按照我的理解，他和卡翠娜已经约会一阵子了。如果他想杀了她，恐怕早就动手了。他肯定出于某种理由改变了想法。”

“比方说？”

“但如果她做了什么让他感觉被侮辱的事，那就真的有危险了。比方说拒绝他。”

48

星期五　　森林

在霍福瑟德区的一片公寓楼里，阿清站在三楼的一扇窗边，看着楼下。她的手里拿着手机。还差一分钟到九点。她正看着停在正门外的那辆车。它停在那儿快五分钟了。那是乔纳森的车。手机响起的时候，她吓了一跳。屏幕上显示的数值是九点整。分毫不差。

她考虑了过去一小时里想到的所有借口，但最后一个都没选。她按下接听键。

"喂？"

"我在外面。"

"好的，来了。"她说着，把手机放进手提包里。

"我出门了！"她在走廊里大喊。

"Tam biêt（再见）。"她母亲在客厅里回答。

阿清关上房门，坐电梯下楼。不是因为她受不了楼梯，她平时都是走楼梯的，而是因为电梯在理论上有出故障和卡死的可能性，那样就有必要打电话给消防队，并且取消所有安排。

但电梯没出故障。她走到街上。对九月下旬的夜晚来说，今天出奇地温暖，尤其是夜空还没什么云彩。

乔纳森靠在副驾驶座上，为她打开车门。她坐了进去。"嘿。"

"嘿，阿清。"

车子发动了。她很吃惊，因为他直接叫了她的名字，这是在店里工作时从未有过的情况。

他们进入主干道以后，他让车子转上向西的路。

“你想给我看什么？”她问。

“美丽的东西。专门给你准备的东西。”

“给我？”

他笑了笑。“也给我。”

“你就不能告诉我是什么吗？”

他摇摇头。她坐在那儿，用眼角余光看着他。他的变化很大。首先，他会叫她的名字了，而且她从没听他用过“美丽”之类的词语，或者说某件东西是专门给她准备的。在坐进这辆车之前，她很焦虑，是的，几乎是害怕，但某些东西——也许是他说话的方式——让她平静了下来。

这时他笑了笑，仿佛察觉到她在偷看自己。也许他没在工作的时候就是这样的人，她心想。但她随即想起自己是雇员，他是老板，所以在某种意义上，这也是工作。也或许不是？

霍福瑟德区位于城市的西侧。几分钟过后，他们经过了罗阿区以及玻克塔区的高尔夫球场，此时深入了索克达山谷，两边是广阔而茂盛的云杉林。

“你知道这附近有熊出没吗？”他问。

“熊？”她惊慌地说。

他没有笑话她，仅仅面露微笑。他——乔纳森——笑起来很好看，她以前都没发现。也许她发现了，只是没有多想。毕竟每次相隔的时间太久，很容易就会忘记。就好像他害怕自己一旦笑起来，就会对她暴露出他本想隐瞒的事。可现在，他却想让她看些东西。某些“美丽”的东西。

她的手机响了，让她又吓了一跳。

她看向屏幕，拒接了电话，把手机放回包里。

“想接也没关系的。”他说。

“我一般不接不认识的电话。”阿清说。这是谎话，她认出了那号码属于那个警察，拉森。不过当然，她不能接起来，以免承受乔纳森发火的风险。

他打了转向灯，然后放慢了车速。阿清没看见岔道，但它就这么出现了。车轮碾过狭窄的碎石路的时候，她的心跳得更快了。只有车头灯照亮了那片高墙般的黑色森林。

“哪里……”她停了口，因为她害怕自己嗓音的颤抖被他发现。

“别害怕，阿清。我只是想让你高兴。”

她被看穿了。“只是想让你高兴”？她不确定自己是否还想听他说这种陌生的话了。

他停下车，关闭发动机和车灯，他们突然身处彻底的漆黑之中。

“好了，”他说，“我们下车吧。”

她深吸一口气。肯定是因为他语气里的镇定，那种效果近乎催眠，因为她此时不再害怕，只有兴奋。只给她一个人看。某种美丽的东西。她不清楚原因，但她突然觉得这事没什么奇怪的。这是她在等待的事，没错，是她期待的事。她之前感觉到的强烈焦虑，肯定就和婚礼当天新娘的感受一样。她从自己那边的车门下了车，深吸一口晚上的新鲜空气，还有云杉的气味。接着恐慌回来了。因为他特意强调过让她别告诉任何人，她也真的——她可真够傻的——没告诉任何人。完全没人知道她来了这儿。她吞了口唾沫。她要等到什么时候才能说停下，她想回家了？如果她现在就说，会不会让他非常生气，或许会……或许会怎样？

“包可以留在车上。”他说着，打开自己那一侧的后车门。

“我想带着手机。”她说。

“随你，但你应该把手机放在这件衣服的口袋里，外面还挺冷的。”他把一件棉外套递给她。她穿到身上。外套有股气味。也许是乔纳森的气味。还有营火的味道，至少是在不久前靠近过火堆。

乔纳森戴上一盏头灯，在开灯前转过身去，免得灯光晃着她的眼睛。“跟我来吧。”

他跨过一条路边的浅沟渠，径直走向森林里，阿清别无选择，只能跟着他跳过去。他们朝森林深处走去。就算这里有林间小径，她也看不到。地势开始上升，他时不时停下脚步拨开树枝，让她通过时能更轻松些。

他们来到一片沐浴在月光下的荒原上，她趁机拿出手机确认。她的心沉了下去。这里的信号不只是差，而是直接没有。

她再次抬起头来，明白手机屏幕的光摧毁了她在黑暗中视物的能力，她能看到的只有一道黑色的墙壁。她站在那里，连连眨眼。

“来这边。”

她朝声音传来的方向移动。依稀辨认出乔纳森站在林木边缘，朝她伸出了手。她不假思索地握住那只手。手掌温暖又干燥。他牵着她继续向前。她该挣脱然后逃跑吗？跑去哪儿？她已经搞不清道路和市区在哪个方向，而且在森林里，他肯定能追上她。如果她抵抗，恐怕只会让他加快进行原本的计划。她感觉喉咙绷紧，但同时也决心反抗。她不是什么无助又幼稚的小女孩，她的大脑肯定有某些部分在告诉她“没关系”，所以何必用妄想去喂养恐惧呢？她很快就会明白他的目的，到时候就像从噩梦中惊醒，发现自己从始至终都安全地躺在床上。他要给她看些美丽的东西，仅此而已。于是她没有松开手，反而将他的手掌握得更紧。尽管是在这种情形下，她还是感到莫名的安心。

他停下脚步的时候，她吃了一惊。

“我们到了，”他说，“躺下吧。”

她看向他的头灯照亮的位置，那是某个巢穴，是一张松树枝铺就的床铺。就好像感觉到了她的犹豫，想要向她证明安全似的，他躺了下来，又示意她躺在旁边。她深吸一口气。思索该如何阐述她的拒绝。她润了润嘴唇，看到他将食指举在自己的嘴唇前面，此时用愉快又孩子气的表情看着她。这让她想起了她弟弟，想起当他们偷偷做了大人不允许的事时的那种同谋者之间的快乐。究竟是那段记忆还是另有原因，她也说不清，但她突然发现自己躺在了他身旁。她能看到旁边有一小堆营火留下的痕迹，仿佛有人来过好几次，尽管这里是森林的中心，很难说是合理的扎营地点。在他们躺下的位置，她能在树梢之间看到夜空和月亮。他究竟想在这里让她看什么？

她能感觉到他的呼吸靠近她的耳朵。“你一定要彻底保持安静，阿清。你能翻身趴着吗？”他的嗓音，他的气息，是的，就好像她始终知道的藏在乔纳森身体里的那个人终于走到了阳光下。或者确切地说，走到了黑暗里。

她照他说的做了。她不害怕。看到他的手挡在她面前的时候，她唯一的念头是来了，终于要开始了。

拉森朝克里斯举起杯子。接完哈利的电话后，拉森拨打阿清的号码，准备预约一次遛狗，看她要不要趁机说说她老板的事。他要以此结束他这一星期的工作。她没有接听。但这也无关紧要。他非常彻底地调查了乔纳森，没有发现任何犯罪的迹象，无论过去还是现在。他当时就决定放下对他的怀疑。说到底，这是他始终坚信的手段：遵循严谨又久经考验的调查准则。他早该明白，他过于相信所谓“直觉”，只是因为这么做更轻松。他同样应该明白，如果你想要干好凶杀案警探这一行，就必须在业余时间把案子放到一边。为了做到这点，就必须把心思放在别的事上。所以他选择把心思放在克里斯身上，放在他们身上，放在这顿饭菜，还有他们要一起度过的今晚上。他刚到的时候，气氛有那么点紧张，仿佛上次吵架的回音仍在徘徊不去。但现在情况已经好转了。这会是一顿美妙的晚餐，之后会是一场代表和好的美妙性爱。

所以当他感觉到手机在振动，看到又是哈利的时候，克里斯扬起一边眉毛，仿佛在告诉他那场性爱已经岌岌可危，而拉森决定不接电话。肯定是再等会儿也没关系的事。不是吗？拉森指示他的右手食指按下拒接键，可它不听使唤。他重重叹了口气，面露歉意。

“如果我不接听，手机会响上一整晚的。我保证，二十秒就好。”他没有等待回答，就这么推开椅子，跑去厨房，好向克里斯证明他说的“二十秒”是认真的。

“你得长话短说，哈利。”

“好。鉴识中心的人员有叫阿尔内的吗？”

“阿尔内？我不记得有。他的姓氏是？”

“我不知道。你能查到鉴识中心里负责分析那批绿色可卡因查没品的人是谁吗？”

“当然，我明天就去查。”

“我希望是现在。”

“现在，指今晚？”

“现在，指十五分钟以内。”

拉森停顿了片刻，想让哈利想清楚，在星期五晚上，而且是向他理论上的上级提出这种要求有多么不合情理。发现对方既没改口也没道歉的时候，拉森清了清嗓子。

“哈利，我很乐意帮你，但眼下我有些私人事务要优先处理，真相也不会在十二个小时内消失。我读警校时的讲师引用过你的主张，针对连环杀手的调查不是短跑，而是马拉松，你需要调整好步调。但我的二十秒已经用完了，哈利。我明天一大早就会打给你。”

“嗯。”

拉森想要把手机从耳边拿开，但他的手再次拒绝服从。

“卡翠娜眼下正跟这个叫阿尔内的家伙在一起。”哈利说。

克里斯在读秒。等拉森坐回他面前的时候，秒数已经超过三十，他很恼火。他更恼火的是，他的男友没有对上他的视线，至少在克里斯喝下那口他已经忘记名字的红酒之前都没有。他能感觉到拉森心神不宁，每次这种情况都会让他觉得，他最多也只在对方心里排第二位。

“你要去工作了，对吧？”

“不，不，放轻松。今晚我们要好好享受，克里斯。你为什么不拿着那杯酒坐到沙发上，让我去播放带来的勃拉姆斯的《三号交响曲》呢？”

克里斯怀疑地看着拉森，但和他一起走进了客厅。是拉森劝说他添置了这台黑胶唱片机，当拉森放置唱片的时候，他坐在了沙发上。

“闭上眼睛！”拉森指示道。

克里斯照做了，片刻过后，乐声在房间里流淌。他等着感受自己让出空位的沙发承受到拉森的体重，但那一刻并未到来。他睁开了眼睛。

“嘿！圣旻！你在哪儿？”

回答声从厨房传来。“就打几个简短的电话。仔细听大提琴的部分。”

49

星期五　　戒指

福隆纳斯顿餐馆位于奥斯陆的高处，两边分别是中产阶级居民的别墅区，以及他们喜爱的徒步旅行区域。来这家餐馆的人都穿着西装和连衣裙，去旁边那家咖啡馆的人则都是一身徒步旅行装束。从地铁终点站到这里要走六分钟，卡翠娜抵达的时候，一眼就看到了阿尔内，他正独自坐在室外的一张大号实木桌边。这时他站起身来，张开双臂，面带笑容，平顶帽下露出那双漂亮又悲伤的眼睛，而她略显犹豫地投入他专横的怀抱里。

“是不是有点冷了？”等他们坐下以后，她问，“他们还没把露台加热器拿出来。里面看起来也有座位。”

“是啊，但如果进到里面去，就看不到血月了。”

“这样啊。”她说着，瑟瑟发抖。下方的城市不合时宜地温暖，可到了高处的这里，温度就低了不少。她抬头看向白色的月亮。今天是满月，但除此之外似乎很普通。“血什么时候会出现？”

“那可不是真的血。”他轻笑着说。

有那么一阵子，她觉得他这种咬文嚼字的方式让人恼火，仿佛把她当成了小孩子。今晚她觉得比平时更加不愉快，毕竟那么多充满压力的念头正在她脑海里打转，她又有种烦躁的感觉，仿佛她应该去工作，因为时间不等人。

“月食的发生，是因为地球挡在了太阳和月亮之间。所以在短时间内，月亮会进入地球的影子里，”他说，“因此月亮会是黑色的。但当光线照在不同密度的物体上时，光的方向会发生改变。你还记得学校物理课里教的这些吧，卡翠娜？”

“我选的是语言专业。”

“噢，好吧，当阳光照在地球上的时候，大气层会让阳光中红色的部分向内弯曲，绕过地球，落到月球表面上。”

“啊哈！”卡翠娜用讽刺的夸张语气说，“所以那是光，不是血。”

阿尔内笑着点点头。“从远古时代起，人们总会吃惊地看着天空。即便是现在，我们知道了很多谜题的答案，却还是不免惊讶。我觉得这是因为广阔的太空能带给我们某种程度的慰藉。它让我们和我们短暂的生命显得那么渺小，那么无足轻重，让我们的烦恼也显得那么渺小。我们在这一刻存在，在下一刻就会消亡，所以何必把有限的时间花在各种烦恼上呢？我们应该好好利用这些时间。所以我现在请求你关掉大脑，关掉手机，关掉整个世界。因为就在今晚，你和我会和两件最伟大的事物联系在一起。宇宙……”他按住她的手，“以及爱。”

这些话语触动了卡翠娜的心。这也理所当然，她是个单纯的人。与此同时，她知道换成别人来说这番话，或许能更加感动她。她也不知道关掉手机是否会让她安心；家里还有人在帮她照看孩子，而她负责的那场谋杀案调查恐怕也不会像他们在几小时前认为的那样，已经尘埃落定。

但她还是照做了，关掉了手机。那是一小时前的事了。在那之后，他们品尝了饭菜和美酒，可她脑海里只有一个念头：溜进洗手间，打开手机查看未接来电或者短信。她当然可以直接说出口，说正如阿尔内的那些行星不会停止转动，奥斯陆的现实也不会停下来休息。就像要强调这个念头似的，她听到下方远处的城区依稀传来消防车的警笛声。但为了阿尔内，她不想毁掉这个夜晚。毕竟他不知道这会是和她共度的最后一晚。是的，他这些话很动听，但也太过头了。用哈利的话来说，就是太保罗·科埃略[①]的风格了。

---

① Paulo Coelho，巴西著名作家，代表作为《牧羊少年奇幻之旅》。

“我们现在出发？”阿尔内在结完账以后问她。

“出发？”

“我知道高处有个地方灯光更少，我们可以更清晰地观赏血月。”

“在哪儿？”

“翠凡湖边上。走几分钟就能到。来吧，离月食开始还有……”他看了眼手表，“十八分钟。”

“噢，那我们就走过去吧。”她说着，站起身来。

阿尔内将一只小帆布包背到身后。她问里面是什么，可他只是狡黠地眨眨眼，伸出手臂让她挽住。他们朝翠凡湖走去。在能俯瞰湖面的山顶上，他们看到那座直指天空、超过百米高的广播电视塔。它在多年前就已不再发送信号，如今只是伫立在那儿，仿佛一名手无寸铁的奥斯陆城门守卫。不时有车辆和慢跑者从旁经过，但等他们走上湖边那条小径的时候，就连半个人都看不到了。

“这位置不错。”他说着，指了指一根木头。

他们坐了下来。月光仿佛一条黄色的中线，滑过他们面前柏油般漆黑的湖水。他搂住她的肩膀。“跟我说说哈利的事。”

“哈利？”卡翠娜吃惊地回答，“为什么问这个？”

“你们彼此相爱吗？”

她笑了起来，或者说咳嗽起来，她自己也不太确定。“你究竟为什么会有这种想法？”

“我长了眼睛。”

“这话什么意思？”

“在那家酒吧看到哈利的时候，我发现他就像葛德的翻版，或者说反过来。”阿尔内大笑起来，“但别这么担心，卡翠娜。我会帮你保守秘密的。”

“你怎么知道葛德长什么样子？”

“你给我看过照片。你不记得了？”

她没有答话，只是听着下方城市传来的警笛声。有什么地方着火了，她不该待在这儿。就这么简单。可她该怎么跟他解释？她能不能用那套陈词滥调，说问题不在他，而是因为她自己？毕竟这是事实。除了葛德之外，她已经毁掉了她人生中美好的一切。坐在她身边的这个男人显然爱她，她也希望自己能回报同样的爱。因为她不只渴望被爱，也渴望爱别人。但不是这个正在努力拉近距离，眼神悲伤，又知晓许多的男人。她张口想要告诉他，却不确定该如何措辞，只知道她非说不可。但他抢先开了口。

“我甚至不确定自己想不想知道你和哈利的过去。对我来说，唯一重要的只有你和我现在在一起，而且我们彼此相爱。”他握住她的手，放在唇边，然后亲吻，“我想让你知道，我的人生足以容下你和葛德，但恐怕容不下哈利·霍勒。如果要求你和他不再往来，会不会太过分了？”

她盯着他。

他此时同时握住了她的两只手。“你怎么说，亲爱的？可以吗？”

卡翠娜缓缓点头。“是的。”她说。正当阿尔内露出灿烂的笑容，又打开背包的时候，她说出了后半句话：“……这要求太过分了。”

他笑容的边缘逐渐消散，但他勉强维持住了咧开的嘴。

她立刻就后悔了，因为他此时坐在那里，仿佛一条挨揍的可怜的狗。然后她注意到他从背包里拿出一半的是一瓶蒙哈榭，是他认为的她最爱的那种白葡萄酒。好吧，所以也许这个男人不适合她，但至少今晚可以做她的男人。她可以给他那种奖励。她可以给自己那种奖励。就一晚。她可以等到明早再仔细斟酌。

阿尔内把手伸向背包的更深处。

“我还带来了这个……”

“格雷格森。”

“圣旻·拉森，克里波的。抱歉在星期五晚上打你家里的电话，但我打了所有鉴识中心的电话，全都没人接听。”

“是啊，我们下班过周末了。不过没关系，有事就说吧，拉森。”

“我想打听加勒穆恩机场那次查没的可卡因，就是负责运送的警官惹上麻烦的那次。”

“嗯，我知道你说的是哪一次。”

“你知道最后是谁负责分析的吗？”

“是的，我知道。”

“好的。”

“没有人。”

“抱歉，你说什么？”

“没有人。”

“这话什么意思，格雷格森？你说那批毒品根本没人分析过？”

普里姆看着她。看着这名女子，他选中的人。他没听错吧？她说她不想要钻石戒指？

起先她以手掩口，飞快地看了眼他举起的那只小盒子，然后惊呼道：“我不能收下。”

当你措手不及的时候，你会无意识地做出恐慌的反应，这没什么奇怪的，普里姆心想。如果有人将某个东西举到你面前，而那东西象征你的后半生，其意义过于庞大，没法被压缩成一句话，这时换谁都会措手不及。所以他给她留出了深呼吸的时间，接着复述了他事先想好的那些字眼。

“接受这枚戒指。接受我。接受我们。我爱你。”

但她再次摇摇头。“谢谢。但这样不合适。”

这样不合适？还要怎么更合适？普里姆向她解释说，他节衣缩食，只是为了等待这个时刻，正是因为现在最合适。甚至是完美。看，在黑色丝绒般的夜空上，那些天体都在说，这个时刻独一无二。

“这戒指很完美，”她说，“但不适合我。”

她歪过头，露出悲哀的表情，让他明白眼下的情形有多悲伤。或者确切地说，她有多么为他悲伤。

是的，他没听错。

普里姆听到了一阵急促的声音。并非他想象中微风吹过树梢的轻响，而是一台早已不再接收信号的电视发出的声响，它孤零零的，没有联络的对象，没有目的和意义。那种声音愈发响亮，他脑袋里的压力也随之增加，尽管此时已无法忍受。他需要就此消失，不复存在。但他不能消失，不能就这么抹除自己。所以她需要消失，不复存在。或者——这时他想到了——他，另一个男人，需要消失。他是起因。那个毒害了她，蒙蔽了她，迷惑了她的男人。令她无法分辨他——普里姆——的真爱和那个男人——那条寄生虫——的操控。他，那个警察，才是她的弓形虫。

“好吧，如果戒指不适合你，”普里姆说着，合上钻戒盒的盖子，“这东西应该适合。”

月食开始出现在他们的头顶上方，夜色仿佛一个贪婪的食人者，开始啃食月亮的左侧边缘。但他们两人坐着的位置仍有充足的月光，他能看到她盯着自己拿出的刀，瞳孔随之放大。

“这……”她说，她的嗓子听起来很干，她吞了口唾沫，才说了下去，“这是……什么？”

“你觉得这是什么？”

他能从她的眼神看出她的想法，看到她的嘴唇说的那些字眼，但没能说出口。于是他替她说。

“这是杀人凶器。”

她看起来想要说些什么，可他迅速站起身，来到她身后。他将她的脑袋向后拉，刀抵住了她的喉咙。

“这是切开过苏珊·安德森和海伦妮·罗德咽喉的杀人凶器。它也会切开你的咽喉。除非你完全按照我的话去做。”

她的脑袋被迫后仰的幅度很大，以便他能看到她的眼睛。

两人此时颠倒着看着彼此，恐怕正如他们看待对方世界的方式。是的，所以也许本来就不会有结果。也许他也知道这点。也许正因如此，他才会不顾一切地计划了她不接受戒指的替代方案。他本以为她看向自己的目光会带着怀疑。但她没有。她看起来相信他所说的每一个字。

很好。

“我——我该怎么做？”

“打电话给你那个警察，附上一份他无法拒绝的邀请。”

50

星期五　　未接来电

餐馆的领班拿起电话的听筒。“福隆纳斯顿餐馆。”

“我是哈利·霍勒。我想联系今晚在你们这里用餐的卡翠娜·布莱特警监。”

领班吓了一跳。不只是因为免提没关，也是因为这个男人的名字有些耳熟。“我正在查阅来客名单，霍勒先生。但我没看到用她的名字预约的记录。”

“也许是用那位先生的名字预约的。他叫阿尔内，我不知道他姓什么。”

“没有阿尔内，但我这里有好几个没附上姓氏的名字。”

“好的。他是金发，也许戴着平顶帽。她是黑发，卑尔根口音。”

“啊哈。对，他们在室外用了餐，那一桌是我服务的。”

“用了餐？”

“是的，他们已经离开了餐馆。”

“呃，你有没有碰巧听到些什么，让你猜到他们可能的去向？”

领班犹豫了。“我不确定该不该——”

“这事很重要，和那些遇害女子的警方调查有关。”

领班想起自己在哪儿听过这个名字了。

“那位先生很早就来了，还要求借两只葡萄酒杯。他带来了一瓶雷穆父子酒庄的夏山－蒙哈榭，说他要在饭后去翠凡湖边向她求婚，然后我给了他杯子。您知道的，那瓶酒是二〇一八年酿造的。”

“多谢。”

手机放在奥纳被子上，哈利伸手结束了通话。

“我们要立刻赶去翠凡湖。楚斯，你能不能联络紧急事故控制中心，让他们派一辆巡逻车过来？开着警灯和警笛。”

“我试试。”楚斯说着，迅速拿出自己的手机。

“准备好了吗，爱斯坦？”

“噢，愿梅赛德斯与我们同在。”

“祝好运。”奥纳说。

三人走出门去的时候，哈利拿出自己的手机，看着屏幕，以两只脚分别停在门槛两边的动作停了下来。门转了回来，撞掉了他的手机。他弯腰捡了起来。

“怎么了？”爱斯坦在门外喊道。

哈利深吸一口气。“是卡翠娜的号码打来的电话。”他发现自己下意识地做出了判断：打电话的不是她本人。

“你不打算接吗？”奥纳在病床上问。

哈利严肃地看着他，点点头，然后按下接听键，把手机放到耳边。

“你确定？”布里赛德队长问。

那位年长的消防员点点头。

布里赛德叹了口气，看向那栋熊熊燃烧的别墅，他的队员正忙着喷水救火呢。他又抬头看向月亮。今晚的月亮看起来很怪，仿佛是哪里不对劲。他又叹了口气，将消防头盔戴正了些，开始朝唯一的那辆巡逻车走去。它来自警方的交通部门，在他们的消防车就位后不久就停在了那里。消防站在晚上八点五十分接到了报告古斯达街区别墅起火的电话，布里赛德及其同僚花费了十分三十五秒赶到现场。倒也不是说他们再晚来几分钟，后果会严重多少。这栋屋子多年前就因火灾损坏，早已无人居住，所以这里有生命受到威胁的可能性很低，也不存在火势蔓延到周边别墅的风险。缺乏管教的年轻人放火烧屋也没那么罕见，但这次究竟是纵火还是失火可以回头再说，眼下灭火才是重点。在这层意义上，这次灭火几乎可以被视为练习。问题在于，这栋屋子坐落在三环路的旁边，浓重的黑烟飘过那条高速公路，因此交通部门才会到场。幸运的是，通常在星期五，密集的进城车辆已经减少了许多，但布里赛德站在这座小山上，仍旧能看到亮着前灯的汽车——至少是没有被烟雾包裹的那些——纹丝不动地停在车道上。按照交通部门的说法，从史美斯德交叉口到伍立弗医院的两个方向都发生了交通堵塞。布里赛德告诉那位女警官，他们控制火势需要些时间，至少要等到烟雾散去才算完，所以人们还得等一阵子才能去他们要去的地方。至少他们已经封闭了这几条通行道路，所以不会再有车辆开到这条高速公路上了。

布里赛德靠近了警车。那位女警官摇下车窗。

“恐怕你还得再找几位同事过来。”他说。

“噢？”

“瞧见他没？”布里赛德指了指站在一台消防车旁边的那位年长的消防员，“我们叫他‘狗鼻子’。因为他能在有东西烧着的时候从各种气味中闻出那种气味。狗鼻子从没出过错。”

“那种气味？”

“那种气味。”

“也就是？”

她是傻的吗？布里赛德清了清嗓子。“你闻过烤肉味吧？这次就是烤肉味。”

他能从那张脸上看出来，她恍然大悟。她伸手去拿警用无线电。

“所以有什么事？”

“什么事？”哈利略显困惑的嗓音从电话那头传来。

“对！出什么事了？我刚刚关了机，看到有七个你的未接来电。”

“你在哪儿，又在做什么？”

“干吗这么问？出什么事了吗？”

“回答我。”

卡翠娜叹了口气。“我正在去福隆纳斯顿站的路上。我打算从那里直接坐车回家，再喝几杯烈酒。”

“阿尔内呢？他和你在一起吗？”

“不，”卡翠娜沿着他们来时的那条路走向山下，此时步伐快了不少。头顶的月食正在缓慢进行，也许正是这种景致让她决定停止那种漫长的折磨，把刀直接插进他的心脏。“不，他没和我在一起了。”

“你是说他现在不在你身边？”

“两种意义上都是。”

“出什么事了？”

“是啊，出什么事了呢？简短的说法就是，阿尔内在一个和我截然不同，但无疑更好的世界里。他知道关于宇宙各种元素的一切，对他来说，世界是个玫瑰色的地方，你眼里的事物可以是你希望的样子，而非它们真正的模样。我和你的世界，哈利，就要丑陋多了。但它是真实的。在那种意义上，我们都应该羡慕阿尔内。我以为我今晚可以忍受他，但我是个糟糕的人。我忍不住把这些都告诉了他，还说我一秒钟都忍不下去了。”

“你……呃，分手了？”

“分手了。”

“他现在在哪儿？”

“我离开的时候，他还哭着坐在翠凡湖边，手里拿着一瓶蒙哈榭和两只水晶玻璃杯。但说够男人了，你打电话来是有什么事？”

“我打来电话，是因为我认为那批可卡因是在鉴识中心被人‘揩油’的。罪魁祸首就是阿尔内。”

“阿尔内？”

“我们派了一辆巡逻车来抓他。”

“你疯了吗，哈利？阿尔内不在鉴识中心工作。”

哈利沉默了好一会儿。

“那他……”

“阿尔内·萨腾在大学里是物理学和天文学方面的研究员和讲师。”

她听到哈利轻声骂了一句“真要命”，然后大喊：“楚斯！让巡逻车别去了。”

接着他回到电话里来。“抱歉，卡翠娜。看来我的保质期已经过了。”

“是吗？”

“在这件该死的案子里，这是我第三次全力瞄准却彻底脱靶了。我该被送去垃圾场了。”

她大笑起来。“你只是工作量有点太大了，就像我们一样，哈利。关掉大脑，休息一下吧。你不是要和亚历山德拉·斯图尔扎和赫尔格·福方去看月食吗？你现在还赶得上。我看月亮被遮住的部分才刚过半呢。”

“呃，好的。再见。”

哈利挂了电话，在椅子里前倾身体，双手掩面。“妈的，妈的。”

“别对自己太严苛了，哈利。”奥纳说。

他没有回答。

“哈利？”奥纳小心翼翼地问。

哈利抬起头来。“我没法释怀，”他说着，嗓音沙哑，“我知道我是对的。几乎是对的。推理没有错，只是别的地方犯了个小错。我需要找出来。”

来了，看到那只手靠近她的脸时，阿清心想。

至于究竟什么要来了，她也不完全清楚。只知道那是危险的事。刺激又危险。她本该害怕，曾经害怕，但现在不怕了。因为那种“危险”是打引号的，她可以肯定这件事，他的一举一动都在告诉她这件事。

他的手停下了。停留在空中，就像冻住了似的，形状就像一把枪。接着她意识到，他不是伸出手想要碰她，而是在指着什么。她朝他食指对准的方向转过头去，又被迫用手肘撑起身体，让目光越过山脊。她不由自主地深吸一口气，然后屏住呼吸。

在那里，在前方山坡底部的一片沐浴着月光的林间空地上，她看到了四只，不，五只狐狸。五只幼崽在悄无声息地玩耍，有只成年狐狸在旁边看着。其中一只幼崽比其余几只略大，而她最关注的就是那只。

“那是……？”她轻声说。

“对，”乔纳森轻声回答，“是小尼。”

“小尼。你怎么知道我叫它……？”

“我听过你这么叫它。你在和它玩、喂它吃东西的时候就会叫这个名字。你和它说的话比和我说的还多。”在黑暗里，她能看出他在笑。

“但这怎么……可能？”她朝狐狸那边点点头。

乔纳森叹了口气。“我就是那种会收留违禁动物的白痴。就像当初那家伙带了两条卡帕塔山蛞蝓过来，让我收下其中一条，因为他觉得在两个不同场所饲养，其中之一活下来的可能性会更大。我本该拒绝的。如果被那个警察发现，他会查封我的店。自从把它冲进马桶里，我就没睡好过觉。但至少小尼那次，我有思考的时间。我知道我们不可能一直藏着小尼，环境卫生部门会处理掉它的。于是我带它去看了兽医，兽医说它很健康，于是我把它带到这里，放进我之前就知道住在这儿的一窝狐狸里。它们当然不可能马上接受小尼，我又知道你有多喜欢那只小狐狸，所以我什么都没告诉你，直到我来了这边几趟，确定一切顺利为止。”

“你不想告诉我，是因为你担心我会不高兴？”

她看到乔纳森有些局促。“我只是觉得先给你希望，结果却发现事态和你认为以及想象的不一样，只会让你更痛苦。”

因为你有过这方面的经历，阿清心想。总有一天，她会弄清发生了什么。

但此时此刻，她不知道究竟是这片黑暗，是这种令人陶醉的喜悦和释然，是月光还是疲惫，让她很想伸出双臂抱住他。

“恐怕你不喜欢这个点还不睡吧，”他说，“如果你想来的话，我们可以改天再来。”

“好的，”她低声说，“我很愿意再来。”

在回去的路上，她需要加快脚步才能跟上他。倒不是说他速度快，而是他迈出的步子很大，显然习惯了森林里的生活。他们在月光中跨越沼泽的时候，她也打量着他的背脊。和在市区的店铺里相比，他的身体语言和举止也大不相同了。他流露出满足和幸福的情绪，而且如鱼得水，就好像这里就是他的家。或许这种幸福也是因为他成功带给了她快乐，至少她猜想是这样。当然了，他尝试过掩饰，但已经被她识破，他那张臭脸再也没法骗过她了。

她加快步伐，开始慢跑。也许他觉得在森林里待上仅仅一小时，她就同样会有回家的感觉，他显然觉得在任何情况下都没必要再牵起她的手了。

她发出一声低呼，假装踉跄了一下。他猛地停下脚，头灯的光晃晕了她。“噢，抱歉。我……你没事吧？”

“嗯，没事。”她说着，伸出了手。

他握住那只手。

他们就这么继续前进。

阿清想知道自己是否陷入了爱河。如果是的话，又是从何时开始的。以及——如果她真的爱上了对方——要让他意识到这点会有多困难。

51

星期五　　普里姆

“你应该放松点，哈利，”奥纳说，“现在又怎么了？”

在哈利之前，爱斯坦和楚斯刚刚离开了 618 号房。

哈利低头看着他垂死的友人。“洛杉矶有个上了年纪的女人。她惹上了一些麻烦，我一直在努力……呃，解决问题。”

“所以你才回来吗？”

“是的。”

“我早就猜到你不是为了接马库斯·罗德的委托。”

“呃，我下次再仔细告诉你。要我说的话，这对心理学家根本小菜一碟。”

奥纳轻笑起来，握住他朋友的手。“下次再说，哈利。”

哈利对突然涌出的泪水毫无准备。他捏了捏史戴的手，什么也没说，因为他知道自己的嗓音会颤抖。他扣好外套，快步进入走廊。

爱斯坦和楚斯站在几米远处的电梯门前，转身看向他。

哈利的手机响了。如果是洛杉矶警方打来的，他该说什么呢？他拿出手机，看了眼屏幕。是亚历山德拉——他确实应该告诉她，他已经赶不上观赏月食了。他暂时没有接听，而是试图判断他是否该赶过去。此时此刻，去西弗酒店的酒吧里独自喝上一杯或者六杯似乎更有诱惑力。不，那可不行。在法医研究所屋顶上观看月食，应该会很美妙。他按下接听键的那一刻，有条短信出现在屏幕上。是圣旻·拉森发来的。

“嘿。”他说着，同时开始阅读短信。

“嘿，哈利。”

“是你吗，亚历山德拉？”

“对。”

“你的声音，”哈利说着，视线扫过那条短信，“听起来很不一样。”

那批可卡因不是鉴识中心分析的，因为他们没有那种能力，所以送去了法医研究所。在那里进行分析的人是赫尔格·福方，他在分析报告上写下了日期和签名。

哈利的心脏仿佛停跳了。那些没能拼合的凌乱碎片在他的眼前掠过，而在惊人的短短数秒里，它们紧密地拼接在了一起。亚历山德拉带他参观过法医研究所，又告诉他当鉴识中心的分析工作处理不过来的时候，就会把工作直接送到那儿。赫尔格也明明白白地告诉过哈利，弓形寄生虫是他的研究领域。亚历山德拉说过，她曾邀请赫尔格去那场屋顶派对，毕竟那种场合总有不请自来的客人。验尸技术员可以轻易将DNA材料布置在苏珊和贝婷的尸体上，将嫌疑导向特定人物，他完全可能等到尸体被发现以后，在解剖室里这么做。但最重要的是，解剖室里有赫尔格在的时候，哈利闻到过那种麝香味，而他当时以为那味道来自尸体。哈利靠近赫尔格的时候也闻到过同样的气味，当时他刚刚剖开苏珊·安德森的眼球，而哈利——可真是个白痴——以为那种气味来自眼球。

许多块碎片。它们全部拼接在一起，构成了一幅镶嵌画，一幅巨大却又清晰而鲜明的画。而且就像以往那样，当所有碎片各自就位的时候，哈利会很惊讶，为什么他没能早点看清全貌。

亚历山德拉的声音——满是惊恐，让他几乎感到陌生的声音——再次响起。

“你能过来吗，哈利？”

哀求的语气。充满哀求。完全不像他认识的亚历山德拉·斯图尔扎。

“你在哪儿？”哈利说，他在努力争取思考的时间。

“你知道的。就在法医研究所——”

“的屋顶上，是的，”哈利朝爱斯坦和楚斯摆摆手，重新回到了 618 号房，“就你一个人吗？”

“差不多。”

“差不多？”

“我跟你说过的，赫尔格和我会来这儿。”

“嗯。”哈利深吸一口气，压低声音到近乎耳语，“亚历山德拉？”哈利一屁股坐到床边的椅子上，楚斯和爱斯坦也在这时走进房间。

“怎么了，哈利？”

“现在仔细听我说。最好眼睛都别眨一下，只回答‘是’或者‘不是’就行。你能在不引起怀疑的情况下离开那儿，说你要去厕所或者拿东西吗？”

没有回答。哈利把手机稍微从耳边拿开，接着奥纳小组另外三人的脑袋靠近了那部三星手机。

“亚历山德拉？”哈利轻声问。

“是的。”她用沉闷的嗓音回答。

“赫尔格就是凶手。你得逃走。离开那栋楼，或者把自己锁在房间里，等我们赶过去。好吗？”

一阵噼啪的杂音。然后是另一个声音，一个男人的声音。

“不，哈利。不好。”

那嗓音同时既熟悉又陌生，就像你认识的人换了一个版本。哈利深吸一口气。“赫尔格，”他说，“赫尔格·福方。”

“对。”那声音确认道。不只是比哈利记忆中更低沉，现在听起来更加放松又自信。就像是属于某个已经赢得胜利的人。“实际上，你也可以叫我普里姆。我讨厌的人都这么叫我。”

“就按你说的来，普里姆。现在是什么情况？”

“你问对了，哈利。现在的情况是我坐在这里，用一把刀抵着亚历山德拉的喉咙，好奇我们两个的未来会怎样。也许是我们三个的未来，毕竟你也参与进来了，不是吗？我明白自己被人发现了，就像棋盘上的说法，我陷入了劣势。我一直在努力避免这种状况，但就算我早知道事态会像这样发展，也不会改变做法。我很为自己办到的那些事而骄傲。我觉得就连我舅舅读到这些报道的时候，也会为我骄傲——如果他会读的话。如果他藏有寄生虫的大脑还能挣扎着活下去的话。”

“普里姆……”

“不，哈利，我当然没想过逃避应有的惩罚。事实上，我原本打算等一切结束时自寻了断，但事态发生了变化。我有了活下去的念头。所以我才打算靠交易来争取尽可能宽大的处理。但想要做交易，你就得先有筹码，我的手里有个人质，放不放过取决于我。我相当确定你是明白的，哈利。”

“如果你想要宽大处理，最好的选择就是放亚历山德拉离开，再立刻向警方自首。”

“你指的是对你最好的选择。等我不再碍事，你就能得手了。”

“得手什么，普里姆？”

“别装傻了。当然是得到亚历山德拉。你感染了她，让她渴望你，让她相信你有能给她的东西。比方说真爱。噢，现在就是你证明的机会。不如来交换一下，用你自己来换她，如何？”

“然后你就会放她走？”

“当然。我们都不想伤害亚历山德拉。”

“好吧。那我对具体做法有个建议。”

赫尔格的笑声比嗓音要轻快。“想得美，哈利，我们得照我的计划来。”

“嗯。你的计划是？”

“你只带一个人开车来这儿。你把车停在研究所前面，让我能看到你们两个——只有你们两个——离开车，走向这栋楼。我会在这里打开门。你们下车的时候，我希望看到你的双手被手铐铐在身后。听懂了吗？”

“听懂了。”

“你们都得坐电梯上来，走到通往屋顶的门前，打开门，打开一条缝，让我知道你在那儿。如果你们冲进来，我就割断亚历的喉咙。这点也听懂了吧？”

哈利吞了口唾沫。“嗯。”

“等我说可以的时候，你们都倒退着穿过那道门，走到屋顶上。”

“倒退？”

“他们在高度设防的监狱里就是这么干的，不是吗？”

“对。”

“那你应该听懂了。你先来。往后退八步。然后停下，跪在地上。跟你一起来的人往后退四步，然后跪下。如果你们没有完全照做——”

“我明白了。退八步和退四步。”

“很好，你很机敏。等亚历山德拉走到屋顶的门前，我就把刀抵在你的脖子上。你的同伴会送她下楼去车里，就这么开车离开。”

“然后呢？”

“然后谈判就可以开始了。”

一阵沉默。

“我知道你在想什么，哈利。何必把合适的人质换成不合适的？何必放弃年轻又无辜的女子，换成上了年纪的男性警探，尽管警察和政客们都知道，前者更能让公众产生强烈同情？”

“呃……”

“答案很简单，那就是我爱她，哈利。为了确保她愿意等我恢复自由，我必须展现对她的真爱。我想陪审团会将其视为减刑因素。”

“我相信他们会的。”哈利说，“从现在算起，一小时后如何？”

尖锐的笑声再次从电话那头传来。“再说一次，想得美，哈利。你该不会觉得，我会给你通知快速应变小组，在交换人质前集结半个警察局的机会吧？”

“好吧，可我们离那里还有些距离。我们有多少时间能赶过去？”

“我想你在骗人，哈利。我不认为你离得那么远。你所在的地方能看到月亮吗？”

爱斯坦迅速走到窗边。点点头。

“能。”哈利说。

“那你就能看到，月食正在进行。等月亮完全被遮住的时候，我就割断亚历山德拉的喉咙。”

“可——”

“如果天文学家的计算足够准确，你们就有……让我看看……二十二分钟。不过还有一件事。我在很多地方都有耳目，如果我看到或者听说警方在你抵达前就被惊动，亚历山德拉就会死。好了，抓紧时间吧。”

“可——”哈利停了口，拿起手机，让其他人看到通话被中断了。

他确认了时间。赫尔格·福方给他们的时间刚好够长，如果他们走三环路，那么最多五六分钟就能赶到国立医院的法医研究所。

“你们都听到了吗？”他问。

“一部分吧。”奥纳说。

“他的名字叫赫尔格·福方，他在法医研究所工作，他在那里的屋顶挟持了一名人质。他想要用我换她。我们有二十分钟。我们不能联络警方，否则他很可能发现。我们需要立刻赶过去，但仅限我和另一个人。”

“那我去吧。”楚斯坚决地说。

“不。”奥纳的语气同样坚决。

其他人看着他。

“你听到他的话了，哈利。他想杀了你。所以他才希望你去。他爱她，但他恨你。他不打算谈判。他也许对现实认知不足，但他和你我一样清楚，没有人能以人质为筹码争取到减刑。”

“也许吧，”哈利说，“但就算是你也说不清他的精神错乱有多严重，史戴。他也许相信自己可以。”

“这种可能性很低，你打算拿自己的生命冒险？”

哈利耸耸肩。“时间有限，先生们。没错，我觉得用又老又失败的凶杀案警探来交换年轻的医学研究天才其实是赚了。这是个简单的数学题。”

“的确！”奥纳说，“这是个简单的数学题。”

“很好，我们达成一致了。楚斯，你准备好出发了吗？”

“我们有个麻烦。”爱斯坦在窗边说，他在点击手机屏幕，“我能看到下面路上的交通彻底停滞了。在这么晚的时间很不寻常。我看了 NRK 的旅游网站，他们说三环路因为一栋起火房屋的烟雾被封锁了。这代表每一条比较小的道路都挤满了车，作为出租车司机，我敢担保我们没法在二十分钟内赶到国立医院。三十分钟都不行。”

房间里的所有人——包括吉布兰在内——都面面相觑。

“好吧，”哈利说着，看了眼手表，“楚斯，你愿意滥用一下你作为警察的不存在的威信吗？”

“我很乐意。”楚斯说。

“很好。那我们就跑去急诊室，征用一辆配备车顶灯和警笛的救护车，你看如何？”

“听起来很有趣。”

“停！”奥纳大喊一声，将拳头砸在床头柜上，震倒了一只塑料杯，杯里的水洒在了地板上，“你们就不能听听我在说什么吗？”

52

星期五　　警笛

普里姆听到警笛声在暗沉的夜色里起落。很快月亮就会被彻底吞没，只有下方城市的黄色灯光照亮天空。那些不是警车的警笛声，也不是他今晚早些时候听到的消防警笛声，那是救护车。当然了，那也许是一辆赶往国立医院的救护车，但不知为何，他觉得那是哈利·霍勒在宣告自己的到来。普里姆从袋子里拿出并开启那只警用无线电。哈利也许不用靠警用频道就能通知他的同僚，普里姆也不是第一个能收听警用频道的罪犯，但频道里那种安静又放松的气氛告诉普里姆，至少这座城市里知道要发生什么的警察不算多。要说今晚最戏剧性的事件，恐怕就是古斯达那栋起火别墅里焦黑的人类尸体了。

普里姆把椅子放在亚历山德拉的身后，和她一起面对金属门，那个警察及其同伴会从那里进来。他考虑过只让哈利一个人来，但他不能排除那种可能性：也许需要有人强行带走她。从古斯达吹来的微风不时会带上烟的气味，毕竟那边离这里只有半公里左右。普里姆不想呼吸那种气味，不想让来自马库斯·罗德的任何物质再次进入他的身体。他的仇恨已经结束了。现在留下的只有爱。好吧，她的第一反应是拒绝他。也难怪。他脱口而出的一切理所当然会令她震惊，而在面对震惊的时候，她不假思索的反应就是逃避。她还以为他们只是朋友！也许她真的相信他是个同性恋，也可能她误以为那是某种形式的调情，是让她能邀请他去市区玩或者参加派对而不显得别有用心的借口，他是在某种程度上配合她，他认为她也许需要那种借口。他还承认自己和一个男人上过床，只是没说那是他继父的性虐待。他和亚历山德拉曾有过那么美好的时光！“他爱她”这个概念显然需要时间去培养，拿出钻戒有点太心急了。是的，爱仍然存在。但为了他们爱的新芽有机会生长，就必须除掉遮挡阳光的那个东西。

普里姆摸了摸衣服内袋里的注射器。在和哈利谈过以后，普里姆就把它拿到亚历山德拉面前并进行了说明。她对微生物学的了解也许不足以让她成为最佳听众，但她在医药方面的背景让她远比普通人能理解这番话，足够让她明白，创造出效率足有老版本十倍的寄生虫是多么重大的寄生虫学突破。但当他提到自己的弓形虫在一小时内渗透了特里·沃格的大脑时，得到的赞叹却不及他的预期。毫无疑问，她害怕到没法专心听了。她多半相信自己会有生命危险。而且没错，如果不是哈利·霍勒那么好猜的话，也许真的有。但霍勒会完全按照普里姆的吩咐去做，毕竟他是那种老派男人，有危险会让女人和孩子先离开。他也会及时赶到这儿的。普里姆终于感受到了喜悦，那种在他煮沸继父的脑袋时始终缺席的喜悦。当然，他输掉了这场战斗。亚历山德拉拒绝了戒指，哈利·霍勒又发现了他的身份。但战争尚未结束，他会胜利的。首先要做的就是彻底消灭对手。这是动物界的运作方式，而人类归根结底也是动物。接着他当然会进监狱。但从那之后，他会教她爱上他。她会的，因为在哈利被打败以后，她会明白属于自己的雄性是他，不是那个警察。就这么简单。并非陈词滥调，但是简单。毫不复杂。只是时间的问题而已。

他看着月亮。

距离它被彻底遮住只剩一小块了。但警笛声在靠近，他们没多远了。

“你能听到他在赶来救你的路上吗？”普里姆伸出一根手指，顺着亚历山德拉外套后面向下滑去，“你觉得高兴吗？有人如此爱你，甘愿为你而死。但你要知道，我更爱你。我其实已经准备去死了，但我决定为了你活下去，要我说的话，这样的牺牲更加伟大。”

警笛声戛然而止。

普里姆站起身，朝屋顶的边缘走出两步。黄色的圆锥形灯光掠过下方的停车场。

那是一辆救护车。

有两个人下了车。他认出了霍勒那身黑西装。另一个人穿着淡蓝色的衣服，看起来像是医院里的装束。霍勒带来的是护士还是病人？霍勒转过身，背对屋顶，普里姆看不清手铐，但他看到了街灯下的金属闪光。下面那两人并肩缓缓走向入口，也就是普里姆的正下方。

普里姆丢下亚历山德拉那盒骆驼烟的包装盒，看着盒子沿着研究所的正面落下，伴随一声轻柔的“啪”落在那两人面前。他们吓了一跳，但没有抬头看。那个一身医院装束的男人拿起香烟盒，然后打开，取出普里姆的身份证件，以及那张写有安全密码的字条，字条还告诉他们该坐电梯到哪一层，以及通往屋顶的那扇门就在右边的楼梯顶端。

普里姆走了回去，坐在亚历山德拉身后的椅子上，两人面对着十米外的那扇门。

普里姆思索起来。他害怕将要发生的事吗？不。他已经杀死了三个男人和三个女人了。

但他很紧张。因为这将会是他第一次实际攻击没被寄生虫感染的人，所以对手不会是那种程序化行事、容易预测的“机器人”。可以说，他们都在他的诱骗下感染了自己。海伦妮·罗德和特里·沃格把它们和酒一起喝了下去，苏珊和贝婷是在派对上把它们吸进了鼻子，铁路广场那个可卡因贩子用贝婷的鼻烟子弹吸入了它们。就在他们送来绿色可卡因查没品的那天，他想到了这个主意。换句话说，他早就听说过马库斯·罗德对可卡因的嗜好，想用这种方法将寄生虫引入他的身体。但直到那批查没品送到，再加上亚历山德拉几天前跟他提过罗德家那边的屋顶派对，他才意识到这是多好的机会。当然了，问题在于，在他最终有机会用弓形虫变体感染他的继父之前，有另外三人吸入了那种可卡因，因此他们只能用生命偿还了。然后，混入最健康、最自然也是维持人类生命最必要的那种物质。水。想到这里的时候，他情不自禁地笑了。是他打电话给孔恩，说马库斯・罗德需要来法医研究所辨认他妻子的身份。然后他给罗德准备了一杯水。他甚至能一字不差地想起罗德走进解剖室之前，他劝对方喝水时说的那句话。

“经验表明，在面对这种情况的时候，体内存在液体会比较好。”

当月亮几乎被彻底吞噬，周围变得更暗的时候，普里姆听到楼梯那边传来缓慢——非常缓慢——的脚步声。

他再次确认了衣服内袋里的注射器随时可以使用。

金属门的铰链发出尖鸣。门被打开了一条缝。沙哑的嗓音从门后传来。

“是我们。”

哈利・霍勒的声音。

亚历山德拉发出一声压抑过的啜泣。普里姆感觉怒意在内心升起，他前倾身体，在她耳边低声开口。

“乖乖待着，一动也别动，亲爱的。我希望你活下去，但如果你不照我说的去做，就是在逼我杀了你。”

普里姆从椅子上站了起来。清了清嗓子。“你们还记得我的指示吗？”他满足地听到自己的嗓音响亮又清晰。

“记得。”

“那就出来吧。慢点。”

门开了。

就在那道身穿西装的身影倒退着跨过门槛的同时，普里姆意识到月亮被彻底遮住了。他本能地抬起头，看向笔直挂在屋顶入口上方的月亮。月面并非黑色，而是变成了不可思议的红色。看起来就像一只苍白褪色的水母，亮光只够照亮自己，半点都没有留给下方的人。

门口那道身影背对着亚历山德拉和普里姆，迈出了说好的八步里的第一步，脚在地上缓缓拖曳，仿佛戴着镣铐。就像个要上绞架的死刑犯，普里姆心想，试图把他可悲的生命延长那么几秒钟。普里姆能从这具弯腰驼背的身体上看出顺从和挫败感。哈利・霍勒和亚历山德拉外出吃晚餐的那个夜晚，普里姆暗中监视他们，看到他们紧贴着——就像一对情侣——穿过皇家庭园，那时的哈利·霍勒显得高大又强壮，一如那天晚上，他在炉火酒吧窥探他们的模样。但现在，霍勒仿佛在西装里缩回到了实际大小。他能肯定亚历山德拉也是这么想的，觉得那件在她看来为哈利·霍勒量身定制的西装已经不再合身了。和霍勒相隔四步的另一道身影倒退着走过来，双手交叠，放在脑后。仅剩的月光是否稍微照亮了什么？是那个身穿医院服装的男人手里拿着武器吗？不，什么都没有，也许是手指上的戒指。

霍勒停了下来。看起来，他被铐在身后的双手让他在跪地时不由向前倾倒。那家伙的举止已经像是尸体了。普里姆等待着，直到那个一身医院装束的男人同样跪在地上。

接着他靠近了霍勒，抬起拿着注射器的右手，对准了衬衣领口上方的颈背处，那片近乎白色的松垂皮肤。

不出一秒钟，一切都会结束。

“不！”亚历山德拉在他身后尖叫。

普里姆的手动了。哈利·霍勒还没来得及反应，注射器的针尖就碰到了他的脖子，陷了进去。他身体抽搐，但没有转身。普里姆用拇指推动活塞，知道大局已定，寄生虫已经在路上了，他给它们安排了前往大脑的最短路径，这次会比沃格那时还要快。他看到另一个人，那个身穿医院服装的人，在昏暗里转过身。他手里的某个东西再次闪烁微光，这时普里姆看到了。那不是戒指。那是手指本身。金属的手指。

此时那人彻底转过身，也站了起来。因为角度问题，普里姆没能在他们下车时看出这人的个子很高，比穿西服的那人要高，而当他们在屋顶上倒退的时候，两人又都弯着腰。但此时普里姆反应过来，那就是他。身穿医院服装的那人就是哈利·霍勒。现在，普里姆能看到他的脸了，看到他咧开的嘴和那双明亮的眼睛。

普里姆以最快的速度做出了反应。他早就做好了被他们设法欺骗的准备。他还是小男孩的时候，别人就总想欺骗他。开头是这样，结尾也会是这样。但他想要带走些东西。带走这个警察得不到的东西。她。

普里姆转身面对亚历山德拉，刀已经握在手中。她也站了起来。他抬起刀想要袭击。他试图对上她的目光，让她知道自己就要死了。他怒火中烧。因为她的目光直接越过了他的肩膀，看向那个该死的警察。就像屋顶派对上的苏珊·安德森那样，她们总会寻找更优秀的人。好吧，那就让霍勒看着她死掉吧，这该死的婊子。

哈利对上亚历山德拉的视线。她看得出来，也明白——他们两个都明白——他距离太远，救不了她。他只来得及抬起食指，在自己喉咙前飞快地画了个圈，希望她能想起来。他看到她的肩膀向后移动。

时间本该不够的。不可能够，他事后才想到这点。除非是寄生虫减缓了主要宿主的反应。赫尔格的身体挡住了哈利的视线，所以哈利看不到她出拳时手掌是否捏成了凿子的形状。

但她肯定是这么做的。

她肯定也命中了目标。

赫尔格·福方的本能肯定接管了身体。他的本能不想要她，也不想复仇，只想要空气。赫尔格丢下刀和注射器，跪在地上。

"跑！"哈利大吼道，"离开这儿！"

亚历山德拉一言不发地跑过他身旁，拉开那扇金属门，消失不见。

哈利走上前去，站在那个穿着他的西装，跪在地上的男人身边，又低头看向赫尔格·福方，后者用双手捂住了喉咙。赫尔格发出嘘嘘的声音，就像漏气的轮胎。但他突然在水泥地上翻过身来，仰面看着哈利，然后他再次拿起注射器，针尖对准自己。他张开嘴，显然想说些什么，但只能发出又一阵喘息。

哈利的视线不离赫尔格，手按在那个西装男人的肩上，坐了下来，低垂着头。

“你感觉如何，史戴？”

“我也不知道，”奥纳的声音几乎微不可闻，“那女孩没事吧？”

“没事。”

“那我就还好。”

哈利能看到躺在地上的赫尔格的眼睛，认出了那种眼神。侯勒姆在被哈利抛下，被所有人抛下的那天晚上，他的眼里就是这种眼神，然后等到第二天早上，人们发现他坐在车里，开枪打烂了自己的头。在随后的那段日子里，哈利许多次在镜子里见过那种眼神：每当想起萝凯或者侯勒姆，他就会开始权衡效仿那种做法的优劣。

赫尔格手里的注射器不再指着哈利，而是对着他自己。哈利看着针头离赫尔格的脸越来越近。看着他的一只眼睛被注射器遮住，另一只紧盯着哈利。月亮最外侧的边缘开始恢复光辉，赫尔格的注射器也放低了些，足够让哈利看到针尖抵在了眼球上，那是通往后方大脑的捷径。他看着眼球像半熟鸡蛋那样弯曲，随后尖端刺破表面，眼球也恢复了原本的形状。他看着普里姆引导针尖向内刺去。普里姆的脸上全无表情。哈利不知道眼球内部或后方有多少根神经，也许没有看起来那么痛，做起来没那么困难，事实上很轻松。对这个自称普里姆的男人来说很轻松，对受害者的家人很轻松，对亚历山德拉很轻松，对检察官很轻松，对始终渴望复仇的民众来说也很轻松。所有人都会得偿所愿，甚至不会有像有死刑的国家的民众在行刑后会有的那种不适感。

是啊，会很轻松。

太轻松了。

看到赫尔格的拇指在活塞的上方弓起，哈利快步走上前去，跪在地上，将拳头塞进对方的手掌里。赫尔格手上用力，但哈利的拳头却阻止他按下活塞，他的拇指碰到了坚硬的灰色钛制手指。

“别拦着我。”普里姆呻吟道。

“不，”哈利说，“你要留下陪着我们。”

“可我不想留下！”普里姆哀号道。

“我知道，”哈利说，“所以你要留下。”

他紧紧抓住那只手。在远方的某处，熟悉的乐声传来。那是警车的警笛声。

53

星期五　　傻瓜

亚历山德拉和哈利透过窗户看着解剖室，史戴·奥纳躺在一张工作台上，英格丽德·奥纳坐在他旁边的椅子上。奥纳家离这边只有五分钟车程，所以她立刻就赶来了。

赫尔格·福方已经被警方送走，现场勘查组很快就会抵达。哈利向警方值班处报告谋杀案的时候，没有告诉他们受害者尚未死去。

解剖室里的奥纳突然发出一声伴随咳嗽的笑声，他抬高了嗓音，声音甚至通过扬声器传到了外面。“是的，是的，我记得，亲爱的。但我没想到你会对我这样的男人感兴趣。现在能给我了吗？”

亚历山德拉向前迈出一步，关掉了声音。

他们看着里面的两人。英格丽德来的时候，哈利就等在房间里。她丈夫向她说明了情况，表示他身体里的寄生虫恐怕很快就会生效，又说他更想先跑到终点。奥纳说哈利提议自己来做这件事的时候，英格丽德坚定地摇了摇头。她指着奥纳脖子上一条凸出的血管，又看向哈利，哈利点点头，把亚历山德拉给他的那支装有吗啡的注射器交到她手上，随后离开了房间。此时，他们看见英格丽德擦干眼泪，接着拿起注射器。

哈利和亚历山德拉走到外面的停车场上，和爱斯坦分享了一支烟。

两小时过后——在警察总署接受完询问，又和危机干预心理学家会面以后——爱斯坦和哈利开车送亚历山德拉回家。

“你可以暂住在我这儿，除非你打算在西弗酒店住到破产。”她说。

“谢了，”哈利说，“我会考虑的。”

此时是午夜时分，哈利坐在酒店的酒吧里。他看着威士忌酒杯，同时评估状况。因为是时候进行最后的决算了。是时候总结他失去的那些东西，以及他辜负过的那些人了。还有他也许——只是也许——拯救了的那些不知名的人。但还有一个人的情况尚不确定。

仿佛在回应他的想法似的，手机铃声响了起来。

他看了眼号码。是本。

哈利突然确信，他现在就会知道答案。也许这就是他按下接听键前犹豫的原因。

“本？”

“嘿，哈利。我们找到她了。”

“好的。”哈利深吸一口气，接着喝干了杯中剩下的酒，“在哪儿？”

“这儿。”

“这儿？”

“她就坐在我面前呢。”

“你是说……在造物酒吧？”

“对。她和一杯威士忌酸。他们拿走了她的手机，所以你才联系不上她。离开墨西哥以后，她就回到了月桂谷。我把电话给她……”

哈利听到了噪声和笑声。接着是露西尔的声音。“哈利？”

“露西尔。”他只能说出这么几个字。

“不用跟我这么温柔，哈利。我一直在考虑该跟你说的第一句话是什么。我想到的是这句。”他听到她吸了口气，接着，在混杂了笑声和哭腔的声音里，她浸润着威士忌的颤抖声带说：“你救了我的命，你这傻瓜。”

54

星期四

史戴·奥纳下葬的那天，天气很冷，风势也很猛烈，到场者的头发被风肆意吹打。奇怪的是，在某个时刻，冰雹从看似无云的天空落下。哈利起床时刮了胡子，镜子里那张望着他的瘦削脸庞，是从更加幸福的岁月里留下的。也许这样会让他气色好些。也许不会。

当他按照英格丽德和奥萝拉的要求来到讲台边准备发言时，他望着这座挤满了人的教堂。

史戴的亲密家属坐在前两排。他们身后那一排是关系密切的朋友，大都是哈利从未见过的人。再后面那排坐着米凯·贝尔曼。贝尔曼显然很高兴，毕竟案子已经解决，凶手赫尔格·福方又被关进了监狱，但他一整个星期都在保持低调。在此期间，警方放出的新细节让那些新闻媒体大快朵颐，比如赫尔格·福方对谋杀自己继父过程的描述。但莫娜·达亚和《世界之路报》树立了好榜样，没有公开赤身裸体的马库斯·罗德承认性虐待继子的那段录像，仅仅提到了录像内容。但对那些想看的人来说，相关视频当然能在网上找到。

哈利看到卡翠娜坐在拉森和博迪尔·梅林身旁。她看起来依旧疲惫，有许多后续工作要做，而且还会有更多。但她当然松了口气，毕竟凶手已经被捕，而且认了罪。在审问期间，赫尔格·福方吐露了他们需要知道的一切，大部分都符合哈利对谋杀过程的设想。动机很明显，那就是对继父复仇。

哈利和爱斯坦、楚斯、欧雷克一起，开着爱斯坦那辆梅赛德斯来到了教堂。欧雷克是从芬马克一路赶来的。楚斯已经回到警察总署上班，毕竟他已经洗清了挪用查没品的嫌疑，作为庆祝，他买了一件出席葬礼用的西装，和哈利那件像到可疑的地步。爱斯坦则声称要退出可卡因买卖这行，打算在方向盘后面讨生活，还说他考虑过去当救护车司机。

“怎么说呢，如果你们打开过救护车的警笛，看着车流像死海那样为摩西分开，你们也会很难回到从前的。还是说是加利利海？随便吧，不过真要干这行就算了。”

楚斯当时哼了一声。“想要真正当上救护车司机，你还得参加很多培训课程。”

“这不是主要原因，”爱斯坦当时回答，“你们知道的，这种车上有很多药物，我还是别留在附近比较好，我和基思可不一样。所以我和霍姆利亚的一家出租车公司的老板说好去那边上白班。”

哈利的双手在发抖，他拿着的那沓纸发出沙沙的噪声。他今天没喝酒——恰恰相反，他把那瓶占边威士忌剩下的部分倒进了酒店房间的水槽。他的余生都不会再碰酒了。他的计划是这样的。从来都是。上个星期六，他和葛德坐船去了奈索登。哈利回想着那场旅行。他的双手不再颤抖了。他清了清嗓子。

“史戴·奥纳。”他说，因为他决定用史戴的全名作为开头，“史戴·奥纳成了他从未渴望成为的英雄。但境遇和他自身的勇气，让他在生命的尽头得到了那种机会。当然，如果他在这里，应该会反对别人叫他英雄。但他不在了。我不觉得他还在了。因此他的反对不会被接受。当我们面对解救人质的难题时——你们肯定都读过相关报道——他的声音穿透了喧闹。‘你们就不能听听我在说什么吗？’他当时在病床上高声说。‘这是个简单的数学题。’史戴·奥纳肯定会这样断言，他换上我的衣服，代替我的位置，接受我的死刑，这些纯粹是因为逻辑思考，而非英雄气概。计划是由我趁对方发现我和他调换了之前带人质离开，或者，如果有必要的话，在史戴被识破的时候出手干预。这不是我的计划，是他的。他请求我们帮他这个忙，让他用最后几天的痛苦换取真正有意义的解脱。他的论点很有说服力。但计划最精彩的地方在于，如果福方把心思放在他身上，我们就更有可能救出人质，我也可以在发生意外时出手干预。就像大多数自我牺牲的英雄那样，史戴留给我们的是内疚。首先是我本人，毕竟我是那个小组的领导人，也是本该在屋顶上喝下那杯毒酒的人。是的，我为缩短了史戴·奥纳的性命而内疚。我会后悔吗？不。因为史戴是对的，这是个简单的数学题。我也相信，他死的时候很快乐。因为史戴属于那一类人：只要能让这个世界的其他人过得好一些，他们就会无比满足。”

葬礼结束后，他们按照史戴的遗愿在施罗德酒馆举办了守灵仪式，并供应三明治和咖啡。那地方人满为患，他们到的时候只剩下站的地方了，哈利和同伴们只能待在酒馆另一头的厕所边上。

“福方一心想要复仇，所以才会毁掉拦在路上的所有东西，”爱斯坦说，“可报纸却还说他是个连环杀手，他其实不是，对吧，哈利？”

“呃，不是典型的连环杀手。那种太少见了。”哈利喝了一小口咖啡。

“你遇见过多少个？”欧雷克问。

“我不知道。”

“你不知道？”楚斯哼了一声。

“在抓到第二个连环杀手以后，我开始收到匿名信件。有人向我发起挑战，说他们杀了人，或者准备杀人。还说我抓不到他们。我认为大多数人写这种信只是想找乐子。但我不清楚其中是否真有杀人凶手。我们发现的大多数的谋杀案，最后都查明了真相。但也许凶手很优秀，让死者像是自然死亡，又或者死于意外。”

“所以他们也许打败过你，你是这个意思吗？”

哈利点点头。“对。”

有个年长的男人从厕所里走了出来，显然略带醉意。“朋友还是病人？”他问。

哈利笑了。“都是。”

“节哀。”那人说着，走到拥挤的大堂里。

“外加他救了我的命。”哈利压低声音说。他举起了咖啡杯:“敬史戴。”

另外三人也举起杯子。

“我在想一件事，”楚斯说，“就是你说过的那句。如果你救了某人的命，你就要为他的下半辈子负责……”

“对。”哈利说。

“我查过了。没这条谚语。那只是《功夫》里模仿中国古代的名言编出来的。你知道的，就是二十世纪七十年代那部电视剧。”

“有戴维·卡拉丹的那部？”爱斯坦问。

“对，”楚斯说，“完全是垃圾。”

“但也是很酷的垃圾，”爱斯坦说，“你应该看一遍。”他说着，用手肘推了推欧雷克。

“是吗？”

“不，”哈利说，“你别当真。”

“好吧，”爱斯坦说，“可如果戴维·卡拉丹说你救了谁就得为谁负责，这话就肯定有那么点道理。我是说，朋友们，那可是戴维·卡拉丹啊！”

楚斯挠了挠向外伸出的下巴。“噢，好吧。”

卡翠娜朝他们走来。

“抱歉现在才到，有个犯罪现场需要我去看看。”她说，“看起来所有人都来了。包括那位教士。”

“教士？”哈利说着，扬起一边眉毛。

“难道不是他吗？”卡翠娜说，“反正我来的时候，有个戴着牧师领的男人刚好出来。”

“哪个犯罪现场？”欧雷克问。

“福隆纳的一间公寓。尸体被切成了碎块。邻居听到了马达转动的声音。客厅的墙纸就像是被人喷过漆。听着，哈利，我能跟你私下说句话吗？”

他们退到窗边的那张桌子旁边，那里曾是哈利的老座位。

“亚历山德拉能这么快重回岗位真是太好了。”她说。

“幸好她是个坚强的姑娘。”哈利说。

“我听说你邀请她去看《罗密欧与朱丽叶》？”

“对。海伦妮·罗德送了我两张票。应该很不错。”

“很好。亚历山德拉是个好女人。我让她帮我查了些事。”

“嗯？”

“她用苏珊乳房上的唾液的DNA图谱和已知罪犯的数据库进行过比对。我们在其中没找到匹配对象，但我们知道它和马库斯·罗德的数据一致。”

“对。”

“但它没有和未知罪犯，也就是和悬案相关的DNA进行比对。在马库斯·罗德承认性虐待未成年人的录像曝光以后，我请求她用罗德的DNA和那个数据库里的进行比对。你知道我们发现了什么吗？”

“嗯。我能猜到。”

“那你说吧。”

“在星期二俱乐部强奸十四岁少年的案子，你们怎么叫那件案子的来着？”

“蝴蝶案，”卡翠娜看起来几乎有些恼火，“你是怎么……？”

“罗德和孔恩声称他们不愿提供DNA样本，因为这么做等于承认警方有怀疑的理由。但我猜想罗德有另一个理由。他知道你们手里有他的DNA，也就是那起强奸案里采集的精液。”

卡翠娜点点头。“你很出色，哈利。”

他摇摇头。“如果我真的很出色，那我早就该解决这案子了。我一路走来的每一步都是错的。”

“虽然你这么说，但我碰巧知道，另一些人对你的评价也很高。”

“好吧。”

“我想跟你谈的就是那‘另一些人’。犯罪特警队有个空缺。我们所有人都希望你能申请。”

“我们？”

“博迪尔·梅林和我。”

“这只是‘我们俩’，你说的是‘我们所有人’。”

“米凯·贝尔曼也说这会是个好主意。我们可以特别设立一个职位。更自由的职位。你甚至可以从福隆纳的这起谋杀案开始。”

“嫌疑人有了吗？”

“受害者和他的兄弟有长期的遗产纠纷。那位兄弟眼下正在接受询问，但他似乎有不在场证明。”

她端详着哈利的脸。她凝视着那双蓝色的眼眸，她亲吻过的柔软嘴唇，鲜明的五官，从嘴角一路延伸到耳边、形状就像军刀的伤疤。她试图解读他的神色，他面部表情的变化，还有他将肩膀向后转动的方式，就像一只振翅欲飞的大鸟。卡翠娜以为自己很擅长洞察人心，有些人——比如侯勒姆——在她眼里就像一本摊开的书。但哈利对她来说始终像是一个不解之谜。她怀疑哈利同样看不透他自己。

“代我问候和感谢他们，”他说，“多谢，但还是不了。”

“为什么？”

哈利露出苦笑。“在这次的案子里，我发现自己只擅长一件事，那就是抓捕连环杀手。真正意义上的那种。从数据上看，你一辈子只会在街上遇见连环杀手七次。这么算起来，我的份额已经用完了。不会再碰到新的了。”

年轻店员佩戴的名牌上写着“安德鲁”，从他面前那人念出名字时的发音可以看出，那人在美国待过一阵子。

“给锯子换新链条，”安德鲁说，“是的，我们能帮您解决。”

“麻烦尽快。”那人说，“我还需要两卷管道胶带，以及几米长的细绳，要足够结实。还有一卷垃圾袋。能帮我准备这些吗，安德鲁？”

安德鲁不知为何打了个哆嗦。也许是因为那人色泽暗淡的眼眸，又或者是那种柔和又过分亲昵、带着一丝索兰口音的嗓音。也许是因为他的一只手按在安德鲁的前臂上。又或者只是因为安德鲁向来害怕教士，就像有些人害怕小丑那样。